定山河

Ding shanhe

周留征 著

时代出版传媒股份有限公司
安徽文艺出版社

心怀感恩
谨以此作献给我的父亲母亲

定山河

Ding shanhe

周留征 著

从硝烟弥漫的战场到热浪滚滚的工厂
从保家卫国到建设祖国
一名普通战士以钢铁信念谱写壮丽人生

时代出版传媒股份有限公司
安徽文艺出版社

图书在版编目（CIP）数据

定山河/周留征著. —合肥：安徽文艺出版社,2024.5
ISBN 978-7-5396-7899-3

Ⅰ．①定… Ⅱ．①周… Ⅲ．①长篇小说－中国－当代 Ⅳ．①I247.5

中国国家版本馆CIP数据核字(2023)第257663号

出 版 人：姚 巍
责任编辑：胡 莉　　　　　　装帧设计：熙宇文化

....
出版发行：安徽文艺出版社　www.awpub.com
地　　址：合肥市翡翠路1118号　邮政编码：230071
营 销 部：(0551)63533889
印　　制：安徽新华印刷股份有限公司　(0551)65859551
....
开本：710×1010　1/16　印张：18.5　字数：320千字
版次：2024年5月第1版
印次：2024年5月第1次印刷
定价：68.00元
....

（如发现印装质量问题，影响阅读，请与出版社联系调换）
版权所有，侵权必究

目录

引　子 / 001

第一章 / 003

第二章 / 039

第三章 / 076

第四章 / 112

第五章 / 150

第六章 / 175

第七章 / 206

第八章 / 236

第九章 / 267

引 子

从中京科技集团董事长的岗位上离休多年后,已近古稀之年的周轩宇终于和老伴吴江鹭、女儿周知慧一起乘飞机重返他魂牵梦绕的故乡,也是他曾经浴血奋战的地方——位于鲁西南平原上的金乡县山河镇。

中京科技集团总部位于京城,是一家拥有数千亿资产,产品横跨钢铁冶金、精密铸造、精密电子、精密仪器等多个领域,集技术研发和产品制造于一体的大型国企,担负着国家很多重大项目的高精尖技术攻关工作,每年为国家贡献利润上百亿元。

谁能料想,就在新中国成立前夕,已经身为中国人民解放军某部师长、人送外号"周老虎"的周轩宇从民康医院出院后,根据组织安排和警卫员一起骑马来到中京科技集团的前身京西铁厂时,看到的却是一副破败不堪的荒凉景象:

放眼望去,偌大的厂区厂房残破,煤渣遍地,杂草丛生,两个衣服上满是污渍的人正在草丛中一边跑一边大声吆喝着追赶四处乱窜的野兔,一群人在旁边嘻嘻哈哈地围观。一堆堆生了锈的设备被杂乱地扔在厂房外面,和散乱的煤块堆在一起,几乎无法分辨。远处两座看起来黢黑的简陋冶金炉无声地矗立着:一座炉台上长出了不少茅草,草丛在风中凌乱地摇摆着,看起来已经好久没有使用了;另一座冶金炉差点被冒出来的黑色浓烟淹没,整个厂区弥漫着刺鼻的煤烟味,让人憋得喘不过气来。

"师长,您还是听从中央组织部的安排,到水利部当办公厅主任或者去重工业部做个司局长吧。这个小厂真的太寒碜了!"年轻的警卫员摇着头对周轩宇说。

其实,要求到京西铁厂工作是周轩宇自己做出的选择,而且就这么个县团级小厂,他来了还只能做个管人事的部门干部,因为厂里的书记和厂长都在任。

"我这辈子打了十多年的仗,太了解钢铁了,钢铁比我们每天都要吃的粮食还要金贵。"周轩宇看着眼前破败的厂区,沉声说,"我就在这里扎根了,从头开始学。我从小就不信邪,没啥大不了的。"

离休前一年的三月末,在庄严肃穆的人民大会堂大礼堂里,周轩宇与来自各行各业的优秀代表一起,被授予"中国改革开放杰出企业家"荣誉称号。在热烈的掌声中,周轩宇激动万分地从国家领导人手中接过金光灿灿的奖杯,像过去在部队时一样缓缓举起右手庄重地向他敬了一个礼,然后转过身来又向台下参会的人们敬了一个礼。

现场的掌声更加热烈了,满头白发的周轩宇情不自禁地眼睛开始模糊……

周轩宇的女儿周知慧在国家某军事科研院所担任某项核心技术的项目负责人,为了这项科研项目的攻关,已经带领团队连续奋战了多年,经常连节假日也不能正常休息,正值风华正茂却过早地冒出了不少白发。

就在国庆节前夕,周知慧带领的科研团队终于攻下了曾经被国外同行称为"不可能完成"的某科技攻关项目。取得了重大的技术突破,周知慧总算松了一口气,借休假的机会陪同父母一起重回故乡探望,圆父母多年以来的心愿。

飞机开始缓缓下降,从窗户里向下看,淡淡的云层下青山依旧耸立,河流蜿蜒曲折,田野里绿意盎然,湖面上波光粼粼,道路和桥梁纵横交错,城市和乡村相偎相依。

"老伴,小欣,我们终于又回家了。"周轩宇对身边的吴江鹭和周知慧轻声说,却发现吴江鹭微微闭着眼睛,满是皱纹的脸上有两道清晰的泪痕,眼角依然有泪光在闪动。

小欣是周知慧的小名,家里人都习惯了这么称呼她。她听到周轩宇叫她,连忙说:"爸,您怎么每次回老家都这么激动?"

周轩宇颤抖着摘下老花镜,紧握住吴江鹭的手,也微微闭上了眼睛。他想起了父亲周明义临死前说过的话。"老五,本来爹娘想让你长大以后……"父亲嘴角流着血,断断续续地说,"记住……咱家祖祖辈辈没有孬种……"话还没说完,一阵激烈的枪声在周轩宇耳边响起……

"枪声,枪声……"周轩宇喃喃自语道,思绪如烟云一般又回到了六十多年前,那个动荡不安的夏天……

第一章

"啪……啪啪……"一阵刺耳而又凄厉的枪声打破了山河镇深夜的宁静,把本来就心事重重睡不着觉的永春堂中药铺老板周明义惊得浑身的汗毛都竖立了起来。

夜已经很深了,周明义披了件汗衫,一个人站在院子里正呆呆地想心事。妻子徐映秀眼看就要临产,已过不惑之年的他心里又喜又忧,说不清是什么滋味。这已经是他们老两口的第五个孩子了,从妻子的妊娠反应来看,很可能是个男孩,可是等待这个孩子的命运又会是什么呢?

虽说中华民国早就已经宣告成立了,可军阀混战、兵荒马乱、土匪横行的状况一点也没见好转,再加上这两年北方大旱,粮食收成普遍不好,很多农村人家都拖儿带女、背井离乡、千里迢迢逃荒去了。周明义的药铺生意也越来越惨淡,日子眼看着就快过不下去了。好在周明义年少时曾跟随济宁的一位老中医学过几年,在山河镇方圆几十里来说,医术还算不错,而且为人热心实在,赢得了一个"周名医"的雅号,靠着给附近十里八村的人行医治病勉强还能过得下去。不过,他看到贫苦人家的病人奄奄一息而又付不起医药费时,不仅分文不取,还要想方设法接济他们,所以他在山河镇周边的老百姓心目中一直有着很好的名声。

周明义长叹了一口气,抬起头来,看到天空淡淡的云层之中,月亮的四周有一个巨大的光圈,光圈的内部呈蓝紫色,外部却是橙红色,颜色瑰丽,如梦似幻,实在是难得一见的奇观。

"彩云追月,这可是大吉之兆啊!"周明义仰望着天上的明月,禁不住自言自语。

就在这个时候,镇子东北角却响起了一阵密集的枪声。是县里的保安团剿匪还是土匪在镇子里抢劫?周明义担心妻子映秀,来不及多想,赶紧跑回堂屋里,闩上门闩,又顶上粗门杠,和衣躺到床上。徐映秀被枪声惊醒了,她没有说话,眼睛睁得很大,呆呆地望着门口。周明义叹了一口气,轻轻地握住了徐映秀的手安慰她。

枪声响了一会儿就停了,四处传来此起彼伏的狗叫声。看来这个夜晚再也无法恢复平静了。周明义不知道外面到底发生了什么,只能在床上干躺着一动不动。

"咚咚咚……"一阵急促的敲门声传来。周明义吓得一骨碌从床上爬了起来,侧起耳朵听着外面的动静。

"周郎中,快开门,快开门啊,出事了!"有人一边用力敲打着药铺的大门,一边扯着嗓子喊,听声音有些像孙二愣,他是镇上保安队队长。

周明义回过神来,见屋里已经透进了一些光亮。他对正注视着自己的徐映秀轻声说:

"孩他娘,听声音是保安队的孙二愣,你安心躺着,我去看看。"

徐映秀点点头。周明义把堂屋的门打开,迈步走出去,又回身轻轻地把门关上。他绕过院子里的影壁墙,穿过药铺的大堂,拨开门闩,撤去顶门杠,打开从里面反锁的铜锁,拉开了药铺的大门。

"哎呀,我的周大叔啊,恁弄啥嘞,咋才开门?我这里都快急死了!"

虎头虎脑的孙二愣敞着怀,黝黑的脸上都是汗水,肩上背着一杆锈迹斑斑的"汉阳造"步枪,看见周明义打开了门,急匆匆地说。

"二愣,你大清早咋弄这一身的汗,出啥事了?你们又帮着县里的保安团剿匪了?"

"我说周郎中,我的亲大叔哎,恁赶紧带上家伙什跟我走一趟吧。恁昨晚没听见枪声吗?陈镇长让我叫恁去一趟。"

周明义还是有些摸不着头脑,不过他看到二愣气喘吁吁的着急模样,赶紧一溜小跑到堂屋给徐映秀说了声,然后把厢房里的柱子叫了起来,嘱咐他看好药铺。柱子是一名流浪儿,幼年就父母双亡,在镇子里讨饭时饿昏在中药铺门口。周明义夫妇可怜这个命苦的孩子,不仅收留了他,还教他认药材,学医术。柱子很懂事,也很聪明,很快就能帮着炮制药材、采药抓药。周明义把平常出诊时的药箱背在肩上,跟着孙二愣迈开大步往镇子东北走。药箱里除了银针、砭石和拨罐等常用的医用器具，还有些金创药、牛黄、紫雪、至宝、麻沸散等应急性的药物。

天刚蒙蒙亮，街上的店铺还没有开门，除了几个衣衫褴褛、蓬头垢面、目光呆滞的乞丐躺在商铺屋檐下，几乎看不到行人。路上周明义几次想问到底发生了什么事，但是二愣只顾黑着脸赶路，周明义都快跟不上了，只好先压住心里的困惑与不安。

不一会儿，两个人一前一后来到了一处大宅院门前。周明义倒吸了一口凉气，他知道，这是山河镇，甚至是整个金乡县最有钱的财主吴士顺的宅子。吴士顺据说是南方人，从小生活在长江岸边，后来考中进士后，到了北方做官，曾经在安徽和河南任职，后来到了山东巡抚衙门负责河道治理，因为犯错被弹劾后贬到金乡县任县令。在辛亥革命前夕，吴士顺意识到已经摇摇欲坠的清朝行将覆灭，干脆辞官不做，在距离县城不远、依山傍水的山河镇建了一所大宅子，置了良田，开了商铺，过起了不问世事、优哉游哉的乡绅日子。

吴家宅院不像平常那样大门紧闭，而是完全敞开着。门前两个高大的石狮子怒目圆睁，张牙舞爪，显得威严无比。四棵饱经沧桑的古槐盘根错节，枝繁叶茂，傲然挺立。门口左右两边各站着两个面无表情的保安队队员，都和孙二愣一样肩上背着杆枪。孙二愣也不说话，径直往院子里走，周明义也只好跟在后面。

刚进院子，周明义就发现青石板路上歪歪斜斜躺着一具尸体，穿着一身黑色的衣服，衣服上满是血迹。不过，尸体的头并不是冲着大门，而是冲着院子里面。又往前走了几步，一座假山后面又躺了两具尸体，穿着打扮都和第一具尸体相同，而且也是冲着院子里面的方向倒在地上，血流了一大片。

周明义虽说是镇上的郎中，但还是第一次见到这种血腥的场面。他知道躺在地上的这些人都是吴家请来的护院家丁，专门负责保护吴家人身和财产安全的。他立刻想到了昨晚的枪声，看来就是吴家出事了。

吴家宅院是一座五进的大宅子，还有一个遍植花草树木的后花园，坐落在金乡县地势最高的羊山脚下，坐北朝南，东面是一望无际的金平湖，依山傍水，风景如画，一年四季景色各异。据说吴士顺建造这座宅院之前特意请风水先生看过，说这里是一块能够保证世世代代发财的好地方。

周明义以前曾多次到这座宅院给吴士顺及他的妻妾、孩子诊病，对里面的情形比较熟悉。走到第三进院落时，周明义看到已经年近花甲的镇长陈仁和正背着手,焦躁不安地在院子里的假山旁走来走去。这个院子里的假山比较奇特,建在连接正堂和厢房的走廊拐角处,四周都被浓密的翠竹包围着。整座假山看起来像个"山"字形,由三座造型相似的假山拼接在一起,中间的假山最高,都快接近屋顶的高度了,旁边的两个较低,和普通人的高度差不多。

陈仁和到底有没有被县政府正式委任过镇长的职务,周明义也不甚清楚,只是镇上的人,包括吴士顺这样的大财主都一直这么称呼他。他本来也是山河镇的一名乡绅,祖上在明清时都做过官,为官清廉,没能给他留下多少家业,却给他留下了一个爱读书的好习惯。陈仁和家里有百十亩地,不过他对种地的佃户们非常好,这两年大旱,还减免了佃户们的租金。陈仁和从小受过良好的私塾教育,因此在镇上开了第一家面向大众的学堂,男孩女孩都可以就读。他热心教育,收费不高,还经常免除一些穷人家孩子的学费。镇上有些大大小小的事,他经常写材料向县政府反映,直到把问题解决才肯罢休。一来二去,他在镇上的威望就越来越高,连吴士顺这样的大财主也要敬他三分。周明义的父亲在世时,和陈仁和的私交比较好,两人经常在一起谈论些天下大事。周明义也在陈仁和的私塾里上过三年学。

"镇长,俺把周郎中请来了。"孙二愣一进院子就大声喊道。

"明义啊,你总算来了。快进屋里瞧瞧去,看看人还有救没救?"陈仁和比周明义辈分高、年龄大,习惯了直接叫他的名字。

周明义点点头,赶紧走进正堂。不过,孙二愣和陈仁和并没有一起进去,而是站在了门口。

周明义记得,这间院子是吴士顺的二太太住的地方。年初二太太生的女儿鹭鹭发烧,还是周明义过来给她诊脉开方子治好的。二太太长得非常漂亮,杨柳细腰,皮肤白皙,不仅识字,而且还懂些音律,会唱戏曲,尤其会唱四平调。她从小就父母双亡,在济宁一个青楼中长大,是吴士顺花重金把她赎了出来,做了二房。吴士顺有了这位二太太以后,就整日整夜和她在一起,惹得大太太非常上火。大太太本来也是南方富家女子出身,和吴士顺还是同乡,从小知书达理,还给吴士顺生了一个儿子,叫吴江涛。不过,自从吴士顺娶了二太太,大太太烦闷之下,竟然染上了抽鸦片的毛病,后来不明不白地暴病身亡。吴士顺的儿子吴江涛因此和父亲差点大打出手,最后一气之下远走他乡,音信全无。

第一章

三个多月以前,吴士顺又娶了第三房太太,是山河镇苏楼村人,名叫苏碧莲,据说还不到十八岁。苏碧莲从小就长得又俊俏又水灵,特别善解人意。她父亲是吴士顺家的佃户,这几年连续大旱,庄稼收成不好,欠了吴士顺不少地租。吴士顺不但不逼他还债,还经常派家人送去东西,后来又不断派媒婆去说亲,苏碧莲的父亲实在没办法,只好同意。据说这苏碧莲长相甜美,性子却很烈,死活不同意嫁给和他父亲一样大的吴士顺做小老婆。后来父母都给她下了跪,哭了半天,她才含泪上了花轿。

进了堂屋,周明义就像进了地狱一样禁不住浑身哆嗦起来。满头白发的吴士顺歪歪斜斜地坐在正堂的太师椅上,半张着嘴巴,大睁着眼睛,胸口一大片血迹,脚下也流了一地的血,看来已死去多时了。堂屋里间的床上,吴士顺的二太太披头散发,双眼紧闭地躺在床上,正值夏天,身上却盖着一床厚厚的绣花棉被。床前的地上,一件女人穿的丝绸旗袍被撕成了条状,还有女人贴身穿的内衣也被撕裂开来,上面全是血迹。

"周郎中,恁快看看二少奶奶还有救吗?"

在如此恐怖阴森的房屋里猛然听到一个女人说话的声音,周明义吓得头皮都有些发麻。他这才发现,一个有些上了年纪的女人正站在二太太的床尾,看来是吴家伺候二太太的用人。

"这么大热的天,咋给二太太盖这么厚的被子?"

周明义定了定神,问女用人。

"咳,周郎中,镇长让俺进来的时候,二少奶奶是光着身子的,那些挨千刀的土匪轮流糟蹋了她,还不给她穿衣服,临走还捅了她几刀。镇长说不能破坏现场,又不能让二少奶奶光着身子,俺这才找了床被子帮她盖上了。"

周明义点点头,用手指试了试二太太的鼻息,摇了摇头,然后又把手指放在她裸露在外的手臂上。

"俺们这些丫鬟和用人昨晚都被土匪关在了后面的厢房里,根本不知道外面发生了什么事。镇长今早上把俺叫过来,说二太太还有口气,让俺照顾她,等着恁过来救人。"

女用人看来也被吓得有些麻木了,一个人在那里唠叨个不停。

周明义放下二太太的胳膊,叹息着摇了摇头。正在这时,他看到二太太的左手是攥着的,似乎手里藏有什么东西。

"镇长,您也进来吧。"周明义回头冲外喊了一句。

陈仁和走进里屋来。周明义冲着他叹了口气,说:"脉象都没了,身体早就已经凉了。"

"你说说,你说说,这是什么世道?张一指他怎么就下得去手啊!"陈仁和痛心疾首地说。

从陈仁和的话里可以断定,昨晚是金乡县最大的土匪头子张一指带人洗劫了吴家。张一指本名叫张黑子,据说年轻时因为偷财主家东西,用菜刀砍掉了自己的小拇指起誓,才留下"张一指"的绰号。这张一指也是个穷苦人出身,父亲因为欠地主家的地租被殴打致残,含恨而死,母亲带着不满八岁的张一指跳湖自杀,结果母亲淹死了,张一指却被人救了上来,以乞讨为生,后来遇到一股土匪就加入了他们的队伍,最后成了土匪头子。金乡县境内的土匪基本上都居无定所,有时候在羊山附近出没,但大部分时间都是在湖里躲着,因此清剿起来非常困难。不过,如果是土匪张一指犯的案,昨晚陈仁和为啥没带着保安队进行还击呢?周明义有些疑惑,但也没有多问。

"镇长,您看吴家二太太的左手攥得紧紧的,像是手里有啥东西。"周明义边说边指给陈仁和看。

两人走向床前,陈仁和让女用人帮忙,与周明义一起掰开了二太太的左手。手掌掰开以后,一个鲜红的"山"字赫然出现在大家眼前。周明义看了看二太太的右手,果然她右手的食指是伸着的,上面还有一些血迹。这说明,她是在还有气时用自己身上的血写的这个字。

这个"山"字说明了什么呢?她为什么要在临死之前写下这个字呢?周明义和陈仁和都是一脸的疑惑。

"镇长,既然二太太没法救了,俺还是给她换身干净衣服穿上吧,总不能这样光着身子啊!"

女用人眼巴巴地望着陈仁和,抹着眼角的泪说道。

"县里王知事一会儿就会派警备队和保安团来。王家和吴家关系密切,我们还是等他们到了以后再说吧,免得破坏了现场,影响了断案。"

周明义再次去看二太太的手,忽然发现她右手的食指似乎在指着一个方向。

第一章

周明义往那个方向一看,是带有"卐"字格纹窗棂的两扇窗户。周明义若有所思地走到窗户前,打开向外看了一眼,发现窗外就是那座造型独特的假山!

"镇长,快随我来。那座假山看起来有些古怪。"

正在这时,门口的孙二愣喊了一声:"郑老板,恁怎么也来了?"

"俺昨晚还以为是保安团剿匪呢,没想到是吴老爷家出事了。你说这帮狗杂种,怎么有胆子劫吴家的宅子?"

周明义一听说话人的声音,就知道是自己药铺隔壁永利当铺的掌柜郑进财来了。永利当铺名义上是吴士顺开的,其实是现任县知事王文海和吴士顺合伙开的。吴士顺以前是王文海的顶头上司,对他有知遇提携之恩,所以王文海是吴士顺的铁杆兄弟,两家关系一直走得很近。

陈仁和与周明义走出屋来,冲着郑进财点了点头,然后径直走到假山跟前,隔着茂密的竹林仔细观察,希望能找到一些线索。竹林密不透风,也没有被动过的痕迹。周明义围着假山,慢慢走到了连接正房和厢房的走廊上。从走廊上可以看到,中间的假山上从上到下用隶书刻着"稳如泰山"四个红色的大字。这四个字刻得很深,就像刀削斧凿的一样。因为风吹雨淋,字迹已经有些模糊了。周明义感到有些奇怪,因为一般人家在假山上刻字都会刻在假山的前面,可是这四个字却刻在了假山的背面。假山背面竹子比较少,只有零星几棵。但是因为走廊与假山之间隔着一列石栏,因此不能直接走过去。周明义看了看石栏,抬起腿来迈了过去,跳进假山下的竹林里。竹林里掉落的竹叶很厚,踩上去软软的。周明义看了一眼站在走廊里的陈仁和,踩着竹叶走近假山,发现那个"山"字中间的竖条有些异样,比其他地方高出不少,而且还有些光滑。他用力握住"山"字中间的竖条往里摁,没有动静。他接着又用力往外拔,结果竟然从假山上拔下一块长、宽各约一米的方形石板来。石板比较薄,是特制的,所以拿在手里也不太重。周明义放下手中的石板,忽然发现石板下面还隐藏着一个窄小的圆形洞口。

"镇长,快过来!假山里面有个洞。"周明义有些惊奇地喊道。

陈仁和已经看到了假山下面打开的洞口,听到周明义的喊声,立刻让孙二愣和郑进财都过来,一起跳过石栏,围到了洞口前。

洞口比较窄小,周明义看了看郑进财,他身形瘦削,应该更容易爬进去。郑进财了解周明义的心思,赶紧往后缩了缩。孙二愣骨架比较宽,陈仁和年龄又大,周明义想了想,让孙二愣去找了根蜡烛,点着以后拿在手上,自己趴到地上慢慢爬进了洞里。

爬进去以后才发现,其实洞里面只有前一段比较窄,后面就宽阔起来。周明义慢慢地站起身来,看到洞的前面竟然有灯光。他非常惊讶,拿着蜡烛慢慢向前走,看到有一个身穿红衣服的小女孩正在油灯下惊恐地看着他。小女孩坐在几个陈旧的木箱子上面,木箱子上面铺了一些衣服,还有一个盘子,盘子里放了几个苹果。周明义一下就认出来,这个女孩就是吴家二太太生下的女孩鹭鹭,大名叫吴江鹭,今年也就三四岁的样子。她怎么会跑到洞里来呢?洞里怎么还点着油灯?

"鹭鹭,别怕,我是给你瞧过病的周郎中,你还记得吗?我不是坏人。"

周明义说着把蜡烛举起来靠在自己脸旁,好让鹭鹭能认出自己来。

鹭鹭脸色苍白,紧紧地咬着嘴唇,点了点头,却没有说话。

周明义过去抱起了她,轻声说:"好孩子,没事了,我带你出去。"抱起鹭鹭的时候,周明义无意中抬了一下头,发现洞口的上方竟然有一些亮光照了进来。原来,这个洞的上方与外界是相通的,空气可以流动,怪不得周明义爬进去的时候并没有觉得呼吸不畅。

在洞口比较狭窄的地方,周明义让鹭鹭在前面爬,自己则在后面推,直到两人都爬出了洞口。

"鹭鹭,你咋会跑到洞里去了?"郑进财一把抱起鹭鹭,满脸的惊讶。

"洞里还有人吗?"陈仁和问周明义。

"洞里没多大空,没有人了。"周明义摇摇头说。

"哦,那就把这个洞关上吧。"陈仁和说完就转过了身。

周明义从地上捡起带着"山"字的石板,用手握住"山"字中间的竖道,把石板重新嵌到了方形洞口的外面,恢复了假山原先的状态。如果不越过栏杆走近了仔细看,还真看不出有什么异样。

鹭鹭从洞里出来以后,既没有哭闹,也不说话,只是眼睛老盯着一个地方,一看就是惊吓过度。陈仁和知道郑进财的女儿长喜比鹭鹭大两岁,就让郑进财先把鹭鹭带到他家,让长喜陪着她。郑进财似乎面有难色,但最后还是抱着鹭鹭回家了。

第一章

从这个情形来看,应该是昨晚土匪刚进院子,二太太或者吴士顺就觉得不妙,所以趁乱把鹭鹭送到了洞里。至于为什么他们没有待在洞里避难,可能还是不放心家产,也可能没想到土匪会如此狠毒。不过,这个孩子昨晚在洞里应该听到了外面惨绝人寰的悲剧,尤其是她母亲痛苦的惨叫声。周明义摇了摇头,心里说不出来的难受。

"昨晚张一指带了几十人,从湖里划船来的,从湖边的高墙上翻进了院子。他们没敢从大路来,因为万福河的桥头有县保安团的一个班在驻守。吴家的十几个护院都有枪,但是被打了个措手不及,根本连还手的机会都没有。"陈仁和叹息着说,"镇里保安队只有四个人,虽然有枪,可都是种庄稼的,平时没开过枪,见到这情形都吓厌了。没办法,我只能安排两人连夜去县城请救兵,结果到现在救兵的影子也没见到。罪过,罪过啊!"

周明义听了陈仁和的话才知道,张一指居然带了这么多人来洗劫吴家大院,而且计划十分周密,看来是早有打算。

"看来,张一指早就钉上吴家了。应该还是图他家的财产吧!"说心里话,周明义也知道这事不能怪陈仁和,他这把年纪,怎么可能对付得了这帮穷凶极恶的亡命之徒呢?

"据吴家的用人说,土匪抢走了吴家的枪支弹药和金银细软,还抢走了吴士顺的三太太。用人还听到有土匪说张一指就是为了苏碧莲来的,因为张一指早就看上苏碧莲了,结果让吴士顺先下了手,所以张一指就是为了报复吴士顺才血洗吴家,还当着吴士顺的面轮奸了他的二太太。"陈仁和说到这里,停顿了一下,接着说,"不过,奇怪的是,张一指后来把吴家所有的用人都放了,还给了路费。"

两人正说着话,门口的保安队员进来报告,县里的警备队和保安团到门口了,王文海亲自带队来的。周明义抬头看了看天,已经日上三竿,县城离山河镇也不算远,他们早就应该到了。陈仁和赶紧拉着周明义一起到吴宅门口迎接。

两人到了门口,看到戴着黑色墨镜,身着白色衬衣、黑色裤子,脚蹬黑色马靴,手里摇着一把纸扇的王文海正骑在一匹红色的马上朝这边赶来。左边一队人马是身着黑色制服的警备队,右边一队人马是身着青色军服的保安团。不一会儿,王文海在两队人马簇拥之下到了吴家宅院门口,勒住马缰,翻身下马,冲着大门疾步走来。

"知事大人,可把您盼来了。"陈仁和向王文海鞠了一躬,说道。

周明义和保安队的人也一起向王文海行礼。王文海冲大家摆了摆手,问陈仁和:"陈镇长,到底发生了什么事?吴老爷怎么样了?"

陈仁和简单地把昨夜发生的情况向王文海汇报了一遍,然后低头叹息不已。

王文海一开始脸色还挺自然,越听脸色越发青,颤抖着说:

"我对不起吴老爷啊!吴老爷以前待王某恩重如山,现在他遭此大难,我竟然不在身边,罪过,罪过。我也是今天早上才得知消息,然后就立刻赶了过来,结果还是晚了。刘团长、钱队长,你们是何时得到消息的?"

保安团团长刘德志和警备队队长钱均互相看了一眼,都没有说话。过了一会儿,刘德志只好拱手向王文海回复:

"知事大人,我们也是凌晨时分才得知消息。另外,有确切消息说,张一指最近和悍匪顾德麟勾结在一起,队伍壮大很快,所以才敢在深夜洗劫吴家。"

王文海和陈仁和他们都知道,即使昨晚就已经得知土匪出动的消息,保安团和警备队也没胆子深夜赶过来,人太少,装备也一般,他们害怕遭土匪伏击。

"非常之时,山东匪患却愈演愈烈,再不清剿恐怕会酿成大祸。不过,张树元将军刚刚就任山东督军,我已得到消息说他下决心要在山东剿匪,还山东民众一个太平盛世。这样吧,既然吴老爷和家人已经惨遭毒手,我们就尽快为他们料理后事,全力剿匪,为吴老爷报仇雪恨。"

"是。"刘德志和钱均一起低头说道。

王文海是金乡远近闻名的秀才,不仅写得一手好诗,而且书法功底很深。他曾经是吴士顺的下属,在县里做过县丞,相当于警备队队长,后来又被提拔为主簿,相当于副县长,后来又攀上了山东督军张怀芝这条线。张怀芝是皖系军阀段祺瑞的亲信,张树元是张怀芝的下属,无论张怀芝还是张树元做山东督军,都是王文海的靠山。

"既然吴家还有一个女孩幸存,我看这也是天意。陈老先生,您不是在镇上开着一家学堂吗?我看就让这女孩寄宿在学堂里吧。她的一切费用我来支付,您帮我教她成才,也算是你我的一点心意。"王文海走到陈仁和面前,握住他的手说。

陈仁和也正有此意,就点了点头。

第一章

"我会尽快派人找到吴家大公子吴江涛,让他回来主持家事。刘团长,钱队长,你们和陈老先生一起,先把吴家的后事料理好,让逝者入土为安。我们今天就在镇上住一晚,明天再返回城里。"

这时,永春堂药铺的伙计柱子气喘吁吁地跑了过来,一边跑一边喊:

"大爷,大爷,俺大娘快要生了。恁快回家看看吧!"

在鲁西南一带的方言中,大爷就是大伯的意思。周明义一直不让柱子喊他掌柜的,而是喊大爷。听到柱子的话后,周明义异常惊喜,赶紧向王文海和陈仁和先后施礼,说:"镇长,我在这里也没有什么事了,先回家照顾家人。有事您就只管吩咐。"

"明义,辛苦你了。赶紧回家吧。"陈仁和说。

周明义听后,忙把药箱从身上取下来交给柱子,自己则一溜烟似的向家里跑去。

太阳快要落山的时候,西边的天空开始乌云滚滚,而且还伴随着电闪雷鸣,预示着一场暴风雨即将来临。已经经历了两年多大旱的人们纷纷露出欣喜的神色,望着天上密布的阴云翘首以盼。不大一会儿,狂风骤起,豆粒大的雨点从天而落,砸在地面上噼里啪啦作响。永春堂药铺的堂屋里,随着一声孩子清脆的啼哭声,接生婆满面笑容地给屋里坐立不安的周明义道喜:"恭喜周郎中,您家里添了一个大胖小子。"

妻子徐映秀看着刚出生的婴儿,不顾身体的虚弱,微笑着对周明义说:"他爹,快给孩子起个名字吧。"

"孩子的名字我早就想好了,就叫轩宇吧。"周明义难掩脸上的喜悦之情,把刚熬好的小米粥还有一个荷包蛋端到徐映秀跟前,用勺子喂着她喝了几口,接着说,"小名叫小五。你看行不行?"

"年景不好,吃了上顿没下顿的,鸡蛋还是留给孩子吃吧,我吃可惜了。"日子清苦,平时只能吃窝窝头和玉米糊糊,白面都很少见到,徐映秀的奶水并不足,不过她还是面露微笑看着怀里的婴儿,"轩宇,器宇轩昂,挺好的名字。小名叫小五?哦,这是我们的第五个孩子了,我就盼望他能一辈子没灾没难,平平安安的。"

周明义听出徐映秀的话里有些说不出来的怅然,连忙把手放在她的肩上,轻轻地揉了揉,免得她坐月子的时候还要为往事伤心。

周明义与妻子徐映秀共生了五个孩子,老大周轩文是男孩,八岁时就跟着周明义的三弟去了济南。老二也是男孩,四岁时感染了瘟疫,死在了周明义的怀里。那年头瘟疫多,几乎年年都有,什么鼠疫、霍乱、伤寒,层出不穷。老三是个女孩,没过百天就夭折了。老四还是个女孩,叫周轩仪,从小就体弱多病,为了治病,五岁时被周明义在北平教书、婚后一直没有孩子的堂弟带去,毕竟在大城市治病更方便一些。在那个兵荒马乱的年代,周明义夫妇和两个孩子只能靠书信往来,很难见面。后来连年军阀混战、土匪横行,连书信都很少能正常收到,所以徐映秀一直在心中牵肠挂肚,日思夜想。

永春堂药铺本是徐映秀的父亲徐开来创立的,以前叫"徐记中药铺"。徐开来从祖父辈开始做中药生意,到他这一辈已经传了三代。不过,徐开来从小就喜欢练武,他认为中药虽然能治病,但是不如练武强身,还能保家卫国。周明义的父亲也是喜好练武之人,而且文武双全,一来二去就和陈仁和、徐开来三人成了挚友。

山河镇以前叫周庄镇,镇子不大,有两百多户人家,却已经有近五百年的历史,改称山河镇也已有百年之久。周家在金乡县一直是名门望族,自从明洪武年间周家从山西洪洞县迁来,就落脚在周庄镇。周家选了这个虽交通不便,却依山傍水之地,盖屋垦地,繁衍生息,家族人丁越来越兴旺,也培养了很多优秀人才。《金乡县志》和《周氏族谱》记载,明清两代周家做过六品官以上的就有一百四十余人,其中一品官就有近十人,最出名的两位就是明朝曾任辽东巡抚的周永春和清朝官至一品、曾任勇健营提督兼总统事的周一德。其实在漫长的中国历史长河中,这两个人并不算广为人知的名人,但是在山河镇,乃至整个鲁西南地区流传着他们许多传奇故事。

周永春因厌恶官场黑暗而借为母守孝之机辞官归乡。周一德南征北战,立下赫赫战功,最后也不堪奸臣谗言,一怒之下辞官归乡,而且留下遗训,不准后世之人出仕为官。再加上周一德性格耿直,仁义宽厚,为官清廉,喜欢接济穷人但不善理财,自此之后,周家开始家道中落。

周氏家族辉煌之时,曾经在金乡县城内奎星湖和文峰塔附近建了一处占地二十余亩的大宅院,整个县城北关附近都是周家的产业。后来随着家道中落,周家的家产被逐渐变卖,到周明义的祖父时,干脆又搬回了山河镇,守着仅余的几十亩地过日子。到了周明义这代,地都卖没了,只剩下这个生意不死不活的药铺。没办法,孩子们要吃饭、要读书、要生存,只能卖地换钱。

周明义的妻子徐映秀从小就生性豪爽,经常跟着父亲学习武术。徐开来就她一个女儿,所以不仅教她学文化,而且也同意她学武防身。徐映秀皮肤略黑,从小就不像周边的女孩子一样缠足裹小脚,她认为裹小脚是对女人最大的束缚,于是经常女扮男装,就像个假小子。徐开来拗不过她,也就睁一只眼闭一只眼。徐映秀母亲去世早,徐开来也没有续弦,因此徐映秀不仅经常跟父亲徐开来一起满山遍野去采药,有时还跟父亲走南闯北去收购药材。周明义比徐映秀大两岁,两人从小在一起读私塾、练武术,青梅竹马,两小无猜,心心相印。后来,经徐开来介绍,周明义去济宁一个老中医那里学医三年,回山河镇后,就和徐映秀成了婚,继承了徐家的中药铺,同时开堂坐诊。后来两人的父亲因病相继去世,夫妇俩就与周明义年迈的母亲一起生活,依靠这间诊所兼药铺勉强度日。

"明义,你在想什么呢?还是先去后院告诉咱娘一声吧,免得她老人家惦记着。"徐映秀见周明义站在床前,一脸若有所思的模样,就摇了摇他的胳膊说道。

"哦,你不说我还真忘了。我这就去,这就去。"周明义从门前拿起一把油纸伞,撑开以后走出门去。

雨越下越大,永利当铺堂屋里,郑进财和妻子吕翠兰正陪着王文海、刘德志、钱均一起喝酒。山河镇的人都知道永利当铺是王文海和吴士顺家开的,郑进财只是他们雇用的掌柜。刘德志和钱均自然也知道这层关系,所以在这里喝酒也就心安理得。

郑进财为了招待老板王文海,特意搞了几个本地特色菜,像烧羊肉、汪鸡丝、凉拌猪头肉、杂拌汤,还有油泼鲤鱼和红烧甲鱼,都是刚从金平湖里弄上来的,新鲜得很。他还备了一坛窖藏多年的"缗城老窖",因为金乡县古时称"缗",所以这酒可是本地最好的酒。

吕翠兰年龄刚满二十,穿一身丝质旗袍,身材高挑,丰腴圆润,眉目之间风情万种。她是羊山镇吕家村人,和山河镇正好隔着一座高耸蜿蜒的羊山。吕翠兰小时候家境还算富裕,后来父母先后染上了抽大烟的恶习,导致家境衰败,后经媒人介绍,她嫁给了比她大十岁的当铺掌柜郑进财。

酒过三巡,面色红润的吕翠兰站起身来,推说不胜酒力,要先回房休息,让大家接着喝。

"各位大人,翠兰不胜酒力就不扫大家的酒兴了。反正外面下着大雨,大伙儿就开怀畅饮,让俺家进财好好尽一尽地主之谊。俺已经让用人歇着去了,你们想喝到啥时候就喝到啥时候。"吕翠兰说完以后,弯腰向大家行了个礼,起身扭动着腰肢姗姗离去。王文海看着她旗袍里圆润的臀部哈哈大笑,满上酒杯,继续推杯换盏。

过了一会儿,郑进财已经喝得眼神开始迷离。王文海冲着刘德志使了个眼色,也站起身来,说要去方便一下,去去就来,大家继续喝。刘德志心领神会,端起满满一杯酒,去敬郑进财。

王文海出了堂屋,沿着走廊直奔后院,走到后院的厢房门前,见里面正亮着灯,推开门就走了进去。刚走进去,一个温软如玉、热情似火的身体靠了上来,门接着被关上了。

"老爷,你可想死俺了。"吕翠兰双手紧紧地抱着王文海的脖子,声音就像拌了蜂蜜一样香甜。

"宝贝,我也想死你了。"王文海发现吕翠兰身上已经一丝不挂,白皙的皮肤在灯光下闪着无比诱惑的光泽,于是双手就在吕翠兰的身上一阵乱摸,两人的嘴巴也贴在了一起。

"那你今晚可要好好让我舒服,俺早就等不及了。"吕翠兰像猫一样说着话,身体却像蛇一样紧紧地缠绕着王文海。

"老爷我早上刚吃了补药,今晚一定喂饱你,销魂的小宝贝。"王文海一把抱起光溜溜的吕翠兰,走到床前,扭头吹灭了油灯。难以抑制的呻吟声伴随着床板的吱呀声响了半夜才安静下来。屋外,依然是瓢泼大雨,电闪雷鸣。

午夜时分,王文海下了床,点燃油灯,从掉在地毯上的裤子里掏出一串做工精美的白色珍珠项链,给吕翠兰戴到脖子上,双手却贪婪地从上到下抚摸着她的身体,坏笑着说:

"这质地上乘、价格昂贵的珠宝,只有戴在小美人你光滑如玉的胴体上,才能显出它的价值。啧啧,简直就是珠联璧合、交相辉映啊!"

第一章

吕翠兰不由得喜笑颜开,左手摸索着珍珠项链,右手搂着王文海的腰,使劲往自己身上拉。王文海看见吕翠兰脸上的神情充满了挑逗和诱惑,心里不禁又痒痒起来,顾不上灭灯,再一次扑在了吕翠兰身上……

"进财是不是已经知道咱俩的事了?以后咱们还是要避着点。"王文海抚摸着吕翠兰说。

"知道就知道,怕他个啥?他就是一个胆小鬼。更何况老爷您是县太爷,还是他的东家。老娘论出身也是富贵人家的千金小姐,早知道他这么穷,还这么窝囊,俺才不嫁给他呢!还不是俺娘以为他面相富贵,又是当铺掌柜,非逼着我嫁给他?"吕翠兰的脸贴在王文海的胸膛上,愤愤不平地说。

"唉,你呀!天快明了,咱们还是小心点好。"毕竟是见不得人的事,王文海还是有些忌讳。

"放心吧,这里平常没人住。再说了,郑进财就是知道咱们在这里,他也不敢来,来了他更难堪。"吕翠兰倒是有恃无恐。

天色已明,雨还在一直下个不停。王文海穿戴整齐,从厢房里出来,来到堂屋,见桌子上杯盘狼藉,酒气熏天。郑进财、刘德志和钱均三人都东倒西歪地倒在椅子上,鼾声如雷。只不过,他们三人有人是真醉,有人是装醉,有人是不得不醉而已。

王文海对此并不在意,他沉吟片刻便把三人分别叫醒。吕翠兰也叫了用人过来收拾屋子。用人已经准备好了早饭,有吊炉烧饼、饸面馒头、糁汤、胡辣汤,还有腌好的小黄瓜。五人各怀心事地吃完了早饭,刘德志和钱均禁不住哈欠连天。王文海走到门口看了看天,对刘德志和钱均说:

"鲁西南地区旱了两年多了,总算盼到下雨了。不过,这场雨看起来一时半会儿不会停。县里还有很多事,我们过一会儿就回去吧。"

"知事大人,这么大的雨,路滑不说,道也看不清,不安全吧?"钱均的意思是下雨天骑马走道不安全。刘德志也点点头,冒着这么大的雨回去,别说他们三人,就是手下那帮弟兄也得遭罪。

王文海想了想,说:"也好。一会儿你们叫陈镇长来,让他帮着弄些雨衣和蓑衣。我们就再等等,如果上午雨停了我们马上就回去。如果到了中午还不停,我们就只能冒雨回去了。"

定山河
DING SHANHE

连续干旱了两年多的金乡县，天上似乎积聚了太多的雨水，一旦下起来，就像天河被捅了个大窟窿，雨水止不住地往下倾倒，整个地面上，到处都是积水，似乎已经变成了汪洋大海。

到了晌午，风小了点，但是雨水依然如注。王文海无奈之下，只好带着保安团和警备队的人，穿着好不容易凑起来的雨衣和蓑衣，冒着倾盆大雨返回县城。

这场诡异的暴雨不下则已，一下就是整整七天七夜。万福河里的水暴涨，从上游源源不断地奔涌到金平湖里。原本水位已经很浅的金平湖很快就变成了一片泽国，黄泥色的水面一望无际，湖边的柳树和杨树也只能看见树梢。以往一望无际的农田都已经被水淹没，上面漂浮着树枝和杂草，还有一些已经被泡得发白的动物尸体，隐约还漂着几个被淹死的人。

永春堂药铺一间存放中药材的库房屋顶塌了，为数不多的药材都被大雨淋了个透，什么金乡红花、泰山紫草、平邑金银花、无棣海麻黄，什么茵陈、地黄、车前子、翻白草，统统被泡在了雨水里。周明义望着满屋的瓦砾、泥泞和药材，捶胸顿足却毫无办法。后院的围墙也在暴雨中坍塌了，从坍塌的围墙向外望去，不少人家的房屋都成了残垣断壁。这场暴雨下得如此之大，持续时间如此之久，还不知道多少人家房倒屋塌、居无定所呢！本来持续的干旱就已经让很多人家食不果腹，这场暴雨又是雪上加霜，老百姓以后的日子还怎么过呀！

"老五啊老五，你咋生在这样一个世道呢？"周明义看着徐映秀怀里正在熟睡的周轩宇，喃喃自语。

"老天爷，你睁开眼睛看看啊，这光景还能让人活吗？"徐映秀满脸愁容，望天长叹。

不过，不幸之中也有万幸。下了这么大的雨，与金乡县相距不远的黄河没有决堤，流经县境的万福河也没有决堤。鲁西南地区处在因黄河冲积形成的黄淮平原上，历史上黄河每次泛滥都会造成鲁西南地区受灾严重，金乡县因境内地势西高东低，每次都不能幸免。万福河源自菏泽定陶，古称菏水、柳林河，已有两千多年历史，受黄河决口泛滥及南北运河开发影响，河道变迁频繁，经金乡境内最终流入济宁南阳湖。周明义记得，老辈人曾经说起，清道光年间，万福河在金乡决口，毁坏房屋、良田无数，很多人流离失所，只能背井离乡，以乞讨为生，不少人死在了逃荒要饭的路上。

第一章

"这雨不能再下了,再下又会是一场人间浩劫!"周明义双手合十,连连向上天祈祷。

周明义的祈祷似乎起了作用。到了晌午时,天色逐渐亮了起来,乌云在逐渐消散,风不再刮了,雨也终于停了……

狂风暴雨过后,饱受摧残的山河镇就像被茫茫泽国包围起来的一座荒岛,就连通往外界的唯一出口——万福河上的山河桥也被洪水冲塌了一段,无法正常通行。

山河镇所处的位置比较独特,北边是高耸的羊山,西边和南边就是金乡县最大的湖泊——金平湖,只有东边是一望无际的平原。清朝中期,黄河泛滥导致万福河决堤,河水改道,万福河在金乡境内形成了南北两条河流,其中北边的新万福河正好从山河镇的东边流过,把镇子与外界的通道给冲断了。后来,人们在金平湖岸边建了一个渡口,取名为"风雨渡",可以停靠各种载人或运货的船只,希望无论有多大的风雨,船只都能安然渡过。不过,出门靠船肯定不太方便,再后来,镇上的人们集资修了这座石桥,方便了与外界的通行,渡口从那以后就很少再使用。

正值夏季,天气炎热。山河镇周围河湖外溢,沟满壕平,到处都是积水,积水之上漂浮着各种垃圾、杂物还有尸体,蚊蝇飞舞,恶臭阵阵。

"镇长,大雨之后,必有大疫。现在天气这么热,如果不做预防,恐怕会瘟疫横行。"周明义忧心忡忡地去找陈仁和说。

"明义,你提醒得很对。瘟疫比暴风雨更可怕。我让孙二愣带着一个人翻过羊山去县里求救去了。必须马上修好石桥,要不咱们就被困死了。我俩一起挨家挨户去通知吧,让大家注意卫生,不要喝生水,不要乱吃东西,及时清理家里的污水和垃圾。"陈仁和这辈子经历过数次瘟疫,知道防疫的重要性。

"镇长,咱们现在缺医少药,可千万不能再闹瘟疫。最好找几个人和我一起到街上和附近的村子里去敲锣,提醒大家注意防疫。"周明义再次建议。

陈仁和一听周明义自告奋勇,欣慰地拍了拍他的肩膀,说:"好,我也跟你一起去敲锣。"

三天后,孙二愣翻山越岭回到了镇里,带回了县里回复的消息:全县受灾,修复山河渡石桥主要还是依靠山河镇自己,县里会提供一些物资帮助;另外,县里其他地方已经出现了疫情,据说是霍乱,山河镇要多加防范。

陈仁和听了以后半喜半忧:喜的是镇上至今还没发现疫情,说明预防起了一定作用;忧的是被洪水冲塌的石桥不知何时才能修复通行。毕竟,山河镇不能成为一座汪洋中的孤岛啊。

富人能活,穷人也要活。只要还有口气,日子再苦,也要咬牙过下去。镇上开始有人把多年不用的小船翻了出来,划着小船到湖里用渔网去捕鱼,有人爬到镇子后面的羊山上去狩猎、摘野果,还有人光着膀子游过万福河,再也没有回来。

两个多月以后,天气一天天在变凉,眼看着就到了秋天。秋天本来是收获的季节,可是农田里的积水刚刚退去,除了一片泥泞,就连杂草都没有。万福河上的石桥终于修复了,毕竟桥那边还驻守着保安团的一个班呢。桥断了,他们的生活也非常不方便,所以县里还是想办法帮着陈仁和把桥修好了。周明义看到,陈仁和一下子就像老了十多岁。两个人心里都在想,桥修好了,县里是不是也该来救灾了?哪怕先给一些粮食救济也是好的。

眼看着到了周轩宇出生满百天之日,当地一直有为孩子百天"过百岁"的说法。不过,生逢大灾之年,周明义既没有钱邀请亲朋好友欢聚,也没有钱买长命富贵锁,只能煮一碗长寿面,做一碗鸡蛋汤,就算给孩子过百天了。好在年幼的周轩宇并不知道这些习俗,只知道吃饱以后在母亲的怀抱里傻笑。

朝日初升,周明义早早地起床,打扫庭除,开门迎客。大灾之后,生意更加惨淡,很多人家就是得了病也没有钱求医抓药,只能卧床等死。

"明义,这么早就开门了。快看看,是谁来了?"

话音刚落,陈仁和就迈步走了进来,后面还跟着一个身穿黑色长袍、面容冷峻的年轻人。

周明义打量了一下眼前这个年轻人,感觉有些面熟,似乎在哪里见过,但是又不敢确认,就笑了笑说道:

"年龄大了,脑子也不好使了。这位先生看起来眼熟得很,就是想不起来了。"

"周大叔,您想不起来了?我是吴江涛,小时候您还给我瞧过病呢。我以前还经常和您家轩文一起玩,还想跟您学武术呢。"吴江涛向前走近一步,站在周明义面前说。

"吴家大公子啊！我说看着怎么这么眼熟呢！你家遭此大难,实在令人痛心。你要挺住啊！"

周明义看到眼前的吴江涛眼圈通红,知道他已经知道了土匪洗劫吴家大院的事情,赶紧安慰他说。

当初吴士顺从青楼里赎出了二太太,娶回家中百般疼爱,却冷落了和他青梅竹马的大太太,也就是吴江涛的亲生母亲。吴江涛当时已经年过十岁,亲眼看到母亲整天靠着吸食鸦片来麻醉自己,理解母亲心中的抑郁和愤懑,因此开始对父亲吴士顺暗生恨意。后来他母亲因为吸食鸦片过度,神情恍惚,竟然从床上滚落到地上,脑袋磕地而死。吴江涛激愤之下,一个人从家里拿了些钱趁夜色离家出走,从此音信全无。这一晃八九年过去,周明义几乎都认不出他来了。

其实,吴江涛离家后一个人跑到了济南,又从济南坐火车去了汉口。他听母亲说过,他的舅舅在汉口警察局当局长,所以他只能千里迢迢去投奔舅舅。还别说,一路上虽然吃了不少苦头,但是凭借着天资聪颖,他竟然真的找到了舅舅。他舅舅得知妹妹去世,也对吴士顺非常恼怒,所以当吴士顺派人问他吴江涛是不是在汉口时,他舅舅故意隐瞒了真相。在汉口,他舅舅不仅让他上学读书,而且还把他送进警察学校,毕业后留在汉口做了警察。直到王文海寄来书信,告知他舅舅吴家被土匪洗劫、吴士顺被害,他才安排吴江涛回乡。

"周大叔,我听陈镇长说起,是您救了我妹妹鹭鹭。能不能麻烦您再跟我回去一趟？我想这可能事关我们家的一个秘密,对我以后剿匪也会大有帮助。"吴江涛很诚恳地说。

"吴公子,没问题。你要是能回来剿匪啊,那可是咱全镇人的福气。"周明义爽快地说。

"周大叔,您以后就叫我江涛吧,这样更亲切。"

周明义与陈仁和一起,跟着吴江涛到了吴家大院。吴家大院门口站着两个黑衣黑裤面无表情的警察,肩上都背着枪。看来吴江涛这次重回山河镇,还是做了充分准备的。

时过多日,院子里已经没有了当初被土匪洗劫后凌乱阴森的景象,而且每个院子里都有持枪的警察站岗。从窗户里看去,就连二太太住的屋里也被收拾得干干净净。

"这些警察是县知事王叔叔派过来保护我的,等过阵子我也会组建一支剿匪的队伍,还要仰仗陈镇长多支持。"吴江涛拱手对陈仁和说。

"江涛啊,你上过警校,做过警察,以后镇上的保安队就归你管了。我老了,管保安队力不从心。以后你多招些人,队伍需要不断壮大,要不然打不过那帮杀人不眨眼的土匪。"陈仁和说的都是心里话。

周明义拉着吴江涛的手,指着假山,对吴江涛详细地说了一下那天救吴江鹭的经过,还把假山上那个"山"字的秘密以及那块伪装用的石板一块告诉了他。

吴江涛听完以后,脸上立刻露出惊喜之色,连连向周明义作揖致谢,并且亲自把周明义和陈仁和送到了吴家大门口。

夜幕降临,药铺里没什么生意,徐映秀去厨房做饭,周明义抱着不停啼哭的周轩宇在屋里急得团团转。孩子饿了,徐映秀的奶水不足,只能去熬小米粥。

门口人影一闪,一个人进了药铺。周明义一看,是吴江涛来了,而且只有他一个人。

"周大叔,怎么是您看孩子啊?您看这孩子哭的,保准是饿坏了,赶紧让婶子喂口奶吧。"吴江涛笑着对周明义说。

"不瞒你说,孩子他娘奶水不足,正在熬小米粥呢。"周明义有些不好意思地说。

"这孩子,眉清目秀的,一看以后就有出息。叫什么名字啊?"吴江涛端详着周轩宇的脸蛋问道。

"大名叫轩宇,小名叫小五。我自己随便起的名。"周明义有些自豪地笑着说。

"好名字!器宇轩昂,一表人才。以后长大了跟我做事吧,我不会亏待他的。"吴江涛说着从周明义怀里接过孩子,抱在怀里。

要说也奇怪,啼哭不已的周轩宇到了吴江涛的怀里后,一下子不哭了,睁着眼出神地看着吴江涛。

"看来你和这孩子有缘啊,哈哈。"孩子不哭了,周明义不禁笑了起来。

"周大叔,我是来向您表示感谢的。"吴江涛向四周看了看,小声说,"那个假山的洞里,藏着我家的很多家产,还有一些枪支弹药。小时候我就听我父亲跟我母亲嘀咕过,只是不知道他到底藏在了哪里。要不是您的心细,我妹妹也不会得救,我们的家产也就成了不解之谜。您可真是我家的大恩人啊!"

"那可就太好了!我还以为土匪把你们家都洗劫一空了呢。"周明义想起来当时鹭鹭在洞里时就是坐在一些看起来很破旧的箱子上面,没想到这些箱子里面竟然还藏着秘密。

"有了这些宝贝,我剿匪就有底气了。总有一天我会亲手杀了张一指,替我家人报仇。"吴江涛眼中似乎有一团火要喷出来,说完把怀里的孩子交给周明义,撩起大褂,掏出一个红布包来,"大叔,这是五十块银圆,就算我的一点心意。以后有啥难处,您老张张嘴就行。"

周明义惶恐不已,连连推辞,坚决不要。

"周大叔,这点心意您必须收下,就算是我给这孩子的见面礼了。您多买点好吃的,让他长得壮实一些。我先告辞了。"吴江涛一把将红布包塞到周明义手里,转身就想走。

"吴公子,这个见面礼过于厚重,我和孩子都承受不起。我无意之中救了你家妹妹,本属行医者的本分,礼物我是无论如何都不会接受的。"

吴江涛见周明义态度坚决,丝毫没有做作之意,只好接过红布包,拱手作揖告别。

吴江涛回到山河镇以后,很快就宣布吴家的佃农全部免除两年的租金。不仅如此,他在县城里和县城周边的山河镇、羊山镇、高河镇、鱼山集、化雨镇等几个镇子里都开了店铺做生意,什么饭店茶楼,什么日用百货,而且都做得风生水起。他还以保安队的名义组建了一支近五十人的队伍,日夜轮班在山河镇大街小巷巡逻。除了装备清一色的"汉阳造",还有两支德国造的驳壳枪。山河镇很快恢复了往日的平静。

一年以后,随着一声声婴儿的啼哭声,永春堂药铺隔壁的永利当铺里,吕翠兰生下了一个大胖小子。这孩子一出生嗓门就特别大,在夜里哭的时候声音能传出好远。不过,从郑进财的脸上,倒是看不出来有啥高兴劲,和吕翠兰生下女儿郑长喜时相比,心情大为不同。只有吕翠兰看到生下来的是个男孩时,乐得嘴巴都快合不上了,抱在怀里一个劲地亲,还给他起了个非常吉祥的名字,叫长福。

周明义和郑进财来往并不多,但是两家住隔壁,孩子们经常在一起玩耍。周轩宇自从学会说话和走路,就经常跑到街上玩,慢慢地就和郑长喜、吴江鹭还有郑长福玩到了一起。

后来四个孩子都被送到了陈仁和办的学堂里读书,一起读《三字经》《百家姓》《弟子规》等开蒙书,也学习一些文言文。陈仁和年龄大了,他的儿子陈学诚在省城济南读了几年书,回来后开始代替他为孩子们讲课,还会讲一些新思想,很受孩子们欢迎,陈家学堂里一直都有二十多个孩子在上课。

"我不光要教会你们认字、写字,还要教你们学会说话。中国地域虽然辽阔,可是兵荒马乱并不太平,如果你们以后去了外地生活,一张嘴就是方言,又不会写字、认字,和聋哑人有什么分别?"陈学诚第一课就用这种方式让这些孩子明白了学习的重要性。

四个孩子中,郑长喜九岁,年龄最大,学习也最用功,无论朗读、习字还是背诵、默写,都经常得到先生的夸奖。吴江鹭最善于思考,经常向先生提问题,问为什么,还经常把先生问得哑口无言。周轩宇对啥都感兴趣,经常上课走神,答非所问,挨了先生不少批评。郑长福年龄最小,在课堂上几乎坐不住,而且经常捣乱,没少被先生用戒尺打手心。说是打手心,其实先生也不会真打,主要是声色俱厉,看起来比较吓人。

学堂里还有个叫李仁贵的孩子,十岁左右,是李楼村一个财主的小儿子,比周轩宇他们四人来得都早,长得胖墩墩的,喜欢打架,经常在放学后欺负其他孩子。

这天放学后,李仁贵忽然嚷着说他身上的金锁不见了,还说是被人偷走了。

"谁稀罕你的金锁?是不是落在自己家了?"郑长喜一直就看不惯李仁贵,没好气地撑了他一句。

"是啊,谁会稀罕你的金锁?快回家找找去吧。"吴江鹭也帮着郑长喜说。

"你们还不承认?好啊!"李仁贵一指郑长喜,大声说,"我看就是你偷的,你敢不敢让我搜身?"这小子经常看到送吴江鹭来学堂的人都是扛枪的,所以不敢指她,就非说是郑长喜偷的。

眼看着郑长喜脸憋得通红说不出话来,周轩宇腾地一下站了出来,指着李仁贵大声说:"你无凭无据为何要污蔑一个女孩子?还非要搜人家女孩子的身,我看你就没安什么好心吧!哈哈,小坏蛋。"

大家都哄堂大笑起来,连心里委屈的郑长喜也忍不住破涕为笑。

李仁贵恼羞成怒,一把抓住比他矮一头的周轩宇的衣领子,使劲一推,周轩宇一下子仰面朝天倒在地上,后脑勺鼓起一个大包。他一声不吭,忍住疼痛,挺着身子又站了起来,冲着李仁贵当胸就是一拳。可惜他个头小,身材瘦弱,拳打在李仁贵的胸前就像打在一扇门板上,手背硌得生疼。

"先生来了!"不知谁喊了一声,大家都一哄而散,李仁贵有些理亏,也赶紧跟着同学跑了出去,屋里只剩下郑长喜、吴江鹭、郑长福和周轩宇四个小伙伴。

"你们咋不跑啊?"周轩宇摸着后脑勺上的包,咧着嘴问。

"小五子,没想到你这么勇敢。刚才是我喊的,先生根本就没来。"吴江鹭调皮地冲周轩宇眨了眨眼睛说。

"是啊,小五子,你真勇敢。头还疼吗?"郑长喜感激地望着周轩宇问。

"不疼,真的不疼!"周轩宇龇着牙大声说。

"五哥,以后那个胖子再欺负你,我帮你揍他。"郑长福拉着周轩宇的手说。

"你呀,像个土豆似的,等你长大了再说吧。"周轩宇忍住头疼,拍了拍郑长福的肩膀。

回到家里,周轩宇把书包一扔,抱住周明义的大腿,大声喊着要学武术。

"刚读了几天私塾,怎么要学武术呢?是不是被人欺负了?头上怎么会有个包?"周明义有些摸不着头脑。

"爹,你不是说咱周家出过很多文武双全的大英雄吗?我奶奶还说咱家出过武状元呢。我也要学武术,我也要做文武双全的大英雄。"周轩宇扯着周明义的衣服,闹个不停。

"你才多大,学什么武术?学武术要吃很多苦头的。你先学会识字,学会读书、写文章,将来还可以学医,据说城里的西医治病可厉害了。"周明义练过武术,知道学武很苦的,"不过,《周氏家训》里说:'吾人能学武,福寿永长春。上可光先祖,下堪裕后昆。'等你再大一点,身子骨硬朗了,我可以教你练些武术。"

"是啊,你太小了,等长大点再让你爹教你武术也不晚啊。听你爹的话,老五。"徐映秀听到周轩宇在闹腾,也过来劝他。

"爹、娘,我不怕吃苦。我要学武术,学了武术就可以不受人欺负,还能教训那些坏人。"周轩宇叉着腰,挺着小细脖子,倔劲十足。

"好吧,你说得有道理。快搬个板凳坐下,爹给你讲讲周家的故事,听完以后我就教你武术。"周明义坐在屋里破旧的太师椅上,让周轩宇搬了把小板凳,坐在自己身边,"周姓最早发源于陕西渭河平原,后来逐渐向全国各地迁徙。周武王姬发创建了周朝,后来周朝被秦朝灭亡后姬姓人为了纪念周朝都改姓了周。金乡周家是明朝洪武年间从山西洪洞县千里迢迢搬迁来的,虽然在路上死了很多人,但是我们的始祖周敬先最终活着来到了这里,这才有了我们金乡周家这一大家子世代繁衍。"

"爹,为啥要从那么远搬到这儿来啊?"还不太懂事的周轩宇不解地问。

"元末明初,战火四起,民不聊生,中原地区深受战火祸害,很多地方荒无人烟,所以朱元璋平定天下以后,为了恢复当地生产,就开始进行大规模移民。"周明义语气沉重地说。

周明义讲的故事,有的是他从父亲和爷爷那里听来的,也有的是他从书里看到的。周家以前在县城里居住的时候,专门修了一个很大的祠堂,里面除了珍藏着每年都要修订的《周氏家谱》,还有不少周氏名人的遗物。明代周永春在任辽东巡抚的时候,为了阻击后金对边关的入侵,负责后方粮饷和兵马的转送,战功卓著,曾被明神宗下旨嘉奖。为了方便将士作战,他曾经手绘了一幅翔实的边防地图《全辽图》,赢得了前方将士们的交口称赞。回到金乡以后,他做了两件造福百姓的大事,一是危难之际挺身而出,协助县令守卫县城,成功避免县城被匪徒洗劫。这件事被他记录在《守城记》这篇文章中。二是1632年黄河决口,洪水冲击金乡县,县城南北两面的水几乎与城堤持平。已经六十岁的周永春和县令一起出巡城堤,严加防范,并在洪水退去之后,主持重修城堤。这件事情,被他记录在《修堤记》这篇文章中。

清朝时期的周一德,少年时就熟读兵法,苦练武功,康熙壬午年考中武举,第二年中进士,授二等侍卫。周一德任职湖北彝陵总兵时,征讨残暴不仁的容美土司,赢得了当地苗族民众的拥护和爱戴。后来他又远征新疆、西藏、青海、宁夏等地,所到之处,广施仁政,安抚民心,为国家的统一立下汗马功劳,官至勇健营提督,成为赫赫有名的一代儒将。他曾经写了一本兵书《火龙阵论》,对交战中如何使用火枪很有见解。

难能可贵的是,这两人都文武双全,贵为高官,而且都刚直不阿,清正廉洁,仁义宽厚，为周氏后人做出了表率。"雪山老人七十五，须发如霜目如瞽。忆昔当年侍仁皇，手握短矟刺猛虎。自从漠北落雕后，阵演火龙效孙武。云麾拜命守柴桑，旋迁南徐奠海疆……齐年故旧多殒亡，却向何人谈肺腑。儿孙为我介眉寿，饮食恒需待人哺。黄粱已熟梦已残，残梦不醒转长眠。人生如梦梦如幻，幻梦相寻未了缘。至人无梦称大觉，大觉之后登极乐。"这是周一德在七十五岁高龄时练习书法时一气呵成的长诗，也是他戎马一生、两袖清风的写照。

"爹，你背的这首诗咋那么长？你说的那些书啊、画啊，在哪儿呢？我能看看吗？"周轩宇瞪着眼睛听了半天，忍不住问。

"诗写那么长说明周一德文武双全啊。这些书画都在周家祠堂里，由咱们的族人专门看管。离镇子不远的山脚下，还有周家的林地和墓群呢。周一德的墓看起来很威风，石羊、石马、石龟，啥都有。等你长大了，我就带你去扫墓。"

"那我啥时候才能长大啊？"周轩宇的眼睛里透出一种渴望。

从此以后，每天晚上无论刮风下雨，周轩宇都跟着周明义练习武术，举石锁，蹲马步，无论拳脚，还是刀枪，他什么都想学，也从来不叫苦。

冬日的一个寒夜，漆黑的天空中忽然飘起了鹅毛大雪。周明义看着周轩宇打了一路拳，出了一身汗，就让他停下来，准备回屋休息。正在这时，镇子东边隐隐传来一阵枪声。听声音，似乎是李楼村的方向。

"老五，世道不太平，今天就练到这里，快回屋睡吧。"周明义侧耳听了听说，"估计又是土匪放的枪，不知道哪里的百姓又遭殃了。"

"爹，为什么会有土匪？他们难道不害怕官兵吗？"周轩宇好奇地问。

"土匪也是穷苦人出身，活不下去了才当了土匪。土匪太多了，那些官兵管不过来，索性就睁一只眼闭一只眼，还有的官兵和土匪勾结，兵匪一家。"

"那到底是土匪坏呢，还是官兵坏呢？"周轩宇总有问不完的问题，接着又问。

"这……"周明义一下子张口结舌，被儿子给问住了。

刚睡下不多久，就听得药铺外有人在砸门，还有人在叫喊。周明义听出来是孙二愣的声音，赶紧穿上衣服去开门。没想到，周轩宇还没睡着，也胡乱套上衣服跟在了周明义后面。

原来张一指趁夜色带了几十人去洗劫李楼村，与李楼村"杆子会"的人发生了冲突。"杆子会"本来是一种自发的民间组织，一般由一个大村或邻近几个村庄联合组成，目的就是维持地方治安、防御土匪。因为他们常用的武器主要是长杆的标枪，所以就被称为"杆子会"。加入"杆子会"的也有很多地痞流氓和别有用心的人，鱼龙混杂，所以这个组织有时候也打着劫富济贫的幌子为害一方，和土匪没什么两样。

"杆子会"的人都练武术，尤其喜欢练气功，自称可以刀枪不入，打起仗来不怕死。刀枪不入本来是清末义和团运动时期的一种迷信说法，在张一指的"汉阳造"面前，一打就倒下一大片，死伤很多。危急之时，吴江涛带着保安队在土匪的后面开了火，双方发生了激烈的枪战。张一指带的人被前后夹击，死伤严重，他本人腿上也中了一枪，在五六个亲信的保护下趁乱骑马逃走了，吴江涛就带了十几个人骑着马在后面追。

"周大叔，保安队和'杆子会'的伤员都抬来了，吴队长说请您给包扎救治，费用他出。"孙二愣气喘吁吁地说完，一摆手，外面的保安队员抬着十几个伤员进了药铺，屋子里满满的全是人。

周明义一看，天气虽冷，这些人都疼得脸上冒汗，龇牙咧嘴，但是都很硬气。有的被子弹打伤了胳膊、大腿，有的被刀砍得头破血流，每个人都被简单地包扎了一下，鲜红的血液不断地往外渗，看起来非常瘆人。

"老五，快把你娘和柱子哥都喊来，多个人多双手。"周明义马上吩咐周轩宇，然后从柜子里取出救治的药物和器具。

不一会儿，徐映秀和柱子都一溜小跑进了屋，和周明义一起手忙脚乱地救治伤员。周轩宇年龄虽然小，看到爹娘的手上都是鲜血，看见伤员们一个个都疼得紧紧地咬着嘴唇，却不觉得害怕，还主动在爹娘后面帮忙递东西。

雪越下越大，一眼望去都是密密麻麻的白色雪花，周围什么也听不到，什么也看不到。吴江涛见再追下去也没啥用，就带着人返回了山河镇。

凌晨时分，周明义一家人忙活了半宿，终于给伤员们都重新上了药，做了包扎。他再三嘱咐孙二愣，伤情严重的必须到县里去做手术才能活下来。孙二愣正在点头的时候，吴江涛也赶到了药铺门口。他下马进了药铺，先向周明义两口子作揖致谢，然后吩咐孙二愣将伤员都抬到他的家，伤重的请县里的医生到家里进一步医治。

"吴队长,你可真厉害!你们杀了几个土匪啊?"周轩宇脸上和手上也沾了不少血迹,乍一看还挺吓人。他看到吴江涛穿着一身灰色的军装、黑色的军靴,系着带铜扣的军腰带,腰带上还挎着一支手枪,显得威风凛凛,心里非常羡慕。

"老五兄弟,我们这次杀了二十多个土匪。以后你长大了,我带你一起杀土匪,好不好?"吴江涛说着,摘下手套,用手抹了抹周轩宇的脸,帮他擦去血迹。

"太好了,谢谢吴队长。我现在每天都跟着我爹练武术呢。"周轩宇挺直了腰板,自豪地说。

"有志气,等我有时间教你打枪。"吴江涛半开玩笑地逗周轩宇说。

"哎呀,吴队长,你可别逗他,还是让他好好读书吧。以后最好能去济南或者北平去读书。"周明义还真担心周轩宇只顾着舞刀弄枪,不好好读书。吴江涛听后知道周明义当了真,不由得哈哈大笑。

风一场雪一场,又是一年过去。正月末,刚过了元宵节,街上还挂着些红灯笼,不时还能传来几声零星的鞭炮声。

夜幕降临时,天上飘起了雪花,周轩宇穿着厚厚的棉衣,站在药铺门口放鞭炮。不过,他可不舍得把一挂鞭炮一次都放完,而是拆成一个一个的炮仗,用香火点着,等捻子快烧到头,再用力扔出去。"啪!"随着一声清脆的响声,鞭炮就在他身边不远处的空中炸响。这其实挺危险的,万一把握不好,炮仗就会在手里炸响。周轩宇不但不怕,还觉得这样放炮仗才叫过瘾。

"老五,你是老五吧?"一个身材高大的年轻人站在周轩宇面前,穿着一身青色大褂,戴着一顶黑色礼帽,手里还提着一个藤条编制的箱子。

"你是谁啊?"周轩宇看了一眼,继续用香火去点手里的炮仗。

"我是你大哥啊。咱爹娘呢?快带我去见爹娘。我上次回家的时候,你还不会说话呢。"

"轩文,你怎么这时候回来了?"徐映秀担心周轩宇放炮仗有危险,从院子里走出来,一眼就看见了正和周轩宇说话的周轩文,接着扭头冲着院里喊,"他爹,快出来,老大回来了。"

周明义喜出望外地跑出屋来,一手拍着周轩文的肩膀,一手去接他手提的箱子。周轩文推辞不让,拉着周轩宇的手,一起进了屋。

徐映秀破天荒地炖了半锅北瓜,还烀了碗猪肉,再端上热气腾腾的窝头和玉米糊，把正在照看柜台的柱子也喊了过来，一家人围在堂屋里的八仙桌上，边吃饭边听周轩文讲外面的故事。周轩宇刚开始对大哥还有些陌生，很快就拉着他的手，一口一个"大哥"叫个不停，还不停地问这问那，非常兴奋。

"这些年来，我也没能平静地上过几天学。省里当官的三天两头像走马灯似的换来换去，一会儿皖系的，一会儿直系的，一会儿奉系的。当官的换了不少，可是土匪越来越多，民众的日子越来越苦，日本人在山东也越来越猖狂。"周轩文毕竟年轻气盛，说起来就义愤填膺。

"是啊，听说临沂那个劫火车的土匪头子被政府枪毙了，咋现在土匪还那么多？咱县的张一指现在也没能剿灭，'杆子会'的人倒是越来越多，而且越来越像土匪，大家也是没法子啊！"周明义长叹了一口气，他整天就待在山河镇，对外面发生的事情知道得并不多。

"军阀混战，苛捐杂税，贪官污吏，官匪一家，怎么可能剿灭土匪？就说这个刚下台的督军张宗昌吧，简直就是个厚颜无耻、无恶不作的衣冠禽兽。要不是他，济南也不会让日本鬼子残杀那么多人啊！"周轩文说到这里，眼里泪光闪闪，"爹、娘，北平五四运动时，我在济南读小学，亲眼看到了街上游行的学生被驱赶，被殴打，被抓捕。刚刚过去的五卅惨案，那真叫一个惨啊！日本鬼子在济南烧杀抢掠，祸害妇女，见人就开枪，到处都是死人，到处都是血。要不是三叔死活不让我出门，我估计这次也死在日本人的枪下了。这不，日本兵刚撤出济南，我就跟厂里告了假，想办法回家看望二老，结果在兖州下了火车遇到一帮土匪劫道，我就躲在路边的草丛里，直到天黑才脱了身。"说到这里，周轩文似乎还心有余悸。

周明义和徐映秀互相看了一眼，都没有说话。让周轩文跟着三叔去济南是他们再三商议的，家里太穷，不出去就没活路。当年轩文跟着三叔走时和轩宇现在差不多大，已经懂事了。可是，老四轩仪跟着她堂叔走时，才刚满五岁，还不大懂事。虽然从为数不多的书信上来看，轩仪学习很用功，已经开始读中学，但是毕竟已经十多年未见，他们心中也是牵肠挂肚的。

"没事就好！没事就好！老大啊，你最近给老四写信没？她现在咋样了？"徐映秀眼圈发红，忍不住问。

"娘，我和妹妹经常通信。北平和济南的书信往来还算顺畅，不像山河镇，寄啥东西都没个准头。妹妹现在状况很好,她还说准备以后考大学,堂叔和堂婶都很支持她。对了,她还特意托我买了两本连环画,让我带回家作为送给老五的礼物呢。"说着,周轩文从箱子里拿出两本连环画,是绘画版的《西游记》和《说岳全传》,递到周轩宇手里。

"这是什么书?都是画。"周轩宇不认识连环画,还有些奇怪。

"老五,这是连环画,可以学习我们中国的传统名著,很有趣。你姐姐送给你的,她在北平上学,学习可好了。"周轩文翻着连环画,认真地给周轩宇说。

"什么北平?什么姐姐?我怎么都不知道呢?"周轩宇噘着嘴,嘟囔着说。

周轩文耐心地给周轩宇解释北平是个地名,是以前皇帝住的地方,离金乡县很远,但是那里有很多好学校,又给他说了半天姐姐为何去北平,周轩宇才点了点头,接着问:"哥,那你说,是土匪坏,还是日本鬼子坏呢?"

"日本鬼子最坏,什么贪官,什么土匪,都不如日本鬼子坏。哥告诉你,日本鬼子不是人,是一群猪狗不如的畜生!咱们一定要把他们赶出中国去!"周轩文咬牙切齿地说。

"哥,我跟你去,咱们一起把日本鬼子赶出去。我还练过武术呢!"周轩宇放下手中的连环画,握着拳头说。

"老五啊,你哥和你姐都出门在外,爹娘就不想让你再出去了。你就留在家里,好好学做生意,以后把咱这药铺打理好就行了。"周明义严肃地对周轩宇说。

"我不嘛,我不学做生意,我要去打鬼子。"周轩宇立刻噘起了嘴,一副要哭鼻子的模样。

好不容易哄着周轩宇睡下后,周轩文又陪着爹娘说了半天话。周明义的三弟经过多年打拼,在济南开了一家以鲁西南风味为特色的饭馆。三叔年龄也不小了,只有一个女儿,还在上中学。周轩文去年中学毕业后,应聘去一家纺纱厂做了库管,就是负责仓库物品的收发,偶尔也在饭馆帮忙。

"爹、娘,这里有十块银圆,五块是三叔让我给您两位的,五块是我工作以后攒的。三叔说这几年兵荒马乱,苛捐杂税特别多,还有土匪和黑社会,生意不好做。"周轩文小心翼翼地从大褂的内襟里取出一个小布包来,放在桌子上。

"傻孩子,咋还能要你三叔的钱呢?你和你妹妹幸亏有你三叔和你堂叔照顾,要不然……"徐映秀把布包拿起来,又放回周轩文手里。

"娘,您别这么说。三叔经常说,爷爷去世早,您当年也没少照顾他和堂叔。何况,这些年奶奶都是由爹和您照顾。奶奶去世以后,三叔说该轮到他照顾爹和您了。"周轩文把布包又推到周明义面前。

"先前那日子和现在一样苦。你二叔就是小时候染了病没钱治才没的。你二叔走的时候我才十二岁,也就是老五这个年龄。"周明义看着布包又想起了不堪回首的往事。

过了两天,周轩文不得不和家人告别,匆匆上路返回济南,逐渐消失在周轩宇的视线里。他和周轩文虽然是亲兄弟,却刚刚认识了两天。他还有很多问题要问,但是大哥已经不在他身边了。

陈仁和老了,走路都有些喘。吴江涛成了山河镇镇长,也是金乡县最年轻的镇长。有没有政府任命,大家也不清楚,反正是老镇长陈仁和宣布的,大家都认。吴江涛成为镇长的第一年,镇上成立了第一家公立小学——山河小学。校长就是陈仁和的儿子陈学诚。县里也派来了三个年轻的教员,分别教算术、美术和体育。国语课还是由陈学诚来教。

郑长喜、吴江鹭、周轩宇、郑长福,还有那个李仁贵等三十多个孩子成了山河小学的第一批学生,开始了一年级的学习生涯。

周轩宇除了晚上继续跟着周明义练武术,还养成了看书的习惯。因为他老是提问题,有些问题别人也不知道如何回答,就告诉他回家自己看书,他一想也有道理,就到处找书看。周轩宇家里的书本来就不多,他很快就看完了。后来他就让父亲去陈仁和家里借书,什么"四书五经",什么《增广贤文》,就连《本草纲目》他也找来看。

后来周轩宇就经常缠着周明义带他到周氏祠堂去看《修堤记》《守城记》《殿诤录》《丝纶录》《抚辽书牍》《寻边大略》《兵机秘纂》《火龙阵论》等各种从未听过的周家老一辈传下来的古代书籍,不会读或看不懂的地方就追着问周明义。他还对手绘的彩色军事地图《全辽图》产生了浓厚的兴趣,对图上每一地域的山川、地势、物产、风土人情、战事战例及攻防策略都问个不停。不过,他对祠堂里珍藏的明清时期周氏族人的嘉奖圣旨以及清朝时皇帝赐给周家的"日近天颜"匾额却几乎没有兴趣。

清明节那天,周明义带着周轩宇去羊山脚下的周氏墓群祭奠先人,周轩宇对

第一章

柏树丛中那些高高隆起的土岗堆和排列整齐的坟墓并不觉得害怕,反而对墓碑后面镌刻的墓志铭很有兴趣,尤其是明代周永春和清代周一德的墓志铭,他让周明义一个字一个字地认真读,然后自己跟着读了三遍才肯离开。

"……周公,讳一德,字克协,号旦复,貌魁梧,性敏力学,文肖西汉,诗类刘长卿,书如李北海,兼精骑射,娴习诸技勇……举于乡,癸未成进士,授二等侍卫……公历官数十年,在任无赫赫之名,去则令人思。驰骋王事不治生产,故官显而贫,然能以清白遗子孙……"

回家的路上,周轩宇嘴里并不闲着,一个人磕磕绊绊地背诵刚看到的墓志铭,令周明义对他有些惊讶。

从周明义讲的故事里周轩宇才知道,其实金乡周家一直是书香门第、教育世家。周永春的爷爷曾在国子监学习,后来做了济南府的训导。周永春自幼聪慧,喜爱读书,常常挑灯夜读,通宵达旦。他母亲心疼,不让他太劳累,周永春就用布围成一个帐子,挡住灯光,继续苦读。他在童试中得了第一名,受到当时主管山东省地方教育,后来官至兵部尚书的官员李化龙称赞。

周永春在做山西洪洞县县令时,惩处奸邪,废除弊端,爱民如子。后来调任阳曲县,他不畏强暴,严惩贪赃枉法之徒,同时大力兴办教育,政绩卓著,在整个山西的官员考核中排第一名。任职吏部时,他不畏权贵,坚持原则,有人劝他说如果动了权贵的利益,会掉乌纱帽。他却说,如果此举有利于国家社稷,我情愿不做官也要这样做。调任辽东巡抚后,他大力审查官员侵吞、隐藏公款,收缴赃物充作军费,因此得罪了不少人。后来祖母去世,他返乡守孝。回金乡后,他曾经协助县令击退匪徒攻城。有一年黄河决口,县城岌岌可危。周永春以六十岁的高龄和县令一起巡视大堤,监督工事。有人劝他离开,他却说,欲成大事如果连自己都不能承受灾难,又怎么能让众人同心合力呢?

周一德小时候学习也很刻苦,擅长写诗填词,练了一手好书法。有一次他看到一本古人写的兵书,就兴奋地说,这是可敌万人的兵法啊!从此不再学习八股文,转而习武。

根据民间传说,清朝皇帝康熙有一天晚上做了一个梦,梦见金銮殿栋梁断折,眼看就要倒塌。这时从云彩间飞来一玉面大汉,神采奕奕,威风凛凛,单手擎起栋梁,稳住了金銮宝殿。梦中这个人的神态相貌清晰可见,梦醒后康熙忙用御笔画了出来,第二天升殿命令官员在全国访查此人。

周一德这天外出访友,喝醉了酒,摇摇晃晃倒在一棵大树下。这时查访的官员远远望去,见大树下卧着一条大汉,走向前去仔细观看,酷似皇帝梦中所见之人,再掏出画像仔细对照,确信无疑,于是将他关入囚车解往京城。周一德被困在囚车里好几天,疲惫不堪。囚车打开后,他就两眼直视着康熙。康熙看到周一德就是梦中之人,异常激动,于是亲封他为镇殿将军。

到了雍正年间,周一德出兵边塞,行军走到一个干旱之地,人马严重缺水。他向天地神灵祷告后,开凿山岩,山泉顿时就涌了出来。行军走到荒山之中,风沙四起,山谷中地动山摇,周一德不慌不忙,让士兵们整齐有序地快速通过。刚刚走出山谷,谷中就山石崩裂。

周一德勇猛无敌,战功显赫,官至一品,而且爱民如子,儒雅正直,为官清廉。他任镇篁总兵时,曾经参与处理过花垣县茶峒的一起民变。他极力主张招抚,反对滥杀无辜,向当地苗民发花红和牛酒,与当地人民结下了深厚的友谊。后来周一德离开镇篁,远上西北勇健营开疆拓土。出发前,当地苗民纷纷扶老携幼从花垣前往镇篁送行,包括苗族头人龙老肉。大家对周一德盛情挽留,周一德没有办法,只能一一加以抚慰,大家才号恸而归,场面十分感人。周一德感慨万千,当场赋诗一首:"历尽千山与万滩,西风吹人客衣单。鹧鸪莫向深山叫,多少行人泪不干。"

"英勇善战,精忠报国,一身正气,两袖清风。这就是老百姓心目中的英雄形象,所以英雄在民间流传的传说都有很多。"周明义意味深长地对周轩宇说。

自从爱上读书后,周轩宇学习成绩越来越好,在课堂上经常得到老师的表扬。同学们有什么问题都喜欢找他帮忙,就连比他大一些的郑长喜和吴江鹭也经常在课堂休息时向他请教问题,只有李仁贵见到他就冲他直瞪眼,一脸的不服气。周轩宇也不理会,每次见到李仁贵都若无其事地走开。

一天下课后,同学们都跑到院子里去玩耍,周轩宇看到郑长喜一个人坐在长凳上,神色有些忧伤,就过去问:

"喜子姐,你怎么不出去玩?"

"我……有点不舒服。"郑长喜眼里似乎还有隐隐的泪光。

"哦,有事就跟我说。我出去玩了。"

第一章

"小五子,有件事在我心里憋了很长时间,不知道该怎么办。"郑长喜看看教室里没人,轻声说,"我告诉你,你可千万别告诉别人。尤其是别告诉吴江鹭。"

"放心吧,我不会告诉别人的。"周轩宇使劲点了点头,看着满脸心事的郑长喜说。

"我知道吴江鹭也喜欢你,你可别告诉她。"郑长喜欲说又止,"我前些天无意之中撞见了我娘和王老爷……他们都没穿衣服,一看就没干好事。后来我娘就打了我一巴掌,还说要把我早早嫁人。"郑长喜眼里的泪珠在不停地转动。

周轩宇有些奇怪,不过他还是问了一句:

"哪个王老爷?你娘怎么会和王老爷在一起?"

郑长喜脸上立刻羞得通红,气愤地说:

"就是县里那个王老爷,胡子都白了。他有个儿子王平青和我一样大,以前还来过我家好几次呢。我爹很怕王老爷,我也不敢告诉我爹。我娘说如果告诉我爹,就不让我上学了,还要把我关起来。"

"哎,你娘可真是……"周轩宇似乎有些明白了。

"可是,轩宇,我……想上学。我不想那么早就嫁人……我只喜欢你。"郑长喜脸憋得通红,说话时断时续。

"啊?你别急……我想你娘是在吓唬你,她的事你别说不就没事了。"周轩宇还是第一次收到女孩子这么大胆的表白,不知道该怎么说话了。

正在这时,郑长福从外面跑进教室,看到他俩,嬉皮笑脸地问:"你们在说什么悄悄话呢?"

两人赶紧装作正在讨论问题。"你姐姐比你学习用功,在和我讨论问题呢。"周轩宇笑着回答。

放学后回到家里,周轩宇看到父亲和母亲都坐在堂屋的八仙桌旁,脸上还喜笑颜开的,就问:"爹、娘,啥事那么高兴?"

"快过来,老五。你哥哥和你姐姐都来信了,还给你寄了礼物呢。你说这也是,以前盼个信是左盼不来,右盼也不来,现在一起来了。"徐映秀手里拿着两封信,大发感慨。

"你没看老大在信里说嘛,军阀混战已经结束了,南京的国民政府在全国说了都算。就连山东的政府主席也换成一个姓韩的了,据说也是一个大老粗。"周明义笑着说。

"老五,快来看看你姐姐的照片,这是她特意拍了寄回家的。"徐映秀伸手把周轩宇揽到怀里,让他坐在自己腿上,看一张黑白照片。照片上的周轩仪已经长成大姑娘了,身材苗条,留着短发,眉清目秀,面色沉静,英气逼人。她上身穿白色的襟衫,衣袖呈喇叭状,下身穿黑色裙子、白色袜子和黑色鞋子,显得清雅而又不失干练。

"娘,长大了我要去找哥哥和姐姐。"周轩宇看着徐映秀认真地说。

"好啊。只要你们能有出息,爹和娘是不会拴着你们的。你哥来信还说让你去济南上学呢,说那边学习条件好,可以读的书也多。可是你现在才上初小,总要一步一步来啊。"周明义摸着周轩宇的头,笑了笑。

周轩宇忽然想起郑长喜今天给他说的事来,他知道自己帮不了她,毕竟那是她自己家里的事。不过,他内心里隐隐有了一种冲动,想去济南上学,想离开这里去看看外面的世界。

不知不觉又到了春节。寒风呼啸,雪花漫天飞舞,山河镇笼罩在一片白茫茫之中。周轩宇对春节并不像小时候那么期盼了。小时候盼望春节是因为可以吃饺子,可以穿新衣服,可以"挣"压岁钱,还可以放鞭炮。但是现在周轩宇已经长成了一个大小伙子,才刚满十五岁,身高就超过了父亲周明义。虽然身材偏瘦,但是因为练武术,显得很壮实。

对周轩宇来说,这个春节很不平常,因为他思念了三年的大哥周轩文又回家了。不光他的大哥,就连他从未见过面的姐姐周轩仪也和堂叔、堂婶一起回来了。周轩文和周轩仪事先约好,分别从北平和济南坐火车,在兖州下了车,聚齐以后一起坐马车回到了金乡。

堂叔周明堂和堂婶都在北平一家中学教书,他们头发都有些花白,各自戴着一副黑框的眼镜,满面笑容,和蔼可亲。周轩仪比寄来的照片上又长高了不少,一身素雅的学生装打扮,显得清新脱俗。

"大哥、大嫂,轩仪已经考上了国立北京大学。这孩子是真替我们周家争气啊!我们合计了一下,趁现在形势还算稳定,就一起来家看看。要不她想你们,你们也想她,整天都牵肠挂肚的,也不是个办法。"从周明堂的眼神可以看出来,他对周轩仪可是充满了自豪感。

"爹、娘,时局不稳,兵荒马乱,我们天各一方。女儿这些年虽然一直对爹娘日思夜想,可是却没能回家探望,还请爹娘原谅。"周轩仪泪流满面,说着就给周明义和徐映秀跪了下去。

"好闺女,快起来。只要你有出息,爹娘就比啥都高兴。要说下跪啊,也应该给你叔叔和婶子下跪,是他们把你抚养成人,供你读书上学的。"两行泪水从徐映秀的脸颊上滑落,她和周明义都从椅子上站起来,拉起了周轩仪,三个人哭成一团。

徐映秀去厨房做饭,堂婶也跟着过去帮忙。周明义和周明堂两人喝茶聊天。周轩文和周轩仪两人围着周轩宇逗乐。周轩宇不停地问哥哥和姐姐问题,两个人在自己弟弟面前讲得也是眉飞色舞、滔滔不绝,把周轩宇听得如痴如醉,一脸崇拜的表情。不过,周轩文和周轩仪也很惊讶,发现从未出过家门的周轩宇懂的东西可真不少,虽说在不停地提问,但是还能插上不少话。周轩文和周轩仪两人互相看了一眼,就开始反过来问周轩宇,没想到,这小子还挺有见解,回答起来头头是道。

"妹妹,看来咱们小弟还真没少看书,这些年寄回来的书都派上用场了,孺子可教也。"周轩文笑着对周轩仪说。

"大哥,看来五弟天资聪颖,是个学习的好材料。他这水平,都快赶上中学生了。"周轩仪也对周轩宇的表现很认可,连连含笑点头。

周轩宇反而有些不好意思,嗫嚅着说:"哥哥、姐姐,我……我也想去济南上学,想去北平上学。"

等饭菜做好端上桌来,大家围在一起喝酒。周轩文喝下三杯酒后,提了一个想法:"春节后带着老五去济南参加中学考试。如果考上,就在济南读中学,考不上再回金乡读中学。"

周轩文话刚说完,周轩仪接着说:"爹,老五天资聪颖,不能耽误他。大哥这个提议也是我们两人商议的。"

周明义笑了笑,没有说话。大家一起将目光投向了正在吃东西的周轩宇,没想到他腾地一下站了起来,一手端起周轩文面前的酒杯,仰头就喝了下去。喝完以后一边咳嗽一边大声说:"爹、娘,我愿意跟大哥去济南。以后我还要去北平找我姐呢。"

"哈哈哈……"大家看到周轩宇喝酒以后被呛得满脸通红,都笑了起来。

　　初六那天早晨,红日初升,寒风依然凛冽。地上铺满了厚厚的积雪,有些已经融化的地方,变成了厚厚的冰块,在阳光下散发着白色的冷光。周轩宇坐在马车上,穿着厚厚的棉衣棉裤,头上戴着棉帽,脖子上还缠了一条围巾,只露出一双充满了好奇的眼睛。马车的车篷里,还坐着周轩文、周轩仪和堂叔、堂婶。

　　马车的轮子轧在冰雪上,咯吱咯吱响个不停。透过车篷后面棉布帘子的缝隙,周明义和徐映秀站在药铺门前的身影已经模糊,就连镇头上那个高大巍峨的石牌坊上面"山河古镇"四个苍劲有力的大字,也渐渐地消失在周轩宇泪水涟涟的眼睛里……

第二章

　　快速行进中的火车和铁轨摩擦的声音以及不时响起的鸣笛声，让周轩宇想起五年前，他和大哥一起坐火车去济南时的情景。当时他不仅对这个快速行驶、冒着浓烟的火车感到很好奇，更对车窗外一闪而过的大好景色看个没够。被皑皑积雪覆盖的田野一望无边，结了冰的河流在阳光照射下熠熠生辉，远处青色的山峦像波浪一样蜿蜒起伏。当火车行驶到泰山脚下的时候，一座雄伟的山峰似乎拔地而起，巍然挺立，远远看去，层峦叠嶂，如梦似幻，恰似人间仙境。

　　"老五，这座山就是著名的泰山了，号称'五岳独尊'，是历代皇帝都要前去祭拜的地方。"周轩文对正看得入神的周轩宇说。

　　"这就是泰山啊，终于见到了真面目。岱宗夫如何？齐鲁青未了。杜甫诗句果然名不虚传。"周轩宇眼睛瞪得大大的，一脸的惊叹。

　　"会当凌绝顶，一览众山小。以后有机会一定要来爬一爬泰山，体会一下诗中的那种万丈豪情。"周轩文也没有登过泰山，因此感慨不已。

　　从车窗向外看去，泰山依然巍峨耸立，树木郁郁葱葱。不过这次周轩宇并没有和周轩文在一起，而是他一人从济南奔赴兖州，然后再回到他已经阔别多年的山河镇。

　　五年以前那个春寒料峭的黄昏，他跟在哥哥后面，在济南火车站下了车，看着满眼德国建筑风格的火车站，可算是开了眼界。眼前造型典雅而又高大雄伟的钟楼非常有特色，钟楼立面是螺旋排列的长窗，售票厅门楣上方是拱形大玻璃窗户，屋顶瓦面下檐是三角形和半圆形上下交错的小天窗。墙角错落有致的方形花岗岩石块，大门外逐级而上的基座台阶，以及窗前种植的墨绿松柏和棕褐围栏，都让人感觉这座西洋式火车站既有玲珑剔透的细节感，又有厚重坚实的历史性。钟楼圆顶下面的墙面上装有四个圆形的大时钟，周轩宇还是第一次看到这么气派而又典雅的钟表，不禁停住脚步观望了许久。

还没有过正月十五，城市里仍然充满节日的气氛，此起彼伏的鞭炮声不时传来，大街上来来往往的都是匆匆忙忙的行人。

从车站广场坐上拥挤的公共汽车，周轩宇目不转睛地看着眼前的城市风光。街边挂着各色招牌的饭馆、酒楼和商铺，还有鸣着喇叭呼啸而过的黑色小汽车，那些骑着马或者骑着自行车，挎着长枪在街头巡视的警察都让周轩宇大开眼界。

公共汽车在一座造型精美的欧式建筑附近停了下来。周轩文带着周轩宇下了车，告诉他，这里是洪家楼，那座欧式建筑是天主教教堂，是欧洲教士传教的场所，规模很大。

沿着马路走了一会儿，街边有一处饭馆，门口挂着两个红灯笼，招牌上写着"周家饭庄"四个大字。从饭馆门前进出的客人来看，虽然还在春节期间，饭馆生意却不是很好。

周轩文走进店里，穿着褐色马褂、戴着瓜皮帽的小伙计立刻满脸笑容地迎了上来，口里喊着"您可回来了。掌柜的就在后院屋里呢"。

周轩宇拎着箱子跟在周轩文后面，穿过院子，到了后院的堂屋里，见一位中年人端坐在太师椅上，他身穿黑色丝绸大褂，身材魁梧，双目炯炯有神。旁边的椅子上，还坐着一位年轻的女子，和姐姐周轩仪相貌很像，穿一身学生装，端庄俏丽。

"老五，快来见过三叔，还有轩静，你要叫姐姐。"周轩文进屋赶紧给周轩宇介绍。

"快过来，快过来。都长这么大了，三叔还是第一次见呢。"三叔周明礼笑着从椅子上起身，热情地招呼周轩宇。周轩静也站了起来，微笑着冲周轩宇点了点头。

夜幕降临，周明礼安排厨房炒了几个菜，都是鲁西南风味，更为难得的是，在济南竟然还吃到了家乡的鲤鱼，不过是产自微山湖的，不是金平湖的。一家人一边吃饭一边畅谈，除了周轩静，大家说的还是鲁西南方言，这让周轩宇觉得，在济南和在山河镇也没啥两样。

周轩静正准备考大学，周轩宇也要参加中学考试，所以周轩宇就在三叔家住了下来。周轩文工作忙，平时就在工厂里住。

第二章

在周轩静的悉心指导下，三个多月下来，周轩宇不仅学习成绩有了很大提升，而且对饭馆周边的情况已经非常熟悉。在洪家楼教堂旁边，就是国立山东大学，是山东省的最高学府。洪家楼教堂东边不远处，有两座小山，叫砚池山和茂岭山，山并不高，比不上千佛山有名，可是山上有水，而且树木茂盛，也是一个游玩的好去处。周轩文工作的纺纱厂在济南西边，离泺口黄河很近，与洪家楼教堂仅隔着一条小清河。

天气渐渐变暖，进入六月份济南就已经很热了，可以穿汗衫和短裤。周轩宇和周轩静先后参加了入学考试。皇天不负有心人，过了几日，结果出来，周轩宇考进了附近的齐光中学，周轩静也如愿进入了趵突泉旁边的齐鲁大学。

周明礼非常高兴，当晚就把周轩文叫回饭庄，一家人难得地喝了一场庆功酒。三盅酒下肚，周明礼脸色微红，兴奋地说：

"轩宇，你给你父亲写封信，把这个好消息告诉他。我们老周家历来都重视教育。明朝周永春的爷爷周恩，就担任过济南府训导。周永春当年参加院试，名列第一，山东省按察司提学佥事李化龙对他倍加称赞，说他是人中龙凤也。今天双喜临门，轩文，你陪我痛饮几杯。"

"三叔，您放心，我明天就给我爹娘写封信寄回去。姐，我以后也要报考齐鲁大学，好去保护你。大哥，我俩一起给三叔和三婶敬两杯酒。"周轩宇虽然年龄小，对喝酒却从来不怵，而且还有些喜欢喝酒时的氛围。

"哈哈，傻孩子，在大学里还用你保护？"周明礼不由得大笑起来。

开学前，周轩静和同学们一起，带着刚到济南不久的周轩宇一起去千佛山和大明湖游玩，这让周轩宇大开眼界，无论是自然景色还是人文历史，他都觉得美不胜收。后来他们还骑着借来的自行车去了黄河岸边，目睹了黄河水裹挟着泥沙奔涌而下的气势，还站在黄河大堤上俯视济南城的那种"悬河"奇观。

"姐，我听说黄河经常决口，每次都淹没大量良田，造成家破人亡的惨剧。你说这黄河到底是好是坏呢？"周轩宇凝视着滚滚河水问道。

"黄河和长江都被称为中华民族的母亲河，千百年来养育了华夏民族，哺育了中华文明。河流就是河流，是自然形成的。如果勤于治理，黄河是不会危害百姓的，如果疏于治理，它就会为害一方。所以啊，好与坏取决于人，取决于治理国家的政府。"周轩静若有所思地回答。

"我明白了,姐,如果当官的都能重视民生疾苦,黄河就不会频繁决口了。"周轩宇似乎豁然开朗。

"我父亲给我说过,如果当官的都能像咱们先祖周永春和周一德那样清正廉洁、爱民如子,这个世界就会好很多。可惜,周永春和周一德最后都心怀遗憾,辞官归家。不跟腐败同流合污,官就做不下去,这就是时代的悲剧!"周轩静也受了周明礼的影响,心直口快,还喜欢打抱不平。

"姐,咱金乡周家都是正直忠义之人,不能为国效力太遗憾了。希望我们这辈人不再有祖辈们的遗憾!"周轩宇语气坚定地说。

"轩宇,姐相信你,"周轩静面露喜悦,看着周轩宇说,"我们一起努力!"

周轩宇读的中学是寄宿制的,开学以后,除了周末,学生平时都住在学校宿舍里。周轩静就读的齐鲁大学离家比较远,为了能更安心地读书学习,她也申请了学校宿舍。这样一来,大家就只能在周末见上一面。

周轩宇非常珍惜这次难得的学习机会,不仅在课堂上认真学习,积极回答问题,而且自告奋勇担任了班长,经常组织同学们开展读书学习竞赛活动,就像在山河小学一样,很快就成了学校里的活跃分子。

在一次读书会活动中,有一位同学动情地朗读了鲁迅的文章《记念刘和珍君》,不禁让周轩宇对这位年仅二十二岁就惨遭军阀杀害的北平学生运动领袖刘和珍暗生敬意,而且对鲁迅的文笔、胆识和见解由衷地敬佩。

从那以后,周轩宇就通过各种方法找来鲁迅的著作阅读,《呐喊》《彷徨》《朝花夕拾》《野草》,他对鲁迅作品的迷恋几乎到了废寝忘食的地步,也对中国的社会现状有了更深刻的认识。

"大哥,姐,你们读过革命进步书籍吗?"

周末吃过午饭,周轩宇跟着周轩文和周轩静在教堂前面的广场上散步,忽然问了一个问题。

"老五,你怎么想起问这个问题了?小点声。"周轩文警觉地问。

"读书会上一位老师提到过,但是同学们都说没读过,我就随便一问。"周轩宇赶紧解释。

"轩宇,等会儿回家后我们再说这个,在外面是不能随便说的。"周轩静给周轩宇使了个眼色。

第二章

半个小时以后,三人回到了饭庄。进了后院,周轩静轻声对周轩宇说:"想看可以,我这里就有。不过只能在家里看,也不能出去说,让外人知道会惹来麻烦的。"

"是啊,你的老师还真是胆子大,都这时候了还敢提起这类书。以后一定要小心行事。"周轩文也叮嘱道。

看来他们两个都读过这类书,只是两个人以前都没说过。周轩宇想,看来这类书里还真是有些秘密。

周轩静三人径直走到书房,关上了门,然后打开书橱的门,拿出一排书,又打开一个暗门,取出一摞被黄纸包着的书。她打开黄纸包,拿出一本书,递给周轩宇,说:"这本书就是。你看能读懂吗?我觉得你还是先读这一本为好。"

"姐,这书你是从哪里买来的?"周轩宇接过书来,是一本油印的《共产党宣言》,有些奇怪地问。

"这些书大部分是大哥想办法找来的。大哥在纺纱厂的工人中威信很高。"周轩静看着周轩文,笑着说。

"老五,这些书都是革命书和进步书,你有兴趣都可以读。不过,现在形势严峻,你还小,一定要学会保护自己。"周轩文拍着周轩宇的肩膀说,"这里面有些书还是你轩仪姐帮我找到的。北平才是进步人士聚集之地,也是革命知识传播的大本营。"

周轩宇还是第一次听到"革命"和"进步"这样的词语,不过他隐约之间也感受到了什么,那就是大哥和轩静姐身上都有的一种说不出来的东西。

陆陆续续地,周轩宇读了很多进步书籍,虽然也不是都能够看懂,但是在周轩文和周轩静的讲解下,也逐渐明白了书中讲的那些革命理论,明确了前进的方向。

"北平昨天爆发学生运动了,抗日救亡,声势浩大。轩宇,你看我们是不是也予以支持?听说济南的工人罢工和学生游行都在组织之中。"周二中午刚下课,同学张扬就把周轩宇拉到操场上,急切地说。张扬也是读书会的成员,是进步学生。

"这事怎么能缺了我们?你把肖岩、许青萍他们都叫上,我们赶快商量一下。"周轩宇知道这件事非同小可,需要周密地策划才行。

不一会儿，读书会的几位骨干成员都到齐了，他们连中午饭也顾不上吃，就赶紧开会商议。大家有的已经从报纸上看到北平发生了学生运动，有的是刚刚才知道。大家群情激愤，争先恐后地要求组织学生游行，声援北平学生的抗日救亡运动。

"同学们，光靠我们一个学校游行肯定是不行的，人少，影响也小。我相信其他学校也正在组织活动，尤其是大学生，还有济南那些工厂的工人，大家都会同仇敌忾。我先代表咱们齐光中学去和其他学校联络，张扬、肖岩和许青萍在学校里组织学生，游行的时间和地点确定以后，我们立刻行动。"毕竟是第一次组织学生游行，周轩宇觉得必须谨慎，尤其是要联合其他学校，才能扩大影响。

几位骨干学生想了想，都觉得周轩宇考虑得比较全面，纷纷表示同意。事不宜迟，周轩宇向其他同学借了辆自行车，骑上就出了校门。

到了晚上八点多，周轩宇满头大汗地骑着自行车回了校园。其他同学都在宿舍等着呢，赶紧围了上来。

周轩宇先去齐鲁大学找到了周轩静，了解到齐鲁大学和国立山东大学等学校的大学生们已经确定明天凌晨举行罢课和游行，各学校的学生要在原山东巡抚衙门，现省政府前面的院前大街聚集。另外，周轩静告诉周轩宇，大哥周轩文也在组织工人大罢工，明天同时进行，与学生罢课遥相呼应。

周轩宇得知消息后，又赶快跑到省立一中、济美中学、德育中学等学校，通知了他们的学生代表，这才回到学校。

"又渴又饿，前胸贴后背了，谁有吃的让我填下肚子？"周轩宇先咕咚咕咚喝了半碗水，抹了抹嘴问。

"我就知道你没工夫吃饭，特意在食堂给你买了两个包子，你先垫补垫补。"肖岩端着搪瓷缸走过来，放在桌子上。

周轩宇打开缸子盖，拿出包子，感觉还有点热乎气，一下子塞进嘴里，嚼了两口就咽了下去，两个大包子一眨眼就不见了。

"现在咱们分配任务，每个人都要记住，关键时刻不能掉链子。"周轩宇打着嗝说。

大家都面色严肃地看着周轩宇，掏出了小本子记录。

第二天凌晨，天刚蒙蒙亮，街上的路灯还发着昏黄的光，周轩宇就已经带领

第二章

几十名学生步行前往院前大街。按照事前安排,为了防止军警半路阻挠,他们把写着标语和口号的旗子都抱在怀里,静悄悄地前行。与此同时,古老的济南城里,几十个大街小巷里都出现了这样的队伍,趁着黎明的微光前往山东省政府所在地。

日出东方,周轩宇带着同学们已经赶到了院前西街。其他学校的很多学生代表也陆续赶到,大家排着长队,默默前行。院前西街是济南最繁华的商业街,茶庄、布店、鞋帽行、百货商场、饭庄酒楼,应有尽有,老字号林立,经营绸布的瑞蚨祥和隆祥布店,济南有名的酒楼德胜楼饭庄都在这条街上。院前西街和院前东街相连,也和院前大街相通。到了院前大街,就到了山东省政府,也就是举世闻名的珍珠泉所在地。

周轩宇警觉地环顾四周,因为时候尚早,所有的商铺都还没有开门营业,街上除了学生,还有一些身穿工人服装的人,大家都组织严密,队列整齐。在前面的人群中,周轩宇隐约看到了周轩文和周轩静的身影,两人正和其他几个人围在一起,商量着什么。

随着太阳冉冉升起,院前西街上聚集的学生队伍越来越多,商铺也开始陆陆续续开门,有些年轻的伙计站在店铺门前好奇地看着眼前的学生队伍。

过了一会儿,从前面传来消息,罢课游行马上开始,大家要保持队形,统一号令。紧接着,"打倒日本帝国主义!""停止内战!""向日本宣战!""打倒卖国贼!""中华民族万岁!"等口号此起彼伏,响彻云霄。参与游行的人们挥舞着手中的旗子和标语,缓缓向院前大街方向前行。

当游行队伍在震天动地的口号声中行进到院前大街路口时,全副武装的军警早已设置了重重路障,韩复榘早就把当年在济南火车站试图阻止北平学生赴南京请愿的"大刀队"布置在了院前大街。军警们端着枪,挥舞着警棍和闪着寒光的大刀片子守在路口,游行队伍根本无法通过。

大家高喊着口号,开始冲向军警,搬开路障。随着一声尖锐的警笛声,军警开始用警棍和枪托殴打冲在前面的学生,带头的几个学生脸上全是鲜血,还有的倒在地上痛苦地呻吟,队伍开始慢慢向后退。

周轩宇看到周轩文和周轩静都冲到了最前面,一边高喊口号,一边掩护学生们向后退,身上血迹斑斑,不知挨了多少打。他怒火中烧,不顾一切地冲到前面,挡在了周轩静前面。

"姐,你退到后面去,我掩护你。"

话刚说完,随着一阵剧痛,周轩宇头上就已经重重挨了一下,他用手摸了一下头,发现手上全是血。

随着一声声尖锐的警笛声,更多的军警拥了出来,挥舞着警棍恶狠狠地冲向游行队伍。

"你们怎么都跑到前面来了?为了避免学生们无谓的牺牲,快组织大家撤退,安全返回各校。"周轩文擦了一把脸上的血迹,厉声对周轩静和周轩宇说。

学生们依然高喊着口号,开始往后退。军警们也不追赶,依然死死地把住通往院前大街的路口。

游行过后,韩复榘下令全城搜捕组织游行的学生和工人。周轩文所在纺纱厂的老板担心连累自己,暗中揭发了周轩文。幸亏工人中有人得知了老板的意图,给周轩文通风报信,周轩文连夜乔装打扮,坐上去南京的火车暂避风头。临行前,周轩文对周轩宇和周轩静说:"不要让三叔知道,也不要告诉其他任何人,免得他们担心。三叔问起就说我被调到青岛的工厂工作,以后还会再回来。"

周轩静和周轩宇都有些莫名的伤感,一起点了点头。

"你们以后要多加小心,不要做无谓的牺牲,韩复榘是铁了心要破坏抗日救亡运动。"周轩文再三叮嘱道。

周轩文离开济南后,一直音信全无。周轩宇心中苦闷,只有更加努力地读书。放了寒假以后,他跟三叔和周轩静商量后,独自一人踏上了去北平的火车,去找姐姐周轩仪。

出了火车站,周轩宇费尽周折终于找到了堂叔家的住处,是柳荫街上的一处平房,还有一个小院,离辅仁中学很近。

周明堂听完周轩宇在济南参与组织学生游行的事,感慨不已,让周轩仪趁着假期,带着周轩宇在北平多走走,多看看。

"老五,你说大哥参与组织了济南的游行活动?"周轩仪也对周轩宇的进步思想感到意外,晚饭后,她拉着周轩宇进了自己房间聊天,忽然问道。

"是啊,轩静姐说的。"周轩宇老老实实地回答。

第二章

接下来,周轩仪带着周轩宇去了燕京大学、清华大学、辅仁大学等著名高校,后来又带他来到自己正在就读的北京大学。周轩宇在这些学校看得眼花缭乱,再加上周轩仪的介绍,更是连连赞叹,羡慕不已。

"老五,我给你介绍一位我的同学,叫刘知远,他也是咱们金乡人,学识渊博,精通好几门外语。我们是正宗的老乡。"周轩仪说着,领着周轩宇向一间教室走去。

虽然已经放了假,但是教室里依然有读书学习的学生。周轩仪让周轩宇在门口等着,自己走进教室,一会儿就和一位戴着眼镜、看起来很斯文的青年人一起走了出来。

"是轩宇吧?你好,我是刘知远,经常听你姐姐提起你。"刘知远笑着伸出手来。

周轩宇也伸出手来,和刘知远握了握。

"老五,刘先生读书很多,很有学问,你说的那些不懂的事儿,都可以问他。"周轩仪对周轩宇认真地说。

"这样吧,你们到我宿舍坐坐吧。放假了,宿舍只有我自己。"刘知远笑着说。

三人到了刘知远的宿舍,刘知远倒了两杯热水,递给周轩仪和周轩宇。

在周轩仪鼓励的眼神下,周轩宇就把过去看的那些革命图书中不明白的地方逐一向刘知远请教。刘知远的确学识渊博,讲起来条理清晰,简单明了。

"现在的中国,山河破碎,内忧外患,强敌环伺,风雨飘摇,依靠腐朽的国民政府是无法改变中国命运的,只有依靠中国共产党才能救中国。看着吧,总有一天我们会建立一个崭新的、强大的中国!"刘知远说到兴奋处,慷慨激昂,神情坚毅,让周轩宇心头为之一振。

寒假结束后,周轩宇又回到了济南,只是他现在已经不再迷惘,而是有了坚定的信念。

新的学期开始以后,为了破坏学生们的抗日救亡活动,韩复榘加强了对学校的控制,不允许学生组织社团活动,不允许学生阅读进步书籍,不允许学生非周末出校门。

一天早晨,周轩宇领着读书会的学生骨干们在图书馆门前静坐,抵制韩复榘

的新政策。就在这时,一位老师匆匆赶来,走到周轩宇身边低声说:

"你们赶紧散了,找个地方躲起来。军警马上要过来抓人了。"

周轩宇赶紧让同学们分别散去,自己也快步离开图书馆。刚刚离开图书馆,就见一队警察拿着警棍赶到了图书馆门前。不过,这时图书馆门前已经空无一人,警察们只好悻悻地骂着离开。

1936年10月19日,鲁迅先生在上海的寓所里逝世。消息传来,很多学生都面带悲色,暗自落泪。与此同时,济南的各个学校也都接到了政府的通知,严禁学生为鲁迅举办悼念活动,否则将予以逮捕。

周轩静特意在家里叮嘱周轩宇,白色恐怖时期,一定要克制,要避免无谓的牺牲。周轩宇也明白时局的变化,点了点头。

回到学校以后,读书会的几位骨干一起来到周轩宇的宿舍。大家的心情都无比悲痛,也无比压抑。

"先生去世,为何不让我们悼念?这简直就是法西斯统治。"肖岩眼里含着泪水,愤愤地说。

"说得对,我们绝不能袖手旁观。我们就秘密地搞一个追悼会,你们看如何?"周轩宇握着拳头说。

"好。"大家异口同声地说。

同学们经过商议,决定周日中午在图书馆大厅里举行鲁迅先生的追悼会,因为周日没有课,学校的工作人员也都休息。

追悼会那天,大家布置了一个简单的灵堂,灵堂中间挂着鲁迅先生的黑白照片,灵堂里摆着花圈和挽联,还有黄色和白色的菊花。很多学生闻讯都赶来了,包括很多校外的学生。

周轩宇领着大家向鲁迅先生的遗像三鞠躬,然后共同朗读鲁迅先生的名篇《记念刘和珍君》:

"……真的猛士,敢于直面惨淡的人生,敢于正视淋漓的鲜血。这是怎样的哀痛者和幸福者?然而造化又常常为庸人设计,以时间的流驶,来洗涤旧迹,仅使留下淡红的血色和微漠的悲哀。在这淡红的血色和微漠的悲哀中,又给人暂得偷生,维持着这似人非人的世界。我不知道这样的世界何时是一个尽头……"

充满悲愤之情的朗读还没完毕,学生们便已哭成一片。

第二章

"轩宇,快走!军警就要来了,你听警笛声。"正在门前把风的同学忽然大声喊道。

"今天的悼念活动到此为止。大家不要慌,先尽快离开这里。"周轩宇立刻对大家说。

警笛声渐渐远去,军警并没有来,学校的校长带着教务处的人却冲进了图书馆,围住了周轩宇。

庄严肃穆的灵堂很快就被打扫得一干二净,图书馆大厅里又恢复了原来的布置,就像什么都没发生一样。周轩宇感到欲哭无泪,心里头堵得很。

"周轩宇,我正式通知你,你被开除学籍了。赶紧收拾东西回家吧,否则军警赶来,你麻烦就大了。"校长冷冷地看着周轩宇,面无表情地说。

周轩宇面色平静地拎着箱子回到了三叔家,三叔一家人都在堂屋里坐着,正等他吃晚饭。周轩宇低着头,鼓足了勇气说:

"三叔,我……因为我组织了鲁迅先生的追悼会,学校把我开除了。"

"孩子,你下一步如何打算?"周明礼很平静地看着周轩宇问。

周轩宇见三叔并没有责怪自己的意思,就抬起头来说:"我想去北平,看看还有没有继续学习的机会。毕竟堂叔和堂姊都是老师,应该有办法。"

"这也是个办法。你还年轻,还是要多学些知识。你先在家里休息几天。"周明礼从怀里掏出五块银圆,放到周轩宇手里,按了按说,"孩子,这些钱你拿着,做个盘缠吧。"

"三叔,我……"周轩宇犹豫了一下,还是接过了钱,然后"扑通"一声跪在了三叔面前。

"快起来吧,弟弟,一家人何必如此。你到了北平多读书,向轩仪姐学习。有时间我去看你。"周轩静说着站起来,拉起了跪在地上的周轩宇。

因为担心追悼会的事情还没有了结,周轩宇第二天早上就奔火车站,坐上了去北平的火车。

到了北平以后,周轩宇才知道想插班进入一家中学读书还是很困难的,像堂叔、堂姊这样的普通中学教员,没有这样的权力去安排。

"老五,你平时就跟我去北大上课吧。北大的学风比较开明,兼容并包,有旁听生,还有偷听生,学校也没有轰他们。再说,你也可以经常向刘知远请教,跟他学习。"周轩仪忽然想出一个主意来。

"那就太好了!我愿意去北大听课。如果能跟刘先生学习,那就更好了!姐姐,其实,我这次来北平,就是希望能继续得到刘先生的教诲。"周轩宇也很高兴,说出了自己的心里话。

从此,周轩宇就开始在北大"蹭"课,语文、数学、历史,甚至哲学,他都去听课,风雨无阻,从不迟到,结果还闹了一出笑话来。

有位教历史的老先生见周轩宇上课认真,回答问题积极,而且思维活跃,非常喜欢他。临近考试时,老先生走到周轩宇跟前,叮嘱他要好好准备,考个好成绩,以后希望他能继续深造。

"轩宇同学,你想不想考我的研究生啊?"老先生眯着眼睛盯着周轩宇说。

"老师,我不能参加考试,我是来偷听课的。"周轩宇大窘,说话都有些结巴。

"哈哈……原来班里这么多偷听生。"教室里哄堂大笑,看来偷听生比正式学生还多。

刘知远是北大学生会的干事,见周轩宇爱学习,又肯吃苦,除了教他读书之外,还经常给他安排一些跑腿的工作,负责校内学生的联络,还有和其他学校学生的联络。周轩宇觉得能为刘先生跑腿是件很开心的事情,乐此不疲。

"刘先生,我想冒昧地问您,您是不是共产党员?"在学生会的小屋里,周轩宇看到只有他和刘知远两个人,低声问。

"怎么想起来问这个问题了?"刘知远放下手中的钢笔,反问周轩宇。

"我听您讲了那么多进步理论,而且跟您接触的学生和校外人士一看就不是普通人,所以我就觉得您一定是党员。"周轩宇说。

"既然你看出来了,我就告诉你吧,我就是共产党员,你姐姐也是。"刘知远微笑着告诉周轩宇。

"刘先生,我也请求加入共产党,您看我够资格吗?"周轩宇的眼里闪耀着无比热切的光。

"嗯,你已经系统掌握了党的理论知识,而且已经为党做了不少工作,入党条件嘛,我看还是符合的。不过,你为什么要加入共产党呢?"刘知远站了起来,背着手在桌子旁走了个来回,问道。

"您说过只有共产党才能救中国。吾辈要挽救中华民族于水深火热之中,只有加入党组织,成为党的一员。"周轩宇也站了起来,面向刘知远,语气坚定地说。

"好!轩宇,其实我已经观察你很长时间了,你是个好样的。这样吧,你先写入党申请书,我和学生会的另一名党员做你的入党介绍人。"刘知远握着周轩宇的手说。

一周后的一个晚上,在刘知远、周轩仪和另外三位学生党员的见证下,周轩宇在北京大学学生会办公室明亮的灯光下正式向党旗宣誓,加入了中国共产党。这一刻,周轩宇站得笔直,眼睛直视党旗,脸上神情坚毅,心里却如翻江倒海一样万分激动。

"周轩宇同志,从今天开始,你就是一名共产主义战士了。国家的需要,民族的需要,就是战斗的号角。你要随时准备为了信仰而战斗,为了胜利而战斗!"刘知远紧握着周轩宇的手,语气铿锵有力。

"请组织放心,我会时刻以一名共产主义战士的标准严格要求自己,为了共产主义事业奋斗终生!"周轩宇笔直站立,眼望前方,大声说道。

加入了党组织的周轩宇学习更加努力,工作也越发上进,开始负责北大学生党组织与中共北平地下党组织的日常联络工作,多次组织学生活动和集会。不过,随着日本军队的步步紧逼,北平的外部形势越来越严峻。

"各位,北平的形势已经不容乐观。根据上级组织的情报,现在北面、东面、南面已经被日军控制,卢沟桥已经成为北平对外的唯一通道。很多情况表明,日军很可能在卢沟桥挑起事端,进而控制卢沟桥,切断北平与外部的联系。目前是国共合作抗战时期,我们要做好充分的准备,配合北平守军抵御日军的进攻。"刘知远在北大学生党小组会上忧心忡忡地对大家说。

"刘先生,如果日军攻打北平,我请求上前线去打仗。"周轩宇站起身来对刘知远说。

"轩宇,你虽然在北大学习,但不是北大的正式学生。我前天和北平党组织负责人开会,大家都预感到北平可能守不住,全国性的抗战即将爆发。轩宇,我和咱们金乡县的党组织负责人岳山同志很熟悉,每次回金乡时我都会和他见面。他现在在山阳中学工作,我给你写封信,你拿着这封信回金乡找他,去组织抗日武装,保家卫国,消灭日寇。我相信你在金乡能发挥更大的作用。"刘知远说到这里,看了一眼周轩宇,接着说,"如果日军攻进北平,我们中的有些人可能也要转移。不过,到那时就很困难了。"

周轩宇扭过头看了一眼周轩仪,见周轩仪朝他点了点头,连忙大声对刘知远说:"我服从组织安排。"说完,周轩宇环顾了一下开会的各位同学,眼圈开始发红。

刘知远知道,周轩宇和大家相处了一年多,舍不得和大家分开,就用力拍着他的肩膀说:"男子汉大丈夫,有泪不能轻弹。有机会多杀几个鬼子,我和大家都等着你的好消息。"

刺耳的火车汽笛声再次在耳边响起,周轩宇看了看车窗外,一闪而过的绿树、河流和田野都是那么的熟悉和亲切。他摸了摸藏在胸口的信封,不知不觉攥紧了拳头。

火车到达兖州时,已经是下午三点钟了,比原定时间晚了近一小时。不过,这火车准点的时候本来就不多,周轩宇倒也不觉得有什么问题。他正在犹豫是在兖州住一晚还是直接回金乡时,一个赶马车的伙计凑了上来。

"先生,去哪儿?我这马车要去金乡,车上还有空位。"马车伙计看来急着要走,说话很快。

赶早不如赶巧。周轩宇合计了一下,正好有顺路的马车,干脆直接回金乡吧。

路上非常不好走,道路坑坑洼洼,就像麻将牌里边的"九饼"似的,一个坑接着一个坑。已经是四月末了,气温正在上升,马车的车篷前后两边都敞开着,要不车上坐着的三个人一定会憋得慌。

马车颠簸着到了嘉祥和金乡两县交界的地方时,夕阳西沉,天色开始暗了下来。按这速度,再过个把小时就能到家,还不算太晚。周轩宇盘算着,爹娘如果知道他黑灯瞎火地回家,一定会埋怨他。

"停下,停下,快给老子停下来。"一个恶狠狠的声音忽然传来,听起来,说话的人年龄不大,却透着一股子凶劲。

周轩宇一惊,透过车篷迅速向前后看了一眼,发现马车前后已被两个身穿黑衣、戴着黑色面罩,手里端着"汉阳造"步枪的汉子给围住了。

"我们算倒了血霉,碰上土匪了。"坐在周轩宇旁边的一个中年人轻声嘟囔道。

马车伙计已经勒住了缰绳,吓得直哆嗦。周轩宇和另外两个坐车的人走下马车。周轩宇注意到其中一位穿丝绸大褂,很像生意人的乘客两腿一直在发抖。就在这辆马车前面,地上有几只箱子,两个土匪扛着枪来回转悠。看来,这伙土匪刚劫了前面的马车。

"都乡里乡亲的,兄弟我也不想为难你们。你们只要乖乖地把值钱的东西留下,我就放你们一条生路。否则,也别怪兄弟我不客气。"一个和周轩宇差不多高,腰里别着一把匣枪的人冷冷地对他们说。看起来,他就是这几个土匪的头目。这个土匪的面部被黑色面罩遮住了,只有两只眼睛闪着寒光上下打量着周轩宇他们。不过,他看到周轩宇时,眼睛里闪过一丝丝疑惑,嘴里似乎也说了一声:"咦?"

"你们三个人都报上姓名来,谁也不准说谎!"土匪头目忽然厉声喝道。

另外两个乘车的人赶快结结巴巴地报出了名字。周轩宇觉得有些奇怪,从来没听说过土匪抢劫还要认人的。他犹豫了一下,还是报出了名字:"周轩宇。"

蒙面的土匪头儿点了点头,冲着面前两个土匪说:

"你们几个赶着这辆马车,带上这两个人还有箱子,先到前面偏道上等着我。我要亲自查一查这个人,随后就到。"

几个土匪用枪顶着车夫和另外两个坐车的人,赶着马车往旁边一条偏僻的小道走去。看起来,那条道是通往不远处的一座黑黢黢的山岭的。

看着马车拐进了偏道,周轩宇正在盘算着怎么出其不意地制服这个土匪头目,结果土匪头目忽然摘掉了蒙面布的黑布,向他走了过来。

"五哥,你真的是五哥?"

"你……你是长福?"

虽然天色已暗,周轩宇还是认出了摘掉了蒙面布的郑长福。已经近五年没有见面了,但是脸形的轮廓是不会改变的。

"长福,你怎么跑到这里做了土匪?"周轩宇握住郑长福的手,急切地问。

"唉,一言难尽啊。"郑长福仰望夜空,一声长叹,叹息里透出无尽的悲凉。

定山河

原来,就在去年,跟周轩宇他们一起读过书的李仁贵派人去吕翠兰家求亲,吕翠兰就把郑长福的姐姐郑长喜许给了李仁贵。李仁贵的父亲与王文海有交情,收了银子以后就把李仁贵给安排到了县警察局,做了侦缉队长。王文海虽然已经不再做县长了,但是他手眼通天,又舍得花钱,硬是把他儿子王平青扶上了县保安团团长的位置。新到任的县长也是花钱弄来的官,只顾捞钱,把县里弄得乱七八糟。王平青和李仁贵就勾结起来,为所欲为,干尽坏事。

郑长喜本来誓死不愿嫁给李仁贵,无奈郑进财软弱,吕翠兰强势,自己一个女孩子也没办法,最后就同意了婚事。没想到李仁贵娶了郑长喜后,经常对她大打出手,还经常去逛窑子,把妓女往家里领。郑长喜怀孕后,李仁贵就以公务为由整天泡在妓院里寻欢作乐。郑长喜抑郁成疾,分娩之时大出血,母子二人都没保住。郑长喜死后,郑进财整天喝得晕晕乎乎的,喝醉了就哭,醒了继续喝,结果有天晚上喝多了以后就再没回家。第二天镇上的人找了半天,才在湖里找到了他漂浮的尸体。

郑长福对母亲吕翠兰非常不满,认为这一切都是她造成的。有一次王文海带王平青去山河镇办事,还是住在了郑长福家里。郑长福撞见了王文海与吕翠兰的奸情,一气之下就冲上去打了王文海,打掉了他一颗牙。王文海满嘴鲜血,嗷嗷大叫,王平青听到叫声冲过来,朝着向外跑去的郑长福就要开枪。王文海早就从吕翠兰那里知道了郑长福是自己的儿子,不顾疼痛拦住了王平青。

郑长福离开永利当铺以后,一路乞讨到了嘉祥境内,因为多日未进米粮,饿昏在路边。张一指带着土匪正好路过,见他年轻,救活了他,让他加入了土匪的队伍。张一指吃了吴江涛几次亏后,就把自己的队伍拉到了金乡和嘉祥交接处的青龙山。这里山峰林立,虽然都不算太高,但是山势连绵,泉水潺潺,树木茂密,交通不便,是个易守难攻的好地方。

"长福,我真的难以相信,这才过去几年,你就成了这样。"周轩宇想起郑长喜在课间时给他说的话,感觉有些说不出的悲伤。

"五哥,你怎么回来了?我还以为这辈子再也见不到你了呢!"郑长福抹了抹眼角的泪水说。

"我回家是为了打鬼子的。"周轩文盯着郑长福,一字一句地说,"长福,日本鬼子要来了。你跟我回家打鬼子,不要再当土匪了!"

第二章

郑长福把脸扭了过去,他已经没有家了,也不知道该如何回答周轩宇的话。沉默了一会儿,郑长福从腰里掏出匣枪说:

"五哥,这把枪是德国造的,20响,你拿着吧,既可以防身,又可以打鬼子。"

周轩宇接过枪来,在手里掂量了掂量,又把它还给了郑长福。夜色苍茫,周轩宇望着远处黑黢黢的山岭,动情地说:"兄弟,你干这行,枪就是命。我到现在还没摸过枪呢,很想拥有一支自己的枪。不过,我不能要你的。我等着你以后带着这把枪和我一起打鬼子。"说到这里,周轩宇停顿了一下,然后问,"我以后在哪里可以找到你?"

郑长福明白周轩宇的心思,忙说:"五哥,这枪是张一指赏给我的。上次在羊山镇,王平青的保安团和吴江涛的保安队深夜包围了我们,如果不是我枪法好,护着他冲了出来,估计他就被打死了。我把枪给了你,估计他也不会生气的。"

"兄弟,枪的事我再想办法。你还是说说我以后怎么才能找到你吧。"周轩宇不想让郑长福冒这个险,执意不要他的枪。

"好吧。金乡南关保安团斜对面,有一家野味饭庄。那个饭店其实是张一指开的,就是为了监视保安团的动静,好通风报信。原来的掌柜得了重病,张一指准备让我去,因为那个饭庄对他很重要。我怕被王平青认出来,所以还没敢答应。"郑长福说到这里,小心地向四周张望了一下,似乎怕有人偷听。

周轩宇理解郑长福的顾虑,拍了拍他的肩膀说:"兄弟,放心,事关你的生死,我会守住这个秘密。不过,你要答应我,不要做坏事。"

郑长福理解周轩宇的用意,用力点了点头。

天色已经完全黑了下来,夜空中星光点点。郑长福带着周轩宇拐到偏道上,走到马车旁。郑长福吩咐手下,说姓周的先生以前救过他的命,做人要讲义气,所以不能为难他们,也不要留他们的行李,让他们乘着马车走。

马夫和另外两个乘客本来以为这次都会没命了,没想到土匪头目竟然放他们走,而且还不留他们的财物,赶紧又是作揖又是鞠躬,生怕土匪反悔。

周轩宇招呼另外两个乘客坐上车,让马夫折回原路,在夜色中继续向金乡行进。

"这位先生,多亏了你,要不我们都完了。刚才我吓得一直在哆嗦,就差给他们跪下了。"一个乘客感激地对周轩宇说。

"真没啥,就是一个巧合。刚才那个土匪头目以前是要饭的,饿晕在我家门口了,我救了他一命,还留他在家里住了几天,没想到他竟然还记得。"周轩宇若无其事地说。

清脆的马蹄声中,马夫扭过头来,感慨地说:"没想到,土匪里也有好人啊。"

"那是啊,谁愿意当土匪?不都是穷苦人走投无路才当的嘛。"另外一个乘客插了一句。

因为感激周轩宇的救命之恩,马夫和另外两个乘客商议了一下后,先拐了一个弯把周轩宇送到了山河镇,然后又掉回头赶着马车去县城。

周轩宇见天色还不算晚,就在山河桥下了车,谢过马夫和两个乘客以后,拎着箱子往镇子里走。

夏天的夜晚,微风习习,蛙鸣虫叫,更显宁静。店铺门前高挂着的灯笼,越来越清晰。镇头饱经风霜但又气势雄伟的石牌坊就像一尊门神矗立在夜色里,守护着镇子里的人们。"山河古镇"四个大字在微弱的光线中若隐若现。

"终于到家了。"

周轩宇每次看到镇上这座石牌坊就会感到说不出的亲切和激动。从小到大,他每次经过都会抬起头来,默默地对它凝视。在周轩宇眼里,这座古老的石牌坊,就像一位饱经沧桑的老人,每天都在无声而又动情地讲述一个古老而又传奇的故事。

永春堂药铺的大门依然开着,从外面可以看到屋内昏黄的灯光下,头发花白的周明义戴着一副黑色镜框的老花镜正在往称药的盘子里抓药。

"爹,我回来了。"周轩宇把箱子放在地上,对着周明义就跪了下去。

周明义听到声音,放下手中的秤盘,有些惊奇地扶了扶眼镜的镜框,看着眼前跪着的年轻人,走出柜台。

"是老五啊。你怎么回来了?你哥呢?"周明义拉起眼中含泪的周轩宇,感到很意外。

"爹,时间晚了,我们到里屋再说吧。"

周轩宇关上了药铺的门,吹熄油灯,连声喊着"娘",快步走到后院屋里。徐

第二章

映秀听到喊声从药材库房里走出来,边走边问:"谁回来了?是谁回来了?"

周轩宇早就已经饥肠辘辘了,徐映秀听见周轩宇肚子里直叫唤,就赶紧去给他弄吃的。两个窝头就着小咸菜吃下去,周轩宇的肚子才不再叫唤了。

"你见到你哥和你姐了?他们还好吧?"徐映秀等周轩宇狼吞虎咽吃完饭,才问道。

周轩宇喝了半碗水,打了一个嗝。大哥自从离开济南以后,就再也没有了音信。他虽然一直在多方打听,但是依然毫无头绪。不过,他不能告诉爹娘实情,那样只会让两位老人更担惊受怕。

"您就放心吧,大哥去青岛工作了,我们还经常写信呢。他说等适应了青岛的工作就回家来看望爹娘。"周轩宇笑着说。

回家之前,周轩宇早就想好了说辞。他中学已经毕业,考虑到爹娘年事已高,就想着回金乡参加工作,分担一下家里的负担。哥哥、姐姐都很支持他的想法,所以他就回来了。其实,他对大哥、轩静姐一家、轩仪姐和堂叔家,还有刘知远先生一直百般牵挂,可是,他真的不知道他们现在到底怎么样了。

"爹、娘,大家都很好,您二老就放心吧。"

"怎么可能放心,这是什么年景?唉……"周明义叹着气说。

周轩宇知道爹娘都很挂念大哥和姐姐,但是他也不知道如何说才好。"爹,隔壁郑家出什么事了?我刚才看见门都关着,也没亮灯。"周轩宇问道。

"惨啊……"周明义在油灯下给周轩宇讲了一下他去济南上学以后的事情,基本上和郑长福说的一样,"那个老郑,虽说挺窝囊,但是早就知道他老婆和王县长的事。他跳湖之前喝醉了,说他是为了女儿才忍气吞声的,女儿一死,他也不想活了。"

徐映秀用剪子剪了一截油灯的灯芯,叹了一口气,接着说道:"那个吕翠兰是自作孽,不可活。她儿子离家出走以后,她就疯了,整天光着身子到处跑,还说什么长福是县长的儿子,她以后会享福的。去年冬天有人在山脚下见到了她的尸体,被野狗咬得都露出骨头来了,太瘆人了。"

"家运即国运啊。"周明义感叹道。

国家不幸,最大的受害者是百姓。家庭不幸,最大的受害者是孩子。周轩宇听了以后也唏嘘不已。仅仅过了几年的时间,家境还算不错的郑家竟然已经家破人亡。他觉得心里很压抑，不知道该说什么，也没有提在路上碰到郑长福的事情。

山阳中学是金乡县最好的公立中学，学校坐落于县城中心金山街上，紧挨着历史悠久的光善寺和文峰塔，还有绿波荡漾、杨柳依依的奎星湖。

金乡县历史悠久，在夏朝时称作有缗国，是舜的儿子季禧的封地，也是当时汶水和泗水流域通向中原河流地区的咽喉所在。因此，金乡县又被称为缗城。"缗"是古代穿铜钱用的绳子或者钓鱼用的绳子，由此可以看出金乡自古以来就是富庶之地，物产丰饶。西汉时期，因在金乡境内的高平山为汉武帝之子昌邑王开凿陵墓时挖出了金子，从此定名为金乡县。

文峰塔始建于唐贞观四年，由大将尉迟恭监造。塔体为砖石结构，共9层，高49米，塔顶是一个铁质葫芦。文峰塔高耸入云，雄伟壮丽，紧邻奎星湖，水清塔秀，为"金乡八景"之首，被人称为"宝塔摩空"。明朝诗人周岐曾赋诗赞叹："文峰增壮色，矗起倚天空。拔地排云雾，凌虚点混蒙。影随河汉转，气与斗牛通。绝顶谁能到，山川一望中。"

周轩宇在山阳中学的一间教室中找到了岳山。岳山四十岁左右，身材修长，短发方脸，双目炯炯有神，穿一袭青色长衫，一看就是位教书先生。他领着周轩宇来到学校附近的家中，招呼周轩宇先坐下，然后接过信封，拆开后仔细地看。

"知远同志对你非常认可，夸你理论功底很扎实。轩宇，我先给你介绍一下情况，然后我再听听你的想法。"岳山看完信后，微笑着说。

听岳山介绍，金乡县地下党组织建立时间并不长，党员数量也不多，主要以山阳中学和女子学校的老师为主。岳山是在曲阜师范上学的时候加入党组织的，后来多次去北平参加学生运动，结识了同为金乡人的刘知远。去年，中共济南市委书记赵健民骑着一辆破旧的脚踏车，风尘仆仆地赶到金乡，与岳山取得了联系。赵健民在岳山家里跟几名党员开了会，传达了山东省委对抗日工作的指示。一年多以来，全乡党员数量已经增加到二十人，并先后在翟庄、耿楼、周桥、苏楼等村建立了党支部。

"形势一天比一天严峻，我们目前需要尽快在金乡建立一支党领导的武装队伍，没有队伍，没有战士，怎么抗日呢？我每天为此忧心如焚。幸亏知远同志派你回来了,我看这项艰巨的任务就交给你了。"岳山把信放在桌子上,站了起来,倒背着手,走到周轩宇面前说,"我们现在既没有人、没有枪,也没有钱、没有粮,建立武装队伍谈何容易? 不过,我相信这些困难都是能克服的! 轩宇同志,你有没有信心?"

周轩宇腾地站了起来,看着岳山,语气坚定地说:"保证完成任务!"

"哈哈……好样的!"岳山笑着说,"轩宇同志,在山河镇和羊山镇交界处的周桥村附近,八路军有一支游击队一直在那里活动,队长叫耿学真,你可以过去锻炼锻炼。不过,我听说他们很快也要和大部队一起开拔了。"

两人重新坐下,周轩宇向岳山谈了一下自己的想法。岳山帮他分析了一下当前的形势,同时也交代了一些必须注意的问题。两人交谈甚欢,真有点相见恨晚的感觉。

傍晚的时候,岳山安排人把城里的党员都叫了来,大家开了一个临时会,讨论如何开展抗日救亡运动、如何建立抗日队伍等问题。大家各抒己见,讨论得非常热烈,周轩宇也快速地了解了金乡县的中共组织状况。

会开到很晚才结束,周轩宇就在岳山家里住了一宿,第二天中午才回到山河镇。刚迈步走进药铺,周明义就迎了过来。

"老五,昨晚你怎么没回来? 我和你娘都挺担心你的。对了,昨天陈校长来过药铺,听说你回家了,想让你去他学校教书呢!"周明义着急地说。

"陈校长? 哦,您说咱镇小学的陈校长。我去教书合适吗?"周轩宇心里想,我就是个被开除的学生,怎么能再去教学生呢?

两人正说着话,门口走进一位姑娘,梳着短发,眉清目秀,皮肤白皙,一身学生装打扮,妩媚中带着清雅,气质超群,卓尔不凡。

"周大叔,我来抓几服药。还是和上次一样的。"

"吴小姐来了。您还用亲自来吗? 您吩咐一下我就给您送到府上了。"周明义扭过头,对周轩宇说,"老五,快看看这是谁来了? 你们可是有年数没见了吧?"

"老五? 原来是小五子啊,你终于回家了。我是吴江鹭啊!"还没等周轩宇说话,吴江鹭就已经抢先开口了。

"江鹭姐,你不说我还真不敢认你。真是女大十八变,你比以前更漂亮了。"

周轩宇心直口快,说的都是实话。

"老五,什么时候嘴这么甜了?小时候你可是从来不会夸人。什么姐不姐的,以后就叫我名字吧,我又没比你大多少。"吴江鹭咯咯地笑着,很开心。

周明义忙着给吴江鹭抓药。周轩宇起身给吴江鹭倒了杯茶,两人坐下来叙旧聊天。

周轩宇去济南上学后,吴江涛就把吴江鹭送到了武汉上学。吴江涛告诉吴江鹭,他回山河镇就是为了杀掉土匪张一指,为家人报仇,等这个仇报了,他还是要回武汉。所以,他就把吴江鹭送到武汉上学,以后兄妹二人就在武汉安家。不过,土匪的实力比他想象的要强得多,张一指也非常狡猾,几年下来,虽然在王平青的保安团的支持下,他几乎把张一指赶出了金乡县,但还是没能抓住他。吴江鹭对山河镇有种说不出的感情,虽然这里有她难忘的惨痛记忆,但每次学校放寒暑假,她还是千里迢迢地回到山河镇和哥哥团聚。

"你这是给谁抓药啊?"周轩宇见吴江鹭活泼可爱,不像生病的样子,问道。

"我哥哥,他最近睡眠不太好,说让周大叔帮着调理调理。他就信任周大叔,你说怪不怪?"吴江鹭说到这里,忽然想起了什么,拍了一下手接着说,"我哥哥前些天还说起你来着,说你小时候想跟他学打枪,还说你啥时候回来就教你。"

周明义提着包好的中药走出柜台,对周轩宇说:"老五啊,吴镇长还跟我提起你呢。这样吧,你就跟着吴姑娘一起去,看望一下吴镇长,他很关心你。"

"好啊,好啊!"吴江鹭乐得拍手叫好。

周轩宇不好再推辞,就跟吴江鹭一起往吴家大院走。两人一路上有说有笑,不一会儿就到了吴家门前。门前站岗的士兵都换上了青色军服,白布袜、黑布鞋,和周轩宇在济南见过的士兵穿戴一样。

周轩宇还是第一次走进吴家的深宅大院。从小时候起,他就觉得这座大院气派中透露着些许神秘,尤其是后来听说土匪曾经血洗过这座院子,更是觉得神秘中又有一些阴森之气。

院子里的道路都铺着青砖,路两边有竹林、假山,还有漂着荷叶的水塘,一派江南园林的风格。周轩宇跟在吴江鹭后面,一路看着奇花异草,走进最里面的院子。一位身穿黑色中山装的青年男子正坐在院中的竹椅上看书,他面前的茶几上,放着一个精致的陶瓷茶壶,茶壶边上有四只茶杯。周轩宇立刻认出,这位就是山河镇的镇长吴江涛。

"哥,周大叔家的老五来看你了。"吴江鹭一进院子就大声喊道。

"吴镇长好。我刚回到镇上,特意过来看望您。"周轩宇说着,向吴江涛鞠了一躬。

"哈哈,这么高了,"吴江涛说着放下手中的书,从椅子上站了起来,"这才过了几年,你都成了大小伙子了,又高又壮,器宇轩昂,青年才俊啊!妹妹,快给老五倒茶。"

吴江鹭拉着周轩宇坐在了茶几旁,给他倒了一杯茶,递到他的手上。

"老五,今后有什么打算?要不就过来跟我干吧。还记得吗?你小时候还让我教你打枪呢。"吴江涛说。

"我还没有想好。不过,咱镇上的陈校长想让我去教书呢。"周轩宇不知道说什么好,忽然想起父亲刚才说的话来。

"你有文化,教书也不错。不过,要是能跟我干就更好了,现在天下不太平,男人都有责任保家卫国。"吴江涛这样说不仅是因为想报周明义当年救他妹妹的恩情,而且他本人也的确很欣赏周轩宇。

"教书好啊。哥,我也要去教书。"吴江鹭抱住吴江涛的胳膊,有些撒娇地说。

看得出,吴江涛对这个比自己小很多岁的妹妹很疼爱,他笑着拍了拍吴江鹭的胳膊,说:"老五要去教书,你也要去教书。我教老五打枪,你学不学打枪啊?"

"如果老五学打枪,我也要学。凭什么不让我学呢?"吴江鹭故意撇着嘴说。

"也好,现在兵荒马乱的,学会打枪最起码能保护自己。这样啊,你们如果愿意,我现在就带你们到湖边,教你们打枪。等你们学会了,我送你们每人一把手枪,崭新的德国造。"吴江涛顺着吴江鹭的话说,还带着点激将的意思。

吴江鹭很兴奋,脸上立刻乐开了花。周轩宇没想到第一次到吴府竟会是这样,不过,一提到学习打枪,他心里也是说不出的兴奋。

吴江涛立刻叫来一名手下,吩咐他去准备马匹、步枪、手枪还有枪靶,在院门口等候。

不一会儿,三人走到门口,见枪支和枪靶都已经准备妥当。吴江涛翻身上马,身手非常矫捷。吴江鹭在士兵的帮助下也骑上马,动作虽然不熟练,但是还算稳当。周轩宇可是第一次骑马,不过,他刚才看了吴江涛上马,于是也一手握住马缰绳,一手扶住马鞍,脚踩马镫,翻身骑上马背。虽然动作有点笨拙,但还是稳稳地骑住了。

"第一次骑马吧?不错!你还真是个打仗的好苗子。"吴江涛毕竟老到,一看就知道周轩宇是第一次骑马,禁不住夸道。

"哥,你真偏心,不夸我老夸他。"吴江鹭故意打趣道。

吴家大院其实离金平湖不远,一行人骑着马很快就来到湖边,只见湖面上水波荡漾,荷花点点,芦苇丛丛,正在撒网捕鱼的小船在水面上漂浮着,只能看见一个大致的轮廓。岸边有很多树,柳树、杨树都有,枝繁叶茂,郁郁葱葱,还有密密麻麻的菖蒲、芦苇、荻草、水竹、水葱、水柳等植物,满眼都是绿色的叶子、白色的芦苇花、黄色的菖蒲花。

士兵们在树林旁一块开阔的空地上停下,支起了枪靶。看来他们经常到这里打靶,因为这块地上的青草很平整,地上还有固定枪靶的石块。

吴江涛亲自向周轩宇和吴江鹭讲授枪械知识,他没有教比较落后的"汉阳造",而是先教中正式步枪,再教驳壳枪,又称"盒子炮"。讲完理论知识,他又教枪械构造,只见他很熟练地把枪拆成零件,又把零件组装成枪。最后,他才教了"三点一线"的瞄准方法,眼睛、手和手臂如何协调用力,如何调整呼吸枪才能打得准。最后,他又手把手教两人各自打了五发步枪子弹、五发手枪子弹。

周轩宇知道,吴江涛这是按照速成的方式教的,子弹很金贵,不可能无限制地去打。再说了,吴江涛很忙,整天琢磨着剿匪。吴江鹭过了暑假还要回武汉上学,时间也很宝贵。因此,他在学习过程中一直全神贯注,耳朵全都支棱了起来,眼睛也不敢眨一下,生怕漏过一句话、错过一个动作。吴江鹭一开始还兴致勃勃,后来就有点累,但是她看到周轩宇聚精会神的样子,也咬着牙坚持了下来。等夕阳西下时,两个人打完最后一颗子弹,都已经满脸是汗。

"你们两个今天都很不错,第一次打枪,无论是步枪还是手枪,都没有脱靶。尤其是老五,虽然没有打出十环来,但每枪都在七八环上。"吴江涛欣慰地说,"你们还算对得起我这一下午的辛苦,都不错!"说到这里,吴江涛拍了拍周轩宇的肩膀,问,"你是不是没吃饭啊?我听到你肚子里一直咕噜咕噜地响。"

"刚才我也听见了,一直在响。"吴江鹭扭头看着周轩宇说。

周轩宇擦了一把脸上的汗,不好意思地低下头。"早晨吃了一点,中午饭还没吃。"周轩宇说着,又抬起头来,"您放心,我挺得住。要是再让我打五发子弹,我也没问题。"

"你啊,真是硬气。先回去填饱肚子吧。"吴江涛笑着说,"我们来时没有带灯笼,不能再打了,再打子弹还不飞到天上去。"

周轩宇第二天又跑到山阳中学,找到岳山,向他汇报了陈学诚邀请他去做小学老师的事情,而且还把吴江涛想让自己加入保安队,教自己骑马、打枪等事情也详细说了一下。

岳山同意周轩宇做山河小学的教师,毕竟有个身份掩护更好开展工作。对于吴江涛,他倒背着手走了一会儿,对周轩宇说:

"吴江涛这个人我们已经留意过,他对待佃户不错,剿匪也很积极,没做过什么坏事。加入保安队的事情先不要答应,但是你可以保持和他家的亲密关系,毕竟你爹也算对他家有恩,他不会对你有啥不利。"

"好的,岳老师。"周轩宇说。

"轩宇同志,吴江涛手里的队伍,名义上是保安队,其实大部分都是他自己出钱出枪建立的队伍,现在已经有百人之多,而且纪律严明,装备精良。如果以后能积极抗日,可比王平青的保安团能打啊!"听得出来,岳山对王平青和吴江涛的情况都很熟悉。

"您的意思是……?"周轩宇不解地问道。

"我们即使不能把吴江涛争取过来,也要促使他留在抗日的队伍里。当然,这件事不能急,需要做周密的部署。"说到这里,岳山似乎想到了什么,不由自主地点了点头,"我想,除了你以外,应该还会有人能帮我们做吴江涛的工作。"

"岳老师,吴江涛要是送我一把手枪,我能不能接受?"周轩宇本来不想问这个,但还是憋不住说了出来。

"哈哈,"岳山笑着说,"看得出来,你是真心想有一把属于你的枪啊。没关系,他如果送给你,你就大大方方地接着。还有啊,趁他妹妹在家,你也抓紧练一下枪法,要不以后只有到战场上去练了,敌人的子弹可是不长眼睛的。"

临走时,岳山交代周轩宇:"下一步发展群众时,先不要在山河镇上,而是应该深入下面的村子里去,甚至到其他镇的村子里去发展。不深入农村,就无法了解最真实的中国国情,也就无法赢得革命的最后胜利。作为一名战士,只有脚踩辽阔大地,才能做到战无不胜!"

从山阳中学出来,周轩宇拐到保安团所在的南关,果然在街上找到了一家饭庄,牌匾上的字号是"湖西饭庄",两个门柱上写着"湖西特色,各种野味"。

湖西是指山东中部南四湖以西、黄河古道以北的地区。南四湖是微山湖、南阳湖、独山湖、昭阳湖四湖的统称,是中国北方最大的淡水湖泊,物产丰盛,尤其盛产淡水鱼,味道鲜美。

还没到中午,饭庄里客人已经不少,还有不少是穿着军服的人。周轩宇在门口往里瞧了瞧,见柜台里站着一位中年人,背有点驼,身穿褐色长衫,戴着老花镜,蓄着整齐的胡须,一看就不是郑长福。周轩宇摇了摇头,转身离去。

日子一天天过去,周轩宇和吴江鹭的枪法也越来越好。两人已经不需要吴江涛指点,只要不刮风下雨,吴江鹭都会拉着周轩宇到湖边打靶。当然,更多的时候是两人在湖边散步,谈论社会形势和国家大事。周轩宇逐渐发现吴江鹭思想开明、追求进步,就开始向她介绍一些进步思想和进步书籍。

"老五,真没想到,几年不见,你竟然读了那么多书!"吴江鹭听周轩宇讲了那么多理论,感到由衷地佩服。

"我可不敢浪费时间,"周轩宇笑着说,"济南的学校开除了我,我就跑到北京大学去蹭课,没想到收获更大。"

吴江鹭忍不住抿着嘴笑了,说:"老五,从小我就觉得你有胆识、有本领,果然没有看错你啊,你胆子真大!"

周轩宇听出来吴江鹭并没有调侃他的意思,便凝神望着一望无际的湖水,认真地说:"连胆子都没有,还是男人吗?"

"你也不小了,准备什么时候成家啊?"吴江鹭忽然问了一句莫名其妙的话。

"山河破碎,何以家为?"周轩宇看着吴江鹭,坚定地说。

"我明白,好男儿志在四方。我哥都三十多了,就是不娶媳妇。上门提亲的人很多,都被他打发走了。"吴江鹭说,"其实他心里有人,我知道。可是两个人都老大不小了,就是不着急。"

正在这时,远处传来一阵马蹄声。两人一看,正是吴江涛带着两个随从赶了过来。

第二章

"你们看今天的新闻了吗？七月七日晚上日本人发动了卢沟桥事变,炮轰宛平城。看来这次日本人是蓄谋已久,想发动全面侵华战争,"吴江涛翻身下马,神色严肃地对周轩宇和吴江鹭说,"今后我们的好日子不多了。"

周轩宇和吴江鹭两个人互相看了一眼,都没有说话。

日本军队攻占北平以后,沿着津浦线一路南下,国民党军队丢盔弃甲,节节败退。日军将集结在京津两地的兵力分成三路大军,分左、中、右三路齐发,倾巢而出,企图三个月内占领中华大地。

周轩宇不仅失去了和大哥周轩文的联系,也和姐姐周轩仪,还有他的入党介绍人刘知远都失去了联系。他每次去山阳中学和岳山会面,都会问起刘知远和姐姐的消息,可惜岳山也无从得知。

周轩宇在耿学真领导的游击队里锻炼了几个月,系统地学习了军事方面的知识。游击队跟随大部队走后,耿学真根据组织的安排留下来配合岳山的工作。周轩宇按照组织的部署,参加了金乡县的"抗敌后援会",走村串巷,宣传抗日救国,发展有觉悟的进步青年。经过数月的艰辛努力,他已经组建了一支二十多人的小分队,平时就在原来游击队的根据地周桥村附近活动,因为周桥村位于山河镇和羊山镇的交界处,离县城比较远,既可以进山,也可以下湖,利于隐蔽。不过,由于缺乏武器装备,大部分队员只能穿着破衣烂衫,配备老式猎枪和大刀、长矛,战斗力并不强。

吴江涛没有食言,教会周轩宇打枪以后,真的送给他一把驳壳枪,当然,也送了吴江鹭一把。不过,周轩宇并不舍得用,而是随时带在身边,等待杀敌建功。

吴江鹭暑假过后,经过与吴江涛多次商议,没有再回武汉,而是留在了山河小学,和周轩宇一起教书,积极配合他的抗日工作。全面抗战已经开始,中国的每一寸土地都是战场,每一个有血性的中国人都变成了战士。吴江鹭觉得,只要能为抗日贡献一份力量,她在哪里都一样。

随着战事日近,韩复榘派了国民党三路军的一个旅进驻金乡县城,旅长叫黄成,据说也是土匪出身,是个骁勇善战的人物。不过,这支部队中杂牌军多,纪律比较涣散,经常喝酒闹事、强抢财物,甚至还有的勾结土匪,与土匪沆瀣一气。

黄成到了金乡以后,才知道金乡竟然有多股土匪,其中最有影响的就是张一指。为了不让军队受到土匪势力的拉拢,他召集开会,要求王平青尽快找到张一指的匪巢,尽快消灭这些土匪。

王平青没有办法,把李仁贵和吴江涛都找来商议对策。李仁贵提出招安,找人去劝降张一指。吴江涛不同意,毕竟二人有杀父之仇。王平青去试探黄成的意思。黄成是韩复榘带出来的,知道韩复榘对剿匪的态度一直很坚决,不同意招安,必须剿灭。

就在王平青一筹莫展、整天挨黄成训斥的时候,李仁贵急匆匆地到保安团来了。

"大哥,好消息啊!"

"我急得头上都快长包了,你还拿我开心。你能有什么好消息?快说。"王平青没好气地说。

"前几天几个逃兵跟土匪勾结,带着枪去投奔张一指,都到了张一指所在的山洞外面,"李仁贵结结巴巴地说,"结果有一个人看到张一指竟然在山洞里住,怕受罪,趁人不注意,又偷偷跑回来了。"

"然后呢?你倒是快点说啊。"王平青摘下头上的军帽,扔在桌子上。

"结果这小子在酒馆喝酒,跟其他士兵吹牛时,不小心把事说了出来。正好我手下一个警察穿着便衣在隔壁桌,就找了个理由把他弄到警局了。"李仁贵是个大胖子,说话快了就大喘气,好不容易才把话说完了。

"啰唆!还愣着干什么?马上带我去警察局。"王平青抓起帽子扣在头上,迈开腿就往屋外走。

自以为聪明的张一指怎么也没想到,国民党的散兵游勇们,竟然还不如他们土匪的骨头硬。那个士兵还没用上刑就供出了张一指的藏身之处,而且表示愿意带路剿匪,将功赎罪。

在黄成的亲自督战下,他属下一个营带着迫击炮,再加上王平青的保安团,还有吴江涛的山河镇保安队等悄悄地开往金乡和嘉祥交界处的青龙山,把青龙山的各个进出要道围得水泄不通。

张一指一直以为青龙山是两县交界之处,山高林密,交通不便,两个县的保安团都不会冒这个险。他没想到,黄成是山东省政府主席韩复榘的人,根本不在乎这些。

第二章

土匪乍一看到从天而降的士兵并没有慌,而是躲在暗处朝士兵射击。随着几声炮弹的巨响,土匪们才明白是大部队来剿匪,纷纷跪地投降。张一指看阵势不对,带着几个亲信退回到山洞里,负隅顽抗,拒不投降。

吴江涛自告奋勇,带着保安队的士兵一直冲在前面。不过山洞的确易守难攻,子弹根本打不进去,只好向里面扔手榴弹。一阵巨响过后,吴江涛带着一队人立刻冲进山洞里。又一阵激烈的枪声过后,山洞里平静了下来。又过了一会儿,在硝烟弥漫之中,吴江涛满脸尘土地走了出来,士兵们抬着几具尸体跟在后面。

"张一指被击毙了!土匪张一指被击毙了!"士兵们开始大声欢呼起来。

"洞里都搜查过了?没有漏网的土匪吗?"黄成也已经赶到了山洞洞口,问吴江涛。

"都搜过了,除了一些枪支弹药和粮食、食盐,没有别的了。"吴江涛如实汇报。

黄成走到洞口,往里看了看,硝烟还没有消散,洞里的气味很呛人,让他的鼻子和眼睛都不舒服。"吴队长,你是好样的。我要为你记一功!"黄成用力拍着吴江涛的肩膀说。

回到山河镇以后,吴江涛就把击毙张一指这个喜讯告诉了吴江鹭,而且还为他父亲吴士顺以及吴江鹭的母亲专门做了一场隆重的祭奠仪式,以告慰他们的在天之灵。

周轩宇既为吴家兄妹终于完成了一大心愿感到欣慰,也开始担心郑长福的安全。

思前想后,周轩宇还是决定再去一次湖西饭庄。赶到县城时,已经过了中午的饭点。饭庄开着门,透过门前的帘子往里看,柜台里面有个穿浅色长衫的人正低着头拨弄算盘。

周轩宇拨开门帘走了进去,边走边喊:"掌柜的,吃饭。"

柜台里正在算账的人一抬头,和周轩宇看了个对眼。虽然此人留着短胡须、戴着黑框的眼镜,但是周轩宇一眼就认出了他就是郑长福。

"客官,您想吃点什么?"郑长福说着从柜台里走出来,"哎呀,这不是五兄弟吗?好久不见。我给您找个安静的地方。"

周轩宇跟着郑长福走到最里面的一个雅间门前,郑长福让周轩宇先坐下,然后把店伙计喊了过来,说:"小张,这是我姑家表弟。你去炒两个菜,上一壶酒来。"

店伙计刚走出去,周轩宇就低声问:"你怎么知道我没吃饭?"

"这个点从镇上过来,十有八九没吃饭。"郑长福偷笑着说,"就是吃了,也要喝一点,要不坐在饭庄雅间里干吗?"

不一会儿,酒菜全都端了上来。郑长福吩咐店伙计到店门口候着,有人进来就打招呼。

"五哥,你还挺厉害,竟然把我认出来了。"郑长福给两人斟满酒,举了起来,"咱哥儿俩终于又相聚了。"

周轩宇向四下看了一眼,悄声说:"我上次来这里,柜台里面还是另外一个人。这次听说青龙山被剿了,就赶紧再过来看看。"

郑长福听完,叹道:"感谢五哥挂念,我这条命真是捡回来的。"

二人碰了一下酒杯,双目对视,一饮而尽。

原来,张一指从吴士顺家中抢走苏碧莲以后,就逼迫她做了自己的压寨夫人。不久以后,苏碧莲为他生下一个女儿,取名丹丹。张一指毕竟也是穷苦人家出身,自从有了孩子以后就对苏碧莲和孩子非常疼爱。他心里清楚土匪整天打家劫舍,东躲西藏,说不定哪天就会有生命危险。为了孩子考虑,也是为了自己的安全,他想尽办法在县城里买了一处店面,开了一家饭庄。张一指让苏碧莲带着孩子就住在饭庄的后院里,对外就说是饭庄掌柜的女儿,女婿在外当兵。原来那个掌柜的是张一指的亲戚,既要保护苏碧莲母女的安全,还要打探消息、传递消息,本来就很辛苦,再加上年龄大了,前段时间得了一场病,经过治疗以后又硬撑了一段时间,刚刚去世。张一指经过慎重考虑,就派郑长福过来担任掌柜,对外说是老掌柜的儿子,从外地经商回来。没想到,郑长福刚到这里不久,青龙山的土匪就被剿了。

"张一指怎么这么信任你?他不怕王平青认出你来吗?"周轩宇问。

"这……我也说不好,"郑长福摸了摸脑袋说,"信任有时候的确很奇怪。我也问过他,他说我救过他的命,武艺高强,还有就是跟王平青家有仇啥的。另外,这家饭庄开业以来,王平青一次都没有来过,据说他从不去小饭馆吃饭。"

第二章

"张一指来过这里吗？他女儿多大了？还有人知道饭庄的秘密吗？"周轩宇仍然有很多的疑问。

"以前来过，每次都是化装后才来。前些天他和我一起来的，在这里住了两天，回去以后就出事了。"郑长福低声说，"他女儿比我小一岁，还在县里念中学呢。"郑长福说到这里，忽然有些不好意思，"他有次喝醉了，认我做了义子，让我好好对待丹丹妹妹，以后不要再回青龙山了……这家饭庄的事情，老掌柜死了以后，就只有干爹、干娘和我知道了，就连他女儿也不知道。"

周轩宇听到这里，一下子明白了张一指的心思。可怜天下父母心。他叹了一口气，轻声问："兄弟，你以后怎么打算？"

"五哥，从小我就听你的。干爹反正也不在了，我跟你抗日吧。"

周轩宇点了点头，给郑长福详细地说了一下自己在济南和北平学习的经历，帮他分析了一下严峻的形势，希望他能以民族大义为重，勇于抗日杀敌，保家卫国。

"五哥，枪的事情我可以解决，"郑长福低声说，"干爹为防不测，在后院干娘屋里的夹壁墙里，藏了不少枪支弹药。不过，这事我要先和干娘商量，要取得她的同意才行。"郑长福见周轩宇舒缓的眉头又皱了起来，笑了笑，"你放心，干娘是个明事理的人，很有正义感，要不然干爹也不会那么喜欢她。"

周轩宇没想到郑长福还有枪，不禁面露喜色，点了点头。

"五哥，我能加入共产党吗？"郑长福急切地问道。

"能，不过入党是有严格的标准和程序的，你以后要加强党的思想理论学习，要经受住一切考验。等到合适的时候，我就介绍你加入。"周轩宇认真地说。

郑长福有些喜出望外，说："五哥，我之前就跟干娘提起过你，她还问你是不是周郎中的儿子，我说是。她还说你父亲是个好人，帮她瞧过病。"

"对，你干娘应该认识我父亲，"周轩宇说，"毕竟我们都是一个镇子上的邻居。"

郑长福笑着说："既然来了，就去见一下我干娘吧。没准枪的事，一会儿就能解决呢。"

周轩宇想了想，觉得应该去见苏碧莲，他也怕郑长福说不到地方，苏碧莲不愿意献出枪支弹药。

两人从雅座里出来，郑长福见客人渐渐多了起来，就叮嘱了伙计几句，然后领着周轩宇直奔后院。饭庄与后院之间隔着一道青砖围墙，墙很高，上面爬满了爬山虎，密密麻麻的叶子几乎覆盖了整面墙。郑长福走到墙角处，用手扒开爬山虎的枝蔓，里面是一扇小门。郑长福用手轻轻推开门，弓着身子走了进去。周轩宇在后面也扒开爬山虎的枝蔓，弓着身子进了小门。郑长福等周轩宇进来，又把小门关上。周轩宇一看，眼前是一间黑咕隆咚的小屋，没有窗户。郑长福划着一根火柴，周轩宇才看到屋里竟然堆满了干柴，还有一些粮食，原来这里是一间储藏室，怪不得黑咕隆咚呢。

两人借着火柴的微光走出储藏室，周轩宇发现外面是一个院子，院子里种着月季、铁线莲、风车茉莉、绣球、槐树、枣树和石榴树等花木，满院清香扑鼻，非常雅致。

郑长福在院子里喊道："娘，家里来了位客人。"

"快进来吧。"苏碧莲声音平静而又温和。

周轩宇跟在郑长福后面进了堂屋，堂屋里挂了不少字画，家具也都古色古香，一派书香气氛。一位身穿宽大的大襟搭裙、头绾发髻、面带微笑的中年妇女站在堂屋中间，身边还站着一个姑娘，梳着两个长辫子，身穿学生装，瞪着一双好奇的大眼睛。不用说，这两位就是苏碧莲和张丹丹了。

"娘，妹妹，这位就是我以前说过曾经在济南和北平读过书的五哥，"郑长福兴奋地说，"从小就为人仗义，喜欢打抱不平。"

"婶子好，小妹妹好。我哪有那么厉害，就是在外面闯荡了几年而已。"周轩宇客气地向苏碧莲弯腰行礼。

"快坐下，长福快给你五哥倒茶，"苏碧莲端详着周轩宇，点了点头，"还真是周名医的儿子。孩子，你父母还好吧？"

周轩宇赶忙再次行礼说："谢谢婶子挂念，我父母一切安好。"

"济南好玩还是北平好玩？大哥哥，你能带我去看看吗？"张丹丹一直在盯着周轩宇看，似乎他身上藏着什么宝贝。

周轩宇苦笑了一下说："小妹妹，这两个地方都很好。不过，现在北平已经被日本人占领了，济南也很危险。恐怕这两个地方我们现在都不能去看了，只能等我们打败了日本鬼子再去。"

第二章

周轩宇说完,见张丹丹脸色有些不好看,赶紧又说:"你放心,我们一定能打败日本鬼子。我们国家的土地一寸也不会丢,以后你想去哪里就能去哪里。"

苏碧莲轻声说:"丹丹,你快去书房温习功课,我和你两位哥哥谈点正事。"郑长福赶紧站起来,笑呵呵地哄着张丹丹去了书房,然后又回到客厅,把里外的门都关上后,走到苏碧莲身边,压着嗓子说了一些话。

苏碧莲听完,示意郑长福也去坐下,然后对周轩宇说:"我本来是穷人家的孩子,一直被人欺负,做梦一样活到现在。孩子她爹活着的时候,我就劝他不要再做杀人放火的勾当。现在她爹死了,这些枪支弹药我就做主送给你们了,你们要把日本鬼子赶出去,让他们无法再欺负我们、祸害我们,我也就知足了。"

周轩宇没想到苏碧莲一个柔弱女子竟如此深明大义,不禁有些喜出望外,站起来再次向苏碧莲鞠躬致谢。

"长福,忘记过去吧。以后跟着你五哥好好干,早点把日本鬼子赶出去。"苏碧莲对郑长福说,"还有,你们要想好怎样才能把枪弹运出去,当初你干爹费了很大劲才偷偷地运进城来,运了很多次。"

"您放心,娘,我以后一定努力打鬼子。"郑长福说着就给苏碧莲跪下磕了个头。

周轩宇和郑长福又回到饭庄,两人琢磨了半天,郑长福忽然想起每天都有伙计到城外运鲜鱼、野兔等,尤其是运鲜鱼的,都是用一个长方形的大木桶,里面装半桶水,再把鲜鱼放水桶里用马车运到饭庄。

周轩宇听到这里,脑海里灵光一闪,兴奋地说了声:"有了。"

晚上,周轩宇去山阳中学找到岳山,向他简要汇报了一下情况。岳山听完也非常感慨,叮嘱他要带好郑长福,争取让他早日加入组织。

周轩宇回到周桥后,找人特意做了一个特殊的木桶,形状狭长,像个小船,木桶下面做了个夹层,里面是空的,可以装东西。他和郑长福早就商量好了,遇到有人问,就说用这样的桶水里氧气多,鲜鱼不容易死。

一切准备就绪之后,周轩宇和郑长福一起,分多次神不知鬼不觉地就把苏碧莲家里藏着的枪支弹药运回了周桥村,一共有十六支"汉阳造",一把驳壳枪,还有上百发子弹。本来夹壁墙里有三把驳壳枪,周轩宇想了想,留下了两把给苏碧莲,以备她们不时之需。

队伍终于有了武器，队员们都欢呼雀跃起来。周轩宇把郑长福隆重地介绍给大家，说这些枪都是他想办法搞来的，而且他还是位神枪手。队员们兴奋地抬起了郑长福，连着多次向空中抛起再接住，大家的劲头都像火苗一样燃烧起来了。

周轩宇还继续做着山河小学的教书先生，郑长福继续回到湖西饭庄做掌柜。不过，郑长福经常借出城运野味之机到周桥村教队员们练习枪法，周轩宇也经常到饭庄与郑长福见面，商议工作。一来二去，周轩宇向岳山提议，安排两名队员到饭庄里做伙计，湖西饭庄也就成了小分队在城里的秘密联络点。

1937年11月中旬，日军攻至黄河以北，山东省会济南危在旦夕。国民党将领冯玉祥和韩复榘率第三集团军在黄河北津浦路沿线与日军展开激战。韩复榘亲自率领手枪营在济阳与日军作战，被日军包围后险些被俘，后来骑摩托车杀出重围，才得以重新回到济南。

12月13日，国民政府首都南京沦陷。残暴的日军在南京开始了惨绝人寰的大屠杀，他们奸淫、放火、抢劫，无恶不作，所到之处，生灵涂炭，血流成河，古老的南京城在转眼间就变成了人间地狱。

12月24日，韩复榘撤出济南，命令部下放火焚烧省政府各机关、高等法院、火车站等重要场所，实行"焦土抗战"政策。27日凌晨，国民政府第三集团军第十二军某部奉韩复榘命令不战而逃，大汉奸马良等人打开城门迎接日军入城，济南就此沦陷。

消息传来，驻守在金乡县城内的国民党军人心惶惶，一些杂牌队伍军心更加涣散，有的竟然整班整排都做了逃兵。

临近春节时，吴江鹭亲手给周轩宇做了一件藏青色的棉袍，用包袱包着，趁着夜色来找周轩宇。周明义正在柜台里忙着抓药，吴江鹭跟他打过招呼，径直往院里走。徐映秀从后屋端着一簸箕药材出来，正好碰到吴江鹭，笑着说："吴姑娘来了。老五就在屋里呢。"吴江鹭有些不好意思，因为每次见到徐映秀时，老人家看自己的眼神都有一种说不出的疼爱。

周轩宇正在屋里琢磨事。他已经和大哥、轩仪姐、轩静姐还有刘知远都失去了联系。他不知道他们现在的状况，甚至连他们的生死都无从知晓，心中既烦闷,又牵挂。

吴江鹭敲了两下门,周轩宇开门见是吴江鹭,赶紧把她让了进去。吴江鹭打开包袱,取出棉袍,让周轩宇穿上试试。周轩宇看着吴江鹭满是关切的眼神,心中一热,赶紧穿上试了试,感觉非常合身,而且浑身暖洋洋的,就握住了吴江鹭的手说:"江鹭,怪麻烦的,以后不要再亲手给我做衣服了。"

吴江鹭"嗯"了一声,依偎在周轩宇怀里,轻轻闭上了眼睛。周轩宇紧紧抱住吴江鹭,闻着她头发上散发出的淡淡清香,心里有些陶醉。

"老五,"吴江鹭忽然想起一件事来,轻声说,"我哥昨天从县里回来,说跟王平青、李仁贵在一起喝酒时,李仁贵说驻守在鱼山镇的一个散兵排准备拉出去当土匪,王平青还让他不要多管闲事。"

周轩宇听后大喜,放开吴江鹭,说:"一个排,三十多杆枪呢。小分队正缺枪呢,这是个好机会啊。"

吴江鹭知道周轩宇在想什么,赶紧说:"太冒险了吧?队员们都是新手,哪能应付这阵势?"

周轩宇点了点头,说:"散兵排在镇子里,人多不行。我和长福两个人去,他枪法好。我们神不知鬼不觉地进去,准行。"

吴江鹭摇摇头,注视着周轩宇说:"老五,两个人对付三十多个人,太少。我也陪你去吧,我的枪法和你不相上下。"

"不行,你一个女孩子,万一有个三长两短,那如何是好?"周轩宇坚决不同意。

"老五,你要有个三长两短,我活着还有什么意义呢?"吴江鹭深情地说,"我可以扮成男人,我们在夜里动手,没人认得出来。"

无论周轩宇怎么说,吴江鹭也要跟着他一起去。周轩宇没有办法,只好答应了下来。

第二天下午,吴江鹭身穿一件黑色棉袍,头戴瓜皮帽,跟周轩宇到了湖西饭庄,找到了郑长福。三人商议了一下,决定三人都扮成土匪,在晚上动手,尽量不开枪。

到了晚上十点左右,三人悄悄地摸进了鱼山镇,找到散兵排所在的院子,观察了一下周围的动静。寒风呼啸,院子门前挂着的两个灯笼被风吹得不停地摇摆。两个站岗的士兵戴着棉帽子龟缩在简易的木制岗哨亭里,不停地搓手跺脚。

周轩宇想了想,跟郑长福和吴江鹭低声说了两句,然后一个人走向岗亭。

"干什么的?在这儿瞎转悠什么?不想活了!"两个士兵骂骂咧咧地从岗亭里走出来,用枪指着周轩宇喝道。

"老总,我是咱们排长请来的,不是要商量一下把队伍拉出去的大事吗?"周轩宇往下拉了拉帽檐,压低了声音说。

"是吗?怎么这么晚才来?兄弟们都睡下了。"一个士兵狐疑地看着周轩宇说。

"路上出点差错,耽搁了。"周轩宇平静地回答。

这时,郑长福和吴江鹭已经悄悄地走到两人背后,用手枪顶住了两人后心。郑长福低声说:"天寒地冻,快领我们进去,耽误了大事你们可担待不起。"

两个士兵互相看了一眼,乖乖地去打开了院门,领着周轩宇三人进了院子。刚进院子,周轩宇和郑长福就缴了两人的枪,问清了排长和士兵们住的房间,然后把两人捆了起来,嘴里塞上了毛巾。

睡得正香的士兵们看着从天而降的三个蒙面人和三个黑洞洞的枪口,乖乖地对着墙壁蹲成一排。周轩宇让吴江鹭看着他们,然后和郑长福又冲进隔壁的房间,把烂醉如泥的排长也缴了械。

"兄弟们,知道你们想去当土匪。我们也是土匪,最近手头紧,先借借你们手里的家伙,等手头富裕了,再还给你们。"周轩宇压低了嗓子喝道,"谁敢回过头,谁敢叫唤一声,我就要了你们的狗命。"

郑长福和吴江鹭已经把枪支弹药都归拢在了一起。小分队的其他队员也已经过来接应。郑长福和吴江鹭等人把枪支弹药用麻袋包得严严实实,装上地排车,拉起来就走。周轩宇一个人留下断后,过了十几分钟,才从外面反锁上房门,闪身离开。

这次缴械行动虽然有惊无险,奇怪的是,无论是黄成的国民党守军,还是保安团和警察局,竟然都置若罔闻,好像什么事都没发生。岳山和周轩宇等人经过分析后认为,这说明这些人都对守卫金乡县城没有信心,都开始琢磨自己的后路了。

1937年秋,中共金乡县工作委员会在周桥村秘密成立,岳山担任县委书记,耿学真担任县长，县委驻地选在了周桥村。周桥村附近虽然都是平原，但是河流比较多，离羊山和金平湖都不算远，地形复杂，利于随机应变。更为重要的是，周桥以及附近的胡桥、李桥和苏桥几个村子的群众基础比较好，有利于对敌斗争工作的开展。

根据形势需要，岳山从山阳中学辞职，专职领导县里的抗日工作。周轩宇手里有了更多的武器，小分队已经发展到了六十人左右。岳山和耿学真等商议后，报经上级批准，决定成立第五战区第二抗日游击纵队，由周轩宇担任队长。随着战火越来越近，周轩宇感觉到自己肩上的担子越来越重，只好辞去了山河小学教员的工作。

周轩宇看过多遍地图，金乡县地处徐州的西北，而徐州又是贯通中国南北的枢纽。日军要想占领徐州，很有可能侵犯金乡。虽然周轩宇脸上每天都平静如常，但是吴江鹭能感觉到，他正承受着巨大的心理压力。

"老五，我哥最近想结婚了。"吴江鹭说，"还有，城里那个黄旅长很欣赏我哥，老说让我哥跟他干，说给他个团长当啥的。"

周轩宇听后，奇怪地问道："太突然了吧？你嫂子是哪一位啊？再说了，黄旅长喜欢他和结婚有啥关系？"

"哎，就是王文海的女儿，王平青的姐姐，叫王平燕，是县女子学校的老师，她和我哥从小就认识。"吴江鹭拉着周轩宇的胳膊说，"我哥看来被黄旅长说得有点动心，日本人都打到家门口了，他想跟着黄旅长去打鬼子，也不想耽误了王平燕，所以就打算结婚后再去投奔国军。"

"哦，"周轩宇若有所思地说，"看来你哥和我一样，都对战局不乐观啊。不过，江鹭，你哥是条汉子，危急时刻不当孬种！"

吴江鹭低下了头，噘着嘴嘟囔道："说啥你哥你哥的？真是的。"

周轩宇立刻明白了吴江鹭的心思，心头一热，紧紧地握住了她的手。

第三章

广大农村因为消息闭塞，对日本鬼子发动侵略战争还只是耳闻而已，很多村民都是通过游击队的抗日宣传才知道日本人都快打到家门口了。不过，让周轩宇感到兴奋的是，金乡老百姓的抗日热情非常高，游击队也在不断壮大之中。

日本侵略者占领南京、济南后，为了实现迅速灭亡中国的侵略计划，以南京和济南为基地，沿津浦铁路从南北两面开始夹击徐州，徐州形势万分危急。

1938年1月3日，日军第十师团濑谷支队在飞机大炮的掩护下进攻济宁城，国民党第三路军第二十九师曹福林部奋起抵抗，与敌人激战八天后，终因弹尽援绝，无奈弃城撤退，济宁全城沦陷。随后，韩复榘因连续放弃济南、泰安和济宁等地，在开封参加国民党北方将领会议时，被国民政府主席蒋介石下令拘禁并执行枪决。

位于苏鲁交界的台儿庄，北连津浦路，南接陇海线，不仅是山东省的南大门，也是战略要地徐州的门户、日军南下徐州的最后一道屏障。3月中旬，由国民革命军第五战区司令长官李宗仁指挥的台儿庄战役打响。

台儿庄隶属山东省枣庄市，是京杭大运河上的漕运枢纽，毗邻南四湖，与金乡县城距离大约两百公里。为了配合台儿庄战役，中共中央专门从延安派了叶海平同志来到金乡县，指导金乡的抗日武装。叶海平作战经验丰富，在新四军和八路军中都参加过战斗，还担任过八路军某部的连长，他的到来无形之中更加坚定了周轩宇抗击日寇的信心。

叶海平还给周轩宇带来了一份惊喜，那就是他在延安见过刘知远和周轩仪，两人都在延安边区政府工作，而且还结了婚。

周轩宇回到家后，把周轩仪的近况告诉了周明义和徐映秀，还如实地说了自己在北平参加党组织，组织金乡抗日游击队的情况。

第三章

"保家卫国,咱们周家人历来都不含糊。周永春和周一德的故事我都给你讲过,他们都是后人的榜样,为世世代代留下了良好的家风。"周明义看着周轩宇,面色严肃,一字一句地说,"我听你爷爷经常说起,先祖周一德在世时经常给家人说,周家的后辈应该牢记八个字——有义、无畏、敢为、必胜。国难当头,小鬼子都打到咱家门口了,咱家祖祖辈辈都是好汉,没有孬种。你们去打鬼子吧,我和你娘都会支持你们,不会拖你们的后腿。"

"爹,您放心吧,我这辈子一定会做好汉、做勇士,绝不当孬种,绝不给咱周家丢脸!"周轩宇品味着周明义说的八个字,大声说道。

油灯的微弱灯光在夜风中不停地跃动着,就像徐映秀一直无法平静的心。她握住周轩宇的手,缓缓说道:"也不知道你大哥怎么样了,还有你轩静姐,我心里舍不得,但如果你们都能去杀鬼子,我也不会拖你们后腿。"

周轩宇看着父母头上的白发和脸上的皱纹,强忍住眼里的泪水,用力点了点头,说:"爹、娘,二老请放心。"

中国军队在台儿庄打出了中国军人的血性和士气,日军虽然出动了飞机、大炮和坦克,依然伤亡惨重,眼看败局已定。虽然台儿庄那边不断传来振奋人心的消息,不过,叶海平和周轩宇他们并不敢放松警惕。在台儿庄,日军死伤众多,中国军队更是付出了巨大代价。再说,济宁已经沦陷,日军进攻金乡,只是时间问题了。

为了武装抵抗日军的侵略,在叶海平的提议下,在原抗日游击纵队的基础上,成立了金乡县抗日武装大队,由周轩宇担任队长,叶海平担任政委。县大队是中共金乡县委领导下的抗日武装力量,担负着抗击日寇、保家卫国的重任。

台儿庄战役即将结束的时候,经过反复宣传和动员,"誓死不当亡国奴""有钱出钱,有力出力"等口号已经在金乡县各镇各村深入人心,县大队已经有近二百名战士,队伍进一步得到壮大。

冬去春来,季节不会因为战争的残酷而改变。尽管炮火声已经越来越近,鲜花和绿草还是把山河镇装点得春意盎然,生机勃勃。正是中午时分,万里无云,周轩宇骑着马从周桥返回山河镇,眼看着就要到山河桥的时候,一架飞机不知道从哪里窜了出来,发动机轰鸣的声音非常刺耳。周轩宇抬头看了一眼,发现飞机飞得并不高,而且一直在兜圈子,机翼上膏药旗的标志清晰可见。

周轩宇还是第一次见到日军飞机,而且只有一架,他感到有些奇怪,勒住马的缰绳,仔细观察这架飞机。飞机在天上兜了几个圈子以后,忽然向山河镇方向俯冲过去,而且投下一枚炸弹。随着一声巨响,山河镇上冒出滚滚青烟。周轩宇猛然想起,今天是山河镇上的大集,十里八村的乡亲们都会来赶集,商贩也会很多,人头攒动,非常热闹。想到这里,周轩宇心说不好,用力打了一下马背冲向山河镇。

随着"轰隆轰隆"两声巨响,飞机又接连投下两枚炸弹,镇子上顿时硝烟四起,火光冲天,凄厉的哭叫声和呼喊声响成一片。周轩宇顾不上多想,骑马越过山河桥,冲进山河镇。

镇子上到处都是尸体和鲜血,受了伤的人正躺在地上痛苦地呻吟。街两边的很多店铺已经被炸毁,燃起了熊熊大火。周轩宇正想下马救人,扭头一看,永春堂药铺也在燃烧,屋顶上火苗四窜。

"爹……娘……"周轩宇大喊着翻身下马,一头冲进药铺之中,在烟火中寻找周明义和徐映秀。刚冲进院子,周轩宇就看到满脸是血的周明义正抱着徐映秀踉跄着脚步往外走。看到周轩宇后,周明义老泪纵横,喃喃地说道:"你娘是为了救柱子被房梁砸中的。"说着,他脚一软,倒了下去。周轩宇赶紧蹲下身子抱住周明义,周明义无力地摆摆手,喘了口气说:"老五,这笔血债一定要记住……永远要记住。"

周轩宇含着泪水点了点头。周明义嘴角流着血,断断续续地说:"爹娘本来希望你长大以后……记住……咱家祖祖辈辈没有孬种……"正在这时,一阵激烈的枪声在周轩宇耳边响起。他抬头一看,原来那架日军飞机还没飞走,俯冲着用机枪往地上扫射。周轩宇放下父亲,拔出手枪向着飞机连开了三枪。可惜,日军飞机飞得太快,手枪根本打不到。

周轩宇弯下腰抱起父亲,发现父亲已经闭上了眼睛。他的胸口都是血,一块弹片击中了父亲的前胸。

"爹、娘,父老乡亲们,此仇不报,誓不为人!"周轩宇悲愤地大喊着,流着泪跪在了地上。

"大叔……"吴江鹭手里拿着枪跑了进来,一边跑一边大声喊。她看到周轩宇正抱着周明义的尸体时,一下子瘫在了地上。

"救救我,救救我……"一阵微弱的声音从后院传来。

周轩宇和吴江鹭赶紧跑到后院,看到柱子正躺在地上痛苦地呻吟,两条腿上都是血。

"柱子哥,你要挺住!"周轩宇大声喊道,"江鹭,江涛哥没事吧?学校没事吧?"

"我哥今天去了城里,学校也没事。日军飞机的炸弹都投在了街中心商铺多、人员密集的地方,真是卑鄙无耻。"吴江鹭眼里含着泪,哽咽着说。

"你马上去周桥,带县大队的同志们来,抢救伤员。"

事后得知,日军有两架飞机闯入了金乡县,分别在山河镇和鸡黍集两个地方投下了炸弹,因为山河镇有大集,鸡黍集有大户人家娶媳妇办堂会,聚集的群众比较多,所以日军就投下了炸弹。

"两个地方共炸死二百多人,伤一百五十人左右。真是罪恶滔天!"叶海平也赶到了山河镇,恨恨地对周轩宇说,"看来日本人是在制造恐怖气氛,估计很快就要大举侵犯金乡了。"

吴家大院也未能幸免,日军有颗炸弹投在了院子中间,吴家的房屋被炸塌了近一半,到处一片狼藉。看守院子的保安队员被炸死了七个,炸伤了两个。吴江涛站在残垣断壁面前,牙咬得咯吱咯吱直响,眼里似乎要冒出火来。

柱子伤好以后坚决要求加入县大队,他说他被掉落的砖瓦石块砸中了双腿,徐映秀是为了拖他出来才被房梁砸中的,他要为周明义和徐映秀报仇。周轩宇知道他跟父亲学了多年医术,就让他继续经营中药铺,同时暗地里为游击队医治伤员。

周轩宇把父母的遗体安葬在了周家老林,他不知道以后怎么面对大哥和姐姐,只能在父母的坟前默默地流着泪,长跪不起。

吴江涛和吴江鹭等人拉起周轩宇的时候,周轩宇面色铁青,咬着牙说:"从现在开始,我就不再流泪了。"

大敌当前,守城的旅长黄成要求王平青征集民工,加强金乡县城的防御工事。王平青虽然很不情愿,还是四处征集了大量民工,连夜加固城墙,修建工事,严阵以待。中共金乡县委决定,积极动员群众,协助国民党军防守县城,同时安排周轩宇带领的县大队在日军可能经过的乡镇周围隐蔽,袭扰日军,必要时从前后夹击日军,阻挡日军攻城。

5月11日下午,日军四架飞机排成一线飞到金乡县城上空,在城北门和城西门投下数十枚炸弹,半个金乡县城顿时淹没在硝烟火海中,许多平民被炸死,众多商铺和民房被炸塌,国民党守军如惊弓之鸟,四处逃散。

虽然周轩宇和郑长福他们在道路上设置了路障,埋了不少地雷,不停袭扰进犯金乡的日军,但日军依仗着飞机和坦克,在轰炸金乡县城的同时,已经开进了金乡县城周围的各个村庄,并进行大肆屠杀。他们杀人放火,奸淫妇女,变着法子残害没有来得及逃走的村民。王楼、大义、孙瓦房、苏楼等村接连遭到血洗,日军所到之处,就是乡亲们的噩梦开始之时。

吴江涛早就安排他手下的全部保安队士兵埋伏在万福河上的山河桥桥头附近,只要日军上桥就把他们打回去。不过,随着派出去的士兵接连传来噩耗,吴江涛也开始担心山河桥万一守不住怎么办。就在这时,孙二愣满脸乌黑地骑着马跑了回来,说县城周围的村子几乎都被血洗,最近的苏楼离山河镇只有十来里地。日军对手无寸铁的村民们使用了手榴弹和机枪,甚至动用了小钢炮。

吴江涛听后望着桥下静静流淌的万福河一言不发。现在已经进入夏季,雨水开始多了起来,万福河的水更深了,水面也更宽了。吴江涛抬头看了看右边高耸的羊山和左边水波浩渺的金平湖,暗暗下了决心,大声问道:"二愣,你现在是副队长,我问你,如果日军来了,你能阻挡他们进入山河镇吗?"

孙二愣眼睛都红了,急得直跺脚,大声说:"除非他们从我的尸体上踏过去。"

吴江涛冷静地看着孙二愣,沉声说:"山河镇的老百姓已经被轰炸过一次了,不能让日本人斩草除根。我命令你们,马上炸毁山河桥!"

孙二愣一下子明白了吴江涛的用意,流着泪说:"是。"

山河桥被炸断后不久,日军的一支队伍就杀气腾腾地赶到了断桥的对面。日军一名军官从马上下来,走到被炸断的石桥边,拿出望远镜观察了到处是残垣断壁的镇子,向后挥了挥手,悻悻地带着部队原路返回了。

两天后的傍晚,日军开始出动大量飞机、大炮和坦克,猛烈攻城。国民党守军黄成撤走,派下面的一个团进行抵抗,城内正在修筑工事的三千多名民工和一部分未逃走的青壮年居民,手持铁锹、镐头也参加了守城的战斗。激烈的战斗进行了一天一夜,国民党守军伤亡惨重,剩余部队突围南逃。民工依然拼死抵抗,终因寡不敌众,西门被日军攻破,金乡沦陷,城内顿时山河失色,草木含悲。王平青和李仁贵早就吓破了胆,国军刚逃跑他们就迫不及待地举着白旗向日军缴械投降。

日军进城后逐家逐屋地搜抄捕杀,上至古稀老人,下到怀中婴儿,均不放过。杀人手段惨绝人寰,骇人听闻:枪挑、刀剁、火烧、挖眼、剖腹……伴随着日军狼嚎般的狂笑声,金乡县城内尸肉横飞,鲜血四溅,哭声震天。北门里女子学校内,三十多名少女被奸淫后残杀,她们披头散发,裸露身躯,浑身是血,下身污浊不堪,有的还被插进了木棍,有的肠子都流了出来,惨不忍睹。被炮弹炸去顶部的文峰塔下,来寺庙躲避的民众被机枪扫射后,又被手榴弹炸得血肉模糊。奎星湖、蝇子坑、眼睛坑、南家后坑等大小湖面和池塘里,都漂满了密密麻麻的尸体,鲜血染红了整个水面,十分瘆人。城内大街小巷尸骸遍地,血腥冲天,几乎成了一座死城。

四天以后,残暴的日军将金乡县城洗劫一空,留下小野一郎少佐带领的一个大队驻守金乡,大部队继续向南进犯。已经年迈的王文海被日军任命为伪县长,王平青被任命为金乡伪警备团团长,李仁贵为侦缉队队长。尤为可悲的是,王平青的姐姐王平燕——岳山正在发展的进步青年女教师,为了掩护女子学校的学生逃跑,被日军轮奸后放火活活烧死。正在周桥村商议破敌对策的岳山和叶海平等人听闻噩耗后,拍案而起,默然肃立,脱帽向死难者致哀。

日军攻破西门后,县大队安排在湖西饭庄的两名伙计把苏碧莲和张丹丹藏进了夹壁墙内,才让她们母女俩最终躲过了一劫。不过,两名伙计在与日军对抗时打死两名日军后被乱枪打死,英勇牺牲。郑长福潜回县城,找到苏碧莲和张丹丹时,母女两人受了惊吓,又渴又饿,面如白纸,已经奄奄一息。

吴江涛派了几名士兵日夜轮流在断桥附近隐蔽,监视着对岸的一举一动。另外,他又连夜组织人把金平湖岸边的"风雨渡"渡口重新做了修缮,利用湖里密密麻麻的芦苇做了伪装,把能用的船只都藏在芦苇丛里。渡口也派了几名士兵日夜把守。

"哥,桥断了,老五不也回不来了吗?"吴江鹭默默地看着吴江涛所做的一切，问道。

"你放心，老五会有办法的。"吴江涛理解妹妹的心思，冷静地说，"只要能暂时拦住日本人的军队，山河镇就不会马上血流成河。"

还没等周轩宇回去，王平青派的人已经到了山河镇，是从湖里划船来的。来人告诉吴江涛，王平青已经就任伪警备团团长，希望吴江涛带着队伍也能加入，担任副团长。

吴江涛根本没想到王家父子竟然卖国投敌做了汉奸，他震惊之余，对来人说要容他好好考虑考虑，三天后给答复。

吴江鹭彻夜难眠，她既担心周轩宇出了意外，又担心哥哥吴江涛真的去跟王平青做了汉奸。她想了又想，决定去周桥找周轩宇，让他想办法劝阻吴江涛。

傍晚的时候，周轩宇也划着船回到了山河镇，跟他一起来的，还有岳山和柱子。

在吴家大院的客厅里，岳山沉痛地把王平燕壮烈牺牲的消息告诉了吴江涛，并表示王平燕思想进步，心向革命，是入党积极分子。她把自己的情况都向组织做了交代，包括与吴江涛的多年恋情。

"组织上已经在研究王平燕同志入党的事情，同意她加入党组织的申请，没想到她却为了掩护学生逃跑死在了鬼子的屠刀之下。"岳山面色凝重地说，"王平燕同志是一位好老师，也是中国人的好女儿！"

吴江涛脸色铁青，泪流满面，浑身发抖，两个拳头攥得紧紧的，仰天大喊道："平燕……"

周轩宇和吴江鹭赶紧过去，一左一右扶住了不住地颤抖的吴江涛。

"吴镇长，在民族危亡的时刻，我们希望你能以民族大义为重，化悲痛为力量，加入我们的抗日队伍中来。"岳山诚恳地对吴江涛说，"周轩宇同志就是我们的抗日武装大队队长，还有你的妹妹，也是我们抗日武装中的一名战士。"

吴江涛向周轩宇和吴江鹭两人看过去，见他们不约而同地点了点头，立刻就明白了自己多次邀请周轩宇，他都不加入保安队的原因所在。不过，对于周轩宇和吴江鹭加入中共的抗日队伍，吴江涛并不生气，现在是国共第二次合作时期，日本人已经把战火烧到了家里来，无论什么信仰，什么组织，只要是抗日的队伍，都是好样的。

第三章

"岳先生,不是我拒绝你的好意。黄成旅长在撤退前,已经给我了一份任命书,国民革命军第三军第二十九师独立团团长,连军服带任命书一起送来的。"吴江涛对孙二愣挥了挥手,孙二愣立刻从屋里把军服和任命书用托盘端了出来。"我如果这时候加入县大队,也是对黄旅长的失信。不过,我是绝对不会跟王平青一起做汉奸的,那是断子绝孙的勾当,凡是有良心、有血性的中国人都不会去做的,更何况我与日本人还有血海深仇呢。"吴江涛怒目圆睁,拍打着椅子扶手说。

岳山看了看周轩宇,说道:"吴镇长,现在县里已经没有国军的队伍了。我们以后要合作对付日本驻军和伪军,决不让他们横行霸道。还有,我个人建议你现在没有必要和王平青闹掰,只要真心抗日,坚持抗日,形式都可以灵活考虑。日本人现在气势正盛,我们要做好长期抗战、艰苦抗战的准备。必要时,你可以表面上答应王平青,暗地里抗日杀敌,有了这层掩护,说不定更方便抗日呢。"

周轩宇看了看吴江涛,见他正在沉思,便接着岳山的话说道:"在接下来的较量中,王平青和李仁贵会比日本人更难对付,因为他们熟悉情况,肯定会出很多坏主意。吴镇长对他俩都比较了解,以后我这里还需要您多支持。"

吴江涛看了一眼吴江鹭,又瞪了一眼周轩宇,沉声说:"什么吴镇长?吴镇长是你喊的?"

吴江鹭赶忙拽了一下周轩宇的手,使了个眼色。周轩宇立刻明白了吴江涛的意思,连忙改口说:"是,是,我该叫您大哥。"

吴江涛听后一直紧绷着的脸色舒缓了不少,点了点头。最终,吴江涛经过再三考虑后,派孙二愣去回复王平青,说山河镇保安队被日军飞机炸死炸伤很多,无法再维持下去,已经遣散,他以后全力经商,不想再过问政事。不过,看在多年情分上,他希望今后王平青还能继续给予自己帮助。同时,他让孙二愣给王平青带去了两根金条。

王平青也知道山河镇被飞机轰炸的事情,自己也不便去查实,只好暂时打消了拉拢吴江涛加入伪警备团的念头。从此,吴江涛手下的兄弟都脱下了国民党的军服,穿上了普通人的服装,一色黑衣黑裤黑布鞋,看起来就像是大户人家的护院家丁。

返回周桥驻地后，周轩宇告诉岳山和耿学真，做吴江涛的工作不能着急，毕竟他没跟共产党真正接触过。"等他看到我们是真正的抗日队伍，是实打实地打鬼子，他就会改变对我们的看法。"周轩宇自信地对大家说。

叶海平也同意周轩宇的意见，只要吴江涛手下那一百多号人不去帮着王平青作恶，一切问题都可以慢慢解决。何况，周轩宇和吴江鹭还是恋人关系，做工作也比较方便。

当务之急是打掉小鬼子不可一世的嚣张气焰，狠狠地教训为虎作伥的伪警备团，打出县大队的威望来。经过多方打探，周轩宇得知两天后王平青和李仁贵将会到与山河镇仅有一山之隔的羊山镇去征粮。周轩宇和叶海平一起赶紧向岳山和耿学真做了汇报，并提出作战方案请大家商议。大家商议后决定，由周轩宇带领县大队打一次伏击。

金乡县境内多是平原地形，河流湖泊众多，丘陵面积很小，仅有的三座山也被称为"羊山""鱼山"和"葛山"，山的名字都和日常生活有关，非常接地气。羊山绵延十几里，因为山岭上有三个突出的山峰，远远望去，犹如一只绵羊卧在大地上，后来慢慢就被叫作羊山了。其实，鲁西南农村很多农民家里都养羊，绵羊和山羊都养。羊是食草动物，生性温驯，浑身都是宝，羊肉可以吃，羊奶可以喝，羊皮可以做棉袄，因此鲁西南人民对羊的感情很深，看到山的外形很像羊，再加上对羊的感情因素，就取名叫羊山。大家习惯性地称东峰为"羊头"，中峰为"羊身"，西峰为"羊尾"，羊身高于羊头和羊尾，最高处海拔 400 多米，能俯瞰整个金乡。羊山镇是金乡县城西北的一个大镇，生活着千余户人家。村镇背靠羊山，房屋多用石块砌成，镇子周围环绕着石头砌成的高大寨墙，寨墙外面还有一道道壕沟，夏天下雨多，壕沟里总是积满了山上流下来的雨水。

李仁贵的侦缉队骑着自行车在前面开路，小野一郎带着翻译孙明和几个日本兵走在中间，王平青的警备团排成两排紧跟在后面，一行人浩浩荡荡地向羊山镇进发。

王平青骑在马上，眯缝着眼睛，盘算着自己的心事。他选择去羊山镇征粮除了因为羊山镇镇子大，他无论如何也不至于空手而归无法交差，同时他心里还有自己的小九九。羊山上野味多，镇子里的人都有打猎的习惯。他想借此机会搞点本地野味去讨好小野一郎。还有一点，他父亲王文海与羊山镇的"维持会"会长刘长锋有多年的交情,他去羊山镇比较安全。

刘长锋是羊山镇的大财主,四个儿子平时就横行乡里,为非作歹,干了不少坏事。知道王平青带着日本人来征粮,刘长锋特意在家里备好了酒菜,准备好好款待小野一郎。

中午时分,王平青陪着趾高气扬的小野到了刘长锋家大院门口。刘长锋亲自带着儿子们出门迎接。席间大家争着向小野敬酒,小野一开始还连连推让,后来王平青给刘长锋使了个眼色,刘长锋只好安排自己刚过门的四姨太和能说会道的大儿媳妇来给大家敬酒。小野看到身穿旗袍、扭着水蛇腰挤眉弄眼的四姨太和刘家大儿媳妇,眼珠子都快掉出来了,一连喝了好几杯。吃完午饭小野就催促王平青赶紧去征粮,自己在刘家等着他的好消息。王平青没办法,就和李仁贵一起,叫上刘家四兄弟,带上人马去征粮。

其实刘家四兄弟为了巴结王平青,早就派人到各村去催。迫于他们四兄弟的淫威,各村都已经凑齐了粮食,就等着伪军来征了。王平青一行没费多大力气就征到了粮食,用马车拉着回到刘家大院。

刚走进院子,大家就听到院里有哭声传来。原来,王平青走后,小野趁着酒劲,掏出枪来逼着四姨太陪他上床,四姨太聪明,说要去趟厕所就溜了出去。小野没等到四姨太回来,怒气冲冲地把刘长锋推倒在地上,然后跑到刘家大儿媳妇的房间,用军刀挑开了她的衣服,光天化日之下强暴了她。刘长锋捶胸顿足,可是也不敢上前阻拦,因为几个日本兵都淫笑着把刺刀对准了他的胸口。翻译孙明也不敢管,干脆躲到一边去了。小野心满意足地从刘家大儿媳妇屋里出来时,酒已经醒了大半,也觉得自己做得有点过。刘家大儿媳妇哭喊着要寻死觅活,用人们只好死死地将她抱住。

小野见王平青押着马车回来,不好意思在刘家停留,立刻命令赶紧返回县城。王平青本来见天色已晚,想在刘家住一晚明天早上回县城,但是小野酒后搞了这么一出,他也没脸待在刘家了,只好在刘长锋面前双膝跪地,狠狠地扇了自己两个嘴巴,然后站起来命令李仁贵赶紧返回县城。

一行人走到山脚下的一段弯路时,太阳落下了山,天色渐渐暗了下来。忽然,只听"轰"的一声巨响,最前面的一个侦缉队员骑着自行车轧上了地雷,连人带车倒在了地上。日伪军一阵骚动,一边后退一边向四处开枪。就在这时,山上滚下来数不清的石头,砸得日伪军人仰马翻,哇哇乱叫。石头如雨点一样不断地滚落下来,不但砸死砸伤了不少日伪军,而且把本来就不宽的路面给堵上了,马车进退不得,只能在原地打转。

小野气急败坏地抽出战刀,逼着侦缉队继续往前走,然后命令王平青的保安团一边向山上开枪射击,一边搬开挡路的石头,赶着马车继续往前走。

随着周轩宇一声令下,子弹如雨点般从山上浓密的树林里射了出来,手榴弹的爆炸声此起彼伏,山下顿时火光冲天,硝烟弥漫,日伪军鬼哭狼嚎,像没头的苍蝇一样四处乱窜。

小野用望远镜向山上观察了一会儿,马上命令日军用机枪向山上扫射,用掷弹筒向山上发射炮弹。"咚咚咚"几发炮弹过后,山上顿时烟雾弥漫,枪声也停了下来。

周轩宇一看鬼子的机枪和小钢炮太厉害,战士们根本抵挡不住,纷纷后退,马上把郑长福喊了过来,说:"趁着天还没黑透,我们摸到近处,专门朝着日本头头儿开枪。"说完就猫起腰往山下跑。郑长福也猫起腰跟在后面。

两人摸到离征粮队比较近的树丛里,隔开两米左右,匍匐着向山道移动。小野见山上安静了很多,命令鬼子停止发炮,再次挥舞着军刀催促大家继续前进。王平青紧跟在小野后面,也向前连连挥手,命令伪军向前冲。

周轩宇爬到离小野比较近的地方,向后看了看郑长福,猛然站了起来,向着挥舞着指挥刀的小野连续开枪射击。郑长福也在离周轩宇不远的地方站起来,对着小野连续开枪。

小野身边的士兵措手不及,还没来得及反应,小野就大叫一声,从马背上摔了下来。就在这时,对面的山上又响起了激烈的枪声,随着一阵手榴弹爆炸的声音,两个蒙面人带着一支队伍从山上冲了下来。

王平青见小野腿上受了伤倒在地上疼得直咧嘴,道路两边的山上都响起了喊杀声,赶紧让孙明把小野放在马上,让一队伪军朝前面扔手榴弹引爆地雷,慌慌张张地向县城撤退。后面的伪军一看路两边的山上都在朝山下射击,天色已黑,什么也看不见,也顾不上马车上的粮食,一窝蜂地跟在日军后面,边打边向县城方向败退。

虽然这场伏击截获了很多粮食和枪支,打死了两个鬼子、十多个伪军,打伤了小野一郎,不过县大队队员也有三人牺牲、十几人受伤,还有两人伤势严重,代价也很大。如果不是吴江涛和吴江鹭及时带着队伍前去支援,后果可能更严重。

周轩宇在总结会上诚恳地做了检讨。他没有料到小野和其他鬼子也会跟着王平青去羊山镇征粮,对敌人的战斗力估计不足。还有,他本来想在第二天的早上伏击征粮队,没想到他们竟然没有在羊山镇过夜,导致很多地雷还没有来得及埋,战斗就已经打响了。

岳山、耿学真和叶海平也纷纷做了自我批评,认为对伏击的安排考虑不周,没有制定灵活的应变措施等。不过,他们也认为这场伏击还是打出了抗日武装的气势,取得了宝贵的实战经验,值得表扬。

"江鹭,要不是你和大哥及时赶到,我估计会被鬼子打成筛子。"周轩宇握着吴江鹭的手,感动地说。

吴江鹭刚刚加入县里的妇女抗日救国会,本来还很兴奋,现在却一把甩开了周轩宇的手,眼里含着泪,生气地说:"你这个冒失鬼,谁教给你那种不要命的打法?你就是打死了小野,自己也跑不了。你要是死了,县大队怎么办?我怎么办?"

周轩宇知道吴江鹭生气是因为关心自己,他当时冲过去朝小野开枪也没想啥后果,只想着小野死了,敌人就会乱作一团,他们好乱中取胜。其实,当时如果不是吴江涛和吴江鹭扔着手榴弹冲下来,敌人一定会朝着自己和郑长福开枪,他们两人还真躲不过那么多子弹。想到这里,周轩宇轻轻搂住吴江鹭,安慰她说:"我错了。我向你保证,以后不再那么冒失了。"

吴江鹭嘴里轻轻"哼"了一声,这才破涕为笑,紧紧地靠在了周轩宇怀里。

小野一郎在羊山镇强暴刘家大儿媳妇的事儿被传了出去,很多镇上的"维持会"会长都不再像过去那样为鬼子卖命了,开始消极应付。王平青哑巴吃黄连,又不敢得罪小野,只能让伪军整天出动,到处搜刮粮食,应付差事。

伪侦缉队长李仁贵的父亲李老财早就从李楼村搬到了镇上住,还开了一家绸缎庄。山河镇一直没人愿意出面做"维持会"会长,王平青和李仁贵都不敢硬逼吴江涛,就只好让李老财做了这个会长。李老财一直给他儿子李仁贵捎话,让他给伪县长王文海说,先把万福河上的山河桥修好,可王文海压根顾不上这茬,这修桥的事就只能一拖再拖。不过也好，因为桥被炸断了，日伪军也不愿意找麻烦，一直没有到过山河镇。

又是一年立秋时。俗话说"立秋三天镰刀响"，天气变凉，秋草渐黄，树叶开始飘落，地里的庄稼也到了收获的季节。红红的高粱穗在风中摇曳着，像害羞的少女一样低着头。棒槌似的玉米个个颗粒饱满，几乎要把外面的黄皮都胀破了。曾经在清朝做过贡品、金乡县特有的金谷也获得了丰收，一眼望过去都是金黄色的大谷穗，像长长的金条一样闪着诱人的光泽。不过，县城周围星罗棋布的炮楼上，巡视的日本兵闪着寒光的刺刀和悬挂着的"膏药旗"无时无刻不在告诉大家，虽然地里丰收了，家里依然会揭不开锅。

这天傍晚，太阳西沉，晚霞映红了天上的朵朵白云。孙二愣像往常一样带着两个弟兄在万福河岸边巡查，忽然发现河边水蒲丛中似乎藏着什么东西。孙二愣一挥手，三个人拨开齐人高的青蒿丛，走到河边，发现是一条破旧的小船，两个细长的木船桨就藏在离船不远处的青蒿下面。

孙二愣心里一惊，觉得事情有些蹊跷。三个人仔细地辨认了一下河堤上野草被踩踏的痕迹，发现至少有三个人过河。他们决定沿着那些时有时无的痕迹跟踪察看，看看从河对岸偷偷划船过来的到底是什么人，是不是鬼子派来搞侦察的。

三个人猫着腰，一前一后拉开了距离，跟踪前行。他们发现那些人一直没有走大道，而是专拣野草和灌木丛生的小道走。不知不觉中，他们就已经跟到了羊山脚下，树木开始多了起来，不过地上的野草更加茂盛，能很清晰地看到被踩踏过的野草，还有一些被利器砍掉的灌木枝条。

天色越来越暗，高耸的羊山和茂密的树林已经遮住了夕阳的余晖。孙二愣和两个弟兄发现，他们已经到了山脚下一处地势较高的地方，当地人叫作羊山崮堆。崮堆在北方黄河故道地区的方言中是"土丘"的意思。据说崮堆就是古人的生活区，就像后来的村镇一样。因为历史上黄河曾经多次泛滥成灾，古人在一次次与洪水的搏斗中，逐步掌握了将生活的地方增高以避免洪水侵袭的方法。随着千百年来的逐次增高，古人生活的区域就渐渐形成了高达数米、形状像山丘的崮堆。鲁西南地区有很多崮堆，那些崮堆上长满了灌木丛和野草，后人还经常在附近找到一些古时候的陶器、石器和骨器等。

第三章

羊山崮堆旁边，是一大片林地，生长着很多松树和柏树，这些树木大都历史悠久，高大茂密，郁郁苍苍，是周家的林地。自明朝以来，金乡周氏有很多名人的墓地就在这里，比如明朝辽东巡抚周永春和清朝勇健营提督周一德等。因此，山河镇的人也叫这里为"周林"。

天色已黑，前面的人停了下来，打开了手电筒。孙二愣远远地看到，共有四个人，鬼鬼祟祟的，两个人手里拿着手电筒，两个人用手里的什么东西正对着一座高大的坟墓，不时还有刺眼的闪光，就像夏天的闪电一样。孙二愣知道，那座墓就是周林里最大的周一德墓。

孙二愣对两个弟兄招了招手，继续悄悄地靠近墓地。忽然，他听到了一个人正在压着嗓子叽里咕噜地说话，听声音是日本人。靠着手电筒发出的光线，他发现四个人的腰里都挎着驳壳枪，其中一个人个子不高，身形比较胖，戴着鸭舌帽，似乎是侦缉队的队长李仁贵。

四个人在周林里转悠了半天，那个日本人一直在叽里咕噜地讲话。另外三个人都很听他的，他一讲话另外三个人就会忙活一阵子。孙二愣已经感觉到这些人不怀好意，想去向吴江涛报信，又觉得不合适。黑灯瞎火的，还隔了比较远的距离，最主要的就是他们只有三个人，一旦有了冲突，会寡不敌众。孙二愣决定继续暗中观察，看看这些人到底要搞什么鬼。

四个人从周林出来，身形较胖的人在前面，他们又爬上了羊山崮堆。崮堆上都是一些齐人高的灌木和野草。四个人找了一处地方，那个日本人又叽里咕噜讲了一堆话，然后另外三个人就开始用铲子挖土，而且还把一根长长的像钢钎一样的东西使劲砸进土里，然后又取了出来，用手电筒照着观看。

孙二愣听老人们说过，钢钎、洛阳铲都是用来取地下土壤的盗墓工具，盗贼可以根据土壤的颜色、味道、密度、结构等，判断地下有无古墓存在。原来这帮人是盗墓贼，而且还有日本人，怪不得要趁着夜色偷偷摸摸的呢，原来是干这断子绝孙的勾当。孙二愣忽然觉得不能再任由这帮人胡作非为下去了，他想了想，低声跟另外两个弟兄耳语了一会儿。两个人都点点头，趁着夜色钻进了林子里。

不一会儿，羊山崮堆南面的林子里传来一阵哭声，声音很凄厉，一会儿大，一会儿小，在黑夜里显得很吓人。崮堆上的四个人都愣住了，不约而同地熄灭了手电筒。过了一会儿，西面的林子里也传来一阵哭声，声音比刚才大了很多，依然很凄厉。这两处哭声此起彼伏,一会儿是号啕大哭,一会儿又是低声抽噎,林子里弥漫着一种神秘而又恐怖的气氛。

崮堆上的四个人有些恐慌,他们低声耳语了一会儿,便开始打开手电筒收拾东西,四个人排成一排急匆匆地下了崮堆,沿着来时的路返回。不一会儿,他们就赶到了孙二愣藏身的灌木丛前。借着手电筒的微光,孙二愣看到,跑在最前面戴鸭舌帽的胖子,就是李仁贵。他后面是一个戴眼镜的中年日本人,留着一嘴山羊胡,手里拎着一把盒子炮。后面两个人气喘吁吁地背着两个帆布袋,看起来挺沉。

孙二愣忽然有些后悔,应该把河边那只小船藏起来或者毁掉,然后再去向吴江涛报告,把这几个坏蛋都抓起来。后来一想也不成,毕竟李仁贵是伪侦缉队队长,李老财还是山河镇的"维持会"会长,吴江涛还不能和他们公开翻脸。

估摸着李仁贵他们已经走远了,孙二愣赶紧和另外两个弟兄会合,跑步赶回镇里。

吴江涛正在书房看书,烛火忽然上下跳动不已,像是有一只看不见的手正操纵着火苗。吴江涛虽然在看书,但内心里也像屋里的烛火一样跃动。他每次想到王平燕清秀的面容就像心头被刀扎一样痛苦,他想为自己的爱人报仇雪恨,但是他也清楚目前这种局面他根本就无法接近日本人。他不明白王文海和王平青父子为什么会死心塌地地做汉奸,自己的亲人被日本鬼子侮辱致死,这可是血海深仇,怎么就能视而不见呢?这样的人还帮着日本人残害民族同胞,他们还有人性吗?吴江涛忽然想起周轩宇和岳山一起来找他时岳山说过的话:只要能真心抗日,不必过于在意形式。他放下手中的书,拉开了抽屉,取出一封信,是已经撤到南方的国民党将领黄成专门让人带给他的。信中建议他可以假意与日本人合作,争取获得更多的日军情报,国民党那边会有人和他联络,共同秘密抗日,直到抗战胜利。吴江涛再次看了一遍信,然后把这封信藏在了书房里的一间暗室里。等他从暗室里出来的时候,听到了急促的敲门声。

孙二愣和两个弟兄气喘吁吁地走进书房,向吴江涛报告了刚才羊山崮堆和周林发生的怪事。吴江涛听完以后,虽然也觉得有些奇怪,但是他预感到此事后面一定隐藏着日军一个惊人的阴谋。

"二愣,你们做了一件好事。除了大小姐,这件事你们谁也不要说,一定要保密。我明天一早就去城里见王平青。你明天陪着大小姐去找周轩宇,让他明晚来一趟,有要事相商。"吴江涛平静地说。

孙二愣立刻拍了拍胸脯,大声说:"镇长,有俺在,恁就放心好了!"

眼看着秋天已经到来,周轩宇却皱起了眉头。他知道,再过些日子,田野里那成片的稻谷、高粱和玉米就会被收割了。那些一人多高密密麻麻的庄稼不仅意味着穷苦的农民们一年的辛苦收成,而且是县大队的战士们抗击日寇的天然保障。即使鬼子的炮楼越修越多,只要有那些一眼望不到边的青纱帐在,战士们就可以神不知鬼不觉地"从天而降",灵活地消灭敌人或者阻击敌人,破坏敌人的"大扫荡"计划,然后再神不知鬼不觉地消失在青纱帐中。如果到了冬天,没有这些青纱帐做掩护,在空荡荡的大平原上和日军作战,抗日武装不仅躲不过那些炮楼的视线,就是遇到了敌人也不好脱身。到底应该怎么办呢?难道到了冬天队伍就只能东躲西藏,到处被鬼子追杀吗?

周轩宇越想越烦闷,就一个人慢慢走出了村子,来到了村口的一座拱形石桥边。周桥村名字的由来,就是因为村头有一条河,叫莱河,是万福河的一条支流。这座拱形石桥据说是在清朝时由时任县令周绶恩捐资修建,因为这里是周氏族人聚居的村庄之一,也是周绶恩的老家。周轩宇曾经听父亲周明义说起过周绶恩,他为官清廉,治县有方,曾获皇帝嘉奖。他的坟墓,也在羊山脚下的周林之内。

桥头的路边是一片杨树林,隐藏在两棵大杨树后边的两名战士正在站岗,看见周轩宇走过来就向周轩宇敬礼。周轩宇还礼后,问了问情况,然后又交代了一些需要注意的事项,就走到石桥上,望着蜿蜒的莱河,以及莱河两岸一眼望不到边的高粱地出神。正在这时,岳山和叶海平也从村里走了过来。

"轩宇,告诉你一个好消息,延安的刘知远来信了,说是过两天要经过这里去沂蒙山办事。"

周轩宇一听非常惊喜,忙问:"是他自己来,还是和我姐一起来?"

"哈哈,看来姐夫还是不如姐姐亲啊。"岳山笑着说,"知远同志是有任务在身,又不是带着媳妇回娘家。"

"那知远同志什么时候来啊?"周轩宇急切地问道。

"你看你看,我们的大队长一听自己的入党介绍人来了,就这么着急。我估计这两天也就该到了。"叶海平也笑着调侃周轩宇。

正在这时,桥对岸的路上响起一阵马蹄声,远远望去,尘土飞扬。两名站岗的战士立刻端起步枪,紧紧地盯着桥对岸。周轩宇站在桥上,看得远一些,看见骑马的正是吴江鹭和孙二愣,连忙朝两名战士挥了挥手,示意他们不要紧张。

"岳书记,叶政委,是吴江鹭来了,不知道会有什么事。"周轩宇说,"冬天快要来了,我最近在思考很多事。我们县政府机关还有县大队这近三百人就驻扎在以周桥为中心的几个村子里,夏天还有四周的青纱帐作为掩护,到了冬天就只能靠莱河和金水湖作为屏障,就是往羊山转移,也要经过一大片开阔地带。万一莱河和金水湖结了冰,我们就相当于驻扎在无险可守的大平原上了,一旦敌人来'扫荡',处境就会无比凶险。我们是不是应当考虑一下我们的驻地安全问题了?"周轩宇看起来有些担心。

岳山和叶海平点了点头,不由自主地向北边高耸的羊山看去。

吴江鹭也看到周轩宇正站在桥上望着她,兴奋得连连向他挥手。不一会儿,两匹马就到了桥头。吴江鹭和孙二愣都下了马,孙二愣牵着两匹马站在桥头等待。吴江鹭跑到桥上与众人打过招呼后,急切地说:"老五,有件奇怪的事情,我哥让我来找你商量。"

岳山和叶海平知道周轩宇和吴江鹭正在热恋中,以为两人要讲些私密的话,就互相使了个眼色,准备让他俩单独聊聊。周轩宇清楚,吴江鹭这么急匆匆地赶来,肯定是有要紧的事,就说:"江鹭,岳书记和叶政委也不是外人。啥奇怪的事,你说来听听。"

吴江鹭也知道不必瞒着岳山和叶海平,就把孙二愣昨晚经历的事情讲了一遍。

"李仁贵他爹李老财不就在镇上当'维持会'会长吗?为啥不光明正大地去查看羊山崮堆和周林,非要趁晚上偷偷摸摸地去?这里边怎么还有日本人?日本人也会盗墓吗?"周轩宇听完以后觉得有些糊涂,自言自语道。

岳山觉得此事并不简单,他对周轩宇说:"轩宇,一直有传闻说周永春和周一德的墓里有不少值钱的宝贝。不过你知道周林旁边的羊山崮堆是什么朝代留下来的吗?我看过史料,很有可能是汉唐时期留下来的遗迹。"

第三章

"日本鬼子正在大举侵略中国,占了中国那么多地方,为什么还对这些古代遗迹感兴趣?"叶海平疑惑地问。

"日本鬼子真是狠毒,侵占我们的土地,残害我们的同胞,还要灭绝我们的文化,从思想上完全奴役我们。"周轩宇毕竟在济南和北平读了很多进步书籍,参与了很多进步活动,耳濡目染之下,很快就想明白了盗墓背后的阴谋。

岳山点了点头,欣赏地看着周轩宇,沉声说:"轩宇,此事非同小可。如果真如我们想的那样,我们就一定要想尽一切办法阻止敌人的阴谋,保护我们中华民族的文物古迹和文化瑰宝。"

事不宜迟,周轩宇和岳山、叶海平商议后,决定先和吴江鹭、孙二愣一起去周林和羊山崮堆去查看一番,然后等吴江涛从县城回来后再听听他的意见。

周轩宇三人骑马直奔山河镇,到了被炸断的山河桥头前,三人下了马。孙二愣吹了三声口哨,两短一长。不一会儿对岸桥下的芦苇丛里划出一只小船来,分三次把周轩宇三人和三匹马都运过了河。三人牵着马走上河堤,小船又消失在密不透风的芦苇丛里。

"二愣哥,可真有你的。"周轩宇感叹道。

"轩宇,这可都是吴镇长的主意。风雨渡、羊山峡谷小道,还有这被炸毁了的山河桥下都有咱们的兄弟连夜暗中把守,咱们想出去就出去,想进来就进来。不过鬼子和伪军想进来就没那么容易了。"孙二愣咧开嘴笑着说。

"难道李老财不会把你们的秘密告诉他儿子李仁贵?"周轩宇问道。

"在山河镇,谁不知道李老财爱财如命,胆小如鼠?再说了,李老财对吴镇长那可是不敢有半点不敬,当年如果不是吴镇长的父亲吴老爷照顾李老财,李老财早就被拖去喂野狗了。"

"轩宇,二愣哥,我们还是赶紧去周林和羊山崮堆吧。"吴江鹭不太愿意让人提起她父亲吴士顺,只要提起来她就会想起那段小时候悲惨而又恐怖的经历。

到了羊山脚下,三人下了马,把马绳系在林地外的树上,走着进入了被松树和柏树覆盖的林地。

林地是鲁西南地区对墓地的一种叫法,其实就是一片坟地。这里古木参天,野草丛生,人迹罕至,凉风阵阵。一片寂静之中,乌鸦不时扑棱着翅膀从树上飞起,发出一声声鸣叫,给人一种既神秘庄严又有些莫名恐惧的感觉。不过,周轩宇曾经跟父母多次来过这里祭奠祖先，因此并不觉得恐惧，反而有些亲切。

　　林地里的墓穴根据修建年代由远及近。其中最大也是离林地入口比较近的坟墓建在一个隆起的土堆上，地面上是石头砌成的圆形基座，上边用质地精良的石材扣成穹顶，外形观之如冠状，上面还刻有神秘的花纹。坟墓四周由做工精细的石制栏杆环绕，栏杆外边种植着一圈排列整齐的翠柏。唯一与众不同的是，坟墓的墓门不像通常那样坐北朝南，而是坐南朝北。一块高大威严的墓碑赫然立于坟前，墓碑中间镌刻着"赐进士第荣禄大夫四川川北镇左都督旦复周公之墓"两列大字，右上方则刻有"乾隆三十一年四月"的字样。

　　这就是周一德的墓地，墓前有宽阔的神道，两侧依次立有石翁仲、石象、石马、石羊等大型石像。这些石像于神道两侧左右对称竖立，形象传神，线条流畅，造型大气，端庄肃穆。墓地四周的树木都枝繁叶茂，阳光透过树枝照射下来，风涛阵阵，光影迷离。

　　吴江鹭想起孙二愣说昨天晚上曾经看见四个人围着这座墓地观察，还看到有类似闪电一样的光。"昨晚那些人肯定是对这座墓拍照了，二愣哥看到的'闪电'其实就是闪光灯发出的。看来他们想对这座墓下手。"吴江鹭对周轩宇说。

　　"周一德为官清廉，两袖清风，金乡尽人皆知。他们来探这座墓，肯定不是为了金银财宝，而是以为里面有珍贵文物。我猜想，这信息一定是当地人告诉日本人的。"周轩宇望着墓地周围留下的杂乱无章的脚印肯定地说。

　　从周一德的墓地出来，周轩宇特地来到父母的新坟前去祭拜。双膝跪在坟前，往事历历在目，父母的音容笑貌仿佛就在眼前。他忽然想起了大哥周轩文和堂姐周轩静，也不知道他们两人现在怎么样。他又想起岳山说刘知远即将到金乡，内心又是无比的期盼，毕竟很久没有刘知远和姐姐的消息了。生在战火纷飞的年代，家里的很多人都流落天涯，身不由己，虽然天各一方，无法相见，甚至音信全无，但周轩宇相信，他们一定都在坚韧不屈地战斗。因为这是一种血脉的力量，一种精神的力量，一种传承的力量。

　　周轩宇祭拜完父母的坟墓，和吴江鹭、孙二愣又查看了几座大点的墓，并没有发现什么痕迹，然后他们就出了林地，爬上了附近的羊山岗堆。沿着杂乱无章的脚印和被折断的灌木枝条，三人很快就在岗堆上找到了三处被钢钎钻出的孔穴，地上还有一些散乱的新鲜泥土。周轩宇抓起一把泥土看了看，发现这些泥土呈灰黑色,似乎被火烧过。周轩宇收集了些泥土放进口袋,然后和孙二愣一起把那三个孔穴掩埋了,上面又撒了些野草和干枯的枝条。

太阳西斜,三人感觉饥肠辘辘,赶紧走下土崗堆,出了林地,骑马回到山河镇。

回到家里,周轩宇和吴江鹭在客厅里聊天。吴江鹭说想去周桥和战士们生活在一起,也可以照顾周轩宇。周轩宇说,这事已经和岳书记他们商量过,还是让她留在哥哥吴江涛身边更重要。吴江鹭知道岳山他们一直在想办法争取吴江涛,只好作罢。两人聊了半天,天色暗了下来,吴江涛还是没回来。吴江鹭有些担心,说:"要不我去桥头接我哥去吧。"周轩宇知道吴江鹭挂念哥哥,说:"我和你一起去。"

两人手牵着手刚走出吴家大院的门口,就看见吴江涛戴着黑色礼帽,和孙二愣一起骑着马已经到了院门口。

吴江鹭松开周轩宇的手,跑到吴江涛的马前,牵住缰绳,说:"哥,你总算回来了。吃饭没有啊?"

吴江涛低声说:"还没有。"然后面无表情地翻身下马,把缰绳扔给门口站岗的家丁,一手拉着吴江鹭,一手拉着周轩宇,走进大院。

吴江鹭感觉吴江涛有事要说,连忙安排人把饭菜都端进吴江涛的书房里,然后关上门。吴江涛说:"妹子,你去拿壶酒来,再带两个酒杯。"周轩宇刚要推辞,吴江鹭给他使了个眼色,意思是不要推辞,然后转身开门出去了。

酒拿来以后,吴江鹭给吴江涛和周轩宇分别倒满酒,然后目不转睛地看着吴江涛说:"哥,你们是先喝酒呢,还是你先说说啥事呢?"

吴江涛看看吴江鹭,又看看周轩宇,恍然大悟地说:"是不是我今天太严肃了?这样吧,我都听到你们肚子里咕咕叫了,我们还是先吃饭,边吃边谈。"

吴江涛这次进城,其实是经过深思熟虑的。他在城里见到了王文海、王平青和李仁贵。三个人见到吴江涛都非常高兴,特意设酒宴款待。席间,王文海提出,日本兵攻打县城前,很多做买卖的商铺都关门逃命去了。县城沦陷后,日本兵整天烧杀抢掠,搞得民不聊生,商业店铺更是一片萧条。前些日子县城里来了个视察工作的日本军官,是个少将,见金乡街头一片冷清,家家闭门闭户,就要求小野一郎尽快恢复县城里的商业,还要加大税收,稳固大后方,源源不断地为前线输送物资。小野一郎找到王文海，逼着他想办法。王文海就想到了吴江涛，毕竟吴江涛家的产业大，很多做生意的人都在看着他呢，他只要出面，大家心里会有底气。更何况，如果吴江涛都完不成日本人的征税任务，金乡县也就没人能完成了。

"大侄儿，你家大业大，年富力强，又在南方大城市见过世面，所以这个日中商会会长由你来做最为合适，你说是不是？"王文海眯缝着小眼睛，一只手端着酒杯，一只手轻轻捋着颏下稀疏的胡须说。

吴江涛端起面前酒杯一饮而尽，然后重重地把酒杯放在桌上，沉声说："王叔，平燕的血仇还未报，我怎么可能会去为日本人卖命？难道平燕不是您的亲生女儿？您为什么不替她报仇雪恨？"

王文海见吴江涛忽然变了脸色，又提到了被日本人害死的王平燕，一下子不知道该说什么，手里端着的酒杯砰的一声掉在地上摔碎了。

王平青知道姐姐王平燕和吴江涛相爱多年，可惜没有走到一起就身遭不测。他见状赶紧握紧拳头，低声说："我姐姐的事我们一直记着呢，我爹有时候想起我姐姐还暗中流泪呢。可是现在日本人太厉害了，我们打也打不过，总不能再去白白送死吧。江涛哥放心，总有一天我要为我姐报仇。"

李仁贵也顺着王平青说道："没人真会替日本人卖命，我们这不也是没法子吗？一旦有机会，我们肯定要杀他个片甲不留。"

王文海从太师椅上颤巍巍地站了起来，捶胸顿足地开始抽噎，嘴里喊着："燕儿，苦命的燕儿，你放心，爹一定会为你报仇的。"

吴江涛冷冷地看着酒桌上的三个人，端起桌上的酒壶，给自己杯里倒满，然后站起来把酒洒在地上。一连洒了三杯以后，他才仰天说道："平燕，此仇不报，我誓不为人！"说完以后，吴江涛转过身来，对王文海说，"王叔，我可以做这个商会会长，不过我绝不会出卖自己的良心。"

一直在观察吴江涛的王文海见他终于答应出来做商会会长，有些喜出望外，赶紧拉着他坐下，让李仁贵倒酒，大家共同举杯庆祝。

后来王文海不胜酒力就先回卧室休息，吴江涛和王平青、李仁贵三人继续喝。喝到酣处，吴江涛眯着眼问李仁贵："最近回山河镇没有？"

李仁贵端着酒杯一愣，然后摇了摇头。

第三章

吴江涛说:"前几天二愣还说好像看见你了。我说不可能吧,镇上的桥到现在都没修好,进出都不容易。再说你回去能不到我那儿坐坐?"

王平青插话道:"听我爹说,山河桥很快就要重修了,日本人的征粮任务很重,山河镇也躲不过去。"

吴江涛微微一笑,说:"那就快修吧,太不方便了。仁贵,下午跟我一起回镇上吧,你爹想你了。"

李仁贵咧着嘴苦笑了一下,说:"你给我爹说,最近我回不去,日本人派了个苦差事,还没法说。"

"啥苦差事啊,还瞒着我?"吴江涛故意问道。

"江涛已经是自己人了,自家兄弟有啥不能说的。"王平青嘴里冒着酒气,舌头打着卷说。

李仁贵见王平青这样说,就凑到吴江涛耳边,打着酒嗝低声说了起来。原来,来视察工作的日军少将,带来一名搞文物研究的日本专家,叫酒井。他来了以后就研究金乡县的文物古迹,包括分布在金乡各地的崮堆和古墓,目的就是偷盗文物运回日本。小野一郎专门给酒井配备了日本士兵,再加上侦缉队的人,乔装打扮,根据地图去打探信息,一旦探到信息就偷偷派人挖掘,已经挖到了不少文物。

"干这种缺德事可是要遭报应的,你怎么能帮他们干这样伤天害理的事?"吴江涛气愤地质问。

"他们在文峰塔里可是发现了不少宝贝,据说有佛塔、舍利棺、藏经幢,还有唐代的经册。那个酒井可高兴坏了,一个劲地竖大拇指。在城外的几个土崮堆里,他们也挖出了不少古代的金银器,还有陶器和瓷器,"李仁贵悄声说,"他们过几天就要用军用卡车运到兖州去,然后再运往南京。"

"什么时候?你负责押运?这可真是件苦差事。"吴江涛故意关心地问。

"具体日期还没定,不过听酒井说,他们也怕夜长梦多,想在下周运走。我们只负责外围安全,卡车前面和后面都是日本摩托,卡车里都是日本兵,卡车周边还有保安团的骑兵,防备森严。"王平青忍不住压着嗓子说。

"是啊,挖坟盗墓偷文物肯定要偷偷摸摸的,他们也知道这不是人干的事儿!"吴江涛低声骂道。

三个人又喝了一会儿酒,李仁贵有事出去了。王平青让用人撤下酒席,陪着吴江涛喝茶,不停地向他吐苦水,说什么日本人不好伺候,日本人不把中国人当人看,后悔当初听了他爹的话投靠日本人,自己宁愿死都不愿意做汉奸等等。说到动情之处,眼圈就开始发红,声音也很低沉。

吴江涛问:"平青,你也不容易。对了,近期日本人有什么下乡的'扫荡'计划吗?"

王平青感激地看了一眼吴江涛,说:"'扫荡'最近倒是没听说,最近下乡征粮的任务比较多。不过你放心,山河桥修好之前,你那里还不会有事。"

吴江涛叹了一口气,说:"你没好日子过,我听了你爹的话,以后也没好日子过喽。"

王平青赶紧赔着笑说:"江涛哥,你放心,有我爹呢。我也会帮你的。咱们一起干吧。"

吴江涛只好假装无奈地点了点头,随后就离开了王家,赶回山河镇。

"哥,你怎么能答应他们给日本人做事?"吴江涛刚说完,吴江鹭就满脸通红地质问吴江涛。

"江鹭,你要理解大哥。大哥心里也有苦衷,你没听大哥说吗?他是不会出卖自己良心的。"周轩宇已经意识到了几分吴江涛的真正用意,所以他赶紧劝慰吴江鹭,免得她误会吴江涛。

吴江涛赞许地看着周轩宇,微笑着说:"老五,你越来越成熟了。还是战斗锻炼人啊!"

"日本人竟然把文峰塔里的文物给偷了,我从书上看过那可是唐代的佛教宝物啊!日本人怎么会盯上文峰塔呢?"吴江鹭依然很生气地问,不过已经不是在生吴江涛的气了。

"这些珍贵文物都是我们国家的国宝,绝对不能让日本人抢走。大哥,事情紧急,我们不但要想办法夺回这些文物,还要尽量保护好其他未被偷盗的文物,您说是不是?"周轩宇看着吴江涛,急切地说。

吴江涛点点头,说:"文物是文化的载体,是历史的见证。我们必须想办法保护这批国宝。至于其他的文物古迹,比如羊山岗堆、周一德墓,也要想办法吓唬一下日本人,让日本人不敢轻易下手。"

第三章

周轩宇站起身来,在书房里来回走了一会儿,说:"大哥、江鹭,听王平青的意思,日本人会用卡车运送这批文物到兖州,我们要想抢回这批文物,就只有在金乡和兖州之间的路上想办法。一旦上了火车,就更加被动了。我倒是有个主意,就是在金乡和嘉祥交界处下手,那里山多,好隐藏,也好撤退。"

吴江涛摇了摇头,拍了一下周轩宇的肩膀,说:"老五,这次可不能蛮干了。敌人防护很严密,又是卡车又是摩托的,不能轻敌,别最后大家丢了命还毁了文物。"

吴江鹭也站起来,拽着周轩宇的胳膊说:"老五,听大哥的,千万不能蛮干。"

周轩宇见吴江鹭很担心,连忙说:"放心吧,夺回文物这种事,肯定不能蛮干,只能智取。我琢磨琢磨,回去跟岳书记他们商量商量。"

周轩宇心里有事,吃完饭就坚持要回周桥。吴江鹭把他送到门口,还特意叮嘱了孙二愣几句,才恋恋不舍地回了院里。

孙二愣和一个兄弟打着灯笼把周轩宇和马匹用小船渡过万福河,又回到了山河镇。周轩宇骑着马披星戴月赶回周桥村。快到桥头的时候,树丛后忽然传出一声:"口令?"

周轩宇正在想心事,一愣神,赶紧回答:"山河。"就在一刹那,周轩宇忽然豁然开朗,兴奋地一拍马屁股,一溜烟似的进了村子。

跃动的煤油灯光下,岳山、耿学真和叶海平三人听完周轩宇的汇报后,都沉思不语。耿学真吸了一口烟袋,然后把烟袋锅里的烟灰在鞋底磕了磕,说:"这两件事都很重要。吴江涛答应当日本人的商会会长,对我们来说是喜忧参半,喜的是我们可以通过他了解更多日本人的内部信息,忧的是让他加入我们队伍的计划暂时是不可能实行了。"

岳山笑了笑,说:"老耿,你不用担心。从吴江涛的成长经历和他的为人做事来看,他还是个有正义感、有血性的汉子,跟王家那父子俩不是一类人。我相信他忽然同意做商会会长,肯定有他的用意。这个我们可以慢慢观察,听其言,观其行。现在眼前最重要的是,如何把文峰塔里的那批珍贵文物从日本人手里夺回来,还要阻止他们对其他文物进行挖掘和偷盗。"

叶海平微笑着用眼神瞄了瞄岳山,示意他看看周轩宇。岳山一看,周轩宇脸色凝重,聚精会神,似乎正在思考着什么,忙说:"哈哈,还是老叶了解轩宇。轩宇,把你的好主意说来听听吧。"

周轩宇知道自己的神情已经让叶海平感觉到已经有办法了,就大声说:"我的想法就是我们提前乔装打扮在金乡和嘉祥交界处设伏,我们的人都装扮成日军和伪军,临时设置关卡,让他们接受检查,等接近敌人的时候,再出手一招致命。只有这样,日军才可能放松警惕,我们才有可能近距离接触敌人,既可以保护文物,还可以避免我们武器的不足造成的伤亡。只要我们这次行动成功了,日本人就不敢再明目张胆地偷盗其他文物,这就取得了一箭双雕的效果。"

"你这个计划倒是出其不意,不过,我们去哪里搞那么多日军和伪军的服装?还有我们一句日本话都不会说,怎么可能蒙混过关?"耿学真忍不住问道。

叶海平也摇摇头,说:"这场戏是出好戏,不过我们一没有道具,二没有精通日语的演员,一不小心就会演砸,后果不堪设想。我们可否与微山湖畔的铁道游击队联系?他们就在枣庄那一带的铁路线上活动,经常从火车上截获日军的军需物资。"

周轩宇听完耿学真和叶海平的意见后,挠了挠头,正想说点什么,没想到岳山却一拍大腿,说道:"这还真是无巧不成书。我们和铁道游击队一直有联系,我和他们队长还很熟。不过距离有点远,我们的时间又紧迫,就是联系上恐怕也赶不上趟了。上个月我去湖边地委开会,得知任城县的抗日武装两个月前在京杭大运河边偷袭了一支往嘉祥和金乡运送军用物资的车队。因为那天恰好起大雾,日伪军的车队开进了提前布下的地雷阵,前面两辆车被地雷炸得抛了锚,当时战士们的喊杀声、射击声响成一片,日伪军后面的车队以为遇到了大部队的埋伏,干脆掉转头退了回去。我们抗日武装捡了个大便宜,缴获了整整两卡车的日本军服和伪军军服、罐头食品,还有一些枪支弹药。轩宇,你的这场戏不缺道具了吧。"

湖边地委隶属中共山东分局在微山湖以西地区、苏鲁豫皖四省边界成立的苏鲁豫区党委,主要负责湖西抗日根据地的工作,包括微山湖以西苏鲁边区的单县、金乡、嘉祥、鱼台、济宁、丰县、沛县等数个县区。湖边地委成立了专门的干部培训学校,不仅培养年轻干部,就是现任的干部也要经常去接受教育。所以,岳山和耿学真作为金乡县的主要干部经常要去地委开会或者培训。

"难道他们还俘虏了个日本兵?这个日本兵还愿意帮我们杀鬼子?"叶海平

摸着头皮问。

"哈哈,正是。有个日本兵叫吉田正雄,还是个年轻人,受了日本军国主义的蛊惑自愿参军入伍,在战争中目睹了日军侵华的种种暴行,一直想重回日本读书。做了我军的俘虏后,被我军的英勇和真诚打动,愿意帮助我们,为我们提供情报。"岳山说到这里,笑着看了看周轩宇说,"不过,我说的这个精通日语的演员并不是吉田正雄,而是即将经过这里去沂蒙山的刘知远。他可是精通日语的高手,在北大的时候轩宇你不知道?"

周轩宇听完又惊又喜地说:"我还真不知道知远同志精通日语呢。岳书记,他什么时候到啊?晚了可就来不及了。"

"你呀,堂堂一个大队长,竟然还沉不住气。不出意外的话,明天他就应该到了。这样吧,我们做两手准备。协调日伪军服和说服吉田的工作同时进行,明天等知远同志到了再和他一同商议。大家还有什么意见?没有意见就散会。"岳山看着大家说道。

第二天,从早晨到晚上,周轩宇一遍又一遍地想这个方案有没有漏洞,又望眼欲穿地等着刘知远的到来。不过,直到天黑,刘知远也没有来,反而是吴江鹭赶过来告诉他,吴江涛去县城见了小野一郎,已经开始了商会的筹备工作,还从李仁贵那里知道了三天以后日本人就会运送文物到兖州。郑长福也派了个饭店伙计过来,说日本人最近派了很多士兵围住了文峰塔,不知道在里面干些什么勾当。

东方刚露出鱼肚白,一夜未眠的周轩宇就起床在院子里散步,一边散步一边向外面张望。

"轩宇,起这么早。快看看谁来了?"

话音刚落,岳山就领着两个穿着青色大褂、戴着黑色礼帽、一副商人打扮的人进了院子。

"老五,听说你都当了县大队的队长了,出息了,哈哈……"伴随着一阵爽朗的笑声,戴着一副黑框眼镜,一身风尘仆仆的刘知远就已经站到了周轩宇面前。

"刘……刘先生,真的是你来了。"周轩宇激动得一下子说不出话来了。

"还叫什么先生?应该叫姐夫,或者叫同志。"岳山打趣道。

刘知远见周轩宇有些难为情,就伸出手来握住周轩宇的手说:"老五,你姐还特意让我给咱爹娘带了些衣物,一会儿我们一起回家,我也去拜见一下岳父岳母大人。"

周轩宇紧握着刘知远的手,刚要说话,听他提起要去看爹娘,一米八多的壮汉竟然瞬间眼圈就红了,两行泪水顺着脸颊流了下来。

岳山赶紧向刘知远简短地说了周轩宇的父母被日军飞机轰炸去世的情况。刘知远听完沉默了一会儿,眼里闪着泪花对周轩宇说:"老五,爹娘的仇要报,千千万万中国人的仇也要报。我发誓一定要把日本鬼子赶出中国去。"

两人正说话的时候,耿学真和叶海平一起走了进来。大家互相握手后,岳山分别给大家介绍了刘知远以及和他一起来的同事张登,然后一起走进周轩宇住的屋子。周轩宇给刘知远和张登分别倒了一碗茶。

"知远同志,你们还没吃早饭吧?正好我们几个也没吃。我已经安排了炊事班,一会儿早饭就会送过来。你能来一趟真不容易,有什么需要我们帮助的尽管说。等你说完,轩宇还要请你帮个大忙呢。"岳山笑着对刘知远说。

其实,刘知远带着张登特意从延安到山东沂蒙山,是有特殊任务的。1938年初,中共山东省委的负责同志从沂蒙山奔赴延安汇报工作,希望中央加强对山东抗战的领导,并增派骨干力量支援山东的抗战工作。几个月后,日军占领武汉和广州,抗日战争进入战略相持阶段。日军随后停止了对正面战场做战略性进攻,开始对国民党军实行诱降,而把进攻重点转向敌后根据地的八路军和新四军。国民党军也看到了日军的战略转变,消极抗日的同时开始积极反共。党中央和毛主席根据全国抗日形势的发展,准备派八路军一一五师挺进山东沂蒙山。刘知远和张登此行,不仅要与中共山东分局的领导会合,商议如何稳固并扩大山东抗日根据地的事情,而且还要与冀鲁边区以及鲁西、鲁中等地的党组织取得联系,进一步巩固并扩大山东抗日根据地。

刘知远看着张登,笑着说道:"其实我们到金乡来只是顺路,因为我们要从这里去单县与湖西边委的负责同志沟通工作。要说私心嘛,也是有的,毕竟轩仪同志特意找了有关领导,让我务必在金乡留一下,没想到领导很痛快地就同意了,哈哈……张登同志是河北沧州人,我们就没办法顺路去他老家喽。"

"幸亏轩仪同志帮忙,不然我们还真盼不到你了。轩宇,赶快把我们的行动计划向延安来的同志汇报一下,看看他能否帮助你。"叶海平拍了拍周轩宇说。

周轩宇就一五一十地把日本人偷盗金乡文物准备运到兖州的情况介绍了一下,同时也把自己的夺宝行动方案做了详细的汇报。

"老五,你们这件事做得对。我们绝对不能眼睁睁地看着我们的国宝落到日本人手里。这件事情虽然很意外,但是很紧急。我在北大时学过日语,而且还结交过几个日本进步人士。我可以在金乡多留几天,协助你们完成这项艰巨的任务。"刘知远坚定地说。

正说着,炊事班送来了还冒着热气的窝窝头、剥了皮的大葱、切成条的咸菜疙瘩,每人一碗棒子面糊糊。刘知远像是馋猫闻见了鲜鱼味一样,连声说:"窝窝头和糊糊,还有大葱和咸疙瘩,都是老家的味道,真馋人啊。老岳,我和小张赶了一夜的路,肚皮早就饿得直叫唤了,我们边吃边商量一下你们的行动方案吧。"

大家不禁哈哈大笑起来,开始围坐在一起一边吃饭一边讨论。虽然早饭很简单,但是大家吃得津津有味,讨论得热火朝天。

两天以后的早晨,天上下起了一场大雨,气温也随之降了不少。后来雨势渐小,但仍然淅淅沥沥不停地下,给人一种阴冷而又潮湿的感觉。

金乡县城内,一队全副武装的日伪军正在冒雨通过西门。李仁贵和十名侦缉队队员腰里挎着盒子炮,穿着雨衣骑着马在前边开道,后面是一辆军用挎斗摩托车,再后面是一辆军用卡车,卡车车厢被绿色篷布遮盖得严严实实,一个日本兵穿着雨衣把着一挺机枪趴在卡车车头上注视前方。卡车后面还是一辆挎斗摩托车。每个摩托车上有三名穿着雨衣的日本士兵,有一名士兵端着机枪。摩托车之后是骑着马的保安团士兵,大约有二十人,都穿着雨衣,肩上挎着步枪。

李仁贵虽然嘴里不说,心里却一直在骂娘,不光骂日本人,还在骂王平青。这么冷的下雨天,他王平青找个理由不去押送文物,却让自己受这份罪,真是个猴精。

雨一直在下着,道路泥泞,视线也不清楚,连马带车都跑不起来,就像老牛耕地一样在缓缓行进。还没走出金乡地界,卡车就陷在一处泥坑里,冒着黑烟出不来。卡车里负责押送的一名日本少尉犬养站在卡车里叽里呱啦骂了一通,让侦缉队和保安团的人下马推车。没办法,李仁贵他们只能骂骂咧咧地下了马,站在泥泞里推车,费了半天劲才把卡车从泥坑里推了出来。

定山河
DING SHANHE

好不容易走到金乡和嘉祥交界的山区地带,雨又开始下大了,而且雾气也越来越重,气温比刚才又低了一些。李仁贵勒住马的缰绳,见地上已经是青石路面,有些狭窄,而且坑坑洼洼中还积了不少水。路两旁是高低起伏的丘陵,路边是密密麻麻的灌木丛和野草,在雨中湿漉漉地滴着水珠。再往前面看,模模糊糊的,啥也看不清楚,他不禁倒吸了一口凉气。本来今天早晨他一看下了雨就向小野一郎建议,等天晴了以后再押送文物上路为好,万一遇到游击队不太好对付。小野一郎轻蔑地看了他一眼,说:"兖州的火车不会因为下雨就停运的,计划不能轻易改变。何况,这次负责押运的还有大日本皇军,游击队敢捣乱就是自己往枪口上撞。"小野说的话也有道理,这次押运文物日本人是下了本钱的,全副武装,如临大敌,游击队的力量根本无法抵抗。

卡车上的日本少尉犬养又在叽里呱啦地催促前进,摩托车也在不停地摁喇叭,李仁贵干脆横下一条心,心里默念菩萨保佑继续催马往前走。走了半个多小时,李仁贵看到前面的视野一下子开阔了起来,原来他们已经走出了山区,又进入了平原地带,道路宽阔平整,道路两旁都是深沟,坡上长满了野草。李仁贵心说,谢天谢地,最危险的地段终于过来了。正在这时,一名侦缉队员喊道:"队长,你看前面。"

李仁贵听后向前方看去,透过毛毛细雨和茫茫雾气,前面的道路中间隐约有一排路障,路边还有一个岗亭,上面挂着一面日本的太阳旗。岗亭旁边有几名日本兵披着雨衣扛着枪正在站岗。

李仁贵一看这阵势,说了句"这可是日本人的检查站啊",赶紧掉转马头,去向犬养少尉汇报。

犬养听了李仁贵连说带比画的汇报,有些不太相信。他从金乡出发的时候,小野并没有告诉他此地有检查站。不过,这里已经出了金乡境内,小野不知道也可以理解。不过,作为一名征战多年的职业军人,犬养深知自己这次任务的重要性,容不得他半点马虎。

快速思考了几秒钟,犬养决定让行进的队伍先停下来严密警戒,自己带了两名日本兵,骑上侦缉队员的马,和李仁贵一起直奔检查站。

四个人骑着马离检查站越来越近,李仁贵已经清楚地看到安放在道路中间的木头路障,十几名日本士兵端着手里的三八大盖,紧紧地盯着他和犬养,却不说话。

"你们是哪一部分的?"犬养手下一名日本士兵用日语大声说,"我们是驻守金乡的小野一郎少佐所部,由犬养少尉率领奉命前往兖州运送战略物资,快放我们过去。"

"我们是驻守济宁的大日本皇军,因为此地经常有抗日游击队抢夺我们的物资,我们奉命在这里设卡检查。请你们等一下,我马上向长官汇报。"一名日本士兵用流利的日语回答。说完,他收起了枪,跑到岗亭前敬了个礼,大声说:"报告长谷中尉,有来自金乡的皇军要通过哨卡。"

话音未落,从岗亭里面走出一位戴着白手套、挎着军刀、身材瘦削、表情严肃、身穿笔挺的日式军服的军官。

犬养在马上听到从岗亭里出来的是长谷中尉,军衔比自己还大,皱了皱眉头,有些不太相信。等看到长谷中尉已经走了过来,他赶紧下马,带着李仁贵和两个士兵走向前去。

四个日本士兵搬开了路障,长谷中尉面带笑容,站在路边,用日语对犬养说:"我是长谷,奉命临时在此设卡检查。犬养君,辛苦了,请让你们的车辆开过来吧,一会儿我要检查你们运送的物资,还请多多配合!"

犬养向长谷中尉鞠了一躬,说:"没问题,我们接受检查。"不过,他脸上的表情虽然很平静,心里却一直在打鼓。一个荒郊野外的哨卡,竟然派一名中尉军官带着十几个士兵来负责,这怎么可能呢?

"中尉阁下,我听您的口音,是不是名古屋人?"犬养微笑着像聊天一样问长谷。

"犬养君,我不是名古屋人,我是大阪人。您呢?"长谷面带笑容地回答。

"真是太巧了!中尉阁下,我也是大阪人,说不定我们的家离得很近呢。"犬养故作惊喜地说,"中尉阁下,您怎么只带着这么少的士兵在这个荒凉的地方设卡?这样太危险了!"

"犬养君,看来还是老乡关心老乡啊。前些日子有一批重要的战略物资在这里被游击队劫走,野尻大佐非常生气,命令我们要想方设法夺回这批物资。情报显示游击队截获这批物资后,因为没有时间运走,就藏在青龙山附近。我们在这片区域的每个重要路口都设置了岗亭,前面还有五个岗亭呢,每一个岗亭都比这里的士兵多。我是刚从里边的岗亭一路检查过来的。敌人很狡猾,天气不好,更不能掉以轻心。"长谷操着流利的日语对犬养侃侃而谈,就像两个好久不见的朋友在叙旧。

虽然长谷的回答无懈可击,犬养依然心存疑虑。他并不马上安排后面的运输队伍前进,也没有说不接受哨卡的检查,只是微笑着与长谷一直聊天。

"长谷中尉,请问岗亭里有没有电话借用一下?我有件急事要与小野少佐通个话。"犬养似乎很着急地问。

长谷中尉依然面色沉静,眼睛里却闪现出一点不耐烦的意思。他冲着一个身材高大的日本兵喊了一声:"佐藤,你带着犬养君去打电话。"

"好的。"佐藤恭敬地点头回答道。

犬养一听岗亭里有电话,自己正好向小野核实一下检查站的事情,就跟着佐藤向岗亭走去。走到岗亭门口,佐藤做了一个请犬养先进去的手势。犬养向岗亭里面看了一眼,因为是下雨天,里面也没有灯,看不太清楚。他犹豫了一下,还是走了进去。佐藤扭头看了长谷一眼,也跟着走进了岗亭,而且还顺手关上了门。

犬养进去以后发现岗亭里面黑灯瞎火,除了一张桌子、四把椅子、几个茶碗,其他什么也没有,知道有诈,刚想掏枪,后脑勺上就挨了重重一击,他挣扎着回过头,依稀看到佐藤怒目圆睁,正举着枪托再次砸了下来。一阵剧痛之后,犬养只觉得天旋地转,晕了过去。

就在佐藤关上岗亭门的同时,岗亭外的李仁贵和两个日本兵瞬间觉得头部一凉,脑袋已经被硬邦邦的手枪顶住了。三人很快被下了枪,押进了岗亭里面。刚进去,两名日本兵也被佐藤用枪托打晕了,只留下惊恐万状、一个劲地磕头求饶的李仁贵。大家把犬养和另外两个日本兵嘴里都塞了布条,五花大绑捆了起来,然后长谷带着士兵们又走出了岗亭警戒,只留下佐藤和被捆绑起来的李仁贵。

"李仁贵,你看看我是谁?"佐藤忽然厉声喝道。

李仁贵正跪在地上低着头不停地求饶,听到日本士兵佐藤用中文喊他的名字,不禁抬起了头,惶恐地看了看佐藤。其实佐藤就是周轩宇假扮的。不过,虽然周轩宇与李仁贵小时候在一起上过学,但是毕竟已经很多年没有见过面了,而且李仁贵也知道周轩宇去了济南,再加上周轩宇穿着日本士兵的服装,李仁贵惶恐之下,竟然没有认出来。

周轩宇见李仁贵一脸的惊恐和茫然,知道他没有认出自己来,索性也不说破,继续大声说道:"你身为一个中国人,却为日本鬼子做尽了坏事,本来应该一枪毙了你,不过念在你是被王平青那个狗汉奸拉拢过去的,只要你今天表现得好,我们可以考虑放你一条生路。"

李仁贵见对方了解自己的底细,不禁连连磕头,嘴里不停地说:"好汉饶命,好汉饶命。您要我做什么,尽管吩咐。"

周轩宇见李仁贵答应配合,厉声说:"你记住,一会儿就按照我教给你的去做,而且我就在你身后。如果你要心眼或者说错了,我立即要了你的命。"

长谷中尉自然是刘知远假扮的。会说日语的日本士兵就是吉田正雄。不过,虽然周轩宇他们对夺宝计划进行了周密部署和多次演练,还是出现了意想不到的情况。

周轩宇走出岗亭,和刘知远及吉田正雄快速商议了一下,马上决定由周轩宇和吉田正雄陪着李仁贵返回运输队。

雨还在淅淅沥沥地下着,天空中阴沉沉的,雾气依然很重。李仁贵骑在马上,不禁打起了逃跑的主意。他观察了一下道路两边,盘算着应该往哪边跑。不过,旁边的周轩宇似乎看出了他的心思。李仁贵只觉得后背一凉,一把手枪顶在了他的腰部。

"老实点,我们知道你家住哪里。你要敢耍花招,自己想想后果吧。"周轩宇声音低沉地说。

李仁贵一直觉得与周轩宇似曾相识,不过他现在更是听到了周轩宇声音里的杀气。他没想到这次会在嘉祥遭遇抗日武装,更没想到这些人竟然还穿着日本军装。

"我配合,只要你们不杀我,我肯定配合。"李仁贵知道,腰里顶着一把枪,就是化成烟也跑不了。

三人骑着马很快就到了日伪运输队休息的地方。侦缉队的队员们都下了马三五成群地抽烟聊天呢,看见李仁贵和两个日本兵回来了,赶紧上马向他打招呼。李仁贵阴沉着脸,怒骂道:"加强警戒。出了事,皇军饶不了你们!"

到了装文物的卡车前，李仁贵向车里的一个军曹敬了个礼，说前面有日军的哨卡，犬养少尉就在哨卡里等候大家，他和哨卡里的两名皇军通知大家继续前行。李仁贵说完，吉田正雄就用日语向那名军曹解释了一下设立哨卡的原因，希望大家配合检查，而且说犬养少尉正在哨卡里打电话。

那名军曹本来就和李仁贵比较熟悉，听到吉田正雄的解释，更是深信不疑，挥手通知队伍继续前进。

运输队很快就出了山道，进入了平原地带。到了哨卡的路障前，运输队停了下来，长谷中尉带着十几名日本兵整整齐齐地走了过来，说是有紧急军务，要求大家下车下马，所有人都要接受检查。

押送文物的军曹觉得有些不对劲，就是检查也没必要让大家都下车下马啊。正在犹豫的时候，长谷中尉带着人已经到了车前，威严地命令他马上下车，接受检查。军曹一看长谷中尉的军衔，只好让卡车里的日本兵和一个身穿西装、留着小胡子的日本人都下了车。

正在这些日伪士兵站在地上面面相觑，丈二和尚摸不着头脑的时候，周轩宇已经爬上了卡车的车头，一把端起车头上的机枪，先抿着嘴唇吹了一声响亮的口哨，然后冲着车下的日本兵大喝一声："不许动，谁动就打死谁！"

哨声未落，长谷带领的十几个日本兵也一起举起了枪，对准了眼前惊慌失措的敌人。日本军曹见势不妙，向后缩了缩身子，偷偷掏出了手枪，对准了卡车车头上的周轩宇。只听一声清脆的枪响，军曹捂着胸口慢慢倒了下去。道路两边的深沟里，忽然冒出了很多全副武装的游击队员。郑长福刚跃出路沟，就眼疾手快地一枪击毙了妄图偷袭周轩宇的日本军曹。紧接着，岳山、耿学真、叶海平还有吴江鹭纷纷用枪对准了路上的敌人，将运输队的敌人整个包围了起来。

身穿西装的日本人忽然大叫一声，从身上掏出一个手雷，跑着往卡车里冲。周轩宇立刻扣动扳机，将他击毙。吉田正雄立刻站到卡车车头上用日语向大家介绍了一下自己的身份，然后让大家放下武器，不要再做侵略者。

运输队的士兵们见当官的都死了，正要放下武器时，忽然一声枪响，吉田正雄腹部中弹，鲜血立刻就流了出来。周轩宇赶紧挡在吉田正雄的前面，正要扣动扳机，又是一声枪响，他立刻感到左腿上火辣辣的，身体也站不住了。

正要缴械投降的日本士兵们忽然像炸了锅一样，纷纷端起枪来胡乱射击，保安团和侦缉队的人也趁乱一边开枪一边逃跑。

周轩宇咬着牙,忍着疼痛蹲在卡车车头上用机枪向反抗的敌人开始扫射,游击队的队员们和假扮的日本兵也纷纷开火,一时间枪声大作,硝烟四起。周轩宇只听得耳边不时有子弹呼啸而过,他也顾不得许多了,机枪不停地向敌人喷射出愤怒的火舌……

枪声终于停了下来。吴江鹭和郑长福爬上卡车车头。周轩宇强忍住腿部的疼痛,嘶哑着声音说:"赶快去救吉田,他伤得很严重!"吴江鹭眼里含着泪水,点了点头。已经昏迷不醒的吉田正雄被吴江鹭和郑长福抬了下去。岳山和叶海平上来扶着周轩宇从车头上下来。叶海平立刻用纱布为周轩宇包扎伤口。

"岳书记,刘知远同志没事吧?你们不用管我,我们要尽快把文物转移到青龙山里的山洞里去,打扫战场,鬼子的援兵一会儿就会到的。"周轩宇试了一下左腿,感觉还能活动,马上就问刘知远的状况。

岳山轻轻拍了拍周轩宇的肩膀,说:"知远同志受了点轻伤,胳膊被子弹蹭破了点皮,不要紧。转移文物和打扫战场我都已经安排好了,一会儿你坐担架和我们一起走。"

周轩宇咬着牙说:"我自己能走,不用担架。"说着就迈开了腿,结果一阵剧痛袭来,他差点摔倒在地,头上也冒出了密密麻麻的汗珠。

"我的大队长,不要再逞强了。快上担架,我们马上往山里转移。"叶海平不由分说就扶着周轩宇上了担架。

"老五,吉田被打中了肝部,已经不行了。另外,李仁贵趁乱逃跑了。"吴江鹭急匆匆地跑过来说。

周轩宇不由得闭上了眼睛,为吉田正雄的死感到难过。"我们要好好感谢这位日本士兵。"周轩宇沉痛地说。

耿学真把几名被俘的保安队队员和侦缉队队员叫到一起,向他们讲了抗日游击队的政策,希望他们以后不要再助纣为虐,要做堂堂正正的中国人,然后就把他们给释放了。大家清理完战场后,开始有序地向山里转移。

原来,游击队的计划就是等运输文物的队伍到达哨卡时,由刘知远带领一部分穿日本军服的战士借口检查,控制离文物最近的敌人,保护文物不受损害。同时由事先埋伏在路边沟里的游击队突然袭击,消灭敌人。结果没想到犬养很狡猾，他竟然让运输队伍停下，自己带着三个人来到哨卡辨别真伪。如果时间一长，计划就可能有变，而且也可能会让犬养看出破绽。如果日军运输队伍不行进到游击队埋伏的地段，毕竟缴获的日本军服不多，刘知远假扮的长谷带着十几个人去保护文物胜算也不大。在还未打消犬养的疑虑之时，只能随机应变，制住犬养，然后再设法让运输队行进到哨卡附近。所以当时周轩宇见事态紧急，来不及商量，只能给刘知远使了个眼色，然后同时动手，控制住了犬养和李仁贵四人，计划才得以继续进行。

不过，被打晕的犬养不久就醒了过来。他醒来后看到岗亭里并无人看守，就慢慢挪动到了桌子旁，用脚把桌子蹬翻，桌上的茶碗掉到地上碎了。他握住茶碗的碎片，硬是把身上的绳子给割断了。他把捆绑另外两名日本士兵的绳子都解开，然后在岗亭的角落里找到了刚刚被下的枪支。除了犬养的手枪被周轩宇顺手带走外，另外两名士兵的三八大盖都还在。三个人端着两支枪偷偷地溜了出去，躲在了路边的沟里。就在吉田正雄站在卡车车头上劝诫日军投降的时候，犬养情绪失控，用三八大盖一枪击中了吉田，又一枪击中了周轩宇。随后他们三人就被郑长福他们发现，一阵枪声后被击毙在深沟里。

郑长福对张一指曾经经营多年的青龙山很熟悉，他带着大家用地排车拉着装有文物的箱子沿着崎岖的小道，穿过树林向山洞进发。为了保险起见，叶海平带着两名游击队员断后，消除痕迹，查探敌情。

过了没多久，日军的援兵果然赶到了哨卡所在的位置。不过，面对着连绵起伏的山岭和一望无际的平原，除了茫茫雾气和阴沉的天空，他们什么也看不到，只好向四面八方放了一阵枪，匆忙离去。

这次战斗不仅夺回了被日军盗窃的珍贵文物，而且还歼敌二十多人，击毙日军犬养少尉和负责盗窃文物的专家，缴获三挺机枪、大量枪支弹药，还有不少战马。虽然我方也有不少伤亡，尤其是投诚的日军士兵吉田正雄不幸遇难，但是总的来说还是取得了重大胜利。在隐蔽的山洞里，刘知远、岳山等领导同志都对这次夺宝计划给予了很高评价，战士们打了大胜仗也都异常兴奋。

"老五，通过这次战斗，我发现你已经成长为一名真正的革命战士了。胆大心细，计划周密，身先士卒，奋勇杀敌。很好！很好！"刘知远握住周轩宇的手激动地说。

"轩宇,夸奖的话都让知远同志说了,我就不再重复。我就说一句,你可要再接再厉,再立新功啊!"岳山是怕周轩宇年轻,容易骄傲,所以语重心长地给他提了个醒。

就在这时,郑长福兴奋地跑过来。原来他在山洞深处找到了当年张一指隐藏的一批枪支弹药,都是清一色的"汉阳造"。这对于一直缺乏武器弹药的游击队又是一大喜讯!

接下来,刘知远、岳山、耿学真、叶海平和周轩宇五个人小范围商量了一下如何隐藏这批珍贵文物。叶海平建议就直接藏在这个山洞里,找个隐蔽的地方埋起来,做好标记,以后再派人来取。

刘知远和岳山认为,这次行动中很多游击队员都一起进了山洞,万一有人叛变或者无意中传出去,这批文物可能还会丢失或被盗走。周轩宇也不赞成藏在山洞里,毕竟这里以前是土匪窝,很多人知道这里可以藏身。最后周轩宇提了个建议,等夜深的时候秘密运回周桥,埋在村里那个破旧的土地庙里,做好特殊标记。他特意强调,这件事必须严格保密,知道的人越少越好。

耿学真拍了一下大腿,说这个主意好。毕竟就在游击队的眼皮底下,有什么情况都可以及时处理。大家也都说这个方法可取,主要是要做到绝对保密,不留痕迹。

"轩宇,你小子鬼点子还真不少啊!"耿学真拍着周轩宇的肩膀笑着说。

周轩宇咧了咧嘴,用两手抱住了左腿,苦笑着回复:"耿县长就这么夸人啊?"

第四章

李仁贵没有想到,他竟然能逃出游击队的包围圈。

其实他自己非常庆幸,他能逃出来并不是靠什么过人的本领。当犬养朝吉田正雄开枪的时候,他就随着枪声趴在了地上。他倒不是想趁机逃跑,而是害怕在乱枪之中中弹身亡。后来双方展开激烈枪战,他就瞅准空隙,慢慢地向路旁的沟里蠕动。终于从路上滚落到沟里后,他确信没有人发现,便猫着腰使劲跑,连头都不敢回。

不过,他跑是跑出来了,却不敢回县城。丢了文物不说,还死伤那么多人,小野一郎无论如何也不会放过他。在逃跑的路上他脑海里一直闪现着那个假佐藤的面容。"他怎么那么像周家的老五呢?"李仁贵毕竟和周轩宇一起上过学,也挨过周轩宇的揍,虽说有几年不见,彼此也长大成人了,但是对脸型和神情还是有些模糊的记忆。

李仁贵一路上只走小道和河沟,躲躲闪闪地回到了山河镇。到了山河桥附近时,他躲在远处发现被日军炮火炸断的石桥已经修好,桥上不时有马车、地排车和手推车通过,又似乎恢复了过去人来车往的情形。他再三确认没有吴江涛的手下在桥头查岗,趁着桥上人多的时候,从沟里跳出来,装成一个挂棍的瘸子,一瘸一拐地回到了家门口。

李仁贵敲了一阵子门,李老财家的仆人李二才骂骂咧咧地打开院门,看到形同乞丐、蓬头垢面的李仁贵时,嘴里骂道:"真晦气,哪里来的叫花子?给你个窝头,赶紧滚。再来就打断你的狗腿!"

李仁贵忙压低着嗓音说:"李二,是我。"

李二仔细一看,竟然是自家的少爷李仁贵,赶紧领着他进了院子,嘴里赔着不是:"少爷,你可是有些日子没回来了。都怪我眼瞎,没认出你来。"

第四章

李仁贵边走边吩咐李二赶紧关上门,免得让外人瞧见。李二不知道出了什么事情,只好照做。

李老财正端坐在堂屋里的太师椅上抽旱烟,看见灰头土脸的李仁贵慌慌张张地进了屋子,赶紧站起身来。还没等他说话,李仁贵转身把堂屋的门也关上了。

"爹,出事了。你要救我。"李仁贵一屁股坐在李老财旁边的椅子上,喘着粗气把事情的经过向李老财说了一遍,"爹,县城我是不敢回去了,我担心小野一郎会把罪过都推到我头上,让我吃枪子啊。你说我该怎么办呢?"

李老财吐了一口浓烟,咳嗽了几声,叹了口气说:"出了这么大的事儿,日本人是不会放过你的。要不躲起来?俺担心躲也不行,他们一定会找到你。王文海父子能不能帮着说话呢?他们现在替你求情,那个小野会听吗?"

李仁贵听着李老财一个劲地自言自语,也没啥主意,忽然说:"爹,我看到那个假扮的日本兵的脸了,我总觉得他就是咱镇上开中药铺的周名医家的老五。我和他还一起上过学呢。"

李老财眼前一亮,忙问:"你看清了吗?听说他从外地回来后在镇小学里教书呢。他爹娘去年都被日本人的飞机给炸死了。难道他加入了抗日游击队?"

李仁贵点了点头,说:"看是看清了,不过我有些年没见过他了,只是觉得脸型和神情很像。他当时穿着日本士兵的衣服,我也非常紧张。不过我还是敢断定就是周老五。"

李老财深深地吸了一口烟,咽了下去,然后又从鼻孔里缓缓地冒出来。他咳嗽了一声,盯着李仁贵沉声说:"儿啊,俺一辈子没做过伤天害理的事。就是不得已做了这个'维持会'会长,也是为了给你应个景,其实没给日本人办过啥事。"说着他踱步走到屋门口,又走回来接着说,"你是俺唯一的儿子,俺不能让你出啥事。山河桥已经被炸断很长时间了,现在刚重新修好。俺看咱们明早就套上马车,到城里找王文海去。俺想怎么让他替你在日本人面前求情。"

"爹,我现在去城里,估计还没见到王县长就被抓起来了。"李仁贵还是忧心忡忡的。

"没事儿,咱家马车下面有个大暗格,以前出去运货专门藏值钱的东西,俺一会让他们在下面钻两个眼,你藏进去就行。"李老财对自己家的马车状况很熟悉,胸有成竹地说。

"老五啊,娘刚给你冲了一碗鸡蛋茶,还滴了香油,快去喝吧,喝了你的腿就好了。"面容憔悴的徐映秀对躺在床上的周轩宇疼爱地说。

在鲁西南地区,鸡蛋茶就是把生鸡蛋打破,蛋液在碗里搅拌均匀,用滚开水冲泡,然后放点盐和香油,据说不仅可以去火,还能增加营养。战争年代,鸡蛋很金贵,平时都不舍得吃,只有在生病时才会吃上一个。

"他娘,还是让孩子先喝完药吧。我特意跑到羊山去采的药,专门给他配的,服了以后伤口好得快。"头发花白的周明义端着一碗冒着热气的药汤走了进来,对徐映秀说。

周轩宇望着越来越老的父母,眼里开始有泪珠在转动。这时,院子里传来一阵读书声,还有欢笑声。周轩宇不想在父母面前流泪,就问道:"爹、娘,谁在外面读书呢?"

"傻孩子,还有谁啊?你哥和你姐啊!对了,还有你堂姐,从济南回来住几天,正和他们一起读书呢!"徐映秀微笑着说,"要不是你太淘气,非要去树上摸鸟窝摔了下来,你也可以和他们一起玩啊。读书,猜谜,斗嘴,你不是都不服输嘛。"

正说着,周轩文、周轩仪和周轩静三个人嬉笑着进了屋,冲着周轩宇喊:"老五,我们一起玩猜谜吧。"

周轩宇立刻兴奋起来,似乎忘记了腿疼,笑着说:"我不耍赖,你们也不能耍赖。"

话音未落,天空中传来一阵飞机的轰鸣声,紧接着一枚炸弹伴随着尖锐的鸣叫落到了院子里,"轰"的一声巨响,一团猩红的烟火瞬间就吞噬了整个院子。周轩宇惊恐地瞪大了眼睛,看着扑面而来的火焰,忍不住竭尽全力大声呼喊……

周轩宇从睡梦中惊醒过来,睁眼一看,四周黑漆漆的,只有窗户下面投射进一小片朦胧的月光。他用手摸了一下额头,全是湿漉漉的汗水。左腿上的伤口处有些隐痛,还有些瘙痒。根据父亲以前告诉他的知识,他知道腿上的伤口就快痊愈了。

刚才的梦境犹在眼前,似乎刚刚发生过。周轩宇茫然望着屋顶,一种孤独感油然而生。父母遭遇轰炸双双离世,大哥去向不明,生死未卜。虽然有了轩仪姐的消息,但是轩静姐一家也不知道怎么样了。他这才发觉,自己心里其实一直在怀念父母,思念亲人,只是平时一直在思考,一直在战斗,没有时间静下心来。他穿上吴江鹭刚给他做的新衣服,下床来拄着木棍轻轻地打开了房门。

院子里空气清新,月光似水,影影绰绰。周轩宇缓缓地走出院子,向站岗的战士打了个招呼,向村外缓步走去。想到吴江鹭,周轩宇心里既温馨又甜蜜。他多想尽快把日本鬼子赶出中国,和吴江鹭幸福地生活在一起。可是现在的形势依然十分严峻,自己每时每刻都做好了战斗的准备和牺牲的准备。

站在村外的石桥上,微风吹来,周轩宇感到有些凉意。极目远望,朦胧的月光下,秋天的原野就像一幅水墨丹青画。成片的庄稼、泛着白光的河流,还有纵横交织的田间小路、树木和房屋交错的村庄,一切都很安静,一切都很祥和,这才是人们向往的生活。要是没有战争,那该多好啊!周轩宇知道,眼前的安静与祥和只是暂时的,作为一名战士,他必须英勇地战斗下去,哪怕牺牲自己的生命,也要守护这片土地的安宁,守护生活在这片土地上的父老乡亲。

"有义、无畏、敢为、必胜。"周轩宇默默地想着父亲曾经说过的祖训,若有所思地看着月光下的河流和道路,心里慢慢冒出了一个主意……

王文海用干瘪的右手轻轻地捻着白色的山羊胡,昏花的眼睛透过老花镜向桌案上红布包里的两根金条瞄了瞄,脸上现出一丝不易察觉的笑意,就像有人在池塘里打了个水漂一样,紧缩在一起的皱纹像水波一样漾开了。

"李会长,我们都是老交情了,用不着这么破费。不过,文物被抢这件事影响很坏,小野为这事差点被上司撤了职。他现在急得到处咬人,仁贵这件事要想处理好,必须得有个好理由才行。"

王文海打着官腔,颤颤巍巍地把话说完。旁边坐着的王平青频频点头。一直低着头坐在李老财旁边的李仁贵大气也不敢出。

"老县长,您见多识广,就劳烦您给俺们想个活路吧。俺只有仁贵这一个儿子,再说他也是您看着长大的,又是王团长的兄弟,不能就此栽了啊!"李老财赶紧向王文海作揖。

"小野一郎现在就想将功补过,挽回上司的信任。最好是想个能立功的事。"王文海眯着眼睛说。

李老财讪笑着对王文海说："老县长,仁贵已经认出了抢文物的头儿,就是山河镇的周轩宇,小名老五,他就在镇小学教书。"

王文海听到这里立刻支起了耳朵,听得异常仔细。王平青也赶紧把头侧过来听。

李老财继续说："以前山河桥断了,日本人不好征粮。现在桥修好了,正是收庄稼的节气,这时候去征粮,怎还怕征不上粮食来？"

"好。现在小野太君最头疼的就是这两件事,一是抓到抢夺文物的游击队,二是为前线大部队筹集粮食。"王平青一拍大腿,站起来说,"不过,吴江涛的妹妹也在那所学校,可不能把她牵连进来,到时候江涛那里不好说。"

王文海捻了捻胡须,点了点头,缓缓地说："江涛现在是日中商会会长,好不容易才说服他,这时候不要节外生枝。"

第二天上午,旭日东升,天高气爽。山河镇上的商铺都早早地开门迎客,开始了一天的生意。镇周边的几个村子,农民们也都已经下地干活,趁着天气凉爽掰玉米、收稻谷。进入秋季,北方早晚凉爽,中午依然还很炎热。

一位佝偻着腰、背着粪箕子在路边拾粪的老大爷抬起头来,忽然发现一队黑压压的士兵已经到了眼前。前面是穿着黑衣黑裤、肩上挎着盒子炮、骑着自行车的侦缉队,领头的正是忐忑不安的李仁贵。后面是骑着枣红色大马的王平青,马后就是两队徒步行进的保安团。再往后就是一辆挎斗摩托车,小野一郎双手握着指挥刀正坐在摩托车上凶狠地目视前方,小野一郎旁边就是手拿纸扇的翻译孙明。后面是两队头戴狗耳帽、帽子上垂着两块屁帘、目露凶光的日本士兵。

昨天下午,王文海和王平青父子带着李老财、李仁贵父子去见了小野一郎。果然不出所料,小野一郎见到李仁贵时眼睛瞪得像要从眼眶里射出来一样,一边破口大骂,一边拔出了闪着寒光的军刀。李老财和李仁贵父子不约而同地两腿一软,向着小野一郎"扑通"就跪了下去。

王文海赶紧向小野一郎求情,说游击队早就在伏击的地方设好了圈套,李仁贵冒着生命危险逃了回来就是要向皇军报告这次伏击的组织者。

王文海小心翼翼地说完,翻译孙明就一句一句地向小野一郎做了翻译。过了一会儿,小野一郎脸色缓和了过来。他把军刀收回到刀鞘里,示意李老财和李

第四章

仁贵父子站起来。

惊魂未定的李仁贵结结巴巴地把周轩宇的情况说了一下,并表示自己要戴罪立功,帮助皇军抓获周轩宇,消灭游击队,完成秋季征粮任务。其实,李仁贵说出这些话的时候,自己也明白做不到。但是,为了活命,他只能语无伦次地只拣小野一郎喜欢听的说了。

小野一郎听后异常惊喜,他太需要一场胜利向上司证明自己的价值。于是他和颜悦色地鼓励李仁贵以后要好好表现,并承诺大日本皇军是不会亏待他的。几个人在一起密谋了很长时间,然后小野一郎就安排李老财先回山河镇,等待命令,有异常情况马上报告。王文海建议小野等摸清情况再去抓周轩宇,征粮最好也要等到农民收完庄稼以后。小野一郎同意征粮的事情可以延后几日,但是抓捕周轩宇的事情必须立刻开展行动。

这是自飞机轰炸以后日军第一次来到山河镇,没有人知道日本军队忽然来到山河镇干什么。如果说征粮,庄稼大部分还都在田地里呢。日军侵华以来的暴行让民众恐慌不已,路上的行人纷纷四处躲避,本来人来车往的山河桥上很快就空无一人,就连镇上的商铺也像大白天看到鬼一样紧闭大门。李老财听闻日本人进镇的消息,带着两个所谓的自警队队员站在自家院门前迎接。

王平青其实并不赞成这么大张旗鼓地到山河镇抓人。不过,如果周轩宇真的是抗日游击队的头头儿,不带这么多人,他心里还真的没底。他猜测小野一郎心里也是这种想法,毕竟小野一郎已经多次吃过游击队的大亏。

按照小野一郎的吩咐,日伪军通过山河桥后,留下一部分人驻守桥头,只准进不准出,大部队直扑镇子中部的中药铺。

刚到中药铺门口,李老财看见铺子已经关门,还上了一把锁。不远处一个中年人头戴草帽,低着头挎个篮子正往镇外的湖边走。他给李仁贵耳语了一阵。李仁贵马上吩咐侦缉队员,抓住那个戴草帽的中年人。

戴草帽的中年人正是中药铺的柱子,他正为游击队的伤员们配药呢,忽然听到日本人来了,赶紧挎着盛满中药的篮子,锁上药铺的门往桥头走,刚走几步就发现敌人正从桥头那边冲过来,赶紧掉转方向往湖边走。他不仅要给受伤的游击队员包括周轩宇治伤,还要赶快去报信。没想到李老财的眼睛很贼,竟然从背影就认出了他。

几个侦缉队队员骑着车追到柱子身边,扔下车就用枪对准了他的头。柱子知道跑是跑不了了,就镇定地站住,大声说:"你们想干啥?别耽误俺给病人治病。"

柱子被带到了小野一郎面前,李仁贵向小野汇报说,这个人就是周老五家药铺的伙计。

小野一郎凶狠地盯着柱子问:"周老五在什么地方?快说出来。"

听完孙明的翻译后,柱子赶紧解释道:"俺家少爷爹娘都被飞机炸死了,他一个人跑到外地投亲去了,不是去了济南就是去了北平,到底去了哪儿俺真不知道。俺也是没有啥活路,才看着这个药铺。"

小野阴险地笑了笑,说:"你打开门,皇军要进去搜查。"

柱子从怀里掏出钥匙,打开铺门。李仁贵一把推开柱子,拎着枪带着人冲了进去。紧接着鬼子兵和保安团也都一窝蜂地冲进院子里。

一阵搜查打砸之后,除了一些中药材,日伪军什么也没有找到。小野一郎忽然注意到,整个铺子里只有一间偏房还比较干净,被褥齐整,其他屋子里都落满灰尘,显然已经好长时间没人住了。

李老财夺过柱子手里的篮子,打开上面盖着的蓝布,见都是一些诸如三七、牡丹皮、马钱子、桃仁、凤仙花、红花之类活血化瘀、消炎去肿的草药,立刻不怀好意地问:"柱子,你带着这些草药去给谁治病?俺看是去给伤员治病吧?"

柱子没想到李老财对中药还略懂一二,争辩道:"苏桥有户人家的孩子爬树上摘枣摔着了,一大早派人来送的信。"

李仁贵有些着急,担心小野没有找到周轩宇会怪罪自己,赶紧说:"太君,不要和他费口舌,派人看住他。我们赶紧去镇小学,周老五很可能在学校里。"

山河镇小学离吴家大院比较近,在羊山的南面,明清时期是一座私人书院,后来陈仁和先生利用书院的旧址办起了私塾。吴江涛做了镇长以后,对书院做了修缮,并报经县政府批准,办起了公立小学。

李仁贵带着小野一郎等人包围了学校以后,发现学校的大门洞开,里面传出清脆的读书声,声音很整齐,而且还带着些许少年的稚气。

李仁贵不由分说,带着小野一郎等人就往里闯。刚进院子,迎面走来一位白发老者,他身穿长衫,戴着一副老花镜,双目炯炯有神,正是老镇长陈仁和。他本

第四章

来在家里休息,听说日本人到镇上来了,有些不放心,刚刚赶到学校。

"各位,这里是学校。清净之地,还请大家不要打扰。"陈仁和面含笑意,沉稳地说。

李仁贵看了看李老财,见他拱手抱拳,笑着说:"打扰陈老先生了。皇军正在追查抗日游击队的大队长周轩宇周老五。据说他在这所学校教书,请您把他交出来吧。"

"李会长有所不知,周轩宇是在这里教过书,不过时间很短。他的父母惨死在飞机轰炸中后,他就不辞而别,不知去向了。"陈仁和面色平静地说。

孙明立刻把两人的对话翻译给了小野一郎,小野听后,冷笑一声说:"搜!"

李仁贵听到小野的命令,二话不说,带着人就往里冲。

山河镇小学其实是一所初等小学,共有四个年级,分为四个班。陈仁和的儿子陈学诚、吴江鹭等四名老师正在分别为同学们授课,被侦缉队和鬼子的闯入打断。

学校里的每个房间,包括地下室都被搜了一遍,每个老师和学生都被一一辨认,李仁贵确认没有周轩宇。吴江鹭和李仁贵一起上过学,见他拎着枪疯了一样到处搜,愤然说:"李仁贵,这里也是你上学的地方,你怎么能带着鬼子来学校呢?孩子们的学习都让你给耽误了。"

李仁贵看了吴江鹭一眼,冷笑着说:"你如果不想影响孩子们上课,就赶紧配合皇军找到周老五。你俩关系不错,你肯定知道他的下落。"

抢夺文物后,周轩宇和吴江涛都提醒过吴江鹭,说敌人一定会报复,让她小心谨慎。她知道敌人会报复,但是没想到这么快,也没想到李仁贵竟然认出了周轩宇。她现在最担心的是,周轩宇他们是否已经得到了日本人搜捕他的消息?如果日本人扑向周桥村,周轩宇他们是否能抵挡得住?毕竟这次活动很突然,连吴江涛也不知道,如果他知道消息,一定会提前告知吴江鹭的。

"李仁贵,你不要血口喷人。你别忘了,周轩宇和我是同学,和你也是同学。"吴江鹭瞪着李仁贵说。

李仁贵并不敢把吴江鹭怎么样,别说她哥哥是吴江涛,就是王文海也和她家关系很深啊。他悻悻地看了吴江鹭一眼,转过头去,吩咐手下把老师们都带到院子里。

小野一郎阴险地逐一把陈学诚等各位老师看了一遍,皮笑肉不笑地说:"你们谁能说出周轩宇的下落,皇军重重有赏。"

大家都面无表情地摇摇头,表示不知道周轩宇的下落。

小野一郎突然露出狰狞的笑容,对李仁贵耳语了几句。

陈仁和知道鬼子没安好心,可能要对几位老师下手,赶紧站了出来,对李仁贵大声说:"李仁贵,算起来我也是你的老师。你把几位老师都放了,让他们去给学生上课。我和周轩宇最熟悉,其他老师都和他相处时间短,我来配合你们去找周轩宇。"

李仁贵一听,觉得有道理。整个山河镇的事情,没有人比陈仁和更清楚了,就赶紧向小野一郎说了一下。

陈学诚和吴江鹭等人一听陈仁和这么说,都挣扎着要说话。陈仁和迅速地扫视了一下他们,那意思是不让他们轻举妄动。大家也都明白陈仁和的心思,只好静观事变。

王平青见状也连忙表态,对小野一郎说:"太君,陈先生在山河镇做了多年镇长,他对周轩宇的情况最熟悉了。有他的帮助,我相信肯定能抓住周轩宇。"

小野一郎点了点头,脸上露出了阴险的笑容。他扭头对李仁贵说:"把他带到中药铺去。我要两个人一起审问。"说完就迈步向校外走。

李仁贵似乎领会了小野一郎的真实用意,赶紧一摆手,让两个侦缉队队员上前,挟持着陈仁和向外走。所有的日本兵、侦缉队和保安团也都跟在后面退出了学校。

陈仁和挣扎着扭头看了看焦急万分的陈学诚,使了个眼色,然后昂首挺胸,脚步坚定地走了出去。

陈学诚读懂了父亲眼神里的含义,因为父亲曾多次给他说过,战争年代什么都有可能发生,无论发生什么,他都希望山河小学能够长久地办下去,山河镇的孩子能够在乱世中有书读。

吴江鹭见日本人走了之后,给陈学诚打了个招呼,赶紧往家里跑去。她要想办法去给周轩宇报信。

吴江涛去了县城两三天了,还没回来。吴江鹭收拾了一下,让孙二愣准备一

第四章

匹马,她要自己去周桥报信,否则她坐卧不安。

孙二愣说,现在出去比较麻烦,因为日本人已经控制住了山河桥,只准进不准出。

吴江鹭说:"那我就从风雨渡划船去。"

孙二愣说:"划船太慢了。听说日本人已经抓住了中药铺的柱子,正在审问呢。万一柱子撑不住,周桥的游击队,还有周轩宇就危险了。这样吧,咱们不是在一个隐蔽的地方藏了一条船嘛,俺现在就去,偷偷过河,跑步去周桥送信。"

吴江鹭一听,也只好如此了,就赶紧跟孙二愣再三叮嘱,让他一定要注意安全,把信送到。

孙二愣点了点头,去换了一身破旧的衣服,立刻动身。他换衣服是怕万一被日本人抓住,就撇清和吴家的关系,说是个人行为。

当孙二愣气喘吁吁地跑到周桥时,周轩宇已经得知日伪军开进山河镇的消息,只是还不知道具体信息,正在和岳山他们商议如何安全转移,避开敌人锋芒。听完孙二愣冒死传来的信息,周轩宇非常后悔当时没直接除掉李仁贵,害得柱子和陈仁和老先生身陷敌手。他恨不得马上带着战士们去把陈仁和与柱子解救出来,或者自己只身前往,从鬼子手里换下陈仁和与柱子。不过,他一再告诫自己,越是在危急时刻越不能冲动,一切都要以大局为重,冲动只会给战士们带来更大的牺牲。他想起了刘知远从周桥赶赴湖西地委前说的一句话:"真正的战士不仅要用武器来战斗,更要用头脑来战斗!"

岳山、耿学真和叶海平见周轩宇迅速平息了激动的情绪,都舒了口气。四人马上开始商议如何把组织和队伍转移到安全地带,同时动员乡亲们分散躲避,暂避风头。

叶海平若有所思地提出:"周桥离山河镇并不算远,敌人现在肯定还不知道这里有抗日组织,否则他们就应该直接扑向这里,而不是大张旗鼓地去山河镇。所以,我们要做好一切准备,包括最坏的准备。不过,现在还不能大规模地转移,因为大规模的转移势必会有一些动静,万一被鬼子发觉,包抄过来,局面依然对我们不利。"

周轩宇一直在紧皱着眉头,听完叶海平的话以后却点了点头。他看了大家一眼,沉声说:"我同意叶政委的意见。首先,这种形势下,敌未动而我先动,反而可能正中了敌人敲山震虎的诡计。他们抓了柱子哥和陈老先生没有立刻押往县城,而是继续留在山河镇,我觉得这里面有问题。其次,知道我们驻扎在周桥的人,只有柱子哥。柱子哥从小在我家长大,和我的家人没有区别。我很了解他,他是肯定不会出卖我们的。所以只要我们不出差错,积极应对,鬼子一时半会还找不到这里来。"

周轩宇说到这里,看了看岳山和耿学真,见他们听得很认真,也没有要打断他的意思,就继续说道:"最后,我也提一个大胆的建议,那就是声东击西,围魏救赵。我们肯定不能观望,而是要去县城附近端一个鬼子据点,把敌人的注意力吸引过去。据点能打下来最好,打不下来我们就在援军到来的路上设伏,用地雷和手榴弹消灭一部分敌人,杀一杀他们的嚣张气焰。"

耿学真听后,面露喜色地说:"这个建议好。以灵活机动的方式吸引并牵制敌人,在运动中寻求消灭敌人的战机。轩宇同志将毛主席的战争指导思想运用得很到位。"

岳山的脸色也舒缓了很多,拍了拍周轩宇的肩膀说:"这个建议很好。这样吧,你腿上的伤还没好利索,你先带一部分同志到金平湖里的小岛上去休息,我和学真、海平三人带着大家去端炮楼,设埋伏。"

"书记,这可不行,"周轩宇立刻就从椅子上站了起来说,"我的腿伤已无大碍,不影响参加战斗。你是书记,必须在家里坐镇,万一有什么紧急情况,你可以组织大家撤退。周桥是我们的大本营,不能少了主心骨。我已经想好了,我和叶政委带着一部分战士去攻打东花园的据点。那里河流多,离金水湖近,而且到处是玉米地和高粱地,利于隐蔽。由耿县长带一部分战士在山河镇到东花园的路上找一个伏击点,多埋一些地雷,目的就是吸引敌人的注意力。只要伏击的地雷一响,我和叶政委无论是否打下据点,都边打边退。大家看看怎么样?"

岳山还想提出异议,不过叶海平和耿学真已经表态支持周轩宇的意见,三比一,岳山也只好答应了下来。

事不宜迟,大家立刻开始分头行动。

小野一郎对此次出兵山河镇的行动,有着自己的打算。如果能顺利抓获周轩宇是最好不过;即使不能抓获周轩宇,他也要顺藤摸瓜,找到游击队的驻点,然

第四章

后一网打尽。

押着陈仁和到了中药铺以后,小野一郎就命令李老财组织人去散播信息,就说皇军抓住了中药铺的掌柜柱子,他已经供出了周老五和游击队的所在地,皇军正在包围游击队,要把他们一网打尽。

"你的马上去办,办好了我大大的有赏。"小野一郎操着不太流利的中文对李老财说。

李老财屁颠屁颠地走后,小野一郎马上命令,把柱子和陈仁和分别关押,威逼利诱,结果两人都是一个说法,那就是真的不知道周轩宇的下落。

小野一郎大怒,气急败坏地吩咐,要对两人动大刑,必须撬开他们的嘴巴。

"太君,陈仁和这么大年纪,一用刑就会没命的。您看是不是换一种方法?"王平青有些不忍心,向小野一郎求情。

小野一郎盯着王平青,考虑了一会儿,又想出一条毒计来。他让李仁贵把双手被绑的陈仁和与柱子都带到院子里来,两人都站在院墙下,相隔两米对望着。

小野一郎吩咐,给他们两人十分钟的时间考虑,如果谁先说出周老五的下落,就会把另外一个人当场击毙。

孙明把小野的话翻译给陈仁和与柱子以后,李仁贵才明白,小野是在利用二人的求生意识,逼他们抢先招供。李仁贵心中暗想,还是小野狠啊,逼着两人自相残杀。

时间在一分一秒地流逝,陈仁和与柱子两人都平静地注视着对方,一点也没有要招供的意思。即使李仁贵喊出"一分钟倒计时开始",两人依然平静如故。

其实,陈仁和与柱子之间非常熟悉,两人经常打交道。就在这十分钟的对视时间里,两人已经从对方的眼睛里读出了想给对方说的话。这种无声的语言比有声的语言更有穿透力,更有感染力。

小野一郎恼羞成怒,他一下拔出了寒光逼人的战刀,大声叫道:"如果年轻的不说出周轩宇的下落,就把年老的杀掉。"

陈仁和听后轻蔑地一笑,对李仁贵说:"我一辈子兴农办学,光明磊落,培育了很多有作为的学生。虽然我并不知道周轩宇在哪里,但是我一直以他是我的学生为骄傲。我这辈子最大的悔恨就是教过你这样的败类,帮着鬼子侵略祖国,残害同胞,禽兽不如!"

定山河
DING SHANHE

说到这里,陈仁和大喝一声,猛地向身边一个鬼子兵正端着的刺刀扑去。那个鬼子兵惊慌失措,手中的刺刀匆忙间没有退让,反而向陈仁和用力刺出。一眨眼的工夫,血淋淋的刺刀从陈仁和的后背穿了出来,鲜血顿时就顺着胸口流到了地上。

现场的所有人都惊呆了。小野一郎惊讶得一句话也说不出来。王平青立刻用手捂住了眼。李仁贵离得最近,持枪的手情不自禁地抖了几下才缓过神来。

柱子眼睁睁地看着陈仁和老先生倒在血泊之中,知道他是怕自己顾及他而说出周轩宇的下落,才选择自己主动扑向鬼子的刺刀。眼泪已经在眼眶中打转,但是柱子努力地控制自己,不让眼泪流下来。他不能在敌人面前流泪,也不能让陈仁和老先生白死。

"打,给我狠狠地打!我就不信他是铁打的。"小野一郎气急败坏地大叫起来。

随着啪啪啪清脆的皮鞭声,柱子身上的粗布衣衫被打成了一条一缕的破布,前胸和后背都血肉模糊,脸上的血随着汗水滴下来。柱子紧咬着嘴唇,瞪大了眼睛,硬是一声不吭。

两名侦缉队队员打累了,满头大汗,气喘吁吁。小野一郎示意他俩停下来,又换了两个人接着打。

柱子渐渐支持不住了,两腿一弯,脑袋也垂了下来,倒在了血迹斑斑的地上,晕死了过去。

李仁贵让人去取一桶凉水来,准备把柱子浇醒。正在这时,随着一阵马达的轰鸣声,一辆军用挎斗摩托停在了中药铺门口。一名日本士兵进来报告,说游击队正在攻打东花园据点,战斗很激烈,据点里的日军请求支援。

小野一郎一听就愣住了。他预感到游击队应该就在山河镇附近,他正在想办法把他们逼出来。那么攻打东花园据点的又是什么队伍?敢于攻打日军据点,肯定是游击队的主力。只是山河镇在金乡的北面,东花园在金乡的东面,距离并不近。难道说游击队的主力真的不在山河镇?

小野一郎思考了片刻,马上命令,带上昏死的柱子,全体出动去支援东花园据点的日军。小野之所以这么做,首先是东花园据点不能丢,因为日军马上就要进行秋季"扫荡"和征粮,据点丢了会影响大事。另外呢,小野考虑如果能迅速赶到东花园，与东花园的守军前后夹击，就有可能把游击队一网打尽，彻底解决问题。

周轩宇为了攻打东花园据点，把最近缴获的三挺机关枪都带上了。从他内心来说，虽说这是围魏救赵之举，但他还是希望能够一举打下东花园据点，让小野一郎吃尽苦头。

就在他们悄悄地赶到东花园据点，把住进出要道，完成了对据点的包围时，大路上来了一辆马车。车上装着粮食和蔬菜，一个年龄大点、身形略胖、穿着黑色长衫的老者牵着马，马车两边各有一名肩上挎着枪的自警队队员。

周轩宇一看就知道这是给据点送给养的，应该是附近村里维持会的。他一挥手，几名队员悄悄地包抄了过去，不费一枪一弹就把马车拦下，下了三人的枪。询问以后，才知道是附近苏桥村的"维持会"会长苏大脑袋给据点送给养。

"好汉饶命。俺们也是被逼无奈。饶了俺吧。"苏大脑袋一个劲地磕头求饶，汗都出来了。

"据点里有多少人？都有啥武器？你要老实说。"郑长福用枪指着苏大脑袋的头厉声喝问。郑长福不仅枪法好，而且胆大心细，游击队的重要行动周轩宇都会让郑长福参加。

"好像只有五个鬼子、十多个伪军。有两挺机枪，剩下都是步枪，"苏大脑袋头也不敢抬，低着头说，"这几个鬼子忒坏了，前些日子从附近村里抓了一个姑娘进去，糟蹋得半死不活才让领了回去。那姑娘回到村里就跳井自杀了，真是作孽啊。"

"我们这次就是要端掉这个据点，为乡亲们除害。你别忘了，你是中国人，能不能好好配合？"周轩宇一边快速地思考，一边问苏大脑袋。

"如果你们能除掉这些坏蛋，那就太好了。俺整天被人戳脊梁骨，夹着尾巴做人，早就受够了。俺愿意配合，愿意配合。"苏大脑袋抬起头，连连表态。

"你还算有骨气。起来吧。你一会儿一定要按我的吩咐去做，明白吗？"周轩宇从地上拉起苏大脑袋，厉声对他说。

经过简单商议，决定由周轩宇和叶海平假扮成自警队队员，把机枪藏在马车上，跟着苏大脑袋进入据点。由郑长福选择一个地势较高的土岗堆去狙击，其他人听到据点里枪声响起就分散往里射击,等待周轩宇的冲锋命令。

马车到了据点门口,守门的伪军已经和苏大脑袋很熟了,只是问了句车上有什么好吃的,然后象征性地查验了一下,就挥手让他们进了据点。苏大脑袋赶紧往守门的伪军头目兜里偷偷塞了一包烟。

一个腰里挎着军刀的日本少尉从炮楼里走出来,看到马车突然很兴奋,挥着手让马车过去,嘴里还叽里咕噜地说个不停。

周轩宇顿时紧张起来,看了看苏大脑袋,见他脸上堆着笑,从马车上的一个麻袋里拿出两瓶老窖,还有一包用油纸包着的烧羊肉,朝日军少尉走去,送到他手里。那少尉哈哈大笑,冲着苏大脑袋连竖大拇指。

周轩宇一下子明白过来,原来这老窖和烧羊肉并不是苏大脑袋临时想出的应对之策,而是日军少尉要求他办的。日本鬼子不顾百姓死活,这两瓶酒和一包烧羊肉又给农民增加了不少负担。

日军少尉拎着酒和肉,哼着小曲又进了炮楼。不一会儿就听到几名日本士兵的嬉笑声。炮楼门口站岗的两名日本士兵也有些心动,不时回头往炮楼里张望,而且还不停地说着笑话。

周轩宇向叶海平使了个眼色,趁两名日本士兵往炮楼里张望说笑的空隙,给苏大脑袋做了个手势,然后迅速从马车上的麻袋里取出两挺机关枪。苏大脑袋根据事先商量好的,一猫腰钻到了马车下面。

周轩宇和叶海平悄悄走到炮楼门口,同时抡起机枪砸向了两名日本士兵的后脑勺,那两个倒霉蛋还没吃到烧羊肉就哼了一声倒在了地上。

据点门口一名伪军抬头看到了这一幕,惊慌之下就向周轩宇举起了枪。就在这时,一声清脆的枪声响起,那名伪军被土崮堆上隐蔽的郑长福击毙。

周轩宇和叶海平听到枪响来不及思考,同时用机枪往炮楼里扫射,边开枪边冲进了炮楼。外面埋伏的游击队员也和伪军展开了激烈的枪战。一时间枪声大作,子弹横飞。郑长福利用地形优势,接连干翻了几名伪军。

周轩宇和叶海平冲进炮楼才发现,炮楼里原来有两层,上下是通过一个砖石砌成的环状楼梯。从一层隔着楼板看不到二层,但是鬼子用机枪从二层疯狂地朝楼梯上扫射,封住了上去的楼梯。

日军少尉听到炮楼一层的机枪声就命令一名日军用机枪封住楼梯口,另一名日军通过炮楼上的射击孔向正在往前冲的游击队士兵射击,自己赶紧打电话求援。打完电话他通过望远镜看了一下据点周围,马上和另一名日军爬到炮楼顶上,开始用掷弹筒朝正在射击的游击队投掷炮弹。对于游击队来说,掷弹筒的威力巨大,不少队员很快在炮火中倒下。郑长福急得哇哇叫,端起枪来连续向炮楼顶部射击。

周轩宇和叶海平两人眼睛直冒火,机枪子弹打不透炮楼的楼板,也没办法拐弯打到二层去。两人当时假扮成自警队员时,因怕敌人生疑,所以没有带手榴弹。这个时候如果有手榴弹,就对两人非常有利。周轩宇对叶海平说:"你继续盯着楼梯扫射,我去搞手榴弹。"叶海平边开枪边点点头。

周轩宇转身看到门口两名倒在地上的日军士兵,赶紧弯下身子冒着乱飞的子弹把两人拉到了炮楼里,取下了两人身上的手雷,竟然有六枚。不过这种手雷,形状像个香瓜,周轩宇并没有用过。他拉掉手雷上的拉环,正要顺着楼梯往上扔,叶海平喊道:"先别扔,要在墙壁上磕一下再往上扔。"日军的手雷,拉掉拉环后还需要磕一下再扔出去才会爆炸,是为了保护士兵的安全。叶海平在八路军主力部队的时候曾经缴获过这种手雷,知道其中的玄机。

就在周轩宇准备用手雷攻下炮楼时,炮楼顶上的日军少尉也已经通过望远镜观察到了郑长福的位置,他命令日本士兵马上掉转方向,准备向郑长福投弹。

周轩宇听到叶海平的喊声后恍然大悟,赶紧把手雷在墙壁上磕了一下,顺着楼梯向上扔了出去。轰的一声响后,二楼的机枪停了下来。周轩宇赶紧又抓起一枚手雷,拉掉拉环,正准备往墙壁上磕,炮楼二层的机枪又开始向下射击,然后一枚手雷顺着楼梯滚了下来。

叶海平赶紧拉着周轩宇撤到了炮楼门口,手雷轰的一声就炸开了,整个炮楼里顿时硝烟弥漫。

郑长福正在射击的时候,发现炮楼顶上的掷弹筒突然没有动静了,知道不好,赶紧从土崮堆上使劲向下溜滑,一枚炮弹接着就在他刚才埋伏的地方炸响,郑长福只觉得腹部一阵剧痛,接着就晕了过去。

周轩宇索性抓起手雷,又冲进炮楼,接连往上扔。叶海平端着机枪也往上不停扫射。二层的机枪终于没了声音。叶海平和周轩宇一前一后顺着楼梯跃上了二层。二层烟雾弥漫,一名日军仰面朝天躺在水泥地板上,已被炸得血肉模糊。

周轩宇正要去捡日军留下的机枪,叶海平忽然发现二层角落里有个木梯子,正好通到炮楼天花板。天花板上有个仅供一人上下的圆孔,上面是一个水泥盖子。

"轩宇,炮楼顶上还有敌人。"叶海平赶紧提醒周轩宇。

周轩宇看了一眼天花板上的圆孔,擦了擦嘴角的血说:"跑不了!"说完,他通过二层的射击孔向外面喊道,"同志们,冲啊!"

县大队的游击队员们听到喊声,从四面八方向据点冲了进来。伪军们死的死,伤的伤,剩下的赶紧缴械投降。

日军少尉和另一个士兵在炮楼顶部听到炮楼里的爆炸声时就准备再回到炮楼二层抵抗,却被连续的手雷爆炸所阻挡,干脆就用水泥盖子盖住进出口,准备拖延时间,等待援兵。

他们不知道的是,小野一郎率领的日伪军刚出山河镇不久就被游击队埋下的地雷炸得人仰马翻。气急败坏的小野一郎一边命令工兵扫雷,一边用军刀和手枪逼着保安团的士兵向前冲。保安团的士兵明知道走到前面是送死,干脆纷纷下马,用鞭子抽着马向前跑,去引爆地雷。隐藏在路边沟里的游击队员们趁着敌人混乱,接二连三地向敌人投掷手榴弹,等敌人还击的时候,他们早就挪了地方跑得远远的。

增援的日伪军行动迟缓,小野一郎一再怒骂却无济于事,只能绕开大路从田野里缓慢前进。

东花园据点已经被游击队攻克,只剩下炮楼顶部的两名日军。时间紧急,没有过多时间去跟敌人周旋。周轩宇想了个主意,把两颗手雷拉掉拉环以后用绳子绑在木梯与水泥盖子的结合部,然后让大家都撤到炮楼以外,自己准备从一层到二层的楼梯中间射击手雷,炸开水泥盖子。

叶海平说:"你现在腿还不是很利索,让我来吧。我扣动扳机以后就从楼梯上跳到地面上,不会有事的。"

周轩宇一听,自己的确腿脚不便,就赶紧问:"长福呢?长福枪法好。"

一名游击队员回答:"郑长福受伤晕倒了,正躺在担架上呢。"

叶海平说:"不要再犹豫了。你们撤出去吧。"

等大家都撤出以后,叶海平走到楼梯中刚好能看到二层木梯上两颗捆绑在一起的手雷的位置,瞄准一颗手雷的拉环位置扣动扳机,然后纵身一跳。轰的一声巨响,砖石瓦砾横飞,炮楼天花板上被炸出了一个大洞。叶海平抖落身上的碎石和尘土,端起机枪向着炮楼顶部一阵扫射。大家又冲进炮楼,发现两名日军已经从炮楼顶部掉落到了二层,被当场炸得身首分家,日军少尉双眼紧闭,胸口也在往外大量冒血,肯定是活不成了。

周轩宇立刻命令大家,快速打扫战场,救治伤员,马上撤离。接着让苏大脑袋和两名自警队队员赶紧赶着马车从小道回去,装作对此事不知情。最后安排两名队员继续留守,等待在远处放哨的战士。

游击队主力和伤员安全撤出后不久,放哨的战士骑着马来报告说,已经看到日军大部队的踪影了。留守的战士们哈哈大笑,大家掉转马头朝着主力撤离的方向追去。

东花园据点被一锅端让小野一郎异常恼怒,他狠狠地扇了李仁贵两个嘴巴,命令悬赏五万大洋要周轩宇的人头,凡是通风报信者至少奖励一千块大洋。接着,他命令对柱子严刑拷打,想从柱子的嘴里得知周轩宇的下落。

就在周轩宇和吴江涛商议如何进城营救柱子的时候,柱子实在忍受不了非人的折磨,在深夜咬舌自尽。等李仁贵早晨发现的时候,已经晚了。

吴江鹭含着泪把这个消息告诉了周轩宇。周轩宇沉默了好久,咬牙切齿地说:"我饶不了这帮畜生,血债必须血还!"

田野里的庄稼已经基本收割完毕,眼看着就要到鬼子秋季征粮和"扫荡"的时候了,岳山和周轩宇等人连连开会,商议如何才能破坏敌人的征粮和"扫荡",进一步壮大抗日力量。周轩宇把自己已经思考了很久的建议提了出来,那就是动员村民在村庄与村庄之间挖交通沟。交通沟要挖到一人多深,可以轻松通过一辆手推车的宽度。在一些关键的地点,可以挖一些行不通的伪装沟,设置暗记,可以在关键时刻迷惑敌人。有了这四通八达的交通沟,无论是村民们躲避敌人的征粮和"扫荡",还是游击队袭扰敌人的征粮队、粉碎敌人的"大扫荡",都可以在敌人的眼皮底下神不知鬼不觉地进行,鬼子的机械化装备基本上没有用武之地。

"听起来有点像《封神演义》里的土行孙啊,能在地下来去自如。"叶海平笑着打趣道。

"这个工作量可就太大了啊。"耿学真也忍不住插了一句。

岳山背着手来回地走了几步,点着头说:"如果和战斗造成的伤亡及敌人带来的伤害相比,工作量不是大问题。况且,如果各个村都动员起来,各自负责自己村庄附近的交通沟,应该还是很快的。只要动员到位,保障到位,群众的力量是无穷的。"

"岳书记的话有道理。我在想,如果鬼子真的发现了交通沟,我们也可以把交通沟和几个大湖连起来,什么金平湖、金水湖、金沙湖等,到时候交通沟就变成了纵横交错的河流,连接金乡九大湖,我们可以通过小船灵活地运送战士和物资,鬼子就更没有什么优势了,他们总不能整天排着队站在河边盯着每条河流吧?"耿学真很快也有了一些奇思妙想,兴奋地说了出来。

"鬼子现在战线拉得很长,不仅缺少物资,更缺少兵员,只要我们坚持下去,胜利早晚是属于我们的。我看这件事也不需要向上级汇报,就尽快布置下去,发动群众干起来,一边干一边改进。"岳山看着周轩宇说。

"好,乡亲们刚收完粮食,就想保住粮食好过冬,肯定有积极性。"周轩宇很有信心地说。

"我们的同志们既要和乡亲们一起挖沟,还要负责保护乡亲们的安全,防止汉奸走狗们的破坏。责任重大,千万不能大意!"岳山再三叮嘱大家说。

事情果然如周轩宇所料,村民们都想保住过冬的粮食,再加上刚忙完地里的农活,本来就闲不住,很快就热火朝天地干了起来。吴江鹭、陈学诚等几位老师也加入了进来,他们编了一些顺口溜,敲着快板唱给大家听,给大家鼓劲加油。

周桥村的村民很快就挖好了交通沟,环绕着村子一周,而且有很多分支向外延伸,有的通向邻近村,有的通向金水湖,还有的是一些陷阱坑。其他村的村民纷纷前来学习经验,然后回到村里就大干起来。

"乡亲们真是了不起,一开始我还觉得交通沟这事工作量大,村民们的思想也不统一,很难实现,没想到有这么快的进度。"耿学真站在桥头上,看着眼前四通八达的交通沟,大为感叹。

"我们的劳动人民不仅吃苦耐劳,而且善良勇敢、不怕牺牲。他们向往和平幸福的生活,但是当战争来临时,当国家需要时,他们每一个人都变成了英勇无畏的战士。挖沟对他们来说,只不过是小菜一碟罢了。"岳山也深有感触,心中

第四章

如潮水般荡漾不已。

周轩宇和叶海平把马的缰绳分别交给岳山和耿学真,然后又拍了拍两名警卫员的肩膀,嘱咐他们保护好书记和县长的安全。

"你们俩就别送了,我们去地委也不是一次两次了,估计很快就能回来。这里的事情就交给你们了。"岳山微笑着对周轩宇和叶海平说。

接到上级通知,岳山和耿学真要去湖西地委开会。湖西地委就在附近的单县办公,离金乡并不远,只有大约三十公里路程。不过,周轩宇和叶海平还是一直送到桥头。

郑长福的伤口已经愈合得差不多了,他担心苏碧莲和张丹丹母女俩的安全,想赶紧回县城。临行前,周轩宇再三叮嘱他,注意自己的安全,密切注视鬼子的动静,紧急时刻可以到日中商会去向吴江涛求助。

周轩宇和叶海平两人决定从周桥村开始,检查一下交通沟的完成情况。两人在一名战士的指引下,顺着交通沟一直向前走,一路上见到不少正在挖沟或者加固护坡的群众。沟的宽度可以容下三个人并行,走在沟里只能看到两旁的护坡,看不到外面的田野。

叶海平笑着说:"如果在交通沟的两坡铺上木板,上边堆上沙袋,就是战壕啊,作用太大了!"

周轩宇哈哈大笑,说:"我有天晚上站在桥头上看月光下的田野,看到河流在无声地流淌着,就大受启发,想起了在书上看过的战壕。这河流和战壕有异曲同工之妙啊,既能保护河水不溢出,还能保持河水流动,简直太神奇了。所以我就大胆地提出了这个建议。"

两人不知在交通沟里走了多久,浑身开始冒汗。眼前的交通沟比走过来的更为复杂,一会儿就出现一个分岔,还有一些地方用木板写着"前面是陷坑"的字样。

"小张,我们已经到了什么地方?"周轩宇问带路的战士。

这名小战士挠了挠头,不好意思地说:"应该到了城南的大棠树吧?大棠树周边的交通沟最复杂,很多战士来到这里都会迷路。"

"啊?我们竟然走到了大棠树。大棠树离周桥可是够远了啊!对了,这里的交通沟为什么修得这么复杂啊?"叶海平好奇地问。

定山河
DING SHANHE

"老叶,这个我来告诉你。因为大棠树附近的土地肥沃,产粮量高,是鬼子征粮的重点对象。对了,小张,这里的交通沟是哪位村民在负责啊?"

"听说是一名叫许三妮的村民,他是个热心肠,在村里人缘好,据说一直想加入咱们游击队呢。"小张流利地回答。

"原来是位女同志啊,真了不起。小张,你这就把许三妮请过来,我们认识认识。"叶海平更好奇了,笑着对小张说。

"好啊。你们等会儿啊。"小张说完就向前边跑去。

不一会儿,小张就和一个个头不高却很壮实的小伙子气喘吁吁地跑了过来。周轩宇还以为小张没有找到许三妮呢,正要问他,小伙子用手抹了一把脸上的汗,瓮声瓮气地说:"两位长官好,许三妮前来报到。"

"你就是许三妮?不是位女同志吗?"周轩宇也有点糊涂了。

"嘿嘿,俺上面有两个姐姐,有了俺后,俺爹怕俺短命,就给起了个闺女的小名三妮,其实俺的大名叫许志强。"小伙子摸了摸脑袋,有些羞涩地说,"不过村里人都叫三妮叫习惯了,大名反而没人叫了。"

"哈哈,原来是这样。许志强,你今年多大了?"叶海平笑着问。

"报告长官,俺今年刚好二十,还没成家呢。"许志强有些不好意思地回答。

"我是周轩宇,那位是叶海平。以后不要叫我们长官,叫我们老叶或者老周就行。实在不好开口就叫声队长和政委。好好干,你们这里的交通沟修得最好,向你提出表扬。放心,你这样优秀的小伙子不用愁没对象,"周轩宇用拳头捣了一下许志强的胸膛,笑着说,"生龙活虎,身体真棒!"

"早就听闻您的大名了。鬼子出五万大洋要买您的人头,您是咱县的传奇人物啊。对了,周……周队长,俺可以报名参加你们游击队吗?"许志强有些忐忑地问。

"那我们就太欢迎了。像你这样的青年人才,越多越好。具体事宜你就问这位小张同志,他会帮助你的。"周轩宇当场就爽快地答应了许志强。

"那太好了,俺还担心自己个头矮,参加不了游击队呢。"许志强咧开嘴笑了。

"你想得太多了,我比你还小还矮,不也参加游击队了吗?"小张笑着打趣说。

第四章

五天时间很快过去了,岳山和耿学真还没有回来。以前两人总是两三天时间就能回来,这次时间有些长,周轩宇和叶海平都有些着急。因为吴江鹭已经把吴江涛探听到的消息告诉了周轩宇,鬼子和伪军马上要在全县征粮,征粮和"扫荡"同时进行,要像过筛子一样在全县过一遍。

周轩宇和叶海平得知消息后,立即商议对策,决定根据鬼子这次行动的特点,利用交通沟,采取乾坤大挪移的方式,避实击虚,最大限度地保护粮食,保存抗日武装实力,保护老百姓的生命安全。

临近中午的时候,周桥村来了三个骑马的人,都配着手枪。其中一名戴着近视眼镜,看起来很有学问的人拿出了工作证,对站岗的战士说,他们是从湖边地委赶来的,要见叶海平。

周轩宇和叶海平已经听到了村口的马蹄声,以为岳山和耿学真回来了,都兴奋地一起跑出来迎接。

站岗的战士赶紧跑去向叶海平报告,湖边地委来了三名同志要见他。叶海平一听就愣了,原来不是岳山和耿学真回来了。他看了看周轩宇,周轩宇也摇了摇头。岳山和耿学真明明就在地委,为什么还要专门派人来见叶海平呢?两人此时还不知道,就在这段时间,湖边地委发生了一件让人意想不到的事。

为了摧毁湖西地区抗日武装的领导机构,一小队装备精良的鬼子打扮成村民模样在几名汉奸的带领下一直在偷偷寻找湖边地委的驻地。就在湖边地委开会前一天,乔装打扮的鬼子们摸到了驻地附近,看到了骑马前去湖边地委开会的岳山、耿学真等人。他们悄悄地尾随在岳山等人后面,逐渐接近了湖边地委所在的村庄。边委驻地警卫排的哨兵警惕性不足,并没有察觉即将到来的危险。这时岳山和耿学真等人已经察觉到后面有人跟踪,于是赶紧鸣枪示警,哨兵和警卫排的士兵们听到枪声后赶到,双方混战中各有伤亡。因为鬼子训练有素、武器精良,警卫排仓促之间应战,因此鬼子们很快就进入了村庄内,对边委的办公场所进行猛烈攻击,边委书记白进明和十几名干部当场牺牲,多人负伤。从金乡过去开会的耿学真和一名警卫员壮烈牺牲,岳山身上两处中弹,昏迷不醒。幸亏八路军一个团经过驻地附近,听到枪声及时赶了过来。鬼子丢下十几具尸体仓皇逃跑,八路军活捉了两名受伤的汉奸。

边委组织部长兼保卫部长王旭仁身上也负了伤，但他深知此事和自己干系甚大，不顾伤痛，迅速对被俘汉奸进行了审讯，一名汉奸受伤严重，不久就死掉了，另一名汉奸受不了严刑拷打就在王旭仁的诱导下说是内部有人叛变，里应外合才找到边委驻地，他说这个叛变的人就是他们一直尾随其后的岳山。

苏醒后的岳山身体虚弱，王旭仁就先把他单独关押了起来。跟随岳山的警卫员虽然也受了伤，但是伤势不重，每天都要接受王旭仁的审讯，目的是让他指认岳山就是湖西地区抗日队伍中的内奸。为了尽快证明岳山是内奸，王旭仁在没有请示上级的情况下就专门派人到金乡，意图对岳山的下属周轩宇刑讯逼供，指认岳山是叛徒，坐实他的罪名。由于叶海平是延安派过来的，不是本地干部，所以王旭仁就没有把叶海平牵涉进来。

"叶海平同志，我是地委组织部的朱生，你过来我给你传达一下地委的指示。"朱生手里拿着马鞭子，很有礼貌地对叶海平说。

叶海平看了一眼周轩宇，觉得此事有些蹊跷。但既然是上级派来的，就只好跟着朱生进了一间屋子。

两人进屋以后，跟着朱生来的两个人就站在门口放哨。周轩宇想了想，转身就走回了自己的住处。

朱生一进屋里，简单地向叶海平说明了一下地委驻地遇袭的情况，就把区委的文件拿给了叶海平，上面赫然写着"立刻逮捕周轩宇，由朱生同志负责就地审讯"的字样。

叶海平几乎不敢相信自己的眼睛，他再次看了一下文件，的确是盖着地委鲜红印章的文件，而且是要逮捕周轩宇就地审讯。他的手哆嗦了一下，浑身像被泼了凉水一样。他稳定了一下情绪，向朱生说明了现在金乡抗日的情况，再三说明不能逮捕周轩宇，他肯定是被诬陷的。

"哼……"朱生冷笑了两声，严厉地说，"如果你不服从上级指挥，肯定也是叛徒，我现在就可以逮捕你，甚至处决你。"

叶海平虽然经历过大小数十次战斗，也从没后退过，但是从朱生的眼睛里，他看出自己绝不能意气用事，否则就会把周轩宇，把岳山和耿学真推向深渊。

"我坚决服从上级决定。你看这样行不行？我去隔壁周轩宇屋里，先给他做工作，让他自首，你们就在门口守着。如果我做不通，你们再审讯也不迟。"叶

第四章

海平面色平静地对朱生说。

朱生瞪了叶海平一眼,冷冷地说:"好吧。如果他不识相,我们就只能采取强制措施。"说完,昂着头走了出去。

叶海平走到周轩宇屋里,看了看站在门外的朱生三人,也不能关门,就拉着周轩宇的手进了里屋。

"轩宇,答应我,你现在必须保持冷静。"叶海平一边低声说话一边用手掐着周轩宇的胳膊。

周轩宇早就感觉到朱生等人是冲着他来的,知道岳山他们一定出事了,就对着叶海平点了点头。

叶海平把情况简要地给周轩宇说了一下,然后问:"你有什么办法吗?实在不行我们就把他们三个人缴了枪扣起来,等上级来处理此事。"

"不行。我觉得是地委出了大事,要尽快向上级反映情况。你不用担心我,要尽快想办法去找知远同志,他现在应该在山东分局。只有分局首长才能制止他们的疯狂。"周轩宇刚才就在冷静地思考对策,他想起了刚去沂蒙山的刘知远。

"轩宇,我得知八路军一一五师最近在梁山全歼了日军一个大队,还逼得日军一个少佐切腹自杀。他们现在已经到了枣庄的抱犊崮,离我们很近。我看这两个地方我们都派人去送信,更保险些。不过,你可能要吃苦头了。如果他们蛮干怎么办?我必须要保护你的安全。"叶海平有些担心地说。

"只要有你在这里,谅他们也不敢对我下毒手。还有,如果江鹭知道了这件事,请你转告她,一定要对组织有信心,事情很快就会过去的。现在最要紧的是,马上派人去送信。还有就是,反征粮、反'扫荡'不能停下来。"周轩宇低声说,"我们演一场戏,我大声痛斥你,你装作生气的样子离开。"

叶海平怒气冲冲地从周轩宇屋里出来,朱生等三人就立刻进了屋里,关上了门。朱生宣读了地委的文件,然后让人下了周轩宇的枪。

"周轩宇,岳山和他的警卫都已经招供了,我看你是条汉子,还是赶紧招供吧。"朱生沉着脸对周轩宇说。

"我又不是犯人,不存在招供的说法。岳书记对党的事业非常忠诚,有着坚定的信念,一直在领导我们抗日,怎么可能是叛徒?你们到底有什么证据?"周轩宇不慌不忙地回答。

"狡辩是不能解决任何问题的。如果你非要顽抗，我们也就不客气了。"朱生冷笑着说。

"我以一名共产党员的身份告诉你，我说的句句都是实话。除了实话，我没有任何可以交代的。"周轩宇不卑不亢地说。

"那你就把实话告诉我们吧。"朱生盯着周轩宇，大声说。

"实话就是我不是内奸，岳山书记也不是内奸。你们搞错了，你们这是在胡闹！"周轩宇义正词严地正告朱生。

"给我捆绑起来，用鞭子打！"朱生对另外两人大叫。

另外两人用绳子把周轩宇五花大绑起来，然后挥起手里的马鞭朝他狠狠地抽打。

"啪，啪，啪……"鞭子一下接一下打在周轩宇身上，前胸和后背很快就血迹斑斑。周轩宇面色平静，双眼紧闭，一声不吭。

叶海平写了两封亲笔信，安排两名骨干分别骑马奔赴沂蒙山和抱犊崮送信。然后他又返回周轩宇的住处，离老远就听见朱生歇斯底里的吼叫和马鞭打在周轩宇身上的刺耳的声音。几名战士聚在一起正在议论周轩宇，看到叶海平走过来就围了过来，七嘴八舌地要求放了周轩宇。

"他们凭啥说队长有罪？凭什么审讯队长？这还有没有组织性和纪律性？"大家你一言我一语地诉说，有的战士情绪非常激动。

叶海平心情沉重地看着大家，说："周队长让我转告大家，一定要对组织有信心，事情很快就会水落石出的。"

傍晚时分，吴江鹭骑着马来了。吴江涛获悉了鬼子"扫荡"的最新动向，让她尽快告诉周轩宇。她刚到桥头，站岗的战士就告诉了她周轩宇被关押，正在审讯的消息。吴江鹭一听就气得打哆嗦，几乎不敢相信自己的耳朵，直到她站在周轩宇的住处门外，听到鞭子声和怒骂声才相信这竟然是真的。她的眼泪止不住地顺着脸颊流了下来，眼睛也开始模糊。

叶海平把周轩宇的话转告给了吴江鹭，希望她能理解周轩宇的苦心。

吴江鹭的情绪渐渐平息了下来，她把从吴江涛那获悉的消息告诉了叶海平，鬼子明天就会对周桥村"扫荡"，游击队和乡亲们需要立刻转移。"叶队长，我希望你能保护老五的安全。我比谁都了解他，他是被陷害的，是冤枉的。"吴江鹭

第四章

激动地说完,扭头就往回走。

叶海平知道这时候自己也没办法劝说吴江鹭,只能看着她骑上马飞奔而去。他赶紧向朱生说明了情况,要求立即释放周轩宇,让他组织大家粉碎鬼子的这次"扫荡"。

朱生一听鬼子要来"扫荡",立刻就慌了神。但是他坚持说要带周轩宇回湖西驻地继续审问,反"扫荡"的事情要叶海平去完成。

"上级给我的命令就是审讯周轩宇,拿到他的供词。任务没有完成我是不会放他的。"朱生对叶海平说。

叶海平一看这种情况,知道周轩宇如果被带到湖西驻地肯定凶多吉少,马上改口说:"这样吧,我先安排乡亲们和游击队转移。等安排完我就和你们一起躲到湖里去,那里鬼子肯定找不到。"

朱生也害怕这时候回湖西驻地被鬼子发现,就同意了叶海平的意见。但是他现在也没心情审讯周轩宇了,就和另外两人站在院子里嘀嘀咕咕。

夜色降临,周轩宇听到村子里传来很多动静,知道游击队和乡亲们正在转移,他心里多少也有些安稳了。被打了半天,晚上也没吃饭,周轩宇感到非常疲惫。他见屋里黑漆漆的,索性闭上了眼,思考如何才能制止地委保卫部对岳山的错误举动。就在这时,母亲徐映秀端着一碗香喷喷的泼汤面进了屋。泼汤面是鲁西南特有的面食,先用搅拌均匀的鸡蛋液、切好的葱丝做一大盆泼汤,放上盐,滴上香油,然后再把手擀面煮熟,捞出来后用凉开水过一遍,盛到碗里,再用勺子舀入泼汤,吃起来不仅香味扑鼻,而且筋道可口。做手擀面最要紧的是擫面,要用双手用力揉压面团,不仅要下力气,还要掌握好技巧,这样的面条才会筋道,口感好。在周轩宇的记忆里,虽然每年的春天很少会挨饿,但是只有夏天小麦大丰收的时候才有机会吃上一顿或两顿泼汤面。

每年的春天,母亲都会挎着篮子带着周轩宇到田野里挖野菜,什么"芨芨菜""扫帚苗""面条棵""苦苦菜",应有尽有。有些野菜周轩宇叫不上名字,但是只要母亲说能吃,他就很听话地跟着母亲用小铲子挖起来放在篮子里。在那个饥饿一直伴随着他的年代里,只要能填饱肚子,无论是房前屋后或者田间地头的野菜还是树上的槐花、榆钱和香椿芽,父母都会想办法搞到锅里去,或煮或蒸或炒,然后端到饭桌上供一家人充饥。周轩宇最爱吃槐花和榆钱,因为蒸出来的槐花和榆钱有些淡淡的甜味,吃起来比较可口。

"老五,快来吃泼汤面,可香啦。"徐映秀坐在板凳上,慈祥地看着他轻声说。

周轩宇拿起筷子,正要吃面,屋门哐当一声就被踹开了。朱生凶神恶煞一样冲了进来,举起枪来就往他的头上打。徐映秀一下子变得力大无穷,一把推开了周轩宇,举起板凳就向朱生砸去。朱生气急败坏,掉转枪口朝徐映秀扣动了扳机。

"不要……"周轩宇痛苦地大喊着冲向朱生……

"轩宇,你没事吧。我们赶紧转移,天亮以后鬼子就会来'扫荡'了。"有人在耳边大声说话,周轩宇从梦中醒了过来,看到屋里的煤油灯正闪着昏黄的光,叶海平就站在面前,准备给他松绑。

"不能松绑。万一他跑了你我都负不起责任。"朱生赶紧拦住了叶海平。

叶海平无奈,只能让朱生等人押着被绑的周轩宇,趁着夜色往湖边走。到了湖边,有两名战士已经准备好了两艘小船。大家都上了船,往芦苇荡深处划去。

湖里有个面积不大的小岛,四周都被密密的芦苇丛包围着,只有穿过芦苇丛才能到岛上去。有位战士加入游击队前曾跟着他爹在湖里打鱼,偶尔发现了湖中的小岛,无意之中告诉了周轩宇。周轩宇很感兴趣,就和岳山他们一起到小岛上看了看,发现小岛其实就是个土崮堆,长条形状,上面长着一人多高的杂草和灌木丛,非常适合隐蔽,就让战士们在小岛上盖了几间窝棚,做了些伪装,还储备了一些物资,就是为了危急时刻避难用。为了避免敌人放火焚烧芦苇,他们还特意安排战士们把紧靠小岛岸边的芦苇都砍了,又把两米之外的芦苇砍出了一个宽约一米的隔离带。

朱生从船上下来,看见岛上的条件这么艰苦,就有点打退堂鼓,要求叶海平把他们送回去。

"回去?现在天色已经放亮了,过不了多大会儿鬼子和伪军就会对附近进行拉网式的'扫荡'。你如果回去就是白白送死。"叶海平心里越来越瞧不起这位上级派来的朱生了,说话也不再客气。

朱生看了看他带来的两个人,那两个人都摇了摇头。朱生没办法,只能哼哼唧唧地跟着叶海平向岛里面走。

到了窝棚里,叶海平看到周轩宇的粗布褂子上都是凝固的血迹,有的地方都

第四章

被鞭子抽破了,露出了伤痕累累的皮肤,正要质问朱生,周轩宇忽然对朱生说:"你们真够狠的,想饿死我,真卑鄙!"

叶海平这才知道,从昨天中午到晚上,朱生都不让战士们给周轩宇送饭,说等他交代完罪行以后才能给他吃饭。叶海平当时要处理很多事情,没有顾得上这些。无论如何他也想不到,因为一个莫须有的罪名,这位上级派来的朱生同志竟然连饭也不给曾经在战场上英勇杀敌的周轩宇吃。

"朱生同志,我要求你立即给周轩宇同志松绑。你们可以继续审查他,但是不能虐待我们的同志,更不能无情打击我们的干部。你们这样做,会让抗日的战士们寒心,也会让支持我们的老百姓寒心。"叶海平语气严厉地正告朱生。

游击队的其他几名战士早就不能忍受他们这样对待周轩宇,听到叶海平的话后,都用愤怒的眼神瞪着朱生。

朱生看见几名战士紧紧地握着手里的枪,眼睛里似乎要喷出火来,立刻意识到,这里不是湖西地委驻地,也不是金乡抗日民主政府所在地,而是金水湖深处的一个荒岛上。如果再用地委的指示来威胁他们,搞不好这几个游击队员会趁他不注意的时候放黑枪。即使放了黑枪,叶海平也不会管的。上级追查下来,就说他们在返回湖西地委的路上遭遇日军光荣牺牲,也是说得过去的。

思来想去,朱生还是觉得自己活着返回湖西驻地比审讯周轩宇更加重要。他吩咐带来的两个人去给周轩宇松绑,然后走到周轩宇跟前说:"周队长,我们也是任务在身,对不住了。希望你配合我们的工作,不要逃跑,争取宽大处理。"

周轩宇见朱生和昨天判若两人,既可恨又可笑,便点了点头。

快到中午的时候,在一队鬼子兵的监督下,保安团和侦缉队果然浩浩荡荡地开进了周桥村,领头的就是王平青和李仁贵。

小野一郎对李仁贵很失望,严令他说如果完不成征粮任务,就把他拉出去枪毙。李仁贵为了保住命,就让他的侦缉队员打扮成走街串巷的小商贩,到处打探消息,秘密破坏交通沟。不过,交通沟挖得太广太深,即使他们偷偷用炸药破坏一段,也会很快被村民们重新挖通。有时候他们的炸药还没埋好,就被游击队发现,只能骑上自行车就跑。

这次出来征粮之前,李仁贵就已经得到手下的报告,说周桥附近经常有骑马的人出没,而且桥头好像还有持枪的人在暗中放哨。他立刻把这个信息告诉了王平青,让他判断一下有没有必要立刻向小野一郎汇报。

王平青听了以后,立刻觉察到他们找了很久的周老五和游击队,很可能就藏在周桥一带活动。他在地图上看了下周桥附近的地形,更加相信自己的判断。周桥附近有山河镇,有羊山,还有河流和湖泊,虽然很不起眼,但是也不容易暴露目标。

"仁贵,小野已经逐渐对你失去信任,如果这次再失误的话,恐怕他不会饶过你。为了保险起见,我们就把这次去周桥'扫荡'当成一次普通行动向小野汇报。如果真的能抓住周轩宇、'剿灭'游击队再向他报告,不就是大功一件吗?"王平青这话的确是替李仁贵着想。

两人正在商议,吴江涛来了,找王平青借人手,说是要护送一批货物到济宁,担心路上有劫道的。

王平青说:"我明天要带队去周桥征粮,最近没法借给你。再说了,要是真碰上劫道的,这帮孙子跑得比谁都快。"

吴江涛听了以后,忍不住哈哈大笑,挖苦道:"你自己对自己的士兵都没信心,这团长还干个什么劲啊?"

王平青和李仁贵商议后,就向小野一郎报告,说要去周桥征粮。小野一郎见两人这么积极,立刻表示同意。虽说是去征粮,王平青和李仁贵却是调动了他们能调动的所有人马,再加上一队配有机关枪和掷弹筒的鬼子兵,天还不亮就从县城出发了。王平青和李仁贵都很清楚,出发得越晚,消息走漏的可能性就越大,等他们到周桥时,人早就躲得没影了。

让王平青没想到的是,他们刚从县城出来不久,就不断地被地雷所困扰。有的路面上一看就是被埋了地雷,他们就绕开走路边,结果地雷就真的埋在路边,一踩上去就炸了。比地雷更加让他们防不胜防的是交通沟里打来的冷枪。一阵枪响就撂倒几个士兵,等他们还击的时候,人早就跑得无影无踪了,他们只能朝着弯弯曲曲、一眼看不到头的深沟胡乱地射击。

就这样,从县城到周桥也就一个多小时的路程,他们竟然快到中午时才赶到。结果他们进了周桥才发现这里竟然一个人也没有,就连牛羊猪狗、鸡鸭鹅兔都没找到,更别说粮食了。村子周围不时有枪声传来,似乎四面八方都有游击队。

王平青还是第一次碰到这种情况,就连一同来的日军少尉也蒙了,举着手中的军刀不知道往哪个方向指挥。李仁贵灰头土脸地看着正在发怒的日军少尉,低声对王平青说:"要不把这里的房子都用火点了,出了这口恶气……"

王平青立刻打断了李仁贵的话,低声说:"你疯了!你又不是日本人,以后不想在金乡混了!"

李仁贵知道王平青话里的意思,赶紧闭上了嘴巴,不再言语。

日军少尉正在气头上,恶狠狠地命令王平青烧毁村里的房屋,要把村民们给逼出来。

王平青赶紧赔着笑脸给日军少尉解释,说烧了房屋村民没法生活,以后就更难征粮了。不过,只要是家里有参加游击队的,就把他们的房屋烧掉,以儆效尤。

日军少尉觉得有些道理,就点头表示同意。王平青就轻声安排手下,找几处破房子,最好是长期没人居住的房子,放火点着,就算是交差了。

随着村里几处浓烟升起,王平青和李仁贵实在没有办法,只能下令撤回县城。当然,来不好来,回也不好回。一路上,地雷和冷枪不时就冒了出来,而且真真假假,虚实难辨,搞得鬼子和伪军一路胆战心惊,损兵折将,一直快到傍晚,才狼狈不堪地撤回县城。

吴江涛听到吴江鹭说周轩宇被上级派来的人关押起来审讯时,不停地摇头,不住地叹息。他看着吴江鹭哭红的眼睛,沉声说:"要不我派几个弟兄把轩宇给抢回来?到时候你们就躲到县城里,咱家有好几处房子都空着。你放心,他们不敢进县城抓他的。"

吴江鹭摇摇头,含着泪说:"他特意让叶政委转告我,让我对组织有信心。这说明他有准备,只是怕我想不开。哥,我尊重他的意见。我们还是再等等吧。"

吴江涛也没了主意,只好安慰了吴江鹭几句后作罢。

周轩宇和叶海平在小岛上没办法及时获知外界的消息,两个人都很焦虑,不停地向周桥的方向探望。当看到村里冒起浓烟的时候,两人都坐不住了,要马上乘船回去。因为他们知道,游击队的战士毕竟作战经验不多,没有人指挥会出问题的。

"朱生同志,金乡正在反'扫荡',正在和敌人打仗,周轩宇同志必须立刻恢复职务指挥作战,有任何问题等反'扫荡'以后再说。你们不放心可以在这里和我们一起参加战斗,如果不愿意参加战斗回湖西驻地我们也不拦着。"叶海平看到村里正在冒浓烟,再也忍不住了,直接对朱生下了逐客令。

朱生也没想到这次到金乡会遇到敌人的大"扫荡",他读过很多书,是个聪明人,赶紧说:"我同意先暂时恢复周轩宇的职务。我们也可以配合你们参加战斗。"

等周轩宇他们从湖里回到周桥时,王平青和李仁贵已经撤出了,几所房屋已经被烧成了残垣断壁。好在经查看后发现烧毁的都是一些破旧房屋,有的房屋的主人多年前就迁走了。

周轩宇不敢大意,为了防止敌人恼羞成怒进行更大的报复,赶紧研究新的对策,同时安排人去秘密与吴江鹭联系,告诉她自己很安全,有敌人的消息立刻通知。

这次王平青和李仁贵的企图没有达到,首先是吴江涛的情报非常及时,还有就是四通八达的交通沟也显现出了威力,敌人的行动非常迟缓,而且还有不少伤亡。小野一郎虽然很失望,但是他也明白不解决交通沟的问题,"扫荡"和征粮都会面临很大的阻力。他要求先从没有挖通交通沟的村庄开始征粮,防止那些村庄也开始挖沟,同时命令李仁贵的侦缉队伪装成游击队,专门在晚上行动,破坏村民对游击队的信任。

小野一郎的计策非常毒辣,越来越多的村庄被敌人包围后,被逼无奈地交出了粮食。伪装成游击队的侦缉队在夜里杀人放火,无恶不作,也使得村民们对游击队开始失去信任,唯恐避之不及。更令人意想不到的是,游击队员之中也开始盛传岳山和耿学真被上级逮捕,生死不明,周轩宇被严刑审讯,已经被上级派下来的人控制,下场堪忧。有些游击队员偷偷把枪交回,然后就消失得无影无踪。就连留下来的战士也变得沉默寡言,不知道内心在想什么。

周轩宇非常焦虑,但是看着朱生三个人整天像鬼魂似的在暗中盯着自己的一举一动,他只能干着急,却无计可施。

就连周桥村的村民们也开始动摇了,他们不再积极地配合游击队的活动,而且还经常躲着他们。周轩宇为了避免和乡亲们产生矛盾,和叶海平商量以后,只能从村里搬了出去,在羊山和金水湖之间辗转活动。

第四章

很快就到了冬季,寒风呼啸,天气一天比一天冷。如果不是吴江鹭经常给游击队送些粮食和衣物,游击队经常连顿热乎饭也吃不上了。

周轩宇一直在苦苦思考出路,同时也在焦急地等待岳山和耿学真的消息。其实,就在叶海平派人到沂蒙山和抱犊崮送信的同时,湖西地区的很多抗日组织也在通过各种方式向上级反映情况。

就在大家焦急等待之时,中共山东分局和八路军一一五师的领导一起赶到了湖西地委,制止了王旭仁的极端错误行为,并对他及相关人员进行了严肃处理。岳山被关押了近三个月后放了出来,拖着虚弱的身体恢复原职。

朱生等三人只能灰头土脸地返回湖西驻地。看着他们匆忙离去的背影,岳山和周轩宇感慨不已,叶海平也禁不住仰天长叹。本来只是战场上一个意外事件,最终演变成了令人痛心的悲剧。如何恢复以前抗日的大好局面,成了摆在岳山他们三人面前的最大难题。

快到晌午时,阴沉了好几天的天空中下起了一场大雪。雪下得非常密集,一会儿是大片的雪花儿,一会儿是细小的雪粒儿,漫天飞舞,随风飘洒,整个世界很快就变成白茫茫一片,就连空气似乎都被无边无际的大雪染成了白色。周轩宇脸上映着白色的雪光,凝视着窗外,看着屋顶上、树枝上和地上越来越厚的积雪,就像是天上洒下的白面,等待着饱受饥饿之苦的乡亲们去蒸馒头,去烙饼,去痛痛快快地饱餐一顿。可惜,天并不能遂人愿,雪下得再大,乡亲们还是为了能吃上一顿饱饭而发愁。瑞雪兆丰年。即使明年是个丰收年,辛辛苦苦打下的粮食还是要被日本人抢走。周轩宇知道自己身上的担子很重,他需要想办法保住乡亲们的粮食,想办法重新得到乡亲们的信任,让大家有饭吃,让战士们有力气去杀敌。到底应该怎么办呢?他陷入了深深的思考。

岳山自从回到金乡,后背就经常酸痛难忍,尤其是遇到变天、气温波动较大时更为明显。他提出要带队深入乡村,做村民的思想工作,把思想有波动的乡亲们争取过来,建立更广泛的抗日根据地。叶海平认为可以向附近的八路军求助,请他们支援一些有斗争经验的干部,把游击队重新武装起来。

周轩宇理解岳山和叶海平的心情,也认可他们的想法,他已经苦苦思考了好几天,也提出了自己的意见:"除了两位刚才说的,我再补充一点。李仁贵的侦

定山河
DING SHANHE

缉队伪装成游击队,专门在夜间出动,给乡亲们带来了很大损失,也严重败坏了游击队的名声。我的想法是,以其人之道,还治其人之身。我带领一些游击队的骨干,组成一支锄奸队,也在夜里活动,专门伏击侦缉队,暗中保护老百姓,让老百姓认清哪是真的,哪是假的。"

"轩宇,这个主意好。只要戳穿侦缉队的阴谋,让老百姓明白真相,我们就能重新获得他们的信任和支持!要不这样,我俩各带一队,遥相呼应,配合行动,这样一来侦缉队更是插翅难逃。"叶海平很兴奋,恨不得立刻就出发。

岳山欣慰地点点头,笑着说:"轩宇这个提议可谓一箭双雕。我同意你们各带一队,配合行动,互相有个照应。我白天做老百姓的思想工作,宣传我党的抗日理论。你们就在晚上铲除汉奸,保护老百姓,重振我们游击队的威风。我们这就是黑白两道,双管齐下,肯定能赢。"

"天气虽然很冷,但是只要我们搞几个大动作,老百姓的心一定会热起来的。"周轩宇对周一德留下的八字家训忽然有了更深的理解,于是很有信心地说。

金乡城南王丕庄,岳山带着三名同志踩着地上的积雪来到村长武大壮家里,告诉他共产党领导人民抗日的决心没有变,队伍里虽然出了一些问题,但是已经妥善解决,希望乡亲们继续信任并支持共产党的抗日队伍。武大壮和岳山相识多年了,本来以为岳山已经牺牲了,现在看到他活生生地坐在自己面前,像过去一样唠家常,也就消除了对游击队的误会。

武大壮出去转了一圈,喊了几嗓子,不一会儿院子里就挤满了人。岳山干脆站到磨盘边上,向赶来的村民们大声说:"乡亲们,我岳山又来看望大伙了。你们仔细瞅瞅,我不缺胳膊不缺腿,还是一个大活人啊!"

乡亲们哄堂大笑,气氛立刻就活跃起来了。人越聚越多,就连院墙上都坐上了人。有的人一边笑一边指着岳山说:"不是说岳书记已经被自己人枪毙了吗?这讲话的不是他,还能是谁?"

太阳越升越高,温暖的阳光照在满是积雪的大地上,积雪在慢慢融化,院里院外的乡亲们,心里也越来越热乎……

不知不觉到了晌午,武大壮热情地请岳山他们在家吃中午饭。岳山实在推辞不过,就吩咐随行的同志走时要留下饭钱。下午岳山又和村里的几名年轻人聊了很长时间,鼓励他们加入抗日游击队,保家卫国。一直到傍晚时分,岳山才

第四章

告别乡亲们,返回驻地。

冬天的夜晚十分寒冷,西北风刮在脸上就像刀割一样。村民们都早早地关门闭户,上床睡觉。八点多钟,几个黑影鬼鬼祟祟地摸进了王丕庄。他们一路躲躲闪闪到了武大壮家门口,然后一个人悄悄地跳墙进院,从院里打开了大门。黑影们直接来到堂屋门口,一边敲门一边轻声喊:"村长,我们是游击队,我们有个伤员情况危险,快开门啊!"

屋里依然很静,没有人应声。

"武村长,再不开门我们就不客气了。我们是来帮助你们抗日的。"黑影对屋里开始放狠话。

屋门轻轻地打开了,但是屋里没有亮灯,也没人答话。

黑影们略一迟疑,持枪就往里闯。

"扑通""哎呀""啊",屋里接连传来奇怪的声响。门口的黑影扭头就往外跑,刚跑到院门口,几个黑洞洞的枪口已经对准了他们的脑袋。

屋里的煤油灯亮了。周轩宇和战士们押着四个穿着黑袄黑裤黑棉鞋的人走出屋门。叶海平也押着三个想跑的黑衣人和周轩宇会合。

原来,周轩宇早就料定,李仁贵已经在不少村里安排了眼线。他建议岳山先到王丕庄做宣传,主要就是因为这个村子大,情况复杂,可以吸引侦缉队过来。果不其然,岳山在武大壮家里做宣传的时候,就有人偷偷地告诉了李仁贵。李仁贵本来想直接带人去抓岳山,但又觉得岳山既然敢大白天跑到王丕庄露面,一定是有埋伏。他左思右想不想放弃这个机会,所以就等岳山从庄里离开后,派了七个人来杀人放火,然后栽赃给游击队。

岳山离开后,周轩宇就带着四名战士趁着夜色找到了武大壮,向他说明了情况,然后就在屋里等着侦缉队的到来。叶海平则带着另一个小组埋伏在院外,等着关门打狗。

在武大壮和几名年轻村民的指引下,周轩宇和叶海平等人押解着七名侦缉队队员来到村外一个破庙里,经过询问,领头的黑衣人承认他们都是侦缉队的,就是要冒充游击队,让老百姓不相信游击队。

"你们年纪轻轻,真是坏透了,怎么能帮鬼子做出这样的缺德事?"武大壮气得直打哆嗦,忍不住厉声痛骂。

定山河
DING SHANHE

"不能饶了他们。这些人就是日本鬼子的走狗,杀人放火,挑拨离间,和鬼子一样一肚子坏水。"有个年轻的村民气愤地对周轩宇说。

周轩宇忽然问道:"你们谁去过大棠树村?谁去过李桥村?"

七个侦缉队队员跪在地上面面相觑,没有人说话。

周轩宇冷笑了一声,继续问:"你们中间有谁没有去过大棠树?没有去过李桥?谁敢说谎就当场枪毙!"

周轩宇这样问是因为就在上个月,侦缉队冒充游击队,在深夜以抢救伤员为名敲开了大棠树一户人家的门,然后以他家泄露消息为由枪杀了一家三口人,故意放走了一人,最后放火烧了屋子。过了几天,他们又在深夜潜入了李桥村,以抢救游击队伤员为由去敲一户人家的门,结果这户人家一直不敢开门,这伙人恼羞成怒,直接搬了几捆玉米秸堆在屋门口放火点燃,导致屋里一名老人被烧死,一名年轻人被烧伤。

跪在地上的侦缉队队员们立刻惊恐万分,依然没人说话。

周轩宇和叶海平立刻就明白了,两人互相看了一眼,然后周轩宇低声对武大壮说:"村长,你带人回去吧,告诉乡亲们真相。但是今晚的事情千万要保密,免得鬼子来报复。"

武大壮带着村民走后,周轩宇和叶海平押着七个被蒙了头的侦缉队队员走出破庙,沿着村前头的交通沟一直向前走,快到县城的时候又爬出交通沟,找了条四通八达的大路,让七个人紧挨着跪在地上,然后让战士们开枪射击。

七人被枪毙后,游击队员把一个已经准备好的白纸黑字标语用石块压在了他们的尸体上,标语上写着"依法枪决冒充游击队杀害村民的汉奸走狗"。

又过了几天,山河镇的"维持会"会长李老财被人用匕首杀死在从县城回山河镇的马车里,身上也有一张白纸黑字的标语,上写"依法枪决帮助鬼子杀害同胞的汉奸走狗"。赶车的伙计路上并没有发现异常,到了家门口才发现坐车的李老财已经死去多时。

接二连三的锄奸行动让游击队名声大震,也让李仁贵心惊肉跳。小野一郎接连派出大批士兵到处搜捕,不仅没搜到游击队,反而被游击队打了伏击,就连王平青的耳朵也在搜捕中被子弹打中,吓得他捂着耳朵从马上滚落了下来,差点摔断一条腿。从那以后,穿青黑色军装的伪军因为怕死,总是躲着穿黄绿色军装

第四章

的鬼子。一听到枪响,伪军要么卧倒,要么逃跑,要么胡乱开枪,被游击队的战士们讥笑为"青黄不接,早晚死爹"。

眼见天寒地冻,又临近中国人的传统节日春节,伪军和侦缉队情绪都很大,思想懈怠,小野一郎终于接受王文海的建议,消停了下来。但是他命人暗中加紧策划,准备来年开春再去"围剿"游击队。

锄奸行动在老百姓中越传越广,越传越神奇。很多老百姓都把周轩宇传成了手持双枪、背着大刀、懂天文地理、能飞檐走壁的神人。由于平常很多人都喜欢叫周轩宇的小名"老五",大家传着传着,"周老五"就传成"周老虎"了,说他是天上的猛虎下凡,受玉皇大帝的差遣,专杀鬼子和汉奸。

不过,周轩宇一直也很纳闷,李老财被杀并不是自己干的,也不是游击队干的,那到底是谁杀了他呢？后来,又有马庙镇曾经向敌人通风报信的"维持会"会长被人用匕首杀死在自己家的床上,身上依然放着"依法枪决帮助鬼子杀害同胞的汉奸走狗"字样的标语。周轩宇百思不得其解,就去向岳山请教。

"'周老虎',好威风的名号！"岳山哈哈大笑,然后说,"轩宇,你也不用纠结。中国长期都存在着一个不为外人所知的隐秘江湖,有些武艺高强的人不愿意抛头露面,却喜欢行侠仗义。这些事,大概就是他们做的。"

抗日的形势逐渐好转起来,岳山的心情也在好转。

周轩宇想了想,也只有这样才能解释得通。怪不得老百姓把他说成能飞檐走壁,那不就是过去的侠客吗？

除夕那天下午,吴江鹭特意送来了煮好的饺子和一些猪头肉、烧羊肉等熟食,还给周轩宇做了一件新棉裤,保护腿部不受寒。

"老五,你跟我回家里过年吧。我哥也说要请你陪他喝酒呢。"吴江鹭轻声对周轩宇说。

"江鹭,我不能扔下岳书记、叶政委他们不管啊。况且还有不少战士和我一样没了家,我就陪着他们过春节吧。等过了初一,我再去你们家陪大哥喝酒。"周轩宇手里捧着新棉裤,心里暖暖的。

"谁说你没家？有我在你就有家。以后再说没家我可生气了。"吴江鹭故意噘起了嘴唇,拉下了脸说。

"对不起,我错了。我认错还不行吗？"周轩宇意识到自己说错了话,赶紧

定山河
DING SHANHE

道歉。

吴江鹭脸上这才多云转晴,害羞地扑到了周轩宇怀里。

夜幕降临,四处开始传来噼里啪啦的鞭炮声,偶尔还有绚丽的烟花在夜空中绽放。经历了多年战火洗礼的中国大地,以自己独特的方式庆祝中国人的传统节日,吃饺子,放鞭炮,拜早年,给晚辈送压岁钱。无论生活多艰难,生命多脆弱,他们都暂时忘记了昨天的痛苦,在鞭炮声中企盼着辞旧迎新,开启新的幸福生活。

送走了吴江鹭,周轩宇把她送来的饺子和熟食都分给了战士们。岳山已经吩咐负责后勤的同志,晚上多包些饺子,再炒几个菜,保证让每个战士都能吃上饺子,过个像样的年。

吃完饺子,岳山拉着周轩宇和叶海平一起,分别给战士们讲了几句话,除了向大家拜年,就是分析今后的抗日形势,给大家鼓劲。战士们热情高涨,不停地叫好并鼓掌。

轮到周轩宇讲话的时候,他情绪有些激动,不知道说些什么好。在大家热切的目光中,他很快就平静了下来,动情地说:"刚才我跟爱人说了一句错话,她很生气。我说我跟很多战士们一样没了家,我必须陪着他们一起过年。我爱人说,只要有她在我就有家。我忽然意识到,我们都有亲人,即使他们已经离去或者不在身边,但是他们一直在我们心里。我们都有爱人,即使有些人现在没有,以后也会有,因为我们都会结婚生子,养育子孙后代。只要有亲人,有爱人,我们就一定有家。即使一个人流浪到天涯海角,也是有家的。因为我们脚下的这块厚土就是我们的家园,因为所有的中国同胞就是我们的亲人。为了亲人的幸福和安宁,我们都必须成为勇猛无敌的战士,我们要为我们的家园、我们的亲人、我们的爱人而战,直到取得最后的胜利。"

战士们的情绪被周轩宇的讲话调动了起来,他们拼命地鼓掌,不停地欢呼,有的战士泪流满面,有的战士泣不成声。岳山和叶海平也被感动了,使劲为周轩宇鼓掌。

"哈哈,我们能飞檐走壁的'周老虎',竟然还是一位出色的大诗人,不愧在北大受过熏陶,了不起!"岳山禁不住连连夸奖周轩宇。

"每逢佳节倍思亲。刚想起了亲人,又送别了爱人,就是老虎也会思绪万千,心潮澎湃啊。"叶海平笑着对周轩宇竖起了大拇指。

大年初二一大早,周轩宇打扮成商人模样,戴着黑色的礼帽,帽檐压得很低,悄悄地来到吴家大院。

"老五,你要再不来,我就打算让二愣去找你呢。"吴江涛已经很长时间没见到周轩宇了,拉着他的手仔细地端详起来。

"大哥要请我喝酒,我肯定要来的。"周轩宇见吴江涛穿着一身闪着光泽的绸布大褂,戴着金丝眼镜,胸前还挂着金色的怀表,一副财大气粗的打扮,才想起来他现在是县里的商会会长,这行头就是身份啊,不禁调侃道,"大哥这是发大财了,金光闪闪的。"

"老五,大哥的玩笑你也敢开啊。他说这是为了工作需要特意置办的工作服,发什么财了?"吴江鹭笑着走过来,埋怨周轩宇。

"还没吃早饭吧?赶紧进客厅,边吃边聊。你还真以为我请你喝酒啊?我找你是为了商量一件大事。"吴江涛并不在意周轩宇的调侃,笑着说。

"大哥,这大过年的,商量什么大事?"吴江鹭奇怪地问。

"是啊,大哥,最近有什么大事?"周轩宇也很奇怪。

"进屋再说吧。院子里人多嘴杂,万一走漏风声,后果不堪设想啊。"吴江涛一手拉着周轩宇,一手拉着吴江鹭,压低了嗓音表情神秘地说。

第五章

　　金乡县城里，街上行人稀少，虽然有零星的鞭炮声不时响起，却感觉不到过年的喜庆气氛。春节还没过完，王平青却一直有点心神不定。

　　今年是王文海的六十六岁大寿。在兵荒马乱的战争年代，能活到六十六岁的老人并不多见。王文海会保养，不仅活得好好的，而且身体硬朗，头脑清晰，除了满头白发和颏下稀疏的山羊胡，并没有老态。别看他身体瘦得像根棍，却人老心不老，刚给城里怡红楼一个叫桃红的年轻姑娘赎了身，娶回家里做了四姨太。这个桃红并不简单，不仅长了一双会勾人的杏花眼，而且能歌善舞。王平青听说，桃红在怡红楼时，就和小野一郎打得火热，因此劝王文海不要招惹她。可是王文海就是听不进去，硬是把桃红给赎了出来。

　　六十六大寿在鲁西南地区是个重要的日子，民间一直有"六十六，吃块肉；七十一，吃只鸡；七十三，吃条鲤鱼猛一蹿"的说法。庆祝六十六的寿日都选在正月初六，年还没走，接着庆寿，喜上加喜。

　　王平青也想给他爹庆贺寿日，不过现在正打仗，城外游击队的锄奸行动更是让他们心惊胆战。所以他想劝他爹低调一点，简简单单地在家里庆贺一下就可以了。不过，王文海并不这样想，他春节前就给很多人打了招呼，准备热热闹闹地大办寿宴。

　　王平青也私下里征求过李仁贵和吴江涛的意见，希望他们能劝劝他爹，不要搞出太大动静。哪知道李仁贵和吴江涛也不想惹王文海不开心，都说这个生日太难得，不办不合适。后来，王平青又去试探小野一郎，哪知道小野一郎眼珠子转了转，笑眯眯地对他说，要隆重地为王县长贺寿，才能体现出日中友善，才能体现共建"大东亚共荣圈"战略的重要性。

　　王平青心里清楚，小野一郎正在秘密制订一项春季大"扫荡"的计划，准备

第五章

对重点区域实行"三光"政策,宁肯把每个村庄"烧光、杀光、抢光",也要消灭全县的抗日武装。这个计划非常毒辣,必须有保安团的配合,所以小野一郎让王文海过寿就是在收买人心,以后好借刀杀人。

没有办法,王平青只好一面积极地筹备王文海的寿宴,一面让侦缉队和保安团加强戒备,严密注意游击队的动向。

李仁贵自从上次冒充游击队吃了大亏,就没有再让侦缉队夜里出去活动,但是他一直安排人乔装打扮,到各个村里打探消息。

到了正月初六那天上午,王家大院门前张灯结彩,鼓乐齐鸣,前来送礼贺寿的宾客络绎不绝。这些人大都是县里的头面人物和各乡镇的士绅财主,主人满面笑容地走在前面,家丁抬着礼盒,打着旗伞,敲着锣鼓,吹着喇叭。礼盒里有寿桃和鸡鸭鱼肉,有佳酿和果品,还有寿幛和寿联。王平青穿着枣红色的丝绸大褂站在门口拱手相迎,每当宾客到来时,分成两排站在门口的家丁就敲锣鼓、放鞭炮,喜气洋洋。

吴江涛也骑着马来了,他身穿鲜艳的丝绸大褂,戴着红色礼帽,依然是金丝眼镜和金色怀表,派头十足。他把马的缰绳交给门口的家丁,向后挥了挥手,十几个家丁每两人一组抬着寿礼缓缓走来。走在最前面的两个家丁抬着一块黑漆金字的寿匾,上写"熙朝人瑞"四个大字,后面的家丁排着长队抬着各色礼盒,很有气势。

跟在后面的,是侦缉队队长李仁贵。他也送来一块寿匾,上写"年高德劭"。后面是由六名腰里挎着盒子炮的侦缉队队员抬着三个礼盒,看起来也很贵重。

王家大院的正堂披红挂彩,摆设香案,红烛高照,红毡铺地。王文海身穿一身大红色的亮绸大褂,戴着红色的瓜皮帽,坐在香案正中,笑容满面地接受众宾客的拜贺。

快到中午时分,小野一郎骑着高头大马,在翻译官孙明的陪同下,带着两队士兵来到王家大院门口。两名士兵抬着一个被红绸覆盖的匾额跟在小野一郎马后,不知道上面写着什么。

王平青亲自把小野一郎迎进院内,随着门口管事的一声高喊"小野一郎太君前来拜寿",王文海也破例从太师椅上站起来,走到正堂门口迎接小野一郎。小野一郎昂首挺胸走到正堂中间,让士兵揭开匾额上的红绸,原来上面是"日中亲善"四个金字。全场顿时掌声雷动,王文海笑得眼睛都快眯成一条线了。

随着司仪拖着长腔高喊一声"吉时已到",所有前来贺寿的客人按辈分、年龄、职位分列两旁。司仪赞礼,宾客依次向王文海拜寿并致贺词。按照老辈传下来的规矩,平辈拱手为礼,晚辈鞠躬,年幼晚辈则行跪拜大礼。

小野一郎满面笑容地代表日本方面致贺词,孙明流利地一句一句跟着翻译,大致意思是感谢王文海对大日本皇军提供的帮助和所做的贡献,希望日中亲善,精诚合作,共建"大东亚共荣圈"。

拜寿仪式结束后,王文海站在主陪位置上,拱手请宾客们入席。为了显示对小野一郎的重视,王文海特意请小野一郎坐在主宾席上,旁边是吴江涛陪同。孙明坐在副主宾席上,由李仁贵陪同。王平青坐在王文海正对面,是副陪。宾客坐下以后先吃茶点,茶点为寿桃和寿糕,后吃长寿面,然后正式开宴。宴席为十大碗荤菜,意为十全十美。在寿宴上第三道菜时,王平青作为寿星的儿子分别到每个桌前向宾客敬酒致谢。

酒过三巡,宴席上人声鼎沸,划拳的划拳,说话的说话。有人在低声嘀咕:"'六十六','吃块肉',这肉要闺女送才行啊。这老不死的还有脸做寿,闺女都让鬼子糟蹋死了。"旁边有人赶紧拦住说:"嘘,小声点。你喝多了?不要命了?"就在这时,有人借着酒劲提议,让王文海的四姨太桃红给大家唱一段比较流行的四平调助助兴。翻译孙明知道小野一郎和桃红关系暧昧,也借着酒兴起哄,让桃红出来唱段戏给大家助兴。

王文海实在不好推辞,也不想在自己的寿宴上扫大家的兴头,只好让人把桃红请了出来,唱了一段《花亭会》。桃红声音婉转俏丽,引起了大家的阵阵掌声。

四平调作为一种民间说唱艺术,是以花鼓戏为基础,吸收了豫剧、评剧、京剧、梆子等剧种的曲调,优美动听,通俗易懂,简单易学,很受欢迎。金乡当地一直有"四平调进了庄,家家户户不喝汤""不听四平调,晚上睡不着觉"的说法。

桃红唱完一段四平调,小野一郎站起身来,一手拎着酒壶,一手端着一杯酒,淫笑着搂住了桃红的脖子,让她喝下杯中酒。桃红知道小野一郎喝多了,虽然在大庭广众之下很尴尬,但是她也不敢反抗,只能面带笑意喝下了酒。小野一郎和王文海虽然年龄不同,却有一个共同的爱好,那就是好色,尤其是酒后。他见桃红喝下酒后脸色绯红,眼带春光,不禁心神荡漾,紧紧搂住桃红的腰,脸跟着贴了

第五章

过去。

桃红怕小野一郎酒后乱性，真干出很出格的事情来，赶紧挣扎着躲开，接过小野手中的酒壶，说："太君，我来敬您一杯。"小野一郎大笑着一只手接过酒杯，一饮而尽，另一只手又搂住了桃红的细腰，而且不停地上下抚摸。

王文海和王平青都很尴尬，只能讪笑着与其他客人喝酒。其他人也都装着没事，一边偷看一边喝酒嬉闹。

大家都心照不宣，寿宴的气氛变得有些诡异。这时县城西边传来巨大的爆炸声和密集的枪声。小野一郎对枪声非常敏感，他立刻清醒过来，停止与桃红的嬉闹，大声向一名正在喝酒的日本少尉铃木问西边发生了什么事。那铃木少尉喝得满脸通红，站起来报告说不知道。小野一郎立刻命令他带人出去打探。

原来还杯来盏去、欢声笑语的寿宴瞬间安静了下来，偌大的客厅里鸦雀无声，大家都神色不宁地向小野一郎看去。小野一郎也感觉到了大家的恐慌，故作镇定地向大家摆了摆手，让大家继续喝酒。

王文海听到枪炮声就呆住了。王平青和李仁贵也不敢再喝酒了，立刻站到小野一郎面前听候指示。这时，铃木少尉从院门口跑了进来，报告说日军西关外的一个据点打来电话，游击队已经将他们包围，正在全力攻打，请求支援。

小野一郎有些奇怪，因为西关外的据点距离县城很近，而且还修建了坚固的炮楼，驻守的全是日军，游击队竟然敢去攻打，真是有些不自量力。不过，他虽然对驻守西关据点的日军实力很自信，也不敢掉以轻心。毕竟他一直都没有得到游击队的确切情报，连大队长周老虎的影子也没见过。经过简单思考后，小野一郎命令铃木、王平青和李仁贵各自带着自己的队伍去增援西关据点，要对游击队实行反包围，一举歼灭。

不过，小野一郎也很清楚，来给王文海庆寿的不是县里的名流商贾，就是各镇的"维持会"会长，他必须要在这些人面前显示出大日本皇军的形象和尊严。他不仅要从武力上征服这些中国人，而且要从心理上征服他们，让他们成为大日本帝国忠实的奴仆。想到这里，小野一郎派走西关据点的援兵后，微笑着向大家挥了挥手，回到自己的酒桌前，端起酒杯，大声说："我今天借花献佛，用王县长的寿酒预祝'剿灭'游击队成功。请大家共同举杯！"

西边的枪声和爆炸声不时传来，寿宴虽然继续进行，但是大家似乎都已经心

定山河
DING SHANHE

不在焉，只是在强作笑脸，就连小野一郎也有些走神，不停地向院外张望。吴江涛见此状况，端起一杯酒向小野一郎敬酒，表明自己要帮助他恢复经济，做好前线物资供应。小野一郎大喜，叫上翻译孙明，三人一起喝了下去。

"羊山镇'维持会'会长刘长锋老爷的寿礼到，敬献寿礼五万大洋！"正堂外忽然传来一声大喊，紧接着十几个人穿着黑衣黑裤，戴着黑礼帽，抬着礼盒鱼贯而入，走在最前面的人身材高大魁梧，帽檐压得很低。

堂内的众人一下子呆住了，就连王文海也才发觉，羊山镇的刘长锋的确不在宴席上，而且也没有来拜寿。小野一郎刚和吴江涛站着碰完酒杯，见忽然来了这么多送礼的，酒杯端在手里并没有喝，而是狐疑地看着走在最前面的黑衣大汉。他认识刘长锋，而且酒后还糟蹋了刘长锋的儿媳妇，但是这个人明显就不是刘长锋。

"各位，刘老爷在来贺寿的路上被游击队劫了道，而且受了伤，特意委托我向王县长送上礼金五万块。这是详细的礼单，请各位过目。"黑衣大汉一边大声说一边打开一个镶着金边的黑色匣子。

参加寿宴的很多人一听送了五万块大洋都情不自禁地张开了嘴巴，表示非常惊讶。王文海也蒙了，他没有看到刘长锋出现，却听到他送来了五万大洋的寿礼，这老家伙的葫芦里到底卖的什么药？

小野一郎非常警觉，他感觉情形不对，马上悄悄地去掏手枪。就在这时，黑衣大汉已经打开了黑匣子，从里面拿出一把手枪，朝着小野一郎当胸就是一枪。其他黑衣人也纷纷拿出了家伙，对着站岗放哨的日军和伪军一阵猛射，双方一阵激战后，为数不多的几名鬼子和伪军就死的死、躲的躲了。小野一郎的手枪刚抬起来胸口就被黑衣大汉射出的子弹击中，鲜血顿时流了出来。小野一郎惊讶地看着黑衣大汉，身体一软就坐在了座位上，手枪也掉在了地上。

"各位，我就是金乡县抗日游击队大队长周轩宇，小野一郎悬赏五万块大洋捉拿的头号要犯，也就是你们一直要找的周老虎。今天听闻王县长六十六大寿，因为实在没钱买礼物，只好自己把自己送上门来了。"周轩宇用枪指着小野一郎的脑袋，大声说，"在座的大部分都是中国人，昧着良心替日本人残害同胞，早晚会得到应有的惩罚。今天，我就代表全县抗日同胞，向小野一郎这个刽子手讨还血债！"说到这里，周轩宇正要朝着小野一郎再次扣动扳机，一个已经倒地的

第五章

日本兵忽然挣扎着朝周轩宇后背开了一枪,正好打在了周轩宇的右肩胛骨附近。周轩宇后背一阵剧痛,右胳膊无力地垂了下来。游击队员们朝着地上的日本兵纷纷开枪,刚才躲起来的几名日本兵和伪军也开始开枪还击,子弹在大厅里四处乱飞,大家都抱着头躲在了桌子底下,王文海也躲在桌子底下不停发抖。

小野一郎见周轩宇右手已经无法开枪,就左手捂着胸口,挣扎着捡起地上的枪,恶狠狠地向周轩宇瞄准。

"砰!"一声枪响,小野一郎的后胸中弹,鲜血四溅,顺着后背不断向下流去。他用尽全力回过头来,看到吴江涛手里的手枪正指着他,原来是吴江涛朝他后背开了一枪。

一向狂妄自负的小野一郎瞪大了眼睛,心有不甘地倒在了冰冷的地上,抽搐了几下就没了动静。他没想到周轩宇竟然敢大白天闯进县城,大闹老汉奸王文海的寿宴,更没想到自己竟然会死在了刚才还向自己敬酒的商会会长吴江涛手里。

吴江涛迅速看了一下大厅里的情况,见除了个别日军还躲在角落里偶尔打一下枪,前来赴宴的人几乎都趴在桌子底下或者藏在角落里瑟瑟发抖,就向周轩宇做了个手势,使了个眼色。

周轩宇看到穿着伪军服装的孙二愣正躲在客厅门口处向他招手,马上让大家抬着两名重伤的游击队员跟着孙二愣向王家大院的后门撤退。孙二愣见两名重伤的士兵身上全是血,就把手分别放在他们的鼻孔处试了试,然后又看了一下他们受伤的部位,摇了摇头对周轩宇说:"他们两个都是要害部位中弹,已经没有呼吸了。我们抬着他俩恐怕都跑不了。"

周轩宇也知道,如果抬着两位战士的尸体,不仅影响大家撤退,还可能因为血迹暴露大家的行踪,现在最理智的做法就是把他们留在王家大院。他用左手紧紧地捂住自己的伤口,痛苦而又无奈地点了点头。

孙二愣已经暗中把看守后门的伪军做掉,换上了自己人。郑长福打扮成侦缉队队员带着两个兄弟正在门外接应,看到周轩宇等人出门,赶紧迎了上去。大家快速地离开王家大院,由孙二愣领着向吴江涛在县城北关的宅院奔去。

吴江鹭正在北关的宅院内焦急地等待,听到孙二愣的声音立刻盼咐打开院门。

"老五,你怎么受伤了?"吴江鹭惊讶地低声问。

"没事,快进去再说。"周轩宇镇定地说。

吴江鹭搀着周轩宇直接向后院走,其他战士也都跟在后面。孙二愣安排家丁重新关上院门,也跟了过来。

吴江涛已经在后院的偏房里准备了包扎伤口的药品,还有消炎杀菌的西药。吴江鹭为周轩宇和其他几名受伤的战士一一包扎好伤口。周轩宇肩胛骨处的子弹还在里面,虽然伤口做了处理,里面依然钻心地疼痛。周轩宇强忍住一声不吭,额头上全是豆大的汗珠,脸色苍白。

吴江鹭看着周轩宇头上不断地冒虚汗,脸色越来越差,急得团团乱转,嘴里嘟囔着:"大哥怎么还不回来?怎么还不回来?"

周轩宇不知道自己的伤能撑到什么时候,但是他亲眼看到小野一郎倒在了自己和吴江涛的枪口下,心里还是充满了自豪感。他用虚弱的声音说:"江鹭,马上把所有的战士都转移到地下密室里去。二愣哥把所有痕迹清除掉。大哥不会那么快回来,我们要做好最坏的打算。"

"大哥说他能找到医生来家里,我还想再等会儿呢。"吴江鹭着急地说,"唉,还是就按你说的吧,我带你们马上去密室。"

周轩宇等人刚撤出王家大院,王平青等人就急匆匆地骑着马带着队伍赶回了王家大院。原来,他们带着队伍气喘吁吁地赶到西关据点外,刚拉开架势放了一阵炮、打了一阵枪,就发现游击队的枪声逐渐消失了。铃木和王平青都不敢相信,攻打据点的游击队根本没有抵抗就撤了,估计他们是怕被反包围,最后全军覆没。

既然解了西关据点的围,王平青惦记着他爹王文海的寿宴,便马不停蹄地往回赶,李仁贵和铃木也惦记着寿宴上的酒席呢,紧紧跟在后面。刚开始走没多大会儿,就听到城里传出来一阵枪声,听声音就是王家大院的方位。王平青觉得不妙,快马加鞭地赶了回来。

吴江涛见周轩宇跟着孙二愣往外撤的时候,就朝着客厅外"啪啪啪"开了三枪,一边开枪一边大声喊:"游击队要跑了,赶紧追啊。"

正躲在桌子底下发抖的孙明听到吴江涛的喊声,也爬了出来,对着外面胡乱开了一枪。

吴江涛开完枪赶紧去找王文海，见他正抱着头趴在客厅角落堆积成山的礼盒和寿礼的后面，屁股露在外面，两腿抖个不停。吴江涛快步走过去，一手拿着枪，一手去搀扶王文海。

"王县长，游击队已经跑了。您出来吧，没事了。"吴江涛对王文海说。

"啊？我的腿……快……快扶我起来。"王文海有气无力地说。

孙明回头看到吴江涛正在搀扶王文海，也跑了过来帮他。两人一起把王文海扶起来，才发现他的裤裆已经湿了。

王平青骑马到了大院门口，发现守门的四个伪军都被下了枪，嘴里塞着破布，五花大绑地倒在地上哼哼，知道坏事了，连忙下马就往院里跑去。李仁贵和铃木也跟在后面进了院。

王平青刚进客厅，就看见吴江涛和孙明正一左一右扶着王文海站起来，只见王文海口歪眼斜，腿和胳膊好像都不会打弯了。他刚要去扶王文海，又看到小野一郎睁着双眼直挺挺地倒在地上，身下是一摊鲜血。后面来的铃木也看到了血泊中小野一郎的尸体，立即拔出军刀劈空砍去，一边疯狂地砍，一边大声怒骂。

吴江涛和孙明把王文海放在太师椅上，但是王文海显然已经坐不住了，身子歪歪斜斜地靠在椅子上，嘴里却说不出话来了。

吴江涛和孙明将王平青三人走后的情况大致说了一下，铃木听后怒不可遏，恶狠狠地大叫："浑蛋，浑蛋，快去搜，挨家挨户搜，一个也不能放过！"

铃木既然说了，王平青顾不上王文海，只好让吴江涛先把王文海扶到卧室，让桃红照应，然后他和李仁贵赶紧带人全城搜捕。铃木也不敢闲着，带着孙明和王平青一起搜捕去了。

吴江涛不放心周轩宇他们的安全，让用人把王文海背到卧室，然后安排桃红照看，说自己去医院请医生，就匆匆地离开了王家。

大街上本来人就不多，一有枪响就更安静了，没有一点过年的喜庆气氛。吴江涛骑着马先到县医院找了一个熟悉的医生，让他到王家大院帮王文海看病，然后又来到县城北关的基督教堂，找到主教约翰先生，请他到自己家去做客。约翰点点头，用不太流利的中国话说，收拾一下马上就会过去。

基督教堂和吴家宅院很近，就隔了一条街。吴江涛刚到家里，约翰先生就骑着自行车到了门口，车后带着一个皮箱子。约翰五十岁左右，是美国人，不仅是一名传教士,而且在美国还是一名医生。吴江涛和约翰是好朋友,经常找他看病,对约翰的医术非常钦佩。他昨天就约好了约翰,说今天请他到家里给一位朋友看病,很可能要做手术,请他务必保密。约翰微笑着说,吴先生是好人,上帝是会帮助好人的。

吴江涛在寿宴上看到周轩宇和几名游击队员受伤,所以没有直接回家,而是先去教堂,然后才回家。

吴江鹭看到吴江涛回来了,还带着教堂的主教约翰先生,大喜过望,赶紧说了周轩宇等人的情况,让他赶紧去找医生。

吴江涛说,很多人都不知道约翰先生就是医生,而且医术高明。走吧,去救治伤员。

到了地下密室,约翰看了看周轩宇,说灯光太暗,看不清楚伤情。吴江涛让孙二愣找了几个手电筒来,大家一起照着。约翰说,可以了。说完,他低下头,用手在胸前画着十字,说:"愿主耶稣基督的恩与你们同在。阿门。"

周轩宇依然在咬紧牙关坚持着,不过神情看起来已经很虚弱了。在多个手电筒的光照下,约翰仔细地检查了一下周轩宇的伤势,说:"病人伤势很重,需要马上手术。不过,这里的环境条件不行,还是抬到教堂里去做吧。"

吴江涛看了看周轩宇,见他轻轻地摇了摇头,赶紧说:"约翰先生,情况紧急,您只管吩咐,我们尽量按您的要求搭一个手术台。"

约翰也知道这时候出去病人更危险,说:"我只能尽我所能来救他了,愿上帝保佑他。"然后就让大家在密室里一个相对独立的地方用白布搭了一个手术台,地上也用白布铺上。吴江鹭站在约翰旁边担任助手,帮助约翰准备手术器械。手术台四周摆了四把长凳,一个长凳上站两个人举着手电筒往下照。约翰特意强调,临时手术台前的所有人都必须戴着口罩,穿上洁净的白大褂,双手要用酒精消毒。

准备就绪以后,约翰先在周轩宇伤口部位注射了麻药,说:"教堂里麻药不够了,手术时如果觉得痛能不能忍得住?"周轩宇轻声说:"让我在嘴里咬块毛巾吧。"约翰点了点头,回头对吴江涛说:"这个麻药时效短,如果手术中伤员反应激烈,就只能按住他把手术做完。"

吴江鹭知道周轩宇的腿伤刚好,现在肩膀又负伤,而且比上次还严重,心里说不出来的滋味,泪水一直在眼眶里打转转。周轩宇面含笑意看着她,用眼神告诉她要坚强。吴江鹭眼里含着泪,强作笑脸冲着周轩宇点了点头。

手术开始了。一开始周轩宇还感觉不到疼痛,过了一会儿疼痛感越来越强烈,到后来简直就像抽筋锉骨、肌肉撕裂一样。他双目紧闭,紧紧地咬着嘴里的毛巾,浑身就像漏水一样向外冒汗。不一会儿,他的眼前出现了父母的笑脸,还有哥哥姐姐,还有刘知远和岳山,吴江鹭和吴江涛……

吴江鹭用镊子夹着湿巾不停地擦去约翰先生脸上的汗珠,然后按照他的吩咐递给他手术器械。吴江涛的心也提到了嗓子眼里,随时准备去按住疼痛难忍的周轩宇。

随着带着血迹的子弹落在盘子里清脆的响声,手术终于做完了。约翰先生满身大汗,口罩都被汗水浸透了。吴江鹭看到周轩宇双目紧闭,依然在紧紧地咬着嘴里的毛巾,似乎已经睡着了。

"上帝保佑,真是幸运,这颗子弹打歪了,没有伤到心脏和肺部,只是伤到了肩后部的冈下肌,否则就是保住命,也没办法正常生活了。"约翰先生对吴江鹭说。

吴江涛吩咐孙二愣去给约翰先生取医疗费,约翰摆了摆手,说吴先生平时对教堂很照顾,多次给教堂捐钱捐物,上帝是看得见的,这次不收取任何费用。临走前,约翰留下了一些消炎药,嘱咐吴江鹭一定要让伤员多休息,按时服药。

约翰走后,周轩宇还没有苏醒过来,但是呼吸已经比刚才均匀多了。

吴江涛告诫大家说,鬼子和伪军正在全城搜捕,挨家挨户地搜查,这几天尽量不要出密室。

吴江涛说完就从密室里出来,准备应付鬼子的搜查。没想到,郑长福也跟在后面走出了密室。

"吴会长,我们队长还没醒,我告诉你一声,我得回饭庄一趟。"郑长福吞吞吐吐地说。

"长福,你这时候出去可就太危险了。王平青和李仁贵都认识你,认出你来你咋说?"孙二愣听到郑长福想出去,在旁边提醒道。

"他们就是认出我来也不知道我是游击队的。我回去不是想惹麻烦,而是有别的事。"郑长福很犹豫,不知道该说不该说。

吴江涛意识到郑长福有说不出口的事情,如果在平时他肯定就不会再问下去了,不过现在是非常时期,不能出半点差错。他想了想,平静地说：

"长福,你也明白外面的形势,出一点差错后果就会不堪设想。如果你信得过我,就告诉我是怎么回事,我们一起想办法。"

郑长福挠了挠头,低着头说："饭庄后面的小院里,住着我娘和我妹妹。我担心万一鬼子进去搜查,会出事。"

"你娘？长福,你娘不是已经去世了吗？"孙二愣感到有些奇怪,问道。

"我干娘和我干妹妹。我落难时是我干娘救了我,所以我就认她做了干娘。"郑长福轻声解释说。

吴江涛听了,也觉得如果家里只有母女二人,遇到鬼子搜查是不安全。毕竟这些鬼子兵禽兽不如,什么伤天害理的事情都能干得出。以王平青的性格,就是鬼子兵胡作非为他也不敢阻拦。

"这样吧,我让二愣送你回去,他是商会的人,有日本人发的证件。另外,如果他们盘问你,你就说饭庄是我从上家老板手里买来的,我雇你负责打理饭庄的生意,有事情让他们来找我。"

吴江涛这样说是因为他忽然想到,就算郑长福回去也未必能保护得了他的干娘和干妹妹,虽然郑长福和王平青是同父异母的兄弟,但是王平青从来就没有承认过他,甚至恨不得他这个兄弟从这个世界上消失。郑长福只有和吴江涛扯上关系,王平青和李仁贵才有可能不会袖手旁观。即使不帮忙,最起码也会通个风报个信。

郑长福立刻就明白了吴江涛的用意,连声表示感谢。

"以后遇到什么事就找我,如果我能帮一定尽力帮。另外,你一定要小心行事,千万别让王平青和李仁贵抓住你的把柄。这两个人是死心塌地为鬼子卖命的。"吴江涛叮嘱道。

孙二愣和郑长福刚走,吴江鹭从密室里出来,说周轩宇醒了。吴江涛赶紧重回密室,去看周轩宇的情况。

这次借助王文海寿宴击毙小野一郎的行动,就是吴江涛和周轩宇精心策划的。吴江涛一直想除掉小野一郎为王平燕报仇,他做梦都在想着复仇,可是一直苦于没有机会。当王平青告诉吴江涛他爹王文海想办寿宴,而且得到了小野一郎的支持时,他觉得这是一个千载难逢的机会。不过,依靠他自己的力量肯定不行,毕竟县城里到处都是鬼子和伪军,他的人太少,而且也没啥经验。最后,他想到了周轩宇和他带领的游击队。

周轩宇自从开展锄奸行动后,一直想搞一次大的行动,杀一杀鬼子的猖狂劲,重新建立游击队在老百姓心中的信任。大年初二他听了吴江涛的想法后,也非常兴奋,回到驻地就和岳山、叶海平一起商议。岳山和叶海平都认为这是一个难得的机会,就是有风险也值得去试一试。

谨慎起见,岳山提议和吴江涛一起制订计划,商定行动方案。于是周轩宇干脆和岳山、叶海平一起,在傍晚时分来到吴家大院,四个人共同商量到后半夜,才制定出一个相对稳妥的行动方案。

在这个方案中,岳山和叶海平带领游击队佯攻西关据点,周轩宇在半路上劫持刘长锋的寿礼并扣押刘长锋都是相对比较容易的。如果西关据点的枪炮声响起后,小野一郎离开寿宴,亲自去前线增援,想击毙他就非常困难。吴江涛提出在王家大院的胡同口埋伏人,等小野一郎出来时大家一起朝他扔手榴弹。周轩宇觉得不妥,毕竟小野一郎身边总是围着很多日本鬼子还有伪军,就是炸死他,埋伏的人也跑不了。周轩宇提出让郑长福一个人做狙击手,埋伏在王家大院门口对面的屋顶上,等小野一郎离开寿宴出来后就朝他开枪,然后其他人在寿宴上开枪,掩护他从屋顶上撤退。周轩宇提出这个方案还有一个原因就是,郑长福和王文海毕竟有特殊关系,他不宜在寿宴上出现。

不过,小野一郎对西关据点的日军很有信心,也没把攻打据点的游击队放在眼里,没有亲自去增援,而是留在了寿宴上,所以击毙他也就没有费太大周折。没有料到的是,周轩宇朝小野一郎开了第一枪后就被装死的日军从背后打了一枪。吴江涛见事态紧急,冒着自己暴露的危险在小野一郎背后又补了一枪,才将他最终击毙。

这是一次非常冒险的行动,任何一个环节出现纰漏都可能导致满盘皆输,寿宴上的每个参与者随时都可能牺牲。行动开始前,无论是周轩宇还是吴江涛都想到了这一点。因此,他们两人分别跟参加这次行动的人开了会,并表明谁不想干都可以退出。没想到,大家一听要杀小野一郎都群情激愤,尤其是郑长福,非常积极,非要和周轩宇一起在王文海寿宴上击毙小野一郎。但是周轩宇经过考虑,还是决定让郑长福在屋顶设伏充当狙击手,如果没有等到小野一郎就到王家大院后门接应周轩宇他们。

周轩宇刚才是因为疼痛难忍晕了过去,现在又因为强烈的疼痛醒了过来。因为身体里的子弹被取了出来,又敷上消炎药做了包扎,情况已经大为好转。他醒来后第一眼就看到吴江鹭坐在他身边,正眼也不眨地看着自己,心里就满是说不出的甜蜜。他用一只手轻轻地握住吴江鹭的手,感受着吴江鹭手上传来的温暖和爱意……

冬去春来,夏隐秋至。岁月在流逝,苦难在继续,对敌人的斗争也在如火如荼地展开。

自从县大队在县城击毙小野一郎之后,队伍在不断地壮大,在不到两年的时间内,就已经突破了一千人。根据地除了原来的周桥村,又开辟了王丕庄、高河、大棠树等多个地方,同时划分了城关、化雨、鸡黍、马庙、胡集五个抗日区,建立了区政权,群众基础更为牢固,活动区域逐渐扩大,让鬼子和伪军非常头疼。金乡县大队不仅和周边的兄弟部队,如单县游击大队、铁道游击队、微山湖大队等互相配合打击日伪军,而且经常主动出击,反"扫荡"、反"清乡"、打土顽、平暴乱,成为湖西地区远近闻名的一支抗日队伍。

根据上级的指示,周轩宇担任金乡县抗日民主政府县长兼游击大队队长,叶海平任游击大队政委。八路军也陆续派了一些干部来到县大队,在各个小队都建立了党小组,从思想上保证和党中央的一致性,加强了队伍的纪律建设。

在周轩宇的提议下,游击大队成立了一个特别小队,由郑长福担任队长。这个小队专门负责训练战士们的枪法,队里的成员都是枪法好的战士,关键时刻都可以当狙击手用。

苏碧莲为了让郑长福安心抗日,下了决心带着张丹丹从县城搬到了根据地。她平时不仅帮着游击队做针线活、洗衣、做饭,而且配合做些思想宣传和护理伤员的工作,每天很忙碌,也很开心。

已经逐渐长大的张丹丹更开心,她在县城里整天提心吊胆地憋在自家屋里,现在有很多事可以干,尤其是跟着吴江鹭能学到很多东西,生活一点也不枯燥。

在寿宴上受了惊吓之后,王文海得了半身不遂,不但没法再干伪县长,就连生活也不能自理,没熬到春天就死在了床上。也有人说,王文海的几个姨太太都不愿意伺候他,嫌他又脏又臭,偷偷地给他的饭里下慢性毒药,他最后中毒身亡。

小野一郎死后,日本人又派了井村太郎中佐来到金乡县。井村到金乡后,提拔王平青做了伪县长,王平青接着就推荐李仁贵担任保安团团长兼侦缉队队长。井村在军队多年,有非常丰富的作战经验。他看了小野一郎留下来的"扫荡"计划,认为日军力量太分散,效果就会大打折扣。所以,他开始暗中筹备一次大"扫荡",争取歼灭县大队。

湖西饭庄基本上都是孙二愣在负责日常的经营,经过吴江涛同意,他暗中加入了县大队,就以湖西饭庄为掩护负责搜集情报,打探敌情,同时也负责保护吴江涛的安全。

四月初的田野里,满眼都是养眼的绿色,远远望去,仿佛是绿波起伏的海洋。大麦的麦芒长长的,绿中透着些许黄色,很像少女的睫毛。小麦还没有完成拔节,麦穗只露出半边,好像含羞的少女。成片的豌豆正在开花,有白色的,还有蓝色的,是万绿丛中的点缀。

夕阳西下,鲜红的落日看起来像一个巨大的火盆,不过却没有了中午时的温度。孙二愣满身大汗骑着自行车急急火火地赶到周桥,给周轩宇带来了一个令人震惊的消息:鬼子正在集合部队,即将对山东全境进行大"扫荡"。这次大"扫荡"非比寻常,而是要实行灭绝人性的"烬灭作战",也就是烧光、杀光、抢光的"三光"政策。据说仅湖西地区日军就已经集结了上万人的部队,准备采取"铁壁合围"的拉网战术彻底"剿灭"抗日武装。

孙二愣撕开上衣夹层,从里面取出一张纸条,上面写着:"这次作战的目的,与过去完全相异,在于求得完全歼灭对手主力及根据地。凡是敌人地域内的人,不问男女老幼,应全部杀死;所有房屋,应一律烧毁;所有粮秣,不能搬运的,亦一律烧毁;饭碗一律打碎,井要一律埋死或下毒。"看起来应该是日军作战命令的一部分。

"二愣哥,这消息是从哪里来的,可靠吗?"周轩宇把纸条传给叶海平,问孙二愣。

孙二愣擦了一把脸上的汗,说:"绝对可靠,是吴会长从日军内部搞到的。他让俺告诉你,必须尽快想办法,否则就会遭敌人的毒手。"

定山河
DING SHANHE

说起来，向吴江涛透露这条消息的不是别人，正是翻译孙明。自从王文海寿宴之后，孙明就经常和吴江涛走动，还请他喝酒。一来二去，吴江涛就和孙明关系越来越亲密。

有一次，孙明在吴江涛家里喝多了酒，就告诉吴江涛，说很佩服他，要向他学习。吴江涛问他为什么。孙明就告诉吴江涛一个隐藏了多时的秘密。原来，那天在寿宴上，孙明看到周轩宇朝小野一郎开枪但是并没有击毙他。他正准备钻到桌子底下时，看到了吴江涛在小野一郎背后补了一枪，最终将他击毙。

孙明说，跟着日本人这几年，他早就对日本鬼子恨之入骨了，也看到日军自从三个月占领中国的企图失败以后，一直在走下坡路。他结识吴江涛一是佩服吴江涛的勇气和血性，二是想为抗日出份力，为自己留条后路。

这次，孙明无意之中在井村太郎的办公室里看到了日军的作战命令，立刻惊出了一身冷汗。他思考再三，还是把消息透露给了吴江涛，并根据记忆，写了日军作战命令中的毒辣手段，希望他可以转达给抗日游击队，减少伤亡。

听完孙二愣的话，周轩宇点了点头，对叶海平说："这消息和我们刚刚接到的上级指示是一致的。上级已经获悉日军正在准备前所未有的大'扫荡'，这条消息对我们湖西地区的抗日队伍很有价值。政委，我们马上把这条消息向上级发报，同时通知周边的兄弟部队，马上行动起来。"

叶海平面色凝重地对孙二愣说："二愣同志，你回去后要注意安全，同时告诉吴会长，感谢他送来的情报。这条情报非常重要！"

孙二愣离开后，周轩宇对叶海平说："政委，这次反'扫荡'可是场硬仗，我们要给战士们做好思想工作。"

"是啊，这是一场持久战，更是一场心理战。日军的侵华战争进入相持阶段以后，我们就预感到鬼子会穷凶极恶、垂死挣扎。看来，他们这是急眼了。"叶海平若有所思地说。

周轩宇背着手，一边踱着步子一边说："鬼子恐怕是已经有些撑不住了，他们低估了广大人民群众的抗日斗志和勇于牺牲的精神。我看这次的大'扫荡'就是他们的最后反扑。因为他们的手段越凶残就越证明了他们内心的虚弱和恐惧。我们赶紧布置下去吧。我有种预感，只要打赢这场仗，小鬼子的末日就要到了。"

第五章

"老周,我们还是按照之前商定的策略,积极动员乡亲们转移,不给鬼子留下任何东西。同时我们的队伍尽量向村庄少、地形复杂、便于机动作战的地方撤退,把鬼子的主力吸引过去,让老百姓有足够的时间转移,躲过鬼子的屠杀。"叶海平看着周轩宇说。

"老叶,这是背水一战。我相信乡亲们能撑过去,我们的战士也能撑过去。只要我们能撑过去,鬼子的阴谋就失败了。"周轩宇语气坚定地说。

天色渐晚,周轩宇和叶海平走出屋子。春风习习,万籁俱寂,空气里有种花草的香味。两个人不约而同地抬头仰望天空,只见深邃的天空中繁星点点,就像一只只眼睛,在暗夜里发出明亮的光。这点点星光虽然看起来非常遥远,但是能指引着无数的行路人走向光明的前途。

鬼子的大"扫荡"开始了,其组织的严密性和手段的残酷性远远超出了很多人的想象。

"日本鬼子就是一帮禽兽,是人渣,是恶魔!他们把周围很多村庄都放火烧掉了,见人就杀,见女人就污辱。俺刚才看到李家村有赤身裸体被糟蹋后又被刺刀刺死的妇女的尸体,有被火烧变形的孩子的尸体,还有孕妇的肚子被割开了,母子二人尸体周围都是瘆人的鲜血。村口的交通沟里还有很多惨不忍睹的尸体,咋死的都有,都快堆满了……"一名去打探情况的战士一边抽咽一边满怀仇恨地诉说。

……

"这是一场灭绝人性的大屠杀,是我们每一名抗日战士的耻辱。如果不能雪耻,杀了这帮狗日的畜生,我周轩宇此生誓不为人!"周轩宇听完几名战士的汇报后,把手中的大刀重重地插入地面,咬牙切齿地发誓。

日本鬼子的这次大"扫荡",集结了优势兵力,在伪军的配合下以密集的队形拉网合围,像剃头的推子一样步步平推,无村不搜,无人不杀,不漏过一个村,不放过一个人。他们滥杀手无寸铁的老弱病残,抓捕青壮年村民,破坏交通沟,修建据点和炮楼。晚上鬼子和伪军就地宿营,在各个路口密布岗哨,交通要道拉上铁蒺藜网,挂上铁铃铛,每隔五十步点燃一堆大火,严密防止包围圈内的抗日武装强行突围。

在万分危急的形势下，山东境内的八路军以营、连为单位分散活动，同游击队和武装民兵密切结合，积极进行"破网"突围，避免更大损失。湖西地区的抗日武装，主要是金乡县周边的一些地方游击队，在敌人严密的包围下，边打边退，逐渐被敌人围困在金乡县南部大棠树村一带。

周轩宇和岳山、叶海平三人商量以后，决定由岳山和叶海平带领一部分战士，护送机关后勤人员撤退到安全地带。周轩宇带领大部分战士掩护撤退并阻击日军。收到兄弟部队的求援信息后，周轩宇就开始往大棠树撤退，打算与兄弟部队会合后，再想办法一起突围出去。

虽然包围圈在不断缩小，但鬼子和伪军向前推进的速度并不快。这次他们并不想速战速决，而是像春蚕吃桑叶一样，一点一点地把抗日武装逼到绝路，然后再痛下杀手。

傍晚时分，周轩宇把各个兄弟部队的负责人约到大棠树村前的土地庙内，分析形势并商议突围之策。听完大家的情况介绍，周轩宇才了解到在大棠树附近方圆十余里的范围内，已经汇聚了来自鱼台、嘉祥、巨野、单县、丰县等周边县区五支游击队，有近一千二百人，再加上周轩宇带领的金乡县游击大队主力八百多人，总共有约两千人。不过这里面有不少负伤的战士，战斗力已经大打折扣。各支队伍边打边退，弹药和粮食都已经所剩无几。包围这块巴掌大地方的鬼子和伪军有近万人，还有坦克、迫击炮和重机枪等重型武器。

"同志们，我们的形势万分危急。大棠树附近村子里的乡亲们基本上都已经转移了，我们的粮食和弹药也所剩无几。现在我们必须冲出鬼子的包围圈，否则就会被鬼子一口一口地蚕食。大家有什么意见都畅所欲言吧。"周轩宇知道情况紧急，必须尽快拿定主意，突围出去。

"周队长，我认为在目前这种局面下，强行突围很可能是自己往敌人枪口上撞。如果他们的包围圈真有缺口，我们几家队伍也不会都退到了大棠树。我的意见是固守待援。听说八路军有个主力营就在湖西附近，我已经派人前去联络。我们到时候里应外合，两面夹击，突围的胜算才会大些。"从鱼台过来的游击队王队长看起来比周轩宇年龄大一些，首先说出了自己的意见。

"王队长，固守待援太冒险了。到处都是鬼子和伪军，等不到援兵就可能被包了饺子。我的意见是继续边打边退，退到一个地形复杂的地方，再想办法与敌人周旋,等主力部队来救援。"丰县的薛队长端着长长的烟袋,吐出一口烟说。

"我觉得应该马上突围,朝着北面突围,北面有羊山和葛山,还有金平湖和金水湖,地形复杂,易于藏身。过了羊山到了金乡、嘉祥交界处,就是大片的山区和丘陵,我们往山里一躲,鬼子和伪军到哪儿找我们去?"嘉祥的赵队长对金乡和嘉祥的地形都很熟悉,所以提出向北突围。

大家你一言我一语地争论起来,谁都觉得自己说的有道理,谁也说服不了谁。周轩宇朝大家摆了摆手,沉声说:"各位队长都身经百战,岁数也比我大,大家的意见都很有道理。我给大家分析一下现在的形势,然后提出我的意见。"

大家都停止了争论,看着周轩宇,想听听他的意见是什么。

"鬼子的这次大'扫荡'是有备而来,策划了很长时间,不仅手段残忍,令人发指,而且是全面撒网,是针对整个湖西地区的根据地,而不是某一个县、某一个镇。上级为什么提出化整为零,分散突围?就是因为我们现在没有实力和敌人硬碰硬,我们要保存实力,为最终消灭日本鬼子积蓄力量。所以,我们不能固守待援,只能想办法自己突围出去,我们现在只能自己救自己!"周轩宇看着大家的眼睛继续说,"我们的东边是大平原,再往东就是微山湖,那里不仅有微山湖大队,还有铁道游击队,但是距离比较远。我们的北边有羊山和金水湖,还有嘉祥的山地,地形看起来对我们打游击战有利。南面和西面,既不占地理优势,也没有我们兄弟部队,所以没必要考虑。不过,我敢说,我们看到北边对我们有利,鬼子和伪军也一定会注意到这一点。"周轩宇说到这里,看了看大家。

"那周队长的意见是从哪里突围呢?"来自巨野的陈队长问。

"从东面突围,迎敌而上,冲出包围圈。我们这次突围,就选择在晚上,所有的不必要的物资都扔下,连战马也丢下。我们利用四通八达的交通沟,趁着夜色悄悄地行进到鬼子的眼皮底下,然后在鬼子设立铁丝网的路段挖地道,通过地道悄悄地通过鬼子把守的交通要道,然后再进入交通沟,绕到鬼子后方,跳出包围圈。"周轩宇说到这里,指了指正在聆听的一位战士,继续说,"这位就是我们的小队长许三妮同志,大名许志强,他就是大棠树人,对这里的交通沟了如指掌。这里的交通沟本来就有地下通道,我们可以充分利用。"

许志强马上站了起来,大声说:"这里的交通沟在交叉路口都有地下通道,而且非常隐蔽,鬼子是很难发现的。还有,俺们多次去暗中侦察,已经掌握了鬼子的一些行动规律。"

大家听了以后,又议论了起来。周轩宇说:"这样吧,我们大家举手表决如何?"

表决的结果是,大部分人赞同周轩宇的意见,只有嘉祥的赵队长还是坚持向北突围。不过,根据少数服从多数的原则,最后的决定还是向东突围。

夜幕降临,黑暗之中长长的交通沟像一条条长蛇匍匐在大地上。并行的数条交通沟内,一个个身影正在有序而又无声地前行,他们保持着一定的间距,步伐均匀,借着夜幕的掩护,直奔东方。

临近深夜时,走在最前面的战士已经能够听到地面上巡逻兵的脚步声,隐约可以看到附近有团团火光在夜色中闪动。许志强打开用粗布包着的手电筒,借着微弱的光线辨认了一下交通沟的位置,然后后退了几步,向战士们指了指一条分岔的交通沟,后径直向前走去。后面的队伍也跟着向前走。

走了大约十分钟后,前面又出现了两个分岔。许志强直接奔着左边的沟继续向里走,一直走到一面长满青草的土坡前。许志强再次打开包着布的手电筒,仔细察看了一下土坡,然后挥手让一名战士把铁锹递给他。他拿着铁锹在土坡上大致比画了一下,让两名战士轻轻地挖。挖了一会儿,土坡上出现了一块被雨水沤得又黑又潮的木板。许志强让后面的战士拿着手电筒,自己走上前,双手抠住木板的两边一使劲,木板从土坡上被抠了下来,木板后面出现了一个黑乎乎的洞口。许志强拿过手电筒,第一个走进了洞里。后面的战士们也有序地跟着走进洞里。

借着手电筒发出的光,许志强看到洞里有被惊跑的野耗子,还有在洞壁上缓慢爬行的蚰蜒和蜈蚣。许志强从小就和这些耗子、虫子打交道,就像没看见似的继续向前走。走了一会儿,前面又没有路了。许志强拿起铁锹在洞前方挖了几下,看到隐约露出了一块木板。他得意地笑了笑,指了指洞的左边,轻声说:"大伙一起来,从这里往前挖。一定注意不要发出动静。挖出来的土就用提前准备的布袋往后传。"

虽然战士们不了解许志强为什么不直接打开木板继续向前走,而是要在左边继续挖洞,不过大家都知道这位"许三妮"在大棠树是个有名的人物,热心肠,鬼点子多,记性好,干活还是个多面手。半个多小时过去了,随着一袋一袋的土

第五章

被传出去，地洞也在缓慢地向前延伸。

洞里空气稀薄，前面的战士出了一身的汗，再加上浑身的土，看起来就像刚从泥塘里爬出来一样。

许志强让前面的人出来，换上后面的人，继续向前挖。周轩宇和王队长也进了洞，看到许志强等人正在热火朝天地挖洞，低声问："情况怎么样？没啥意外吧？"

"队长，您就放心吧。天明之前，咱们肯定能出去。"许志强自信地回答。

周轩宇看到许志强的劲头，知道这里的交通沟和暗道都是他当年带着村民挖的，对附近的地形很有把握，便微笑着拍了拍他的肩膀说："你小子，在地下还能看到地上，比土行孙还厉害！"

许志强在计算着时间，大约半个小时就换一拨人挖洞，大约换到第六拨的时候，许志强见土壤的颜色有些不同，抓起一把土看了看，又放在鼻子边上闻了闻，立刻喜形于色地说："从这里开始向上挖，一直挖到地面。"

时间不长，一名战士一铁锹铲下去，露出了一个口子，一股空气带着一种灼烧过的味道透了进来。从这个口子看上去，还能看到天空中闪烁的星星。

"总算到地面了。"许志强兴奋地低声说。

两名战士继续用铁锹把洞口挖大，几块被烟火熏得漆黑的土坷垃和半块砖滚落下来，一股焚烧过的呛人味道随着风钻进了洞里。洞口外依然被夜色笼罩着，四周非常安静，什么声音也没有，静得有点瘆人。许志强让战士们停下来，自己先慢慢地爬出了洞。

洞口周围是一片被焚烧过的残垣断壁，到处都是破烂的砖石瓦砾，还有一些没有烧透的黑木头。许志强简单地清理了一下洞口附近，站起身来，在夜色中四处查看了一下，没有人，也没有任何动静。他爬上一处断了半截的院墙上，向西边看去，隐约看到有几处火堆，火堆旁还有很多的帐篷。

许志强又回到洞口，对里边说："咱们已经出了包围圈了，大家都别吱声，赶紧上来吧。"

随着天色越来越亮，战士们也都陆续从洞里爬了出来。周轩宇先安排几名战士去放哨，然后观察了一下四周，认出来是城东的曹岗堆村，因为村子附近有好几处古人留下来的遗址，而且地势较高，所以叫曹岗堆。曹岗堆是个大村庄，交通方便，每个月都有一个大集市，附近的村民都会成群结队地来赶集，什么土特产品、米面粮油、风味小吃、布匹绸缎、五金百货，应有尽有。如今，昔日的林立店铺和熙攘人流都已经不见了，到处都是被火烧过的残垣断壁，就连昔日枝繁叶茂的树木也被架上玉米秸焚烧过，树干被烧得漆黑，叶子也都干巴了。春天本来是万物生长、欣欣向荣的季节，因为鬼子的侵略和"扫荡"，却如此破败凄凉。

周轩宇的眼前闪现出战士们来侦察敌情时看到的骇人情形，那些被鬼子用军刀砍掉脑袋和手脚的青壮年，那些胸腹被刺刀划开五脏六腑淌了一地的老大爷，那些遭受轮番污辱下身被塞进尖木棒后惨死的女人，那些被鬼子用军刀活活劈成两半的孩子……

"同志们，我们现在已经冲出了包围圈，你们看看这被鬼子烧掉的村庄，你们想想被鬼子百般折磨致死的乡亲们。那些被鬼子烧死的老人、被鬼子污辱的女人、被鬼子杀掉的孩子，他们都是我们的同胞，都是我们的亲人，都是我们的兄弟姐妹。我们不能看着他们受苦受难不管不问，我们要替他们报仇雪恨！"周轩宇眼中含泪，无比沉痛地说，"趁现在鬼子还没有察觉，我们打个回马枪，杀死这些狗日的畜生，绝不能放过这些灭绝人性的杂种！"

另外五位游击队队长听了周轩宇的提议纷纷举手赞同，干部和战士们一个个怒目圆睁，群情激愤，摩拳擦掌。

这次杀回马枪，周轩宇没有让战士们再走交通沟，因为时间紧迫，他想在天亮之前结束战斗。黎明之前是人们睡眠最深的时候，就是站岗放哨的士兵也最容易犯迷糊。游击队的战士们很快就摸到了鬼子的眼皮底下，鬼子一点也没有察觉。站岗的士兵们有的脸冲着西边，有的在拄着步枪打瞌睡，压根儿也没想到背后会有游击队出现。

周轩宇用望远镜看了一下，依稀看到众多帐篷中，有一个位于中间的帐篷外面有站岗的士兵，似乎还有天线。周轩宇意识到那里面可能有"大鱼"，立刻把郑长福叫了过来，对他耳语了几句。

"嗒嗒嗒……"随着周轩宇的手势，所有的轻机枪都朝着帐篷吐出了火舌，紧接着步枪也开始射击，手榴弹也被接连不断地投了出去，枪声和爆炸声连成一片。

正在熟睡中的鬼子和伪军被枪弹声惊醒，还没来得及弄明白怎么回事，就已经去见了阎王。游击队员们端着枪一边向前猛冲一边射击,很多帐篷着了火,鬼子们像无头的苍蝇一样在地上打滚,想扑灭衣服上的火苗。

"轰……"一声巨响过后,耀眼的火光瞬间映红了天空。一个存放弹药的帐篷被手榴弹引爆,巨大的热浪把周边燃烧的帐篷都掀了起来,成了一片火海。

周轩宇和冲在前面的战士们都差点被爆炸产生的冲击波推倒,脸上就像被火烤了一样,热辣辣的。

外面火光冲天、枪声不断,中间带有天线的帐篷里,却一直没有什么动静,就连外面站岗的士兵也跑进了帐篷。郑长福在其他战士的掩护下,一边向前冲,一边朝着那个帐篷开枪。几声枪响过后,帐篷里的人似乎害怕了,开始一个又一个地向外冲。郑长福连续开了三枪,把冲出来的三个人一一放倒。这时一个手里挥着战刀的鬼子冲了出来,嘴里还叽里呱啦地乱叫。郑长福轻轻扣动扳机,那个挥舞着战刀的鬼子应声倒下。郑长福正想跑过去捡起鬼子手里的军刀,随着一声声凄厉的声音,一发发迫击炮弹在游击队战士们身后爆炸。

周轩宇知道这是旁边的鬼子已经醒过神来,想切断他们的后路,连忙大喊一声:"向右后方撤退!"向右后方撤退是因为鬼子的迫击炮刚轰过右后方,相对比较安全。

战士们立刻停止攻击向右后方撤退,有的队员一边撤退一边还去捡地上鬼子丢弃的武器。

"不要拾地上的武器,立即撤退!"周轩宇再次大声命令。

战士们听到命令,不再管地上的武器,迅速地向右后方撤去。除了炮弹爆炸时发出的火光,四周比刚才更黑了。周轩宇知道,这是黎明前的短暂黑暗,天很快就要大亮了。谢天谢地,这是撤退的天赐良机。

趁着天还未亮,游击队的战士们向东一阵狂奔,在敌人的炮声中很快就消失在茫茫夜色之中……

自从日军开展大"扫荡"以来,为了度过困难时期,岳山根据湖西地委的指示提出以"减租减息,合理负担"为中心的政策发动群众,党政机关几乎天天需要转移,岳山和周轩宇他们每到一处,就积极配合区里的干部进行人口登记、普查,指导实施合理负担政策。县里规定:人均占有一亩以下土地者,免征土地税;

一亩以上者,开始计征土地税额,占地越多,累计越多。另外,根据土地情况,确定征收额,好地多拿,孬地少拿,使群众的负担更趋合理。通过人口登记、普查,打击少报土地、多报人口、分居分户等企图逃避负担的不法地主和富农,从而查出了许多隐藏不报的"黑地",不仅增加了抗日政府的收入,而且减轻了根据地乡亲们的负担。

"老五啊,现在我见你一面也不容易了。自打你从鬼子的包围圈突围出来以后,我俩还是第一次见面呢。"吴江涛笑着拉住周轩宇的胳膊说,"肩膀上的伤都好利索了吧?看起来还是生龙活虎的。"

"大哥,刚突围出来的时候,虽说受到了上级的通令嘉奖,但是面临着很多困难,随时都有被鬼子吃掉的危险。过去的这几年,真是难熬,好在我们终于熬过来了。"周轩宇有些不好意思地说,"这些年受过的伤太多,现在浑身上下没几块好地方了,每到阴雨天,不是腰酸就是胳膊疼。"

"我记得你们突围以后,我在县城里和王平青、李仁贵喝酒时,王平青说你的回马枪太狠了,不仅干掉了三百多个鬼子和伪军,还把一个日军少佐给毙了。日军的一个将军把铃木狠狠地骂了一顿,差点逼他剖腹自杀。"吴江涛兴奋地说。

"他们烧了我们多少村庄?污辱了我们多少姐妹?杀害了我们多少亲人?这笔血债,早晚要他们血偿!"周轩宇又想起了被日军焚烧的村庄,咬着牙说道。

"那次你们可是真险。李仁贵说井村他们都以为你们会向北突围,所以早就设好了口袋等你们来钻,结果你们却出其不意地从东面冒了出来,还杀了个回马枪,的确是神来之作!"吴江涛兴奋地说,"老五,从现在的情形来看,鬼子的末日快要到了。王平青已经在暗中和国民党勾勾搭搭,看来他也开始为自己留后路了。"

春末夏初,天气一天比一天热起来。周轩宇接过吴江鹭递过来的一块西瓜,三下五除二几口就吃完了,然后抹了抹嘴说:

"前几天岳书记刚和我谈过,我们的队伍一天天在壮大,鬼子却一败再败,就像秋后的蚂蚱,蹦跶不了多久了。国际局势也发生了巨大变化,太平洋战场上鬼子也快完蛋了,我看用不了多久我们就可以把鬼子赶出中国了。"

吴江涛背着手,踱着方步,思考了一会儿说:"国民政府的人来找我,一再给我封官许愿。黄成也派人跟我联络,说快要回来了,让我做好准备。老五,你和我妹妹相爱时间也不短了，你们什么时候把婚事办了，我也就放心了。"

"大哥，你自己都不成家，凭啥老催我们呢？"吴江鹭心里很高兴，但是嘴上却不饶人。

"大哥，作为一名战士，在家国情仇面前，我们只能先把儿女情长放在一边，等赶走了鬼子，我们就成婚。"周轩宇柔情地看着吴江鹭说。吴江鹭害羞地低下了头。

"老五，我说句不该说的话，恐怕赶走了鬼子，战争也不会停止。从很多信息来看，国共之间，免不了一战。"吴江涛忧心忡忡地说。

"皖南事变之后，我们就知道国民党和共产党的合作只是暂时的，他们要独裁，要专制，就不会容忍共产党的存在。如果老蒋非要打内战，我们也只好奉陪到底！"周轩宇坚定地说，"大哥，我和江鹭都是共产党员，你还是和我们站在一起吧。"

"老五，我还要再考虑考虑。不过，即使我不是共产党员，不是一直和你们站在一起吗？我们本来就是一家人，什么时候都是一家人。"吴江涛大笑着说。

从吴家大院回到游击队驻地后，周轩宇和叶海平商议如何开展下一步的战斗，两人都认为应该主动去打日军据点，端掉日军炮楼和碉堡，因为日军现在采取守势，整天龟缩在据点里不出来，就是在据点外放枪他们也不理会，就像耳朵聋了一样。

凉爽的夏夜，哇鸣虫叫声时断时续。一望无边的青纱帐里，不时闪现出一队队矫捷的身影。周轩宇和叶海平带领游击队接连打掉了离县城比较远的两个据点，击毙并俘虏日伪军数十人，缴获了不少武器弹药。井村太郎又开始坐不住了，命令铃木和李仁贵带队去各个据点巡查，虚张声势。

周轩宇和叶海平经过周密的部署，在铃木和李仁贵回城的必经之路上设伏，用地雷和手榴弹把日伪军炸得血肉横飞，仓皇逃窜。

郑长福和另外一名战士拉开间距，身上盖满了野草和灌木丛，像树根一样匍匐在路边的土崮堆上，他们手里的步枪一直在瞄准路面。

当骑着战马的李仁贵和铃木慌慌张张、一前一后地进入郑长福的射程以后，随着"砰砰"两声枪响，李仁贵的胸口和铃木的腹部同时中枪。李仁贵在马上晃了晃，接着就掉在了地面上。铃木用左手捂住腹部，右手用手枪向土崮堆上射击。"砰"的一声枪响,铃木的脑袋立刻开了花,鲜血四溅,尸体落在马下。大部分日伪军见状,立刻扔掉手中的武器,跪下来抱头投降。还有一些人吓破了胆,哇哇大叫着向县城狂奔而去。

"终于把李仁贵这条狗给宰了。这条日本人的狗祸害了多少中国人啊。"郑长福看着李仁贵血迹斑斑的尸体感叹道。

"不要侮辱了狗,他这样的人连狗也不如。"周轩宇极端厌恶地转过脸,冷冷地说。

"队长,鬼子现在不行了。咱们什么时候攻打县城?"郑长福急切地问。

"快了,上级已经在制订攻打金乡县城、全歼日伪守军的计划。这次,我看这帮杂种还往哪里跑?"周轩宇看着县城的方向,信心百倍地说。

第六章

又到了深秋时节,湖边的芦苇丛绿叶已经开始泛黄,洁白的芦花却如飘雪一般摇曳在秋风里,层层叠叠,此起彼伏,与碧水蓝天白云融在一起,如诗如画。

"一声横玉西风里,芦花不动鸥飞起。马蹄依旧入青山,柳梢浸月天如水。"吴江鹭和周轩宇晚饭后正在根据地湖边散步,吴江鹭触景生情,忽然想起宋代诗人的佳句。

"山河壮丽,美景如诗。可叹我大好河山,饱经风雨。刚赶走日本侵略者,战争的阴云又要笼罩在中国大地上。江鹭,你们在群众工作中一定要注意安全,保安团、还乡团,都恶狠狠地张着血盆大口随时会扑向你们。"周轩宇思考再三,还是不放心吴江鹭的安全。

在湖西地委的统一组织下,八路军某部和金乡县抗日游击大队的战士们经过多日浴血奋战终于攻下了金乡县城,受伤的井村太郎带着残余的日本鬼子仓皇向济宁方向逃窜。1945 年 8 月 15 日,日本法西斯宣告无条件投降。然而,接下来竟然发生了让很多人意想不到的荒唐事情。

曾经负责守卫金乡的国军旅长黄成以山东省第十一行政督察专员兼保安司令的身份回归,堂而皇之地接受了日本鬼子的投降。按照规定,第十一行政督察区下辖曹县、金乡县、单县和成武县四个县。

王平青也跟着摇身一变,被任命为金乡县保安团团长兼警察局局长。因为黄成曾经任命吴江涛为国民党军团长,而且吴江涛也在抗日期间为国军提供过关于日伪军的重要情报,黄成大力举荐吴江涛担任国民政府金乡县县长。不过,吴江涛再三推辞,始终没有答应,而是孤身一人去了武汉,因为他得知舅舅在抗战胜利后又回到武汉任职。

临行前,他劝说吴江鹭和他一起过去,去武汉住上一段时间。吴江鹭犹豫再三,还是留在了金乡。吴江涛告诉吴江鹭,他之所以不做县长,是因为他断定国共一定会开战。他不想看到兄弟阋墙,同室操戈。

湖西地委自鬼子袭击事件之后,一直缺少得力干部。日本投降后,岳山被调往湖西地委担任秘书长。金乡县抗日游击大队也被统一改编为冀鲁豫军区第二十团,周轩宇任团长,叶海平任政委。

吴江鹭已经被大家推举为县妇女救国会的副主任,负责发动妇女搞土改,促生产,纺线织布,缝军衣,做军鞋,备战支前,整天忙得不亦乐乎,两人现在见上一面都不容易。

"你不怕,我也不怕。我有枪,我也可以打仗,还能怕了这些反动武装?对了,苏大婶和张丹丹母女两人都很有干劲,我还想以后吸收她们入党呢。我总觉得我在哪里见过苏大婶,可就是想不起来,你说怪不怪?"吴江鹭忽然转过脸来问周轩宇。

周轩宇心里明白,苏碧莲被张一指抢走时,吴江鹭年龄还小不记事,再加上苏碧莲又刻意淡化自己的过去,只说自己姓苏,名字叫杏儿,是从外地投亲来的,也就没人特意去关注她。他也不想告诉吴江鹭和吴江涛真相,既然那段悲惨而又痛苦的历史已经过去了,就让它永远过去吧。一切向前看,开启新生活。

"你们女人总是有些敏感,这有什么奇怪的?江鹭,听说大哥一直不愿意干国民党的县长,那你看我们能不能说服他加入我们的队伍?"

"大哥去武汉,说是去看望一下舅舅就回来,还不知道啥时候能回来呢。他从小就很有个性,见王平青当过汉奸,做过那么多坏事,竟然摇身一变还升了官,就对国民党非常失望。"吴江鹭望着湖边摇曳的芦花说,"其实你那次在湖西遇袭事件中被逼供的事,大哥也很难释怀,当时他也是不停地叹息,还破天荒地抽了烟。"

"大哥非常有正义感,也是性情中人。他喜欢天马行空,特立独行,不受拘束。不过,关键时刻他总是能临危不惧,挺身而出,是条真汉子!"

"大哥说过,王平青这样的汉奸都能被重用,说明内战不可避免。老五,你现在已经是正规军了,以后肯定要东奔西跑,南征北战,你要多注意安全,不要让我担心。"

"虽然现在老蒋还只是在搞局部摩擦,不过大家都很清楚,全面内战不可避免,我们只有积极备战,才能粉碎敌人的阴谋。作为一名战士,随时都会有牺牲的可能,我早就把生死置之度外。倒是你,我一直放心不下。"

两人在一起,总有说不完的话。一名战士跑了过来,是周轩宇的警卫员小高,他离老远就喊道:"团长,有新情况,政委请您去开会。"

周轩宇告别吴江鹭,赶紧跟着小高向团部走去。

"国民党不顾全国人民的强烈反对,已经开始对中原解放区大举围攻。就在一个月前,国共双方在武汉刚刚签订了《汉口协议》,规定停止中原地区的武装冲突,然而国民党军队公然撕毁协议,依然派重兵进攻中原解放区。这就意味着全面内战已经开始了。"叶海平看见周轩宇进来,急切地对他说。

"首长对我团有什么指示?不痛痛快快地打一仗,我这浑身都觉得痒痒的。"周轩宇对此已经有了充分的心理准备,并没有觉得惊讶,而是扭头向报务员小李问。

"据悉刘邓大军为了配合中原野战军突围,已经发动了陇海战役。我预计很快就会有战斗任务下达。"小李认真地回答。

"那好。我可早就等不及了。"周轩宇拍了拍小李的肩膀说。

骄阳似火,照在一望无际的田野上。高粱和玉米已经有一人多高,在风中摇曳起伏,就像大海里翻涌的波浪。正值盛夏,位于金乡县西部的定陶县,地处万福河上游,正被酷暑笼罩着。一阵风吹来,就像一股热浪袭来,宽阔的大路上顿时尘土飞扬,黄沙滚滚,不仅眼睛看不清楚,就连呼吸也觉得困难。

在郑州通往定陶的路边,周轩宇头上戴着用杨树叶编成的帽子,手里举着望远镜正聚精会神地观察远处的动静。路上的黄沙和尘土被风卷着,一阵一阵地扑面而来,吹到脸上竟然有些火辣辣地疼。

"团长,看到蒋军的踪影了吗?"警卫员小高抹着脸上的汗水问。

"根据情报,我预计他们快要露头了。告诉战士们,随时做好战斗准备。"周轩宇嗓子沙哑地说。

"是。"小高说完就钻进了青纱帐。

"政委,你知道首长为何要选择先敲掉整编第三师吗?这个师可是老蒋的王牌部队,战斗力很强,是块难啃的硬骨头。"周轩宇对旁边的叶海平说。

"这个师的师长是黄埔一期毕业,又是蒋军陆军总司令的外甥,平时骄横跋扈,与那些非嫡系部队矛盾颇深。按照蒋军将领的一贯做法,我们打他的话,其他部队就会袖手旁观。"叶海平不以为然地说。

"我觉得除了这些,还有一点——这位中将师长一贯过度自信,眼高手低。"周轩宇看了看大路两边在风沙中起伏的青纱帐说。

大风吹动着道路两旁密密麻麻的青纱帐。青纱帐里,战士们一个个头上戴着树叶编成的伪装帽,满身大汗,手握钢枪,趴在地上,紧盯着前方的道路。

"轰……"前面接连响起地雷爆炸的声音,紧接着又是一阵密集的枪声。

"蒋军来了。我们进青纱帐吧。"叶海平在旁边提醒周轩宇。

周轩宇知道,这是国军在前方开道的坦克压上了我军早已埋好的地雷。隐藏在路边青纱帐里的第一批战士完成任务后就已经迅速地向后方转移。

陇海战役后,刘伯承和邓小平指挥下的第二野战军还没有来得及休整,国民党就迅速集中三十万人从徐州、郑州两个方向兵分六路向鲁西南地区展开"钳形攻势"。面对装备精良、气势汹汹的蒋军,刘伯承决定集中优势兵力,先敲掉他们一个"钳子"。

敌情就是命令。周轩宇所在的团被迅速合并到第二野战军,成为一个独立团,立即投入战斗,任务是与兄弟部队一起迟滞蒋军,诱敌深入。

"既要迟滞敌人的行进速度,为我军争取时间布下口袋,又要诱敌深入,把敌军引到口袋里,不付出一些代价是做不到的。既然我们团先和敌人遭遇了,那我们就牵着他们的鼻子遛遛他们。"

周轩宇说完,就和叶海平一起钻进了青纱帐里。

一路上,周轩宇根据地形和周边环境,就像捉迷藏一样与国军打运动战。国军前进,独立团就边打边退,还一路不停地埋地雷;国军停止,就用迫击炮和手榴弹打招呼,打完就转移。不过,国军依仗炮火优势,用坦克对前方的道路进行连续炮击,甚至用机枪向路两旁的青纱帐疯狂扫射。虽然边打边退,独立团的伤亡数目还是不断在增加。

整三师师长一直在密切观察战场上的状况,他见独立团虽然一直在阻击和袭扰,但是依然在节节败退,而且还丢了不少战略物资,不禁大喜过望,一方面向上级发报,扬言"共军节节败退,溃不成军。相信不用两个礼拜,就可以占领整个晋冀鲁豫,把共军赶回太行山",一方面下令部队快速攻击前进,彻底消灭前方阻击的士兵。

独立团边打边退,很快就退到了一个叫大杨湖的村庄。村庄四周地形开阔,都是一望无际的青纱帐。村周边有一道很深的壕沟,壕沟里有下雨形成的积水。村南还有一个大水塘,水塘的边上是茂密的芦苇丛。村庄里的老百姓都已经被转移了出去,整个村庄里非常安静,就连树上都没有一只鸟,只有知了在不停地鸣叫。

独立团阻击了一阵子以后,奉命继续向后撤退,一直退到了离大杨湖不远的大张集。整三师的部队随即就浩浩荡荡地开进了大杨湖,坦克、汽车、大炮,还有美式装备的士兵耀武扬威地占领了大杨湖。

此时得意扬扬的整三师师长还不知道,他孤军冒进,已经进入了刘邓大军布下的口袋阵。到了大张集以后,一直边打边退的独立团接到上级的命令,全力配合兄弟部队在大张集阻击敌人,决不让敌人再前进一步。

周轩宇马上带着营连干部,观察周边地形,深挖村里土寨墙下的壕沟,利用土寨墙,堆上沙袋和土包修建环形工事,在关键部位修建暗堡,并向大杨湖方向派出警戒小分队,随时报告敌情。

大张集的防御工事还未完全建成,天空中就传来了飞机的阵阵轰鸣声,同时地上也传来了坦克开动时的轰隆声。

"轰……轰……"随着炮弹穿过空气时发出的刺耳声响,飞机开始朝大张集密集投掷炸弹。整个大张集顿时陷入一片烟雾和火海之中,很多民房和柴火堆被炮火击中,燃起了熊熊大火。地上的坦克一边行进一边向前开炮,坦克后面的士兵也在用美式冲锋枪向前扫射。

周轩宇的眼前是一片燃烧的大火,连周边的空气似乎都在燃烧,灼热的火苗和漫天的尘土一阵阵迎面扑来,耳边是嗖嗖的子弹声和炮弹爆炸时的巨响。他看到空中的飞机依然在俯冲投弹,地上敌军的士兵正在用火焰喷射器喷火,他看到周围的战士都在怒吼着浴血奋战……

战斗从下午一直持续到深夜,土寨墙下的壕沟里密密麻麻地堆满了尸体,又高又宽的土寨墙几乎已被炮弹削平,变成了一溜黑灰色的土堆,就连几处隐蔽的暗堡也已经被炮弹掀起的泥土层层覆盖。隆隆的炮声和密集的枪弹声打破了夏夜的寂静,冲天火光映红了整个夜空。敌人的军队已经将大张集团团包围,可是依然没有攻下大张集的阵地。

"团长,一营的战士伤亡很大,只剩下一百多个人了,我们请求援助。"独立团第一营营长郑长福在电话里向周轩宇大声喊。

"郑营长,主力部队比我们的伤亡更大。人在阵地在,我们必须坚持住!"周轩宇哑着嗓子吼道。他已经很长时间没有喝水了,但是他知道战士们都和他一样,因为外面的敌人到现在都没有给他们一个喘息的机会。

"好,团长。一营誓与阵地共存亡!"郑长福怒吼着回答。

临近午夜时,枪声渐渐地平息了下来,敌人的进攻停止了。

"敌人被我们打退了!打退了!"战士们纷纷挥舞着手里用树叶编成的帽子,大声呼喊起来。那帽子上的绿叶早就已经被炮火烤干散落了,一挥舞就连剩下不多的叶子也纷纷飘了下来,战士们的手里就剩下干枯的枝条了。

周轩宇的嗓子又干又渴,还有点火辣辣地疼。他刚喝了一口水壶里的水,就听见大杨湖方向响起了隆隆的炮声,火光四射,照得天空通红。

"团长,进攻大杨湖的战斗已经打响了。上级命令我们,立刻投入战斗,围歼敌整三师。"报务员小李报告说。

"老周,我们团伤亡严重,要不要向上级报告,休整一下再参加战斗?"叶海平有些犹豫地问周轩宇。

"老叶,你忘了纵队司令在动员会上的讲话了?豁出去了,烧铺草!我估计啊,说不定过一会我们纵队司令,甚至刘邓两位首长都会亲临前线。必须把整三师拿下,否则首长寝食难安。这样吧,伤员留下养伤,其他人迅速杀个回马枪,一刻也不能耽误。"

"烧铺草"本来是一种丧葬习俗,意思是人死了之后,要把他生前睡过的铺草烧掉。周轩宇所在纵队首长嘴里的"烧铺草",其实就是告诉大家,只有不怕牺牲,敢打敢拼,才能赢得战斗胜利。周轩宇心里也不是滋味,独立团的战士们都是他和叶海平从金乡带出来的,仅此一战,就有那么多生龙活虎的战士再也回不去了。不过,为了夺取最后的胜利,就不能有丝毫的畏惧和迟疑。

叶海平知道,战前纵队司令和政委就已经向刘邓两位首长立下了军令状,也已经在全体将士中做了充分的战前动员,但是他依然没有想到这场阻击战竟然会如此惨烈,战士们会死伤那么多。不过,他和周轩宇都明白,正是战士们浴血奋战才取得了阻击战的胜利。要想围歼整三师,他们就必须奋战到底。

想到这里,叶海平大喊一声:"同志们,冲啊,别让整三师跑了!"

"冲啊!"战士们瞪着血红的眼睛,大喊着冲向大杨湖……

"砰……砰……"黄昏时分,太阳将要落山,西天布满了灿烂的红霞。金乡县城西的马庙村外忽然响起了密集的枪声。三名手里提着篮子的妇女正分散开来,猫着腰往玉米地的方向跑,后面有十几个穿着白色汗衫、黑色裤子的人一边追一边胡乱地开枪。

"站住,再跑就真的开枪了!"后面一个留着平头、手里拿着驳壳枪的男子冲着前面大喊。

正在奔跑的三名妇女眼看着就要到玉米地了,这时后面留着平头的男子举起驳壳枪,朝跑在最前面的妇女的脚下连开两枪,那名妇女腿部中弹,脚一软就倒了下去。

这三名妇女不是别人,正是吴江鹭和苏碧莲,还有一位妇救会的年轻骨干姜萍。她们三人正在附近的村子里发动妇女做宣传,没想到一队还乡团的便衣竟然悄悄地进了村。幸亏正在村口把风的姜萍比较机灵,从远处一看这些人就不是自己人,马上通知了吴江鹭和苏碧莲,三人紧急撤出了村子,向村后的玉米地跑去。

便衣们到了村里后发现了吴江鹭三人仓促间散落的传单,就立刻兵分三路,朝三个方向去追。其中一路很快就发现了吴江鹭三人的身影,于是就开枪警告,警告不成就开了枪。

吴江鹭手里拿着枪断后,听到前面苏碧莲"哎呀"叫了一声,就知道她被子弹打中了,赶紧蹲下身子,回过头,掏出枪来向留着平头的便衣瞄准后开了一枪。子弹飞速地射出后直接击中了平头便衣的胸部,那人大叫一声就直挺挺地倒在地上。趁对方还没反应过来,吴江鹭又朝着另一个跑在前面的便衣开了一枪,正中头部。其他几个人见吴江鹭枪法了得,立刻就趴在了地上。

这时,吴江鹭看见村里又跑出来十几个便衣,正朝着她们追来,立刻又开了一枪,然后对姜萍说:"小姜,你背着苏婶进玉米地,我断后掩护。"

苏碧莲摇了摇头,捂着伤口说:"江鹭,你们俩快跑。你俩把手榴弹都给我,我来掩护你们。"

"苏婶,我枪法准,我掩护你们。姜萍,你把你们的手榴弹都留下。你俩进入玉米地后,不要向前跑,要向东边跑,迷惑敌人。我随后就去东边找你们。"吴江鹭坚定地说。

姜萍马上背起苏碧莲,继续向玉米地跑。吴江鹭蹲在地上看了一下周围,发现是一片灌木和野草丛生的坟地,有的坟前立着墓碑,有的坟前连墓碑也没有。坟地里长着不少低矮的柳树,吴江鹭看了看那些柳树,又看了一眼姜萍和苏碧莲留下的两颗手榴弹,忽然有了一个主意。她把两颗手榴弹的后盖打开,从篮子里找出一团棉线来,把两颗手榴弹的引信用棉线连在一起,然后把一颗手榴弹围着柳树缠了一圈,上面用杂草盖住,另一颗手榴弹也围着不远处一棵柳树缠了一圈,同样用杂草盖住。

刚放好手榴弹,吴江鹭就看到刚才趴在地上的几个便衣已经快到跟前了,但是他们忌惮吴江鹭的枪法,都畏畏缩缩地排成了一排,谁也不愿意走在前面。

吴江鹭弯下腰走到两颗手榴弹中间的位置,朝中间的一个便衣当胸开了一枪,然后扭头猫着腰朝玉米地的方向跑。

中间的便衣应声倒在地上,其他的几个便衣又趴在了地上,朝着前面胡乱开了一阵枪。这时,后面的一拨便衣已经追了上来,领头的是个小分头,头发像抹了发蜡一样锃亮。他上前狠狠地踢了一个便衣一脚,大骂着让他们赶紧追。

趴在地上的便衣们赶紧站了起来,端着枪哆里哆嗦地向前跑。小分头已经看到了吴江鹭的身影,大叫道:"兄弟们,一定要抓活的!老大说了,抓住活的重重有赏!"

不一会儿,还乡团的便衣们就跑到了坟地里,刚跑到两棵小柳树的位置,一个便衣觉得脚下被什么绊了一下,接着就是"轰轰"两声巨响,两颗手榴弹先后爆炸,几个跑在前面的便衣当场被炸得血肉横飞,紧跟在后面的小分头也被一块弹片击中了面部,疼得捂着脸哇哇大叫。

便衣们一片混乱之际,吴江鹭已经跑进了玉米地,很快就消失在一片密密麻麻的青纱帐里……

吴江鹭此时并不知道,就在周轩宇领导的独立团去定陶参加大杨湖战役时,

第六章

国民党军为了加强在鲁西南的军事力量,牵制刘邓大军发起的陇海战役,已经派了两个师的兵力拥入金乡。

到达金乡后,国民党军就举起了手中的屠刀,派出大批士兵和还乡团疯狂地进行反攻倒算,大肆进行"清乡",到处捕杀共产党员、农会干部及革命群众,一时间整个金乡大地笼罩在白色恐怖和腥风血雨之中。

很多村庄中的空地上,一片血泊之中堆满了尸体,还有的尸体被吊在高高的柱子上,暴晒在烈日下进行示众。苍蝇嗡嗡地到处乱飞,空气中弥漫着令人窒息的气味。

成群结队的人衣衫褴褛,反绑着双手,在枪口的威逼下被送进了县城的监狱。老县衙旁边的金乡监狱,东西两边都关满了被捕的共产党员和革命干部。昔日空荡荡的监舍已经无法再容纳新的入狱者,看守的士兵干脆就每天夜里拖出去一批人枪毙,好腾出地方。

吴江鹭、苏碧莲和姜萍三人在深夜中从玉米地里出来后,才发现根据地已经被彻底摧毁,熊熊大火依然在燃烧,地上躺着很多游击队战士的尸体。她们找了几遍也没有发现幸存的人,只好又退回了玉米地,朝另一处根据地走去。

刚走了一会儿,吴江鹭就借着微弱的月光,看到前边有一团黑影在悄悄地移动。她马上给苏碧莲和姜萍做了个手势,然后三人都趴在了地上,一声不吭。过了一会儿,吴江鹭听见玉米地里响起轻微的"哗啦啦"的声音,是有人触碰到玉米叶子时发出的动静。

"谁?再不说就开枪了。"吴江鹭低声喝道。

"别,别开枪,求求你们别开枪,我们都是出来逃难的。"听声音是一名年长的老大娘。

吴江鹭站起身来,举着枪,拨开玉米叶子几步来到黑影前,果然是一名老太太,拄着拐棍,挎着篮子,正无助地坐在地上。她的身后是黑压压的一片人,都在睁着惊恐的眼睛望着她。

在一望无际的青纱帐里,吴江鹭不仅遇到了很多避难的群众,而且遇到了一些被打散的地方干部和游击队战士。大家聚集了起来,但是依然不敢在白天走出青纱帐,只能在夜里出去探听动静。

"多亏田里的玉米可以吃了,要不大伙儿还不都得饿死。"姜萍啃着一个鲜玉米,庆幸地说。

"大地就是我们的母亲,她会一直养育我们,保护我们。"吴江鹭轻声说。

"姐,独立团什么时候能打回来啊?我们也不能一直躲在玉米地里啊,等秋天一来,我们就藏不住了。"姜萍又问。

"放心吧,独立团就快回来了,刘邓大军也会来救我们的。"吴江鹭满怀信心地对姜萍说。

"也不知道丹丹怎么样了,她不会有什么事吧?"幸亏吴江鹭随身带了一些消炎的药,苏碧莲的腿伤已经轻多了。她一直惦记着女儿张丹丹,每天都要问几次。

"苏婶,您放心。我已经问了几个被打散的战士,他们都说丹丹和机关后勤的同志已经提前转移出去了。我们总会找到她的。"吴江鹭理解苏碧莲焦虑不安的心情,所以每次她问起女儿的事就安慰她。

太阳刚从东方露出头来,沐浴在朝阳中的鲁西南平原又迎来了新的一天。战士们排着整齐的队伍正在行军。冬天的早晨,田野里非常安静,只听见战士们齐刷刷的脚步声。

"老周,大杨湖战役歼敌4个旅,而且活捉了整三师师长,我们团还受到了嘉奖,大家都戏称你是'周老虎',我们团是'老虎团',听起来多威风啊。你应该高兴才对,我看你怎么还是心事重重的?"叶海平骑着一匹枣红色的战马,问与他并肩前行的周轩宇。

"取得胜利、获得嘉奖我很高兴,只是一想起那些牺牲的战士,心里就难受。老叶,金乡那边有什么消息吗?"周轩宇手握缰绳,望着前方的朝阳说。

"敌人的大部队已经调走了,只留下一个师驻守金乡。金乡的党组织和革命队伍损失很大,据说近三千人被杀害,三百多人被关进了监狱。"

"赶走了日本鬼子,乡亲们还是不得安生。这么多同志和群众被屠杀,这笔账早晚要和他们算!"

"狗急跳墙反而说明蒋军的内心非常恐惧,想用血腥的屠杀来消除战士们的斗志。对了,你怎么不问吴江鹭的情况?"

"血腥的镇压只会激发战士们的斗志。牺牲的战士将会被活着的战士永远铭记,活着的战士将会更勇敢地去战斗。我坚信,我们的战士会用手里的枪把蒋军送进坟墓。"周轩宇并没有回答叶海平的问题,只是眼里似乎有一股怒火在燃烧。

叶海平知道周轩宇的心里一直在担心吴江鹭,但是此时此刻他只能把担心和牵挂放在心里。他和周轩宇并肩战斗了多年,从来没有见过他写日记,可是自从独立团被编入第二野战军之后,只要有一点时间,哪怕是在战斗间隙,周轩宇也会从怀里拿出一个小本本,用钢笔在上面写上一段文字。那支钢笔还是吴江鹭送给他的,他一直珍藏在身上。叶海平并不知道周轩宇写了些什么,他也不好意思问,但他知道那上面一定有对亲人的牵挂和思念。

敌人"清乡"之后,很多革命工作都转入了地下状态,但是吴江鹭和幸存的同志们一直在默默地坚持斗争。他们居无定所,缺吃少穿,枪支弹药更是少得可怜。为了能够生存下去,为了迎来胜利的曙光,他们要不断地转移位置,让敌人的"围剿"一次又一次扑空。

夜深人静时,吴江鹭开始写信,写无法邮寄出去的信。只要是能够写字的纸片甚至布片,她都会写上一些文字。钢笔早就没有墨水了,铅笔也已经秃了,她就用树枝在地上写,写完以后再抹掉。只有她自己知道,这些信是写给谁的,信里面到底写了什么内容。

苏碧莲有时候默默地看着吴江鹭,心酸不已,她没有想到这位出身豪门的大家闺秀竟然开始穿粗布缝制的破衣烂衫,竟然连一个棒子面窝头都要分成几次吃,竟然和大家一起风餐露宿四处漂泊。她几次劝吴江鹭回到吴家大院或者回到城里去,不要陪着大家受罪。吴江鹭都说,大哥没回来,回去她会更孤单。只要和大家在一起,她就不觉得孤单。更何况周轩宇、郑长福他们都在枪林弹雨里拼杀呢,她也必须为革命做点事。

战争改变了一切,包括每一个人的命运。

快到晌午时,金乡城里的湖西饭庄来了三位商人打扮的客人。一位中年男士穿着青色绸质棉袍,戴着棕色毡帽,手里揉着两颗核桃。他的身后是两个身穿黑色布制棉袍、戴着黑色毡帽、手里各自提着一个箱子的年轻小伙。看他们的穿戴打扮,中年男士是一位阔绰的老板,两个年轻人是他的跟班。

饭庄掌柜孙二愣见三人走进饭庄,觉得有些诧异。这眼看着就要过大年了,有钱的老板谁还冒着严寒出门在外做生意?更何况有传言说刘邓大军正在向鲁西南进军,很快就要攻打金乡县城,城里很多有钱人都想尽办法往外躲,眼前这位竟然还敢大摇大摆地进城?

孙二愣赶紧迎上前打了个招呼,说:"三位里面请。请问想吃点什么?"

"老板,给我们挑一个安静的雅间,先给上壶茶。"中年男人吩咐。

孙二愣不敢怠慢,赶紧领着三位客人进了最里面的一个雅间。刚走进雅间,走在最后的那个年轻人就关上了门,轻声说:"二愣哥,我是江鹭。"

孙二愣猛地回过头来,望着这个穿着男人服装自称是江鹭的年轻小伙,恍惚了一下,问:"你……你说是谁?"

"二愣哥,我是江鹭。"吴江鹭摘下毡帽,露出乌黑闪亮的短发,再次对孙二愣说。

"啊?真是江鹭啊!你怎么把长头发都剪了?怎么又黑又瘦了?俺这半年多到处找你就是找不到,可把俺给愁坏了。万一你有个三长两短,俺既对不起吴会长,也对不起周队长,那我可真是没法活了。"孙二愣毕竟已经人到中年,考虑得比较多。

"二愣哥,一言难尽,我们长话短说。我先给你介绍一下。这位和你差不多大的是解放军侦察连的胡平连长,这位是侦察员小田。"吴江鹭对孙二愣一一介绍说,"二愣哥,刘邓大军正在赶来的路上,我们这次进城,一是想摸清敌人的兵力部署,二是想了解一下监狱里被关押的干部战士的情况,寻找机会营救他们。"

"终于要打金乡了,一直在盼着这一天哪!"孙二愣激动地握着胡连长的手说,"很多同志被逮捕和杀害,俺和组织已经失去联系,有很多情报无法传递。"

胡平赶紧伸手扶着孙二愣坐下,然后认真地听他讲。

吴江涛拒绝出任县长后,黄成就举荐赵彦兴做了金乡的县长。这个赵彦兴据说是黄成的远房亲戚,是个心狠手辣的铁杆反动派。他和驻守在金乡的师长李文密臭味相投,沆瀣一气,刚站稳脚跟就举起屠刀进行反攻倒算,叫嚣着要杀光金乡的共产党员。县城里到处都是便衣特务和警察,见到可疑的人就抓,遇到反抗的直接就杀。城里边来来回回就像过筛子一样筛了一遍又一遍,到最后街上除了国民党的士兵,就是便衣特务和警察。

第六章

不过,王平青知道湖西饭庄是吴江涛开的,孙二愣是吴江涛的人,所以不但不难为他,还经常帮他解围。他晚上经常带人来饭庄喝酒,孙二愣也很懂事,每次都不收他的钱,只是记在账上。

孙二愣起初以为国民党只是在县城里抓捕共产党员,就借进货的机会去山河镇找吴江鹭,结果发觉城外的"清乡"比城里还狠毒,动不动就点火烧房屋,用一根绳子把村民捆成一串,推到湖里淹死,还有的被活埋、点天灯……,惨不忍睹。

孙二愣费尽心思也没有找到吴江鹭,没找到游击队,就只好给吴家看院的家丁留了口信,返回了县城。

"金乡的城墙都是用条石和青砖筑成,经过不断的修建,墙最高的地方有十五米,顶部还有垛墙和女墙。墙厚约五米,非常坚固。李文密驻守金乡县城后,便要求县长赵彦兴配合,抓捕民工在城墙四周修建各种防御工事,城内外遍布铁丝网、鹿砦、壕沟、地堡、暗堡。他们有一个旅是美式装备,俺多次去给他们送过酒菜,都配着冲锋枪,还有不少大炮,有的炮俺都不认识。"孙二愣认真地对胡平说。

"这个美式装备的旅驻扎在哪个地方?"胡平急切地问。

"就在城中的老县衙里。"孙二愣对胡平说,"对了,关押共产党员的监狱也在那里,分为东狱和西狱。两个监狱狱墙都很高,上面有铁丝网,卫兵荷枪实弹全天把守。俺去给看守监狱的卫兵送过酒菜,还和他们的连长有交往。据他说,监狱里已经关了三百多名党员、干部,另外还有一些老百姓。里面条件很差,根本不是人待的地方,很多同志都被折磨得奄奄一息。因为被捕的党员干部都非常坚强,敌人多次严刑拷打之后没有一人叛变,所以李文密和赵彦兴都非常恼怒,每隔两天就会拉一批人出去枪毙。"孙二愣叹息着说。

"原来负责单线和你联系的同志牺牲了,我也不知道你已经秘密加入了组织,要不是胡连长带来老五的信息,我还不知道你的真实身份呢。"吴江鹭对孙二愣解释道。

"哦,"孙二愣一摸脑袋,恍然大悟地说,"当时周队长是对俺说过,要对俺的身份保密,只允许单线联系。"

"你们在敌后工作真的很勇敢。我告诉你们一个好消息,为了粉碎蒋军对

定山河
DING SHANHE

晋冀鲁豫解放区发起的进攻,挫败其打通平汉铁路的企图,刘邓大军按照中央军委的指示,长途跋涉两百多里南下作战,准备收复鲁西南地区的巨野、金乡、鱼台、城武和单县等地,实现与山东和华中野战军配合作战。我和小田的任务主要是摸清敌人的兵力部署,把情报送出去以后再设法营救监狱里的党员干部。"胡平对吴江鹭和孙二愣两人说。

"就你们两个?胡连长,看守监狱的敌人至少有一个连,更何况城里到处都是敌人。"孙二愣是个直性子,直接说出了自己的担心。

"二愣同志,胡连长和我是来做侦察工作的,摸清情况以后会和组织联系,到时我们里应外合设法营救。不过,我们人生地不熟,现在很需要江鹭同志和你的大力配合。"小田知道孙二愣误会了,赶紧向他解释。

"二愣同志,接下来的两天,你要尽量想办法带着我去城里各处看一看,不要让敌人起疑心。最好是去送菜送酒,我就做个跑堂的伙计。"胡平看着孙二愣说。

"这进城时还给看门的排长送香烟的阔老板,一转眼就变成饭馆跑堂的了?"小田笑着打趣道。

"对了,我们进城时听江鹭同志说城里的宅子里有武器,为了应付敌人搜身我们就没有带武器,咱们要尽快拿到武器以防万一。"胡平忽然想起身上没有武器,提醒吴江鹭。

"放心吧。我知道藏在哪儿,吃完饭我们就去取。"吴江鹭自信地说。

第二天上午,孙二愣来到国民党军驻守西关的营地,还带了个身材高大的伙计。伙计挑着一个担子,里面是两瓶酒和一些熟食。

"李团长,您看这也快过年了,俺给您送点酒菜来,让您尝尝。各位兵爷都赊账,开销有点大,老板让俺来看看,您能否高抬贵手,把以前的账清一清?"孙二愣赔着笑脸,弯着腰对李团长说。

"我想起来了,你是王团长介绍的饭馆掌柜。看你还挺会来事,把酒菜挑到我屋里去,我凑一凑钱,过两天你来取。"李团长打着哈哈,爱理不理地说。

孙二愣赶紧吩咐伙计说:"机灵点,挑到团长屋里去。"

"好嘞。"那伙计挑着担子往军营里走,一边走一边好奇地观察着军营里的一切,就像是老农第一次进城一样,见啥都稀奇。

第六章

就这样,孙二愣带着伙计到处要账,西门、东门、南门、北门、美式装备旅,最后去了监狱。这一圈下来就用了两天,酒菜没少送出去,换来的都是"我凑凑钱,你过两天来取"这句话。

"江鹭同志,这是我画的兵力布防图,对四个城门附近的防御工事和兵力部署都做了标记。按照计划,轩宇同志所在的纵队今晚应该能到金乡境内,所以你必须今晚出城,把这份情报送给纵队首长。为了安全起见,二愣同志负责把江鹭送出门然后再回来,我们继续想办法营救被关押的党员干部。"胡平把画好的地图折成一个方块,交给吴江鹭。

吴江鹭点了点头,把毡帽里面的衬布扯开,放进地图,然后取出针线缝回原状,又朝四处扽了扽。

"胡连长,要不让小田去送情报吧,我留下来帮助你们,我对这儿熟悉。"吴江鹭对胡平说,她知道一旦开始攻城,留在城里开展营救工作非常危险。

"江鹭同志,这是我们早就计划好的,不能更改。你放心,我们来时纵队首长说过,让我们见机行事。如果时机不成熟,不会贸然去营救。"胡平也明白吴江鹭的担心,安慰她说。

"好的,我马上出发。你们多加小心!"吴江鹭关切地说。

转眼就到了农历腊月初八,鲁西南地区在腊八有过节喝腊八粥的习俗。喝腊八粥,泡腊八蒜,吃腊八面。孩子们嘴里开始念叨"小孩小孩你别馋,过了腊八就是年",因为只有过年才能吃上一顿热气腾腾的饺子。不过,今年的腊八节不仅天气寒冷,气氛也十分冷清,到处都关门闭户。金乡县城里的街道上,除了三三两两扛枪的士兵,很少能看到行人。

夜幕降临之后,东北风依然在呼呼地吹个不停。气温比白天还要低,风吹在身上就像无数把钢针生生地扎了进去,就连骨头缝都觉得刺疼。一队队战士穿着单薄的棉衣,趁着夜色悄悄地包围了金乡县城。

"终于又打回来了!"周轩宇用望远镜观察着城头上敌军的情况,心里激动不已。

周轩宇所在的纵队到达金乡以后,先根据吴江鹭送来的兵力布防图扫清了盘踞在城西孔楼、杨庄一带敌军一个团的兵力,接着就迅速包围了金乡县城。纵队首长根据情报,讨论以后认为,只有尽快攻破县城,才能营救监狱里被关押的党员干部。

炮团在鄄城战役中缴获的两门105榴弹炮开始连续不断地发射,一枚枚炮弹带着刺耳的呼啸声,在夜空中像一条条火蛇一样飞向西关城墙。"轰!轰!轰!"剧烈的爆炸声此起彼伏,震耳欲聋,砖石瓦砾在烟火之中四处乱飞。

城墙的坚固还是超出了大家的想象,炮弹爆炸后只让城墙裂了几道缝,留下了一些深深浅浅的坑。箭在弦上,不得不发。攻城令下达后,战士们大喊着潮水般向城门冲去。

护城河已经结了厚厚的冰,战士们踩上去脚底直打滑。敌军的炮火非常猛烈,城门口的掩体内重机枪"嗒嗒嗒"地不停喷射着火舌,城墙上步兵炮、山炮和迫击炮发射的炮弹不断地在护城河里爆炸,冰层被炸开,有的战士落在了冰冷的河水里,有的战士被炸得血肉模糊,冰面上覆盖着一片片殷红的鲜血。战士们被敌军火力压制得几乎无法前进,只能在冰面上匍匐着向前爬行。

"通信员,告诉炮团马上端掉敌人的重机枪和迫击炮。"周轩宇杀红了眼,大声命令。

"是,团长。"通信员回答。

"轰!轰!"两声爆炸声过后,敌军城墙上一处步兵炮阵地被击中,不过城门口的重机枪依然在疯狂地喷着火舌。

"团长,炮团说弹药缺乏,必须要省着打。"通信员向周轩宇报告说。

"长福,快打掉城门口敌人的重机枪。"周轩宇对着正在攻击的战士们大喊。

一营长郑长福趁着敌人炮火停歇的片刻,已经带领战士们匍匐前进到城门口,他让一名战士把手里的步枪递给自己,然后趴在地上向城门口掩体内敌人的机枪手瞄准。

"砰"的一声枪响过后,机枪手被击中脑袋,倒了下去。

战士们大喊着从地上一跃而起,手榴弹和子弹一起向敌人的城门防御工事内飞去。随着一阵剧烈的爆炸,敌军掩体内硝烟弥漫,重机枪也被炸趴了窝。

郑长福一挥手,几名战士抱着炸药包跃进掩体内,刚要去炸城门,这时城头上射出一阵密集的子弹,战士们纷纷中弹,倒在了离城门不远的地方。

一队又一队的战士冒着炮火冲到了城墙下,抱着长达十几米的木梯往城墙

第六章

上架,城墙上的敌人就用美制汤普森冲锋枪对墙下猛扫,使用美制喷火器四处喷射火焰。有的木梯被火焰拦腰烧断,有的战士在爬梯的时候被子弹击中,直接从高高的木梯上掉落了下来。

激烈的战斗从夜里一直打到第二天的傍晚,一批又一批战士倒在了城墙下,但是西门城墙和城门依然没有被突破。

防守南门的敌军火力比较弱,但是兄弟部队的战士们攻破城门之后,刚突入城内,就被敌人的美式武器压制得无法前进一步,伤亡过大,不得已又退了回来。

战争几乎同时打响的巨野、聊城和嘉祥等地,仅过了两天时间就相继被二野攻破,可是金乡依靠坚固的城墙和严密的防御工事一直在负隅顽抗。

战斗打响后的第六日夜里,周轩宇按照纵队首长的命令,开始了新一轮的攻击。

"通信员,掘进作业进展到哪里了?"周轩宇见战士们一批又一批倒在城墙下,大声问道。

"团长,掘进组的战士已经将地道挖到了西门附近。天寒地冻,土层都被冻住了。"通信员跑过来回答。

"好,让他们再加把劲。命令地面攻击部队加强火力掩护,让敢死队准备炸城门!"周轩宇咬着牙大声说。

守城的李文密对二野凶猛的攻势非常震惊,接连发出求援电报,要求对金乡进行增援。

赵彦兴在攻城的隆隆炮声中来到李文密的指挥部,惊慌地说:"李师长,野战军攻城如此猛烈,我们的援兵又没有音信,恐怕大势已去啊。"

"赵县长,如果照这个打法,就是派了援兵,我们恐怕也早就为党国捐躯了。"李文密叹息着说。

"李师长,监狱内的那些共产党一个个顽固不化,我看要立刻除掉他们。反正这些人早晚也是死,万一我们守不住,不能留下祸根。"赵彦兴阴险地说。

"那就一个不留!"李文密恶狠狠地说,"你立刻安排保安团去清狱,要干净利索!"

王平青接到赵彦兴的电话后有点为难,他知道杀掉监狱里的三百多名共产党员意味着什么,可是赵彦兴的命令他也不得不执行。思来想去,他打电话给沈副团长,说赵县长命令,让他今晚带人去清狱。

沈副团长一听,立刻打电话给曾经在日军大"扫荡"时表现积极的八连连长张良臣,让他去清狱,完成以后就可以立功受奖。

与此同时,留在城里的胡平和孙二愣等三人经过多次侦察,都没有找到顺利营救监狱内同志的办法。他们想过等王平青在饭庄喝酒时绑架他,然后让他带着大家去监狱;想过利用孙二愣和监狱守卫连长的交情,混进监狱,然后再领导大家暴动。但是监狱内外敌人戒备森严,监狱里被关押的党员干部又太多,他们的身体已经受到非人的摧残,就是能成功越狱,也不好藏身,更不好安全脱身。最后,他们决定放弃监狱营救,寻找机会里应外合,尽快解放金乡县城,再救出被关押的同志。他们万万没有想到,一场灭绝人性的大屠杀已经不可避免。

张良臣带着士兵到了东狱后,让士兵打开牢门,向牢内喊话:"大伙儿都赶快出来吧。你们的队伍正在攻城,赵县长决定放你们出去。"一向凶残成性的敌人怎么突然变得如此慈悲了呢?敌人的喊话引起了狱中很多同志的怀疑和警觉。不过,还是有些人信以为真,大声喊道:"大家快跑啊!"这一声大喊让大家丧失了警觉,狱内的人们潮水般地冲向正东及东南方向,想尽快逃离虎口。

"射击!"张良臣一声令下,早已埋伏好的士兵纷纷扣动了扳机,射出了一颗颗罪恶的子弹。枪声响过,大多数冲出来的人应声倒地,还有一部分人受伤后在地上挣扎。张良臣手一挥,士兵们又冲上去,朝着受伤的人们逐一补枪,或者用刺刀把他们活活捅死。

张良臣又带着士兵赶到西狱,刚一打开西狱三号狱门,狱内的人们已经被东狱的枪声惊醒,一齐夺门而出,愤怒地扑向敌人扭打起来。有人捡起地上的砖头,向张良臣的头部狠狠砸去,张良臣惨叫一声栽倒在地,不省人事。

敌特务连也奉命来到西狱与八连一起清狱。机枪喷着火舌射向狱内,手榴弹闪着火光在狱中爆炸。顷刻间,屋塌人亡,血肉横飞,很多党员干部被埋葬在瓦砾之下,遍地横尸,鲜血顺着墙角向外流去。

"团长,上级截获敌人电报,敌人派了东路和西路两个纵队,大约四个整编师的兵力驰援金乡。首长命令,仅留我们旅对金乡继续实施围攻,但是不要强攻,要久攻不下。其余部队全部执行打援任务。"黎明时分,通信员前来向周轩宇报告。

"首长是想围城打援,先放过城里的一个师,去吃增援的四个师,等吃掉那四个师,再回过头来吃掉城里的一个师。真是妙计啊!"周轩宇感叹道。

"老周,首长的战略调整非常及时。金乡虽然久攻不下,反而成了引诱敌人救援的诱饵。一旦被我军攻克,诱饵随即丧失,那时我军还要继续迎击援敌,战局不利于我军。如果国民党援军见金乡已被我军拿下,极有可能快速撤回,我军将再难捕捉战机痛击敌人。相反,倘若实施围城打援战术,诱使敌人不断增援金乡,我军就能牵制并消灭更多的敌人。"叶海平也深有感触,对周轩宇说。

"看来腊八打城,要打到过年喽。老叶,我们不能闲着啊,要让战士们轮流攻城,轮番休整,积蓄力量,到时候给李文密最后一击!"

"老周,打到什么时候结束,就要看老蒋派来的援军成色如何了。如果还是'运输大队',时间就不会太长。"

元旦过去好几天了,对金乡县城的围困还在继续。不过,围城的部队已经明显减少了进攻次数,摆出了与城内守军长期耗下去的态度。守城的士兵也开始放松警戒,等待着援兵到来。

"兄弟部队打援非常顺利,一天之内就在金乡东南、鱼台附近共歼灭国民党援军九千多人,刘司令员的运动分割、围而歼之战术收到了奇效。照这个速度,我预计对金乡的进攻也快要开始了。"周轩宇看着电报对叶海平说。

"团长,我们抓到了一个从城里偷偷溜出来的国民党士兵。"郑长福快步走进来报告说。

"押过来,我要仔细审问,摸一下城里的情况。"周轩宇欣喜地说。

"这个人负了重伤,但是很嚣张,点名要见你,所以我就把他押过来了。"郑长福气呼呼地说。

"周团长,叶政委,我是胡平。"穿着一身国民党士兵服装的胡平满身是血,在两个战士的押解下一瘸一拐地走进团指挥所。

原来,胡平得知敌人已经残忍地实行清狱,觉得应该立即把这个情况向纵队首长汇报。他们想了很多办法,都因为无法接近城门的守军而放弃。最近这两天敌人的戒备开始有些松懈。王平青在湖西饭庄喝酒的时候,胡平三人出手制住了他,让他护送大家出城。王平青被枪顶着后心,只能强打精神带着他们来到

定山河
DING SHANHE

西关,对守卫的连长说,奉李师长的命令,要带三个人偷偷出城去抓共军的俘虏。

晚上值班的连长正是保安团的人,见是王平青亲自带人出去,虽说有些诧异,也没敢多问,就把他们放了出去。结果刚出城门王平青就趁着天黑疾跑几步往护城河里跳。小田一看王平青要逃跑,只好冲着他开了枪。枪声一响,围城的士兵和城墙上的敌军也开始互相开火,打了一阵后归于平静。

"王平青被击毙在护城河里,小田和孙二愣被城里敌人的子弹击中牺牲了。我负了伤,被围城的战士们给绑了起来。"胡平气喘吁吁地说,"敌人进行了清狱,监狱里的同志们五天前就被敌人残忍地杀害了。我……我没有完成首长交代的任务。"

周轩宇赶紧走上前扶起胡平,亲自为他松了绑,急切地问:"监狱里的同志们都被害了?消息准确吗?"

胡平看着周轩宇的眼睛,难过地点了点头。

"长福,快安排卫生员给胡平同志治伤。老周,我们要尽快把这个情报向纵队首长报告。"叶海平连忙说。

第二天,胡平因身体多处中弹最终没能抢救过来。后来,由于国民党的两路援军已经被歼灭,野战军司令部根据敌情的最新变化,决定停止对金乡县城的围攻,周轩宇所在的纵队又奔赴了新的战场。

"秋后的蚂蚱,蹦跶不了几天了。就让你们多活几天,老子一定会再打回来的!"

周轩宇眼里含着泪水,望着眼前弹痕累累的金乡城墙,咬着牙发誓。

老五:

牵挂你的夜晚,忍不住又给你写了封信,也不知道你什么时候能收到。

现在后方的形势已经大为好转,我们不仅在根据地开展土改工作,还在组织群众踊跃支前。乡亲们已经看到了胜利的曙光,革命热情高涨,形势一天比一天好。

你不用挂念我,我倒是一直在挂念着你。你安心打仗,多打几个胜仗,等全国都解放了,我们就可以在一起了。

大哥从武汉回来了,他说舅舅在香港早就置办了庞大的产业,让他去香

第六章

港经商,可能短时间不会回来了。他很关心你,也希望我们能早点成家,过上幸福的生活。对了,他还说刚到武汉时遇到了你哥哥周轩文,在六十六军做副官,军长对你哥很器重。他也向你哥说了你的一些情况,你哥很关心你。

转告长福,苏婶和张丹丹都很好。张丹丹已经光荣地入了党,成了一名优秀的战士。

你要多保重。我等待着你凯旋的消息,也盼望着我们能早日团圆。

祝一切安好。

江鹭写于午夜子时

昏黄的油灯下,周轩宇读着吴江鹭从后方转来的书信,眼眶有些湿润。从落款的日期来看,这封信写于一个多月以前,应该是费了很多周折才送到周轩宇手中。

自从和大哥周轩文在济南分别后,周轩宇已经有十多年没有他的任何消息了。吴江涛竟然在武汉见到了他。会不会认错呢?吴江涛和周轩文小时候就认识,应该不会认错。大哥不是去南京了吗?怎么会出现在武汉呢?又怎么做了国民党军队里的副官呢?周轩宇一头雾水,不过,在这兵荒马乱的年代,多年没有音信的大哥还在人间,周轩宇唏嘘不已,感慨万千。

周轩宇又想起了他和吴江鹭的婚事,他也知道吴江涛的牵挂,毕竟他就这一个妹妹,把她留在山河镇,他的确割舍不下。其实周轩宇和吴江鹭两人早就把结婚的事情向上级做了汇报而且领了结婚证,可是一直没有时间举办婚礼。周轩宇不想让身为大家闺秀的吴江鹭就这么简单地嫁给自己,可是他作为一名战士身不由己,只能暂时把儿女情长和对吴江鹭的爱都深深地埋在心里。

盛夏的夜晚,微风习习,繁星满天,田野里不时传来声声虫鸣。夜色下的黄河,正处于丰水期,浊浪翻涌,滚滚流动,如一条巨大的黄龙横亘在一望无际的平原上。鲁西南地区从临濮集到张秋镇长达 150 千米的黄河岸边,刘邓大军各个纵队奉命集结,依次坐在各种各样的船只上,准备强行渡河。

渡河命令下达后,密集的枪炮声打破了夏夜的宁静。各个渡口的大小船只在炮火的掩护下,拼命划向对岸。对岸敌人的炮火不停地向河中扫射,轻重机枪

定山河
DING SHANHE

喷着长长的火舌，喷火器喷出的巨大火焰更是照亮了整个夜空，浑浊的黄河水被映成了一片火海。划船的船工有的被子弹射中负了伤，旁边的人立刻给他包扎伤口，其他的船工继续摇橹撑船。有的船只燃起大火，有的木排被打散，突击队的战士们就用肩膀架起机枪，边打边泅渡前进。

有的战士刚到岸就倒在了泥滩上，更多的战士大喊着冲过泥滩，登上大堤，用炸药包和手榴弹炸毁了敌人的地堡。

周轩宇带着战士们奋勇登上黄河大堤，对敌人的防御工事发起猛烈攻击。掷弹筒对着敌人的阵地接连发射炮弹，趁着炮弹爆炸的间隙，其他战士像旋风一样冲到阵地前，端起机枪向里面猛烈开火。

"同志们，经过一年以来的内线作战，我军已经粉碎了国民党军队的全面进攻，歼灭了敌人大量有生力量，敌我双方力量对比发生了显著变化。我们这次渡过黄河，就是按照党中央和毛主席的指示，由内线作战改为外线作战，由战略防御转入战略进攻，将战争引向国民党统治区。"

渡河前纵队首长在战斗动员会上的讲话还在耳边，不过，周轩宇和很多指战员一样，并不知道渡过黄河以后要去哪里，也不知道如何把战争引向国民党统治区。

"团长，一纵的兄弟们都去打郓城了，咱们也不能闲着啊。上级给咱们的任务是什么？我这手急得直痒痒啊。"郑长福耐不住性子，跑来问周轩宇。

"长福，你来得正好，我们的任务来了。你猜上级派我们去哪儿？"周轩宇故意卖起了关子。

"你还是别让我猜了。反正不会派咱们去南京打老蒋吧？"郑长福两手一摊对周轩宇说。

"老蒋集结了三个整编师，已经到了巨野和金乡之间的几个镇上，准备增援郓城守军。上级派我们纵队去金乡，攻打驻守羊山集的敌整编第六十六师。"叶海平看着郑长福为难的表情，直接告诉了他。

"太好了！又打回金乡了！咱们纵队现在兵强马壮，拿下一个整编师不在话下。"郑长福兴奋地跳了起来。

"你小子先别得意，这个仗可不好打啊。根据情报，这个整编第六十六师，属于土木系，是陈诚的嫡系部队。现任师长齐路英，山东人，黄埔一期毕业，参加过淞沪抗战、武汉会战、枣宜会战、鄂西会战、常德会战等对日战斗,立下了赫赫战功。据说他做人一向有情有义,对手下的军官和士兵都很好,所以他的这个师和其他的军队有所不同,战斗力很强。"接连打了几个胜仗后,周轩宇知道现在战士们的心气都很高,就先给郑长福泼了盆冷水。

"老周,抗日战争期间,这个齐路英就已经累积战功升任中将军长了。抗战胜利后,他率第六十六军到达武汉接受日军投降,并且还兼任了汉口、汉阳区的警备司令。我们的确不能轻视他,羊山集这次不好打。"叶海平也补充说。

"武汉……第六十六军……"周轩宇忽然想起吴江鹭给他写的信中,吴江涛曾经说过大哥周轩文就在武汉,而且在六十六军做副官。

"团长,你在想什么呢?"郑长福见周轩宇忽然若有所思,嘴里还自言自语,奇怪地问。

"哦,没什么。你快去准备吧。"周轩宇意识到自己走神了,连忙说。

在河湖众多,以平原地形为主的金乡县,作为泰山余脉的羊山就像是大自然在金乡留下的一个神来之笔,显得非常高大突兀。羊山绵延数里,东边有一个山峰,中间地势较高,西边是一片斜坡,斜坡上也有很多山头。远远望去,整座山体就像是一只正在睡觉的绵羊。汉朝末年曹操曾经在此处点兵,初定三国大事。日军占领金乡后,在羊山上修建了许多坚固的工事。

国民党军第六十六师进驻羊山后,原来居住的上千户人家大部分都躲了出去,"七十二铺古镇"的繁荣景象已经看不到了,大街上都是成群结队的国民党士兵。在羊山集外围,上万人不分日夜地修建工事,镇子外的几道壕沟被一再加宽加深,数不清的地堡和掩体遍布在山坡上,就连山顶上的山神庙里也架上了重机枪。

"根据情报,敌六十六师以日式武器为主,有坦克、迫击炮和重机枪。另外也装备了不少美式的战防炮和冲锋枪。现在部队中有些轻敌的情绪,必须要让战士们明白,这是一块难啃的骨头!"周轩宇在电话里再次提醒各个营长。

"敌军派来增援的三个师,一个师被歼,一个师逃窜,就剩下六十六师,还被包围了,所以有些战士就有些轻敌。据说《三十六计》的作者檀道济就是金乡人嘛,要让他们向古代军事家学习打仗,不能盲目轻敌。"叶海平在旁边提醒说。

"老叶,说得好啊,没想到你对金乡的历史这么了解。通讯员,让许三妮过来,我要他去抓个舌头,摸摸情况。"周轩宇笑着说。

"报告团长,俺们刚抓了一个六十六师的逃兵,给您送来了。"侦察连长许志强人还没到,声音就先到了。

"哈哈,还有这么巧的事情。"

周轩宇话音刚落,许志强和两名战士押着一个身穿农民衣服,面色白净,身材中等的年轻人走了进来。那个年轻人一看到周轩宇,眼睛一亮,紧紧盯着他看,似乎在思索什么。

"小兄弟,你叫什么名字?你虽然穿着农民的衣服,可是你这皮肤和年龄却暴露了你的身份。"周轩宇平静地对年轻人说。

"我叫刘海。这位长官,您祖上是不是留有八字家训——有义、无畏、敢为、必胜?"年轻人毫不畏惧地看着周轩宇的眼睛问。

"这……你怎么会知道?"周轩宇见面前这名年轻的国民党士兵竟然知道周一德留给后人的八字家训,非常惊讶。

"长官是不是姓周,大名轩宇?"

"哈哈,这里的人谁不知道我叫周轩宇啊?小兄弟,你问这个干什么?"

"长官,我能不能和你单独沟通一下,人多有些不方便。"

"我们这里有事都是大家一起商量。不过,为了表示对你的尊重,除了我和政委,其他人可以回避一下。"

刘海见指挥所里只有周轩宇和叶海平时,开口说了起来。原来,他并不是逃兵,而是出来替自己的长官探听情况的。他的长官就是周轩宇十多年来音信全无的大哥周轩文。

周轩文被迫从济南离开后,辗转多处流落到了上海,在一家药铺里给人当伙计。后来淞沪会战爆发,药铺关了门,他就加入了齐路英的队伍,跟着他打鬼子。在枣宜会战中,周轩文冒死在枪林弹雨中救出了身负重伤的齐路英,自己的腿部也受了伤。因为没有及时救治,后来他的腿留下了残疾,走路有点瘸。由于都是山东老乡,周轩文又救过自己的命,所以齐路英非常器重周轩文,先是提拔他做了自己的警卫员,后来又做了副官,现在是上校团长,就驻扎在周轩宇所在团的对面山坡上。

第六章

周轩文已经从吴江涛那里知道周轩宇是金乡县的游击大队长,所以一到金乡就派亲信刘海去山河镇打探周轩宇的消息,还让他到中药铺给父母捎个信。刘海乔装打扮去了山河镇才发现中药铺早就已经关门,周轩文的父母故去多年,也没有打探到周轩宇的消息,就只好返回,结果回来时羊山已经被团团包围。他就想偷偷溜进去,结果被许志强的侦察连给抓到了,他只好说自己是逃兵。

"我一看见你就知道你是我们团长的弟弟,因为你们两人长得太像了,脸形、身材,还有眼睛。"刘海兴奋地说。

"你们六十六师在抗战中立过功,现在却甘愿为老蒋卖命,把枪口对准自家人。刘海兄弟,我问你,你们团长对打内战态度积极吗?"周轩宇听了刘海的话以后心底涌出一种说不出来的滋味,不过他还是面色平静地问。

"不瞒您说,我是山东青岛人。我们六十六军从我们军长到团长再到我,打日本鬼子时个个都不含糊。我们团长救过军长,也救过我。后来在常德会战中我也救过我们团长。现在掉转枪口打内战,我们团长一直就不情愿,还差点挨党部的处分。听团长说军长心理压力也很大,经常睡不着觉,整天叹息说自己是个职业军人,服从命令是天职。我们团长出身于中医世家,我们打仗时每到一处他都去向当地的名医请教,现在他给我们军长开了药方,听说军长喝了以后睡眠好多了。"刘海看来喊齐路英军长喊惯了,说得眉飞色舞,根本就不像一个俘虏的模样。

"中医世家?哈哈,我们家的确是中医世家。刘海兄弟,你喝点水,慢点说。"周轩宇递给刘海一个盛满水的搪瓷缸。

周轩宇走到叶海平身边耳语了几句,叶海平点点头,在周轩宇耳边也说了几句。周轩宇对刘海说:"刘海兄弟,请你先回避一下,我们给上级通个电话。"

刘海喝了一大口水,点着头说:"兄弟明白。"然后自己走出了指挥所。

过了一会儿,周轩宇把刘海又叫了回来,递给他一封信,微笑着说:"刘海兄弟,我们请示了上级,决定让你回去。这封信是我刚刚写给我大哥的,拜托你转达给他,就说我们随时欢迎他,欢迎齐师长还有各位兄弟回到人民的怀抱。另外,回去告诉兄弟们,咱们是一家人,一家人不打一家人。好不容易赶走了小日本,也该让老百姓过几天安生的日子了。"

"周团长,您说到我心坎上了。我们团长也对我说过,等打赢了小鬼子就回家接父亲的班,经营中药铺,过几天安生日子。"刘海对让他回去并不感到意外,接过信来小心地放在对襟短衫里面的口袋里,用手压了压。

刘海走了以后,周轩宇感到心里踏实了很多。他在信里不但抒发了对大哥的思念之情,而且劝他放下武器,就地起义,弃暗投明。如果能说服齐路英率领六十六师共同起义,避免战争带来的伤亡,将利在人民,功在千秋。

整整两天的时间内,刘海那边没有任何动静。眼看着在信里约定的时间就要过去了,周轩宇越来越不安,他不知道刘海是否出了什么问题,也不知道周轩文是否出了什么问题。不过,周轩宇也很清楚,不打仗是不可能了。

时间不等人。战争时期,时间就是战机,就是成千上万战士的生命。随着隆隆的炮声响起,二野的两个纵队从东西两面对羊山集的守军开始了猛烈的攻击。

开战前纵队中一直弥漫的盲目轻敌和急于求成的思想很快就被残酷的现实打破。六十六师依靠严密的防御工事,多次阻挡住了解放军的进攻。战场上子弹横飞,烟火弥漫,成群的解放军战士倒在山坡上。

连续作战两天之后,担任主攻的二纵伤亡惨重,有的尖刀连只剩下几个人还能作战。敌人的增援部队也在向羊山集靠拢,羊山外围的阻击战随之打响。

天上烈日炎炎,地上炮声隆隆,战斗还在激烈地进行中,西天忽然涌来一大团乌云,乌云后面还有隐隐的雷声,紧接着狂风呼啸,沙石飞扬,转眼间乌云就已经覆盖了羊山的羊尾。雷声越来越近,乌云翻滚着瞬间就覆盖了整个羊山。豆大的雨点从天而降,落在山石上啪啪作响。云涌雷鸣之际,天空已经布满乌云,雨越下越大,很快就像瓢泼一样,天地之间都是重重叠叠的雨帘。战士们虽然还在向前冲锋,但是眼前被雨线遮挡,一片模糊。地堡里的机枪还在"嗒嗒嗒"地射击,有的战士胸前中弹,鲜血混着雨水从身上往下流,山坡上流下来的雨水很快就变成了瘆人的红色。

暴雨如注,山坡上地堡里的机枪依然在向外连续不断地射击。前面的战士不断在雨中倒下,从山坡上流下来的泥水和血水已经将战壕积满,重机枪手半个身子都浸泡在泥水里,其他战士也大都被积水淹没了膝盖,可是他们都在冒着大雨射击,为冲锋的战士提供火力掩护。

周轩宇看着眼里冒火,大声让通讯员给他找来一个炸药包,跳出战壕后匍匐着向敌军的地堡爬行。

第六章

"老周,快回来!"叶海平大声向周轩宇呼喊。

周轩宇咬紧嘴唇一声不吭,继续向上爬。他爬到一块突出的岩石后面,冲着地堡的位置扔了两颗手榴弹,在手榴弹爆炸的瞬间,一跃而起,抱着炸药包猛然向前一扑,扑在了一个被炮弹炸出的弹坑里。弹坑里面全是水,还有战士们的尸体和未引爆的炸药包。许多战士就是在这里被敌军的机枪射中,没能把炸药包投到敌军的地堡里。

透过密集的雨帘,叶海平隐约看到周轩宇已经到了离地堡不远的地方,但是地堡里的机枪依然在向外疯狂地扫射,形成了一道密集的火力网。叶海平从旁边战士手中抢过一挺机枪,跃出战壕,端着机枪向地堡方向开始猛烈射击,一边射击一边猫着腰向前冲锋。郑长福也带着几名战士跳出战壕,和叶海平形成三角形状向上攻击前进。

地堡里的重机枪很快就注意到了叶海平,开始朝着他猛烈射击。周轩宇左手抱着炸药包,右手又从坑里捡起一支步枪,趁着机枪向叶海平射击的时候,一点一点地向地堡蠕动。眼前是机枪喷出的火舌和大雨落在山坡上溅起的水花,身下是顺坡而下的雨水和泥水。周轩宇一点一点地接近了地堡,地堡里机枪射出的子弹几乎是擦着他的头皮呼啸而过。

"快往外舀水,又要灌满了!"地堡里有人在大声说。

周轩宇用手抹了一下脸上的雨水,看了一下自己旁边的地形,看到左边是一片斜坡,雨水正在向下流,而地堡里重机枪口的下方有一块凸出的石头。周轩宇用步枪的枪口挑住炸药包,拉了引信,向重机枪口靠近,然后把步枪的枪托靠在了凸出的石块上,自己迅速向左边滚了下去。

"轰"的一声巨响过后,重机枪熄火了,地堡的顶盖被掀翻,碎石和水花四处飞溅……

羊山集一个用青石建成的大院里,走廊上站满了表情严肃、荷枪实弹的国民党军士兵。屋里的六十六师师长齐路英扔掉手里的电话,望着墙上的地图,叹息说:"援军恐怕是指望不上了。本来这些人就磨磨蹭蹭,畏缩不前,再加上下这么大的雨,就更有理由出工不出力了。"

"师长,我们物资充足,粮食和弹药足够几个整编师用上一个月的。我们再坚持几天,天只要一放晴,援军就没理由不上来了。"一个旅长对齐路英说。

201

"师长,我们损失很大,可是敌人的损失也不小。如果天晴以后,援军还不到,您就直接给校长打电话,看看他还管不管我们。"另一个旅长建议说。

齐路英点点头,说:"兵团王司令的电话是让我们突围出去,可是如果我们突围,那么多伤兵怎么办呢?我齐路英不能扔下这帮受伤的兄弟不管。辛苦两位,你们一定要坚持到底,防守好你们的阵地。"

两位旅长走出院子后,齐路英走到隔壁的一个房间门口。被扣押起来的周轩文正在房间里焦急地走来走去,门口两个荷枪实弹的士兵冷冷地盯着他,一动不动。

"师长,不能再让弟兄们去做无谓的牺牲了。您仔细考虑一下,就是不下雨,援军也会被对方阻击甚至吃掉的。赶紧带着弟兄们起义吧,否则就太晚了。"周轩文看到齐路英正站在门口,再次劝说他。

齐路英叹了口气,走进周轩文的房间,低声说:"轩文,他们都说我是书生,我看你才是书生意气啊。我为什么把你扣押在这里?因为如果我不扣押你,你就可能被送到南京军事法庭严办。你也不想一想,六十六师的班底可是陈诚参谋总长费尽心思建立起来的,我说起义就能起义?估计宣布起义的同时就吃了枪子了。我们都是职业军人,你要好好反思一下。"

"羊山集战役关系到鲁西南战役的成败,如果消灭了六十六师,我军就掌握了战略主动权。如果短时间内拿不下羊山集,等敌人后续援军赶到,我军将处于疲劳作战和内外受敌的被动地位。你们要切实深入一线,认真观察地形,重新制定作战方案。"一向沉稳的野战军首长也开始坐不住了,直接打电话给各个纵队,口气十分严厉。

天上的乌云在消散,雨开始逐渐变小。周轩宇从山坡上滚下的时候被碎石砸中了左胳膊,伤口一直在出血,不过他毫不在意,简单包扎了一下就依然在指挥战士们作战。吴江鹭在战斗打响以前就已经带领县里组织的担架队来到前线,只是还没有和周轩宇见上面,听到周轩宇负伤的消息就赶了过来。两人久别重逢,因为身处硝烟弥漫的战场,却顾不上说话。吴江鹭快速给周轩宇处理伤口以后,才忍不住埋怨说:"你是团长,非要扛着炸药包去炸地堡,逞哪门子个人英雄?政委让我狠狠批评你,还说如果你再犯这样的错误,就去纵队司令那里告你的状。"

"你不知道纵队司令的外号吗？他可是全军有名的疯子,我这算个啥?"周轩宇反驳说,"我也是看着战士们一批又一批地倒下,心里窝火啊。"

　　"是啊,刚才有个抬担架的大婶见这么多的战士牺牲,而且都缺胳膊少腿的,两眼发直,浑身颤抖,就像是被抽筋了一样,好半天才平静下来。说实话,我这几天一直想找个没人的地方去大哭一场。天天往下抬伤员,心里真的受不了啊。"吴江鹭说着眼圈就红了。

　　"江鹭,辛苦你们了。大家都说你们对伤病员照顾得无微不至,战勤工作做得好,思想工作做得细致。你们编的顺口溜'轻轻抬,慢慢放;上下坡,头朝上;不喂水,喂米汤',连首长们都竖大拇指称赞,说冀鲁豫是个好地方,我军到哪里都有翻身农民支援,到哪里都有饭吃。我军取得的胜利是和边区人民分不开的。"

　　"在县委的组织发动下,大家不分男女老少,几乎全都行动了起来,抬担架、运粮食、磨面、做军鞋、安置伤病员,都在踊跃支前,就盼着你们打个大胜仗呢!"

　　"现在各个纵队都在吸取教训,改用稳扎稳打的战术。每攻占一地,就巩固一地,逐步向前推进,战士们的伤亡数量大为减少。江鹭,你事情多,赶紧去忙吧。"周轩宇轻声对吴江鹭说。

　　大雨连下了七天七夜后,天终于放晴了,艳阳高照,晴空万里,鏖战多日后的羊山集重见天日。

　　总攻的命令下达了,二野炮团的榴弹炮向羊山集的敌军阵地发射出密集的炮弹,炮弹撕裂空气的尖锐声不绝于耳,羊山集上空烟火弥漫,遮天蔽日。

　　"刘邓首长亲自到前线了,冲啊! 攻下羊山集,活捉齐路英!"

　　战士们一边冲锋一边传递着刘邓首长亲临前线的消息,大家士气高涨,奋不顾身地冒着枪林弹雨扑向敌军的阵地。

　　部下不停地来报告阵地失守的消息,羊山上敌军控制的制高点不断被突破,齐路英面色苍白,颤抖着向蒋校长发电报求援。

　　"校长,我们已坚持数日,共军的炮团也加入了战斗,共军刘邓已经亲自到了攻击前线。如果再不派援兵,我们可就要全军覆没了。"

　　"羊山苦战,中正闻之忧心如焚。望吾弟转告部下官兵及诸同志,目前虽处于危机之时,亦应固守到底,援军日驰夜骋,不时即到,希弟信赖上帝庇佑,争取最后五分钟之胜利。"蒋校长发来的电文中也充满了无奈。

"算了吧,我们又不是天主教徒,他玩这套花样,不必复电!"齐路英放下电文,发出一阵悲凉的苦笑。

刘海又站到了周轩宇的面前,这次他没有穿农民服装,而是美式的国民党军服。他的身后是一身戎装、面无表情的周轩文。

当身穿解放军军服的周轩宇和身穿国民党军服的周轩文目光相对时,两个人都呆住了,嘴唇在翕动,但是谁也说不出话来。那一刻,周轩宇的思绪已经回到了令人难以忘怀的过去,回到了山河镇,回到了和大哥一起去往济南的火车上……

"老五……"周轩文先开了口。

"大哥……"周轩宇也不由自主地叫了出来。

求援不成的齐路英见败局已定,想要拔枪自杀,但身边的卫士直接把他的枪给抢走了。冷静过后齐路英想到还有许多跟随自己出生入死的士兵,他不能就这样抛下他们,无奈之下就把被扣押的周轩文和刘海都放了出来,派他俩过来和解放军接洽,要求停战。仗打到这个程度,起义是不可能了。齐路英只能放下武器,选择投诚。

当齐路英被解放军押解着走出指挥部时,一名满身血迹的解放军营长情绪突然失控,冲上去就要打他。周轩宇赶紧过去拦住了他,低声说:"首长交代过,齐路英在抗战时立过大功,我们还是要善待他。"

"本来以为三五天就结束的战斗,竟然打了半个月。胜利来之不易,我军由此终于揭开了战略反攻的序幕!"叶海平望着满目疮痍的羊山集,不禁感慨万分。

"是啊,偌大的羊山集,已经找不到一间像样的房屋了。不过,这是一个伟大的转折,历史一定会铭记这一切的。"周轩宇沉痛地说。

一天以后,周轩宇所在的部队即将开拔。吴江鹭带着很多群众送来了烙大饼、咸鸭蛋,还有军鞋,很多军鞋上绣着"反攻胜利""多打胜仗""奋勇杀敌"等字样。

"夏天天气又潮又热,南方更闷,我给你做了件对襟短衫,还有两双布鞋,你带上吧。"吴江鹭对周轩宇说。

"江鹭,你已经知道部队要去哪里了?我怕你担心,还没有告诉你。"刘邓大

第六章

军即将千里挺进大别山,像尖刀一样插入国统区的心脏,周轩宇也是刚知道不久。

"我只知道你们要往南去,处境危险,条件艰苦,没有根据地,也没有后勤保障。我们已经向县里的群众作了动员,支援前线,踊跃参军,做好你们的大后方。有些乡亲宁愿自己挨饿都主动把粮食送给解放军。老五,大家都说你们这次进入国统区作战是凶多吉少,我真的很担心你。"

"这次挺进大别山,钻到敌人的心脏里去打,肯定和过去大不相同,形势也不容乐观。不过,这是党中央站在全局的高度做出的战略决策,意义重大,影响深远,我没有理由贪生怕死,更没有理由留在后方。其实,刘邓首长在庆功会上亲自跟我谈过,问我是不是愿意留在湖西地区开展工作。我知道这是首长照顾我的身体,所以就谢绝了首长的好意,要求跟大部队一起挺进大别山。"

"虽然我很担心你,但是我了解你的性格。你去吧,我支持你,一辈子都支持你。对了,轩文大哥怎么样?他有什么打算?"

"江鹭,有你的支持,再难再苦我也不怕。大哥的事刘邓首长说了,他虽然策反齐路英起义没有成功,但在促使齐路英最终缴械投诚这件事上,还是有立功表现,想让他加入我们的队伍继续战斗。不过,大哥腿部有伤,多年受伤病折磨,所以想就此脱下军装,回山河镇去把药铺重新开起来。首长也表示理解,同意了他的想法。"

"太好了,大哥也算叶落归根了。我现在就盼着你和江涛哥也能回山河镇,那样我们一家人就团圆了。"吴江鹭明亮的眼睛里充满了无限憧憬。

第七章

不知道昏迷了多久,周轩宇才逐渐恢复了知觉,感到头部一阵阵刺骨的疼痛不断袭来。他微微睁开眼睛,眼前一片白晃晃的,看不清楚,只听到有个清脆的声音喊道:"大夫,伤员醒了。"

周轩宇努力睁大眼睛,适应了一会儿才影影绰绰地看到几个穿白大褂、头戴卫生帽的人正站在他床前注视着他。他知道这是给他做手术的医生和护士们正在观察他的状况。周轩宇想向他们说句感谢的话,可是嘴唇动了动,却没有发出声音。

虽然视力还很模糊,也无法正常说话,但是他记忆的闸门一下子打开了。

周轩宇跟着刘邓大军挺进大别山半年后,就根据中央的战略部署撤了出来。不过,挺进大别山时兵强马壮的刘邓大军,撤出时人马损失过半,周轩宇的很多战友都牺牲在了大别山,尤其是和他一起工作多年的政委叶海平为了掩护大部队撤退,牺牲在了敌人的枪口下。

后来周轩宇升任旅长,参加了淮海战役。后来又升任师长,参加了渡江战役。在渡江战役中,周轩宇头部被流弹击中,子弹从右太阳穴射入,卡在了鼻骨里,很快就被送到医院救治。因为中弹部位特殊,医生对取出鼻骨里的子弹没有把握,因此在医院只是做了一般处理,并没有进行手术。周轩宇在病床上躺了一段时间后,除了头部仍然隐隐作痛,并没有感觉到其他不适,再加上当时部队已经开始着手准备进军大西南,周轩宇担心会错过夺取全国解放战争胜利的战斗机会,就软磨硬泡地出院回到了部队。

刚回到部队时,周轩宇忍着头部时有时无的疼痛,坚持参加作战会议,并带领全师官兵积极为进军大西南做战前准备。几个月过后,周轩宇开始鼻子流脓,喉咙发炎,浑身无力,甚至经常眼前发黑,再次回到医院治疗多日仍然未见好转,经野战军首长批准才被辗转送到京城的民康医院动手术。

周轩宇记得,他带领战士们冒着枪林弹雨渡过长江以后,发现江岸上有一处守军的防御工事异常坚固,而且位置处于我军炮火的死角,因此给渡江部队造成了很大伤亡。急红了眼的周轩宇命令郑长福带领一团从正面佯攻,然后不顾劝阻,带着侦察营营长许志强等指战员绕到了工事的侧面,用多个炸药包绑在一起把侧面炸塌了一大片。在工事里的敌人慌乱之际,郑长福带领战士们猛冲到工事下面,顺着射击孔朝里扔了几颗手榴弹才攻下了这个防御工事。正当周轩宇站起身来命令将士们继续向前攻击时,一颗流弹从侧面击中了他的头部,他立刻就觉得天旋地转,倒在了地上……

周轩宇再次睁开眼睛,隐约看到眼前有一条细长的米黄色乳胶输液管。他眼珠微微转了转,看见医生和护士依然站在他的病床前,正在认真地注视着他。

"谢谢……"周轩宇的嘴唇动了动,发出的声音很微弱。

"周师长,你总算是醒了。"医生欣喜地说,"你别说话,好好休息。我告诉你,手术很成功,你安心养病吧。"

"我……我啥时候能……能回战场?"周轩宇嘴唇又动了动,声音非常微弱,而且断断续续。年轻的护士听不清楚,就弯下身子,把耳朵贴近周轩宇的嘴边认真地听,才听到周轩宇的话。

"周师长,您刚做完手术,需要安心休养一段时间。等您痊愈了,就可以重回战场了。"年轻的护士姑娘耐心地对周轩宇说。

几天后,医生对周轩宇说,子弹进入周轩宇体内后可能发生了旋转、折射,方向发生了变化,幸运地躲开了重要血管,没有触及重要器官,而是卡在了鼻骨里。子弹取出以后,就不会再危及生命,但是会留下一些比较明显的后遗症,因此需要静下心来治疗,短时间内没有办法重回战场指挥战斗。

天气一天比一天凉爽起来,周轩宇透过病房的窗户向外望去,院子里成排的杨树上虽然还挂满了绿色的叶子,但是已经有一些叶子在变黄,有的黄叶在风中摇曳着轻轻落到了地面上。

周轩宇推开窗户,听到外面的街上传来很多声音,有嘹亮悦耳的指挥哨子声,有队伍前进的整齐踏步声,有喧天锣鼓,有欢声笑语,还有他最熟悉的军歌声和响彻云霄的口号声……周轩宇正听得入神,护士小李微笑着推门走了进来。

"小李,今天是什么日子,外面这么热闹?"周轩宇好奇地问。

"周师长,您忘了吗? 今天是10月1日,是新中国成立的日子! 再过一会儿,就要在天安门举行成立庆典,然后就是阅兵式,最后是各界群众的游行活动。"小李兴奋地解释道。

"前些日子听说要举行开国大典,我激动得好几宿没睡着觉。这几天真是过糊涂了,没想到就是今儿啊。可惜啊,可惜了,盼了那么多年,还是不能亲眼看到庆典……"周轩宇望着天安门的方向,一脸的遗憾。

"周师长,您不用遗憾,咱们这里离天安门很近,说不定能听到毛主席的讲话呢。另外医院准备了几台收音机,一会儿就集中放在院子里的小广场上,说是可以同步收听庆典的广播。"护士小李很理解像周轩宇这样征战多年的老兵此时此刻的心情,笑着对他说。

"谢谢,你们想得太周到了!"周轩宇欣慰地点了点头。

下午三点整,周轩宇直挺挺地站立在洒满阳光的窗户前,表情严肃,目光坚毅地注视着天安门的方向。当他听到毛主席用铿锵有力的声音庄严地宣告"中华人民共和国成立了! 中国人民从此站起来了!"时,周轩宇瞬间热血沸腾,热泪盈眶,向着天安门的方向敬了一个长长的军礼……

随着身体状况逐渐好转,周轩宇时刻惦记着战场上的兄弟们,一直向医生表示想办理出院,重回战场,可是医生每次都拒绝了他的请求。直到两个多月以后,医生通知他可以出院了,同时还带来了上级的另一份通知,让他出院后尽快到中央组织部报到。

在医院办理出院手续的时候,周轩宇抽空去了堂叔家,才知道多年以前他们就已经搬走了。听邻居说是去了南方的重庆,也有的人说去了陕北的延安,反正从那以后就失去了音信。

没有找到堂叔,也没有姐姐周轩仪和姐夫刘知远的音信。周轩宇带着无限的遗憾,根据上级通知到中央组织部报到,准备返回前线参加解放全中国的最后战斗,也想顺便打听一下刘知远和周轩仪的消息。

组织部一位文质彬彬的年轻干事热情地接待了周轩宇,听完周轩宇的情况介绍后,年轻干事笑着说:"周师长,您稍微坐会儿,我去向领导汇报一下。"

"我返回前线还需要向领导汇报? 小同志,我的伤已经好了,这个事可拖不得,再拖下去,仗都让他们打完了。"周轩宇有些诧异地大声问,"你还要向哪位领导汇报?"

"分管军队转业干部的董副部长。您的事情他特意交代过。"年轻干事平静地说。

"转业?前线还在打仗,转什么业?往哪转?"周轩宇丈二和尚摸不着头脑,继续问。

"哈哈,大名鼎鼎的周老虎,不仅个头大,嗓门也大,像只猛虎,怪不得首长一个劲夸你呢。"

话音未落,一位身穿洗得有些发白的灰色棉服,身材瘦削,头发微白,双目炯炯有神的中年人快步走了进来。年轻干事连忙招呼说:"董部长,这位就是周师长。"

"轩宇同志,我是董刚,也从部队调过来不长时间。"中组部副部长董刚微笑着向周轩宇伸出手去。

周轩宇立刻站了起来,向董刚敬了一个标准的军礼。

"不用敬礼了,我已经离开部队了。我们握个手,好好聊聊。"董刚依然对周轩宇伸着手,笑着说。

周轩宇赶紧伸出手握住董刚的手,大声说:"首长好!"

董刚招呼周轩宇坐下来,向他介绍说,现在全国的形势已经发生了很大变化,党中央在七届二中全会上已经明确了工作重心由乡村转移到城市,总任务是实现从落后的农业国向先进的工业国转变。

"轩宇同志,经过慎重考虑,组织上要安排你作为部队第一批师级转业干部到地方工作。你有什么想法和要求都可以提出来。"董刚看着周轩宇说。

周轩宇听完董刚的话一下子愣住了,脑子里甚至出现了短暂的空白。他在医院里时整天觉着憋得难受,浑身痒痒,做梦都是在战场上冲锋,好不容易身上的伤痊愈了,却被告知要脱下军装离开战场。其实,七届二中全会的文件他也学习过多次,而且由衷地感到振奋,毕竟一个强大的新中国就在眼前,想想都让人激动万分,何况他这个在战场上摸爬滚打了十几年的老战士呢?不过,他也明白,解放全中国的战争很快就要结束了,革命胜利后最重要的任务就是建设新中国,他没有理由不服从组织的安排,更没有理由错过投身建设新中国的机会。只是，这些年来他一直都是在纷飞战火中度过的，除了玩命杀敌、夺取胜利，他从来没有考虑过离开战场后还能做什么，现在组织上这个新的决定让他觉得有些太突然了，自己一点思想准备都没有。

"董部长，我……我完全服从组织决定。组织准备让我去哪儿？是回湖西地区，还是回金乡？我都可以接受。"周轩宇脑子里一下子涌现出了自己的家乡，那是曾经养育过他的地方，也是他多年浴血战斗的地方。现在家乡早就已经解放了，他日思夜想的爱人吴江鹭至今还在县里负责妇女工作。

"轩宇同志，感谢你能服从组织决定，我也理解你想回去建设家乡的想法。不过，这次转业的都是师级干部，转业的去向也以国家各部委和各大型重点企业为主。现在水利部就缺一个办公厅主任，重工业部也缺几个司局长，你都可以考虑。"董刚没想到周轩宇会提出转业回山东的想法，干脆给他推荐了两个部委的职位空缺。

"嘿，是这样啊……董部长，我……我这个人坐不住，不适合坐办公室。再说了，我也没有像样的学历，除了打仗也没学过啥手艺。我愿意从基层干起，一边干一边学。我可以进工厂去当学徒，先学门手艺，然后再慢慢来。"

周轩宇一下子变得有些木讷起来，说话也有些结结巴巴。他忽然想起父亲曾经说过，如果不是因为世道乱，希望他去经商。去工厂不就是去学经商吗？生产出来产品卖给有需要的人。中央都开会说了，以后要搞工业生产，建设工业国家，他去工厂不仅可以学门手艺，还能为建设新中国出把力。

"你这个想法倒是有意思。大家都想着去当官，你却想着去当学徒。"董刚摇着头说，"不过，西郊还真有个铁厂，很有来头，是北洋政府时建的，现在处于不死不活的状态，一年到头开不了几天工，就是个烂摊子。"

"铁厂？造枪造炮都离不了钢铁啊。当年小日本不好打就是因为他们的枪炮好，我们当时要是枪炮和他们的一样，早就把他们打得服服帖帖了。董部长，我想转业去铁厂。"

"轩宇同志，西郊铁厂是个县团级小厂，书记和厂长都有了，只缺个营职人事室主任。我们现在各条战线都需要优秀的干部，组织上不能这样使用干部……"董刚惊讶地摇着头说。

"请组织上不要有顾虑，这是我自愿去锻炼尝试的。"周轩宇坚定地说道。

第七章

"既然这样,你可以先去看一看。去铁厂工作不仅要学技术,还要学管理,对你来说都需要从头开始,真的不容易啊。不过如果你觉得不合适,我们再给你重新安排。"董刚有些无奈,但是很客气地说。

周轩宇又向董刚提出能否帮助查找一下以前在延安工作的姐姐周轩仪和姐夫刘知远的下落。董刚听完后唏嘘不已,然后告诉他,可以帮他查找,让他耐心地等待。

周轩宇立刻带着警卫员去了西郊铁厂。虽然铁厂的荒凉与破败超出了他的想象,但是也激起了他心中压抑已久的一团火,让他憋足了一股劲。毛主席不是说,虽然我们进城了,如果不能领导工业,还是站不住脚吗?铁厂的破败景象不就是中华民族百年来备受摧残、饱经蹂躏的根源所在吗?振兴中华必须要振兴工业,建设新中国必须要建设经济,我必须要留在这片废墟上,我一定要让这片废墟重现辉煌。周轩宇想到这里,暗暗下定了决心。

重新回到中组部后,周轩宇斩钉截铁地说:"董部长,我决定去铁厂,困难肯定是有的,但我相信我是能够学会技术、学会管理的,我决心改变那里的面貌,把铁厂建设好。"

"轩宇同志,你真是好样的!其实,战争年代需要战士,和平年代也需要战士。每一名坚守在自己工作岗位上的战斗者都是值得尊敬的勇士!你有这样高的觉悟,我相信你一定能把铁厂建设好。"董刚感到有些意外,但还是激动地握着周轩宇的手说。

"董部长,我知道像我这样从战场下来就直接进入工厂的人,应该不会太多,因为在这个年龄再去应对新的挑战并非易事。不过,困难再大我也不会退缩,我相信我能做好。"周轩宇目光坚定,平静地说。

京城西部多山,山脉绵延,树木青翠,名胜古迹很多。天空很蓝,云朵又离地面很近,似乎近在眼前,好像一伸手就能抓住一片飘浮的云彩。云朵随风飘动,形状变化万千。夕阳西下时更是云蒸霞蔚,每片云朵都镶上了金边或者披上了红衣,色彩瑰丽而又绚烂。

在周轩宇的眼里,京城西部和从小养育他的金乡县山河镇有很多相似之处。山河镇紧挨着羊山和万福河。京城西部的山比山河镇多,山并不高,但是连绵不

定山河
DING SHANHE

绝。更让周轩宇感到欣慰的是，京城西郊铁厂厂区的西北角有一座小山，海拔比羊山还低，由石灰岩构成。山的东南苍松覆盖，绿树成荫，西北则怪石嶙峋，崖壁陡峭，天然奇石自成一景，大家都亲切地称其为"太平山"。无独有偶，一条历史悠久的长河——吉祥河——从厂区西侧穿流而过，山河相依，留下了很多动人的传说。戎马半生后，周轩宇从鲁西南平原上的山河镇，来到了华北平原上的京城西郊，日夜陪伴他的依然是祖国的壮丽山河。

不过，京城的冬天比鲁西南冷得多，尤其是在山多而人口相对稀少的西郊。寒风呼啸，吹在光秃秃的树枝上发出阵阵尖锐的嘶叫声。周轩宇的眼前有一片低矮的房屋，偶尔有些房屋里亮着如豆的灯光。远处就是黑黢黢的西山横亘在浓浓的夜色里，在寒风中似乎紧缩着身子瑟瑟发抖。

来到京西铁厂已经一个多月了，周轩宇才发现面临的困难比他想象的要多得多。他已经习惯了带领战士们在战场上奋勇杀敌，习惯了震耳欲聋的枪炮声和厮杀声，这里的白天和黑夜都十分安静，安静得让他浑身有说不出来的异样。一向倒头便睡的他，竟然开始失眠了。即使好不容易睡着了，也经常在梦中被惊醒。岳山、耿学真、叶海平、郑长福等战友的影子经常在梦中闪现，父母和其他亲人的影子经常在梦中闪现，山河镇的山河湖泊经常在梦中闪现。他努力想去留住他们，惊醒后才知道又是一场梦。

周轩宇觉得自己有千言万语想要对身在故乡的吴江鹭表达，可是当他面对着台灯下洁白的信纸时，却又不知从何说起。纠结到夜半时分，他才写下了几句"我一切都好，无须挂念，你自己要多注意身体"之类的话。

铁厂有近六百名职工，大部分是在北平和平解放前夕从外地辗转流落而来，他们中有很多人懂冶金技术，有生产经验，但是又对新政权有着深深的疑虑甚至不信任，这一点周轩宇在和他们沟通谈话的过程中就能明显地感觉到，他们虽然身在厂里，但是心思飘移不定。就像厂长和书记多次告诫他所说"这些人中有些是墙头草，有些人不可靠，还有的人就等着看我们的热闹"。作为一名负责人事的干部，周轩宇如何才能化解掉他们心中存在已久的坚冰呢？

还有最让周轩宇不能接受的一点是，他习惯了在战场上冲锋陷阵，对各种枪炮的型号和使用都很在行，对冶金行业却是一窍不通，大家嘴里说的那些行话和术语，什么"烧结、填料、预烧、过烧、起泡"，什么"熔渗、脱蜡、孔径分布、相对密度、表观硬度"，他以前从来都没听说过，每次听到就像听天书一样。

周轩宇自己也很清楚，很多事情不是说两句令人热血沸腾的豪言壮语就能得到解决的，畏难退缩就等于放弃了最初的选择，耍嘴皮子只能带来一时快活，只有真刀真枪地去干才有可能扭转局面。

"没啥好怕的，绝对不能当孬种！"周轩宇想起了父亲临终前说过的话，紧紧地握起了拳头。

"高炉是炼铁的关键设备，铁矿石经过烧结后被装入高炉冶炼才能成为铁水。炼钢要用转炉，主要原料就来自高炉铁水，在转炉里将铁炼成钢。不过，咱们厂现在只能炼铁，不能炼钢，没有设备，技术也不行。"

张宝全是山西人，是厂里为数不多的技术人员，他在学校里系统地学过冶金和铸造，也算是科班出身。周轩宇一有时间就找他请教。张宝全一开始对周轩宇很抵触，后来禁不住他的软磨硬泡，开始教他冶金方面的知识。

"咱们厂每年能炼多少铁？"

"这个我还真看过数据，从北洋时期建厂到现在，平均每年大约能炼一万吨铁。去年产量多一些，也不到三万吨，说起来少得可怜。"

"原来产量这么少，看来我们还是需要想法子提高产量才行。张工，炼铁和炼钢的工艺有什么不同？"周轩宇拿着小本子，一边记录一边问。

"炼铁的工艺流程主要分为选矿、配矿、混料、烧结、筛分、入炉、高炉冶炼几个过程，最后才是出铁。炼钢的工艺流程主要分为铁水预处理、转炉加废钢、兑铁水、转炉三脱、出钢、脱氧合金化、钢包吹氩均匀成分温度、精炼和连铸等过程。炼钢比炼铁的工艺复杂得多，必须要严格遵循工艺流程。我们国内现在炼钢的技术还有些问题，钢的质量也不可靠。"张宝全细细地向周轩宇解释。

"怪不得我们造的枪炮和日本、美国造的有很大差距，原来是钢的质量不行。"周轩宇恍然大悟地说。

张宝全扶了扶鼻梁上的眼镜框，看着若有所思的周轩宇，不解地问："周主任，你在部队都是正师级了，干吗好好的将军不做，非要来这么个小破厂学这么枯燥无味的东西？我真是对你很好奇。"

周轩宇听了一愣，转而哈哈大笑着说："时代不同了，全国差不多都解放了，新中国也成立了,我只是换了个战场而已,还是一名战士。是不是将军我并不在乎,我就是喜欢挑战自己,想干点不好干的事。人这一辈子,总要干点让自己不后悔的事情。我说张工,现在正是百废待兴的时候,国家正是用人之际,您有一身好本领,可别看热闹,要不再过几年等你老了,后悔就来不及了。"

"是啊,我也想干点事,可惜生不逢时。现在都人到中年了,有点心灰意冷啊。"

"老张,属于你的时代到来了。新中国建设需要技术人才,尤其需要你这样经验丰富的技术人才。别再观望,也别再消极,好好干吧,我们一起干,我相信一定能干好!"

周轩宇热情地向张宝全伸出手去,张宝全迟疑了一下,终于也伸出手去,两人的手紧紧地握在了一起。

"轩宇,你看谁来了?"隔着老远,就听见厂里的曹书记兴奋的声音。

周轩宇闻声一扭头,看见穿着粗布做的桃红色旧棉袄的吴江鹭正面带笑容站在曹书记旁边,手里还拎着一个大包袱,看起来是赶了好远的路才来到这里。

"江鹭……"周轩宇大叫着呼的一声跑了过去,一把抱住了风尘仆仆的吴江鹭。

"哎呀,你当着这么多人搂搂抱抱的,也不注意场合。"吴江鹭从周轩宇怀里挣脱出来,脸上羞得一片通红。

"不好意思,不好意思,让书记和张工见笑了。我是真没想到,激动坏了。"周轩宇忙不迭地向书记和张宝全道歉。

"轩宇,组织上为了让你能安心工作,特意安排把吴江鹭同志调到北京来了。我们没有提前通知你,就是想给你一个惊喜啊!"头发有些花白的曹书记微笑着向周轩宇解释。

"书记,这算不算搞特殊啊?如果是搞特殊我可就担当不起了。"

"搞什么特殊,我哪有那个权力?这是组织上对首批军转干部的统一政策,我只不过是帮你走了一些手续而已。"

在外人眼里,周轩宇和吴江鹭早就已经是夫妻了,毕竟有根据地民主政府颁发的结婚证,但只有他们两人清楚,因为连年的战争,他们基本上没有时间单独在一起,更没有举办过任何形式的婚礼。

第七章

冬天的夜里北风呼啸,寒气逼人。钢铁厂内周轩宇住的平房里却是一派喜庆。两根红蜡烛点燃后发出吉祥柔和的光,窄小的房间里每一个角落都被烛光点亮。周轩宇穿了一身新棉袍,吴江鹭穿了一件大红色的新棉袄,两人按照习俗一拜天地,再拜高堂,夫妻对拜,然后就坐在饭桌上互相看着对方,津津有味地吃饭。没有八抬大轿,没有凤冠霞帔,也没有如云宾客。红蜡烛和新衣服都是吴江鹭千里迢迢从金乡带来的,两人吃的饭也是吴江鹭亲手做的。她用老书记送来的一块肉做了一碗红烧肉,配上青菜、豆腐、窝窝头,再加一碗西红柿鸡蛋汤,两人的喜宴荤素搭配,色泽鲜艳,味美可口,两人吃得很开心,眼角眉梢都是发自心底的幸福。

"要是以后每顿都能吃上这么好吃的饭菜,可就太幸福了!"周轩宇的眼睛里充满了无限的爱意。

"以后不打仗了,我让你天天吃这样的饭。"吴江鹭充满柔情地说。

"对了,长福来信了,他跟着刘邓大军征战大西南,已经升任旅长,目前在重庆军分区工作,他说正准备把苏碧莲和张丹丹都接过去,和他一起生活。"周轩宇告诉吴江鹭。

"我来时就听苏婶说了,张丹丹听说要到重庆去见她哥,兴奋得都快跳起来了。苏婶还提到,长福在信中说,老五哥要不是受伤转业,早晚能升到军长,他一直还替你感到遗憾呢。"

吴江鹭说着夹起一块红烧肉放在周轩宇碗里,周轩宇也同时夹起一块肉放在吴江鹭碗里。两人发现竟然不约而同地给对方夹菜,对视了一会儿,都忍不住笑了起来。

夜色渐深,屋外繁星点点,天寒地冻。屋里烛光跳跃,温馨无限……

东方刚刚露出鱼肚白,鸟儿已经在山上的树丛中叽叽喳喳清脆地鸣叫。高大的冶金炉巍然矗立,冒出的浓浓的黑色烟雾,顺着风飘出去很远。炉前操作室里,周轩宇正在认真地向负责设备操控的胡师傅学习,进行设备例行检查:设备点检、温度控制、设备送风……已经秃顶过半的胡有顺老师傅认真地逐项进行检查,每一项都查得非常仔细。

"胡师傅,我太佩服你了。我要拜你为师,请你无论如何收下我这个徒弟。"

周轩宇等胡师傅检查完毕以后,在各个表单上签完字,敬佩地对他说。

"周主任,你是厂里管人事的干部,我就是个普普通通的操作工,我哪能做你的师父?你要真想学,我以后经常带你过来,你多看我操作几次,以后再独立进行操作,很好学的。"胡有顺年龄快五十岁了,经验丰富,沉稳干练,已经教会了很多年轻人。

"那不行,学习就要拜师,要不然不够虔诚。就这么说定了,您是我老师,我是您的学生。"周轩宇诚恳地说。

正说着,张宝全快步走了进来,边走边喊:"老周,组织部一位姓董的部长来看望你了,就在办公室里等你呢。"

"组织部?董部长?我这就过去。"

周轩宇有点丈二和尚摸不着头脑,董部长怎么到西郊来了?他来不及多想,赶紧往办公室跑。快跑到办公室时,老书记已经领着董刚部长迎面走了过来。董刚看到周轩宇,连忙说:"轩宇同志,曹书记已经把你的情况给我讲了,没想到你学习力这么强,适应得也很快。"

"轩宇,这位就是组织部的董部长,特意来看你的。"老书记连忙介绍说。

"曹书记,我和轩宇同志早就认识了。轩宇同志,把你的小本子给我看看。哎呀,不得了,记得密密麻麻,我都看不懂啊!"董刚接过周轩宇递给他的笔记本,连连点头说,"组织上派我来,主要是来看看你能否适应这里的环境,如果不能适应,我们就马上给你调整一下。"

"请组织上放心,我已经决定在铁厂扎根了,不干出点名堂来绝不罢休。"周轩宇信心满满地当场表态。

董刚走到周轩宇身边,握着他的手说:"那可就委屈你这位将才了。我这次来,还有两件事。第一件事是你爱人的工作,我们已经把她安排在市属的一所小学,离这儿也不远,她马上就可以去报到了。还有一件事就是……"说到这里,董刚忽然有些欲言又止,表情也变得严肃起来。

"董部长,有什么事您就说吧,我打了十几年的仗,啥都承受得起。"

"我们已经帮你查到了刘知远和周轩仪两位同志的情况。周轩仪同志从延安撤退的时候,为了掩护其他人光荣牺牲。刘知远同志在天津解放前夕执行任务时被国民党军统特务盯上,也不幸遇难。你的堂叔周明堂夫妇二人从北平离开后至今下落不明,有关部门还在查找中。"

"那……那我姐和我姐夫有没有孩子?"周轩宇强忍住巨大的悲痛,眼里含着泪问道。

"我们已经查过,还没有。"董刚说完摘下眼镜,低下头用手轻轻擦了擦眼睛。

"谢谢董部长,谢谢组织上的关心。我……去工作了。"周轩宇不想在董部长和曹书记面前流泪,所以他转身就大踏步地向冶金炉走去,两行热泪也止不住从脸颊上流了下来。

战争已经结束了,牺牲的战士们虽然没有看到最后胜利的时刻,但是他们一定会含笑九泉。姐姐,姐夫,你们的血不会白流,你们生前的愿望我来帮你们实现。中华民族饱受屈辱的时代已经过去了,一个繁荣富强的新中国必将永远屹立于世界的东方。周轩宇在心里无声地怒喊着,浑身上下似乎充满了无穷的力量。

为了迅速学习冶金知识、熟悉工厂业务,周轩宇挨个向厂里各个部门的专家和工程师请教。有的专家对他并不了解,就以没有时间为由婉拒他,他就厚着脸皮再三央求。从来不抽烟的周轩宇甚至还特意在兜里装了一包烟,很虔诚地给喜欢抽烟的专家敬烟。

最后大家都被他的诚意打动,开始教他各个方面的知识,比如原料、设备、炼铁、机械、铁路、质量、安全等。按照约定,周轩宇总是每天早上六点钟就到办公室,听专家给他讲课,一直听到八点钟,再开始一天的工作。他什么都想学,只要不明白的就找专家请教,厂里各个部门、各个科室,甚至各个生产工艺的专家或者工程师都给周轩宇讲过课,甚至数学方面的微积分知识,还有力学方面的知识,他也专门找老师给他补课。不知不觉三年时间就过去了,厂里给周轩宇讲过课的人已经不下百人。

一个周末前的傍晚,吴江鹭下班后疲惫地回到家门外,刚在车棚里放好自行车,就看见家门口油烟弥漫,还有一股烧煳的味道。她紧走两步,看见穿了件满是补丁的跨栏背心的周轩宇正满头大汗、手舞足蹈地炒菜,他做饭时笨拙的模样和当年在战场上杀敌时简直判若两人,不知道的人还以为走错地方了呢。

"哎呀,你这堂堂的人事干部不干人事,怎么干起大厨了呢?"吴江鹭闻着味就知道周轩宇把菜炒煳了,忍不住调侃他。

"哈哈,这做饭吃饭不就是世间第一大事吗?我今晚请了客人到家吃饭,知道你下班回来晚,所以我就只好献丑了。"周轩宇用脖子上的毛巾擦了一把汗,气喘吁吁地说。

"你呀,你要是把学冶金的劲头用到学做饭上来,我保准你会成为京城第一大厨,可惜你整天抱着专业书看个没完,比看老婆都着迷。明天就是周末,请客为啥不周末请?我可以给你们做饭。"

"明天钢铁学院有在职干部学习班,我哪还有时间请客啊?"

吴江鹭系好围裙,接过周轩宇手里的铲子,说:"都炒煳了,你没闻到啊?你去准备别的,我来炒菜。对了,你那么抠的人,要请谁啊?曹书记和魏厂长?"

"来了你就知道了,先不告诉你。"周轩宇故作神秘地卖了个关子。

"你说你整天那么忙,还请的哪门子客啊?一会儿我倒看看,你请的都是哪些领导。"

"人事工作不是指手画脚,说长道短,高高在上。做人事干部的,不仅要和职工打成一片,相互信任,还要了解他们的思想动向,了解他们的优点和缺点,帮助他们解决问题,迅速成长起来,这才是人事,否则就是占着茅坑不拉屎,整天琢磨人,不干人事。吴老师,你说是不是?"周轩宇站在吴江鹭身边,替她擦了把汗,笑嘻嘻地说。

两人正热火朝天地炒菜,张宝全穿着白色的短汗衫、黑色的大裤衩子,脚下趿拉着塑料拖鞋晃晃悠悠地哼着小曲走过来了,左手提着一瓶酒,右手提着一个油纸包。

"天太热,吴老师别见笑。老周请客,我又不能不来,不来就见外了不是?"张宝全见吴江鹭正在蜂窝煤炉子上炒菜,赶紧说,"大热天,不用炒菜,我买了点熟食。嗯?怎么还有煳味?"

话音刚落,胡有顺师傅也提着一瓶二锅头到了门口,他上身穿着大背心,下身却穿着长裤,脚上是黑色的布鞋。

"紧赶慢赶,还是晚了一步。"负责冶金炉设备维护的技术员赵亮说着话也到了。他还年轻,穿着短袖白衬衣、灰色长裤,脚下穿着擦得锃亮的黑皮鞋,看打扮就像是去参加正式宴会的。

"江鹭,这三位就是我要请的客人。不论年龄大小,都是我的师父。我这几年,跟着他们学了很多冶金知识,必须要隆重地表示感谢。"周轩宇对吴江鹭一一介绍,并请他们到屋里坐下。

"周主任,你看我年龄最小,就我空着手来做客,真不好意思。"赵亮见张宝全和胡师傅都拎着东西,只有自己两手空空,不好意思地说。

"有啥不好意思的,不是说好了谁也不准带东西吗?酒菜我都准备了,你们带来的一会儿再带回去。"周轩宇边招呼三人边说。

"那可不行,我们不是你的客人,而是来和你聊天的朋友。赵亮这小子把工资都用在装扮门面,吸引漂亮姑娘上了,他可以不带东西。我和老胡都不用这一套了,多少还是要表示一下的。"张宝全笑着打趣赵亮。

菜不多,但是酒并不少喝。周轩宇准备的两瓶二锅头很快就见底了,但是四个人兴致正浓,又打开了张宝全带来的酒。

"今晚请你们,除了要对你们传授技艺表示感谢,还有一个憋在心里的问题。老张,我总觉得你比较消极,心事重重,顾虑太多。其实胡师傅和小赵身上也都有这个问题,不过没有你明显。你们是不是有什么心事?说出来我们一起想办法。"周轩宇借着喝酒的场合提了一个平时不好开口的问题。

张宝全已经喝得满脸通红,说话的声音也比平常高了不少。他见周轩宇满脸真诚地看着他,一仰脖子喝掉了杯中酒,压低了声音说道:"今晚我们酒都喝到这个份儿上了,必须要说两句真话,要不然对不起老周这么真诚地对待我们。"

周轩宇赶紧起身把张宝全的酒杯倒满,然后又坐在板凳上听他说话。

"老周,你也知道,我们三个都是解放前从外地过来的。为啥要跑到这里来?因为我们三个原来的老板一听解放军要进城都跑了,我们心想,反正我们也不是老板,就老老实实待着吧,结果派来接收工厂的领导明明啥都不懂,却还瞧不上我们这些人,天天教训我们,动不动就上纲上线。既然没法沟通,我们也就想办法辗转来到了京城,到了西郊铁厂,结果这个厂的头头儿很快也跑了。京城和平解放以后,厂里的领导大会小会批评我们,整天说我们思想落后,满脑子剥削阶级思想。我们也是工人,靠着微薄的薪水过日子,怎么就有剥削阶级思想了?不就是因为我们懂点技术而他们不懂吗?所以啊,我们也是憋了一肚子委屈,怎么能不消极呢?"张宝全说话的声音越来越低,显然还是有些顾虑。

周轩宇到了铁厂以后,不仅学习了冶金方面的专业知识,也了解到厂里更多的情况。京城和平解放前,国民党特务就多次策划要把京西铁厂的重要设施炸掉,给入城的解放军留下一个烂摊子。危急时刻,厂里地下党负责人曹刚和魏长远挺身而出,在北平地下党组织的帮助下,带领广大工人与特务们斗智斗勇,最终粉碎了他们的阴谋。后来,曹刚和魏长远分别被任命为书记和厂长,接收了铁厂的管理权。

曹刚年龄大些,在厂里干了半辈子,啥脏活累活都干过,而且还是个热心肠。魏长远比曹刚年轻些,有膀子力气,能吃苦,不太爱说话。两人都出身贫苦,在厂里没少被工头等人欺负,吃了许多苦头,再加上国民党特务搞破坏时,厂里有不少人怕惹事,不敢站出来与特务们斗争,也让两人心里不痛快,因此经常批评他们态度消极,思想落后。

周轩宇看到胡有顺和赵亮两个人都低着头光听不说话,胡有顺偶尔还点点头表示认同,赵亮自始至终都低着头,看着眼前的酒杯一声不吭。

"老张,谢谢你酒后吐真言。"周轩宇端着酒杯站起身子,大声说,"说句实话,我要求来铁厂工作,就是以为铁厂也没啥,不就是小时候见过的铁匠铺吗?用风箱把炉子里的火烧旺,把烧红的铁块放到砧子上反复锻打,结果到了厂里才发现根本就不是那回事!乖乖,别说见过,听都没听过。咋办啊?回头跟领导说我太笨,啥都不会?那还算是个大老爷儿们?学,我要从头学。你们不教我,我就缠着你们,直到你们答应教会我。"

张宝全和胡有顺听到这里,都忍不住咧着嘴乐了,这周轩宇为了学技术可真是没少折腾大家。赵亮也觉得好笑,又忍住不笑,就扭过脸望着胡有顺的脑袋,似乎他的秃顶上又长出了头发。

"我也是穷苦人出身,为了能活下去,才拿起枪当了兵。不过,我习惯了在战场上杀敌,还没有学会专业技术,更没有学会管理工厂。就像书里面写的,我们打破了一个旧世界,还要努力探索如何建设一个新世界。毛主席说过,我们进京就是赶考,如果考不及格退回来就是失败了。所以,我要为有些同志的工作方法不当、工作作风蛮横向你们道歉。新中国的建设需要我们一起努力奋斗,你们和我一样,都是这个大家庭的一员。铁厂明日的辉煌就要依靠我们来共同创造。

来,我们一起干了这杯酒!"

周轩宇慷慨激昂地说完,端着酒杯热切地望着张宝全、胡有顺和赵亮。三个人也腾地一下站了起来,四只酒杯砰的一声碰了一下,然后大家一饮而尽。

"老周,我就是想说一说,也没啥别的想法。憋了很久的话终于说出来了,心里也就没那么别扭了。来,我敬你一杯。"张宝全脸色微红,看起来红光满面。

"来,来,你们好好喝,我给你们又做了两个凉菜,蒜泥拍黄瓜和咸鸭蛋。"吴江鹭端着两盘菜放在了餐桌上。

"哈哈,人家请客都是先上凉菜,我们家是后上凉菜,这是让我们保持清醒,不要喝多啊!"周轩宇大笑着说,"江鹭,辛苦你了。你要不要喝一杯,解解乏?"

"吴老师,你别忙活了,快坐下一起吃饭吧。再过一会儿,估计只剩盘子底了。"张宝全也站了起来,招呼吴江鹭。

"好,好,你们先喝着,我马上就过来。酒我是不喝,又辣又呛,有啥好喝的?"吴江鹭在屋外大声说。

"哈哈……"屋里四个人都忍不住笑了起来。

新中国成立以来,铁厂全体职工掀起了轰轰烈烈的大生产运动。已经被提拔为副厂长的周轩宇经过与书记曹刚和厂长魏长远商议,在铁厂内开展了爱国主义增产节约竞赛。

"同志们,志愿军战士们为了保家卫国正在朝鲜战场浴血奋战,我们必须要做战士们的坚强后盾,要支持他们多打胜仗,取得最后的胜利。我们铁厂人应该怎么去支持这些最可爱的人?我们需要大家高扬爱国主义精神,开动脑筋,找窍门,挖潜力,提建议,需要大家保持旺盛的革命斗志和劳动热情,你追我赶,全员竞赛,把我们的生铁产量提上去。我们现在的确面临着很多困难,工厂设备陈旧,技术落后。大家的收入不高,生活也很贫苦。可是,要迅速改变我国一穷二白的落后局面,实现工业化强国,就必须指望我们这些人去想,去干,去闯!"

在全体职工动员大会上,曹刚和魏长远分别讲话后,副厂长周轩宇最后向大家做了动员讲话。他身材高大,声音洪亮,说话直截了当,因此引起了很多人的共鸣。台下的工人们都兴奋地注视着他,用力地鼓掌。

"我在部队时,每逢大战恶战,老首长就讲一句话:豁出去了,烧铺草! 就是有了这种英勇无畏的精神,我们的军队才能所向无敌,解放了全中国。如果我们每一位铁厂职工都有这种精神,争做勇士,不当孬种,我们也会克服一切困难,取得一个又一个胜利!"

动员会在热烈的掌声中结束后,职工们一边在有序地退场,一边还在兴奋地议论着。

"周副厂长的讲话太提气了!我以前就觉得他当过兵,听了刚才的讲话,还真被我说准了。"

"你怎么会看出来他当过兵?难道你小子还会相面不成?"

"嘿嘿,你看他四方大脸,难得一笑,身材高大,虎背熊腰,嗓门粗大,就像放炮,没当过兵就怪了!"

"别耍贫嘴了,快拿出不要命的劲头干活去吧,要是竞赛取不了好成绩,我看你小子脸往哪搁?"

"肯定比你强!"

"好啊,那我们就真刀真枪地比试比试!"

秋夜的铁厂,高炉矗立,月朗星稀,秋虫的叫声时断时续,职工们大都已经进入了梦乡。周轩宇带着年轻的保卫干事吕强,连同赵亮等四名职工,每个人都佩戴红袖箍,手持长手电筒,正在厂区内进行安全巡逻。

"大家一定要提高警惕,不要放过任何一个可疑的蛛丝马迹。我们的志愿军正在朝鲜浴血奋战,我们一定要保证工厂安全生产,高效生产。苏联专家正在我们厂指导工作,我们不能给破坏分子以可乘之机制造混乱。"周轩宇再次向巡厂的职工们叮嘱。

当一行六人走到炼焦炉附近时,一个黑影在炉边一闪就不见了。周轩宇马上用手电筒照过去,没有发现人。他揉了揉眼睛,问:"你们刚才看到一个黑影了吗?"

"没有啊。副厂长,您是不是眼花了?"五个人都摇着头说。

"哦,可能是我眼花了。"周轩宇揉着眼睛说。

六个人继续向前走。已经是深夜了,除了加班的车间还机器轰鸣,灯火通明,其他地方都已经熄了灯。

"副厂长,我看您一整天都在向苏联专家提问题,一边聆听还一边做记录,太辛苦了。明天您还要陪苏联专家,要不您先回去休息?剩下的地方我们来巡逻就可以。"吕强提醒周轩宇说。

"苏联专家到我们厂来,正是千载难逢的学习机会。我怎么可能错过这么好的机会呢?以前打仗的时候,经常整宿地不睡觉,这点苦都不能吃,怎么能上战场呢?"周轩宇笑着说。

"您呀,精力真好,我比您小几岁,和您比就差远了。"赵亮捂住嘴,打了个哈欠。

"谁?别躲了,快出来!"周轩宇忽然对着围墙边的一处灌木丛大声喝道。

吕强立刻掏出了手枪。六把手电筒一起向墙边照过去,没有看到人。就在大家都舒了口气时,周轩宇忽然发现,灌木丛上有几片叶子似乎晃了一下。身经百战的周轩宇立刻敏感地意识到,今夜并没有风,即使有些微风,也不会吹动灌木丛的叶子,因为那些灌木都是矮冬青,没有大风,根本吹不动冬青的叶片。

"快过去看看!"

周轩宇六人一边用手电筒照着灌木丛,一边快步跑了过去。灌木丛里没有人,不过,在手电筒的照射下,细心的周轩宇发现,有棵冬青的枝条被折断了。他拿起那根折断的枝条,用手电筒照着仔细地看了看,发现是刚刚折断的,枝条上的水分还在。

"吕强,有情况。我们就在这附近搜索,一个旮旯也别放过。"周轩宇低声说道。

大家沿着围墙向前边搜去,六把手电筒的强光照亮了路边每一寸地方。不知不觉,他们又回到了炼焦炉附近。周轩宇让大家都熄灭手电筒,迅速地向周围看了一圈,没有发现有可疑的地方,也没有任何声音。他让大家都不要说话,也不开手电筒,悄悄地向炼焦炉包抄过去。果然,月光照射下的交换传动导向轮架旁边,有一处影子非常可疑。周轩宇对厂里的重点设备已经非常熟悉,哪怕是通过月光下模糊的影子也能看出来有没有异常情况。

六个人悄无声息地包围了炼焦炉下的交换传动导向轮架,然后一起打开手电筒照了过去。果然,一个留着小平头,穿着一身黑衣黑裤的男子手里拿着一包东西,正蹲在地上。手电筒的强光一下子照向了那名男子的眼睛,那名男子慌不迭地用一只手遮住亮光,另一只手伸进腰里去掏东西。周轩宇大喝一声,猛地冲

定山河
DING SHANHE

到男子面前,飞起一脚把男子踢翻在地,然后迅速地扑过去把男子的两只手死死地扭到身后。吕强也飞快赶到,从男子腰部掏出了一把已经打开保险的手枪。

赵亮等人赶紧把男子五花大绑捆了起来。周轩宇拿起地上的那包东西,打开一看,大喊一声:"定时炸弹!"他镇定地拿起炸弹放在耳边听了听,又看了一下地上的包里,长吁一口气,说,"谢天谢地,他还没有设定爆炸时间。"

大家一起把男子扭送到厂保卫部,公安局的同志随后赶到,带走了可疑男子。经过审讯,该男子供认不讳,原来他是一名军统的潜伏特务,抗美援朝战争爆发之后,一直想找机会在京城制造混乱搞破坏。这次就是想趁苏联专家到钢铁厂指导工作之机,在厂区内制造一起爆炸事件,给职工带来心理恐慌,打乱正常生产秩序。不过,也活该这小子倒霉,他在深夜翻墙进入钢铁厂,没想到还在选择爆炸目标时,就引起了周轩宇的警觉,东躲西藏了一会儿,再次回到炼焦炉下,就被抓了个正着。

"周副厂长,我真是服了您,您怎么就能察觉到有坏人呢?"保卫干事吕强对周轩宇佩服得五体投地。

"一名优秀的战士,其实就应该是一名出色的猎手,必须有敏锐的观察力和高度的警觉性。我这点本事啊,还都是以前在战场上自学的,不像现在学冶金知识,必须要经常向师傅们请教才能学通吃透。"周轩宇颇有些自豪地说。

国庆节到来之际,京西铁厂捷报频传!在全厂一轮又一轮热情高涨的劳动竞赛中,不仅一次又一次创造了生产新纪录,还一次又一次刷新了合理化建议采纳和技术革新的纪录。铁厂提前两个月就完成了国家规定的全年生产任务,生铁产量也从1949年的三万吨猛增到三十五万吨,比新中国成立前三十年的总产量还多。

"曹书记,魏厂长,说句心里话,全厂职工持续高涨的劳动热情让我非常感动。我们有理由相信,只要充分相信大家,充分调动大家的积极性和创造性,群众的力量真的是无穷的!"周轩宇在会议室里听完各个部门的工作汇报后,情不自禁地对曹刚和魏长远说。他说这句话并不是针对谁,也不是针对什么事,而是有感而发。毕竟,能取得这样的成绩当初他也不敢想。

曹刚从面前会议桌上的烟盒里抽出一支烟来颤抖着放在嘴里,划了根火柴点燃,然后用力吸了一口。魏长远紧盯着手里各个部门报上来的材料,眉毛微微有些上扬,嘴角似乎随时要咧开。

"不敢相信,真不敢相信啊!老周,咱们铁厂今年不到一年就完成了解放前三十年的产量,这也太了不起了!"魏长远眉毛一扬,嘴角也咧开了,一边大笑一边兴奋地拍着大腿说。

"轩宇说得好!就像歌曲里唱的,咱们工人有力量,咱们工人有力量啊!"曹刚把烟头用力地捻灭在烟灰缸里,激动地对周轩宇说。

"咚咚咚……"厂区门口锣鼓喧天,红旗招展。一队又一队精神昂扬的青年工人唱着歌曲整齐有序地从卡车上下来,每个人脸上都洋溢着灿烂的笑容。"大跃进"开始了,京西铁厂从辽宁鞍山陆陆续续调来了数千人参加大生产运动。他们都背着简单的背包,迅速地进入了各个岗位开始工作。

没有足够的工人宿舍,也没有能容纳那么多人就餐的食堂,甚至连最基本的洗刷用具都凑不齐。厂里迅速安排人手在厂区内的各个角落搭起了帐篷,又从部队里调来一批简易行军床。在每个帐篷区,突击搭起了临时食堂,支起了一口又一口大铁锅。一排排烟囱里冒出了黑色的浓烟,大铁锅里就蒸出了热气腾腾的馒头,熬出了黏糊糊的粥,炒好了香喷喷的青菜萝卜。

"这和部队打仗时简直一模一样啊。"周轩宇看着眼前密密麻麻的帐篷和临时食堂,不禁想起了以前在战场上奋战的峥嵘岁月。

"先生产后生活。我们的工人不仅能吃苦,而且积极乐观,热情高涨,这也是一场没有硝烟的战争啊。"曹刚忍不住感叹道。

"老周,你看看他们,这么艰苦的条件,没有一个人叫苦,没有一个人掉队,真是好样的!"魏长远指着远处正在埋头工作的工人们,连连称赞。

"书记,厂长,建高炉需要水泥,现在水泥一下子调拨不过来,大家都在七嘴八舌地出主意呢,您过去看看吧。"负责基建的科长李根柱气喘吁吁地跑过来说。

周轩宇知道,提高铁产量就需要建高炉,但是厂里一下子也调拨不到那么多的水泥。他赶紧和曹刚、魏长远一起快步赶到基建工地。刚到工地现场,就看见一群人正蹲在地上,叽叽喳喳地说个不停。

"没有水泥怎么建高炉?我们还是赶紧上山采石头,先生产水泥吧!"

"生产水泥也需要设备,我们这里没有设备。再说远水解不了近渴,我们还是要想办法。"

"我有个办法。咱厂里不是有煤炭燃烧以后的煤灰和煤渣吗？与其还要那么多人把灰渣清理出去，不如就地取材，用灰渣替代水泥。"

……

周轩宇认真地听完大家的讨论后，心里一动，若有所思地点了点头。李根柱喊道："大家安静一下，书记和厂长来了。"大家一看书记和厂长都来了，就静了下来，等着领导们拍板。

曹刚和魏长远也听到了用灰渣代替水泥的建议，见周轩宇点了点头，就一起把目光投向了他。

"老周，我觉得用灰渣替代水泥的办法可以试一试。你的意见呢？"魏长远问。

"我也觉得这个建议很好，可以试一试。"周轩宇说。

"那好，李科长，你先安排人试一试。如果牢靠，就用。"魏长远对李根柱说。

"厂长，我们现在不但缺水泥，就连脚手架也不够用。"李根柱有些无奈地说。

魏长远抿了抿嘴唇，没有说话。

"厂长，我是南方人，我觉得可以用竹子架起来当脚手架，我们南方盖房子都是用竹子的。"一名工人站出来大声说。

"好，小伙子，谢谢你的建议。我认为用竹子行得通。"曹刚也是南方人，立刻表示赞成。

"那就赶紧从南方调拨一批竹子来，做成脚手架。"魏长远对李根柱说。

"李科长，让物资部先通过长江把竹子运到武汉，再从武汉用火车运到厂里。这样节省时间，还节约成本。"曹刚补充说道。

经过工人们的几次尝试，灰渣替代水泥的效果还不错，做压力测试时甚至比普通水泥还坚固。一捆又一捆的竹竿也从武汉被紧急运到了厂里，炼铁的高炉又开始热火朝天地开工了。

过了一段时间，问题又出来了。

施工现场需要立起一根高四十五米的水泥柱子。水泥柱子已经做好了，但是工人们没办法把它吊起来。按照通常的做法，就是用钢丝绳捆住柱子上端，柱子下端不动,吊车边起钩边回转,柱子上端逐渐升起,当柱子上升至垂直位置时,柱子已移动到地面基础旁边,然后吊索升起,悬空垂直对准地面基础杯口。但是,这根柱子太高了,工人们从来没有吊过这么高的柱子,担心柱子会从中间开裂甚至折断。

工期紧,浇注水泥柱子也耗时费料,大家谁也没有把握能够把柱子完好无损地立起来。这可把大家愁坏了,开了几次会讨论也没能拍板。曹刚抽烟抽得直咳嗽,魏长远和周轩宇也都一筹莫展,只好向上级请求支援。不过,报告打上去了,却一直没有任何回音。

就在大家都皱着眉头唉声叹气的时候,开吊车的工人刘峰岭也没闲着,他每天都围着地上的水泥柱子转圈,一边转圈一边比比画画,嘴里还念念有词。大家都怕他精神出了毛病,劝他不要再转圈了,他就笑一笑,并不理会。转了两个礼拜以后,刘峰岭忽然大喊起来:"我想到办法了,我想到吊柱子的办法了。"

大家都相视苦笑,那么多工程师都束手无策,就你一个普通工人,还能想出什么好办法?

曹刚、魏长远和周轩宇都立即赶到施工现场,听完刘峰岭的方法后都有些惊讶。刘峰岭的办法是,先用钢丝绳把水泥柱子分段捆住,然后在柱子周围用角钢插入钢丝绳里,就可以安全起吊。

厂里几位懂力学的工程师都被请到了现场,大家对刘峰岭的方法充分讨论以后,认为用角钢插进钢丝绳可以让柱子起吊时受力均匀,应该不会断裂。但是他们也不能做出保证。

周轩宇毕竟也向专家们学过一些力学知识,听完以后觉得这个方法比较靠谱。上级不能给予援助,工程这样拖下去也拖不起,毕竟工地上有上千号人呢。周轩宇想起以前在战场上打仗时,虽然没有一次有必胜的把握,但是他们还是迎着炮火冲了上去,才夺取了一次又一次的胜利。他过去带兵打仗时的脾气又上来了,心里暗暗下定了决心。当曹刚和魏长远又把目光投向他时,他坚定地说:

"我认为这个方法可行,可以采纳。"

曹刚和魏长远也知道不能再等下去了,既然周轩宇表了态,他们也立刻表态,同意这个方案。

刘峰岭喜出望外,立刻安排工人们往水泥柱子上捆钢丝绳,插角钢。工人们

定山河
DING SHANHE

七手八脚地准备完毕，又仔细地检查了一下各段钢丝绳之间的距离和角钢的松紧度，才对吊车里的刘峰岭示意可以起吊。随着吊车的启动，水泥柱子的前端缓缓地立了起来。大家都头戴安全帽，站在安全区域内，屏住呼吸盯着缓缓立起的水泥柱子，就好像在盯着孙悟空的金箍棒。施工现场除了吊车发动机的轰鸣声，似乎什么声音也没有，每个人都大气也不敢喘，心脏似乎都吊到了嗓子眼里。

时间在一秒一秒地过去，高大的水泥柱子终于稳稳地嵌入了地面基础的杯口内。在阳光的斜照下，地面上出现了一条长长的影子。现场的人们不约而同地发出了一阵欢呼声，有人甚至把安全帽都抛向了天空。

"终于把这根定海神针立起来了！"周轩宇的心脏一直在紧张地怦怦乱跳，现在总算是缓了一口气。

"轩宇说得好，群众就是我们开展工作的定海神针！"曹刚意味深长地对魏长远说。魏长远点了点头，依然在出神地盯着眼前似乎高耸入云的水泥柱子。

"周一德为避免杀戮流血伤及无辜百姓，就把自己的大刀插到地上，大声说道：你们这些人要和我比试，真是以卵击石，自不量力！别说拼杀，你们哪一个能把我的大刀拿起舞上三招，我就服你！苗族土司上前费尽力气将刀拔起来后就已经气喘吁吁，哪还有舞动的力气？周一德接过大刀挥舞起来，当场把一棵合围粗的大树拦腰砍断，然后对着土司大声喝道：你们比这棵树如何？哪个不服格杀勿论！土司和他的士兵们大惊失色，都跪在地上叩头表示归顺。"

周轩宇下班后回到家里，三岁的儿子小刚就跑过来缠着让他讲故事。周轩宇只好给他讲了一些周一德的故事。其实这些故事都是父亲周明义在他小时候讲过的，周轩宇再把这些故事讲给儿子听。没想到，小刚听得津津有味，而且还不时提出问题。

"爸爸，周一德那么厉害，他能教我舞大刀吗？"

"周一德是我们的祖辈，现在已经去世多年。不过，他留给后世八个字，算是金乡周氏家风——有义、无畏、敢为、必胜。他的墓地就在我们老家的林子里，等以后我带你回去扫墓。"

"爸爸，这八个字是什么意思？"

"孩子，这八个字是说做人要深明大义，不向困难低头，敢做敢当，保持必胜

第七章

的信念,就一定能成大事。"

"爸爸,我懂了。你以后一定要带我去扫墓,我要向他学习。"

爷儿俩正说着话,周轩宇发现小刚已经不知不觉睡着了。他把小刚抱到床上,细心地给他盖上被子,回头一看吴江鹭正在聚精会神地批改学生的作业,就轻轻地走出屋来,在院子里来回溜达。

"到底应该怎么办呢?"

连续几天了,周轩宇心里又喜又愁,苦苦思索,却一直想不出办法来。

在前不久召开的重要会议上,作为新任厂长的周轩宇在大会发言中,提出推动老企业扩建改造,多快好省地发展钢铁生产的建议,并代表京西铁厂向党中央请战,建议尽快批准京西铁厂的扩建计划,彻底结束京西铁厂"有铁无钢"的历史。没想到,他的发言竟然得到了全场代表的热烈掌声。主持会议的中央领导同志也为他热烈地鼓掌。

其实,在提出这个建议前,周轩宇和厂里新提拔的技术室主任张宝全,新任党委书记郝振,还有一些中层以上干部一起开会商议过,大家的意见并不统一,甚至分歧很大。

京西铁厂的厂房设备大部分都是旧社会留下来的,早就应该改造或者新建。"大跃进"以来,新建了三座高炉,其中一座是中型的,两座是小型的,年产量达到了四十万吨。不过,由于受当时的条件限制,新建的高炉还存在着不少问题,经常会出现生产故障,炼出的生铁质量也很不稳定,造成了不少资源浪费。张宝全提议为了消除隐患、提高效率,应该向上级打报告批款新建。郝振认为在国家经济困难的时候不应该向国家提任何要求,先用旧厂房、旧设备将就一段时间,等国家经济好转再打报告。

"有些领导还是用管农村的思想去管工业,还有些领导明明不懂经济,非要指手画脚,发号施令,乱扣帽子。再这样下去,早晚会拖累新中国的经济建设。"周轩宇看着某些领导的批示文件,气就不打一处来。

"老周,我知道你性格耿直,眼里揉不得沙子,从不说假话。可是刚才那些话可不要随意讲,搞不好会惹出事来的。"郝书记低声劝周轩宇。

周轩宇也知道郝书记是为了自己好,就向他投去感谢的眼神,然后又开始闷着头苦苦思索。

定山河
DING SHANHE

从部队转业到工厂,周轩宇用了三年时间学会了以前从来没有接触过的冶金专业知识,熟悉了厂里的生产设施和运转流程。开展"大生产"运动以来,他几乎天天都工作在生产一线,与工人们一起热火朝天地工作,对人民群众无穷的智慧和创造力有着切身的体会。在此期间,他耳闻目睹了解放以后铁厂发生的巨大变化,见证了历史的奇迹,也锻炼了自己管理一个大型工厂的能力。不过,"大跃进"以来暴露出来的很多问题也让他寝食难安,如鲠在喉。狂热之后的一片狼藉不仅让他感到内心隐隐作痛,也让很多干部工人的劳动热情逐渐消退,甚至陷入迷茫。

大生产运动刚开始时,虽然条件艰苦,工人收入低,但是大家都抱着"先生产后生活"的信念,不仅不叫苦,而且热情高涨,因为大家心里都抱着对未来的热切期望。几场暴风骤雨似的运动以后,大家的收入还是很低,生活也没有改善,积极性也就慢慢降下来了。

其实不仅是工人,就连周轩宇自己被任命为厂长以后,才发现这个有着十万职工的厂长真的不好当。厂子的规模越来越大,工人越来越多,技术越来越复杂,但是工厂的生产和销售都是国家计划好的,花费任何一笔钱都要向上级请示汇报,而且必须在年度计划中有专项资金才能批准使用。

过去,魏长远当厂长的时候,大家偶尔开玩笑,说他连签字盖一座厕所的权力都没有。当时周轩宇还以为是句玩笑话,现在自己当了厂长,才发觉那并不是一句玩笑话,而是一句说了大家也不信的大实话。

周轩宇觉得自己肩上担负着千斤重担,身上却被绑了一道又一道绳索,手脚都无法动弹,憋得喘不过气来,甚至在夜里还经常惊醒。他每天都在苦苦思索,问题到底出在哪里?如何才能改变这样的局面?过去在战场上打仗时,形势瞬息万变,很多作战命令都是临机决断的。即使后来通信器材被广泛应用,前线指挥官也随时可以向上级提出自己的建议,上级也会在第一时间及时答复。在战场上,没有冗长的汇报流程,更不会僵化地盲目决策,一切都是为了胜利。工厂和战场不一样吗?不需要打胜仗吗?

几次从黑夜中醒来,周轩宇都会在台灯下对着一沓白纸发呆。他想向上级分析现在工厂里存在的问题,想提出自己解决问题的建议。可是每到这时,他就会想起抗日战争时期发生的湖边地委驻地遇袭事件中,自己被捆绑后关进黑屋子里挨打时的情景。

"山河镇……周一德……枪声……"

周轩宇的思绪又开始如烟雾一般飘散。他越想越头疼,似乎脑袋里有一只虫子在嗡嗡地乱飞,只好关掉台灯,一个人对着窗户外黑黢黢的夜色发呆。

苦苦思索、纠结再三之后,周轩宇还是下定决心,要借中央开会的机会提出自己的建议。自己来京西铁厂已经六年多了,一直想大干一场,把铁厂建成国内最好、世界一流的钢铁企业。可是,铁厂至今只能炼铁不能炼钢,对外称"钢铁厂"都名不正言不顺。国内外形势依然复杂,上面的政策又经常摇摆不定,很多条条框框都在束缚着企业的发展壮大。周轩宇觉得,自己作为厂长,如果不能为全厂的未来发展考虑,为全厂的职工及家属考虑,就不配做这个厂长。他如果不能深明大义,无所畏惧,敢作敢为,去争取更好的结果,就是对不起列祖列宗,更对不起在战场上牺牲的那么多兄弟。

发言现场热烈的掌声说明大家的看法其实是一致的,都想努力地改变现状,专心致志振兴工业,发展经济。这下终于消除了几天以来周轩宇焦虑不安的情绪。

果然,京西铁厂的改造扩建计划很快被中央批准了。按照计划,铁厂要建一座大高炉,一座新型炼焦炉,四座履带式热矿烧结机,另外还要建一座小型轧钢厂。这么多大型项目,国家计划投资只有两亿多元,而且还要求三年内完成。看完批准书,本来欣喜若狂的周轩宇又开始犯了愁。

"老周,这么少的投资,这么短的时间,根本不可能完成。"

"厂长,要是按现在的结算方式,这点钱根本不够用。再说了,这本来是五年计划,凭什么让我们在三年内完成?"

"领导,您这不是难为我吗?这要求也太苛刻了。"

……

一时间,泼冷水的,对着干的,看热闹的,各种各样的意见像冰雹一样向周轩宇袭来,砸得周轩宇整个脑子里就像马蜂开会一样,"嗡嗡嗡"地响个不停。

只要积极性被激发出来,人的潜力就是无穷的!只要有烧铺草的精神和嗷嗷叫的工人,就没有过不去的火焰山!周轩宇定了定神,暗暗地对自己说。

周轩宇决定马上派出一个专业调查小组,小组成员都是铁厂各个关键部门的负责人和相关技术专家,由张宝全带领,到辽宁鞍山和湖北武汉的重点钢铁企业去考察,了解重点项目从施工、成本、质量、安全到投产的全过程。

半个月以后,张宝全的调查报告送到了周轩宇的手上。周轩宇看完,立刻陷入了沉思。报告里多次提到了项目的预算和结算问题,因为新中国成立初期中国工业基础薄弱,在管理上都是照搬了苏联模式,在项目预结算方面都是采取苏联的甲乙方结算制,企业对项目投资没有独立使用权,都要层层报经上级批准才能使用,审批环节多,效率低下,企业的积极性被严重束缚。

怎么办呢?项目甲乙方结算制可是苏联模式,从来都没有人提出质疑,更别说试图去改变了。是继续采取苏联模式还是打破旧的模式,采用更合理的新方法呢?

周轩宇马上召集大家开会讨论。会上大家争论激烈,你一言我一语地互不相让,会场上的气氛十分紧张。

"我们不能否定苏联模式,别人怎么干我们就怎么干,反正干好干坏都没责任。要是非要去挑战苏联模式,搞不好就是政治问题。"

"我们厂是国家的企业,投资不够就继续打报告向国家要嘛!时间不够那就实事求是,三年完不成那就五年。我们要实事求是嘛!"

……

刚从钢铁学院毕业不久的技术员常思新一直在聆听大家的议论。他看了看沉默不语的周轩宇,见周轩宇的眼神里充满了鼓励,就鼓足勇气说:"如果不打破陈规,探索一条新的道路,我们厂不可能在三年内完成任务。如果整合资源,减少浪费,提高大家的积极性,提高资源利用效率和工作效率,就很有可能完成任务。我在想上级有没有可能把所有投资的使用权都交给厂里,让我们大包干,立下军令状,甩开膀子干,这样最起码不用再向国家要投资,而且还可以保证完成任务。"

周轩宇听完常思新的发言,欣慰地点了点头,连说了两句"好",并投去了赞许的目光。大家见周轩宇赞同常思新的意见,立刻又炸了锅一样开始议论纷纷。

"这……这不是天方夜谭吗?"

"乳臭未干的毛头小子,真是不知天高地厚!"

"谁敢立下军令状?上级怎么可能让我们包干?万一失败了该追究谁的

第七章

责任?"

……

周轩宇看着乱哄哄的会议室,愁眉紧锁。他看了看郝书记,又看了看张宝全,见他们都沉默不语,既不表态,也不发表意见,显然是有很多顾虑。

散会以后,周轩宇一个人留在会议室里待了很久。他忽然感觉有说不出的苦闷和无奈,就像一头健壮的黄牛掉在枯井里,有劲使不出,只能徒劳地"哞哞"叫唤。

周轩宇回到家里时,吴江鹭已经批改完作业,正在着急地等他。

"江鹭,你陪孩子先睡吧。"

"这么晚了,你还要出去?"

"不是,我要写封信。不写我会睡不踏实。"

"给谁写啊?非要深更半夜写。"

"我要给中央领导写信,我们有个大胆的想法,希望能得到中央的支持。"

"哦,那好吧。"

一个星期很快就过去了,不过对于焦急等待中的周轩宇来说,短短一周时间,就像是熬过了漫长的一年。

"老周,大喜啊!中央已经批准了我们大包干的建议,总理还亲自给你回了信。真没想到啊,中央竟然同意我们打破过去的方式,批准我们采取大包干的做法。"一向沉稳的郝书记急匆匆地推开周轩宇办公室的门,兴奋地大声说。

"是真的吗?郝书记,你说的是真的吗?"周轩宇看着眼前满面红光的郝振,有点不敢相信。

"是真的,当然是真的。批文和总理的回信刚刚到。你自己看吧。"

"我的老天爷,这真是一场及时雨啊!"周轩宇腾地一下站了起来,手都激动得有些发抖。

艳阳高照,红旗招展,钢铁厂内锣鼓喧天,喜气洋洋,每个人脸上都洋溢着激动和喜悦之情。京西铁厂三大工程竣工投产仪式正在进行中,周轩宇带着大家披红挂彩,在厂门口翘首以待,等待着一位国家重要领导同志来视察工作。

"来了,来了,首长的车来了。"

定山河
DING SHANHE

欢迎的人群一阵骚动,所有的眼睛都热切地注视着门口的方向。一辆黑色的轿车在厂门口停了下来,车门打开,一位身材魁梧的老人穿着笔挺的中山装满面笑容地从车上下来,挥手向大家致意。

"快看,首长来了。首长好!首长好!"人群中一阵欢呼,然后响起了热烈的掌声。

"同志们好。我受党中央的委托,特意来给我们厂三大工程竣工投产剪彩。你们真是了不起,用大包干的做法激发起了广大职工的劳动热情和创造精神,三年的工程竟然只用了一年的时间就胜利竣工,生产能力翻了一番,而且还节省了不少资金。主席和总理都对你们的拼搏精神和创造精神给予了高度评价。我在此也向我们厂的广大干部职工表示热烈的祝贺!"首长一下车就发表了热情洋溢的讲话,欢迎的人群瞬间就沸腾了,掌声和欢呼声此起彼伏。

周轩宇一直悬着的心终于落了地,他快步走向老首长,激动得热泪盈眶。

"老首长好,终于把您盼来了!"

"轩宇同志,你是好样的!不愧是我军优秀战士的代表!"

"请老首长放心,我们一定会把铁厂建设成为世界一流的现代化企业,为新中国的经济建设添砖加瓦,贡献力量!"周轩宇信心百倍地向首长承诺。

陪同首长一起来的冶金部部长向全厂职工招了招手,然后兴奋地向大家宣布:

"同志们,从今天起,经过冶金部批准,京西铁厂正式更名为京城钢铁厂,结束了长期以来有铁无钢的日子,踏上了新的征程!"

台下的工人们掌声雷动,大家都欢笑着使劲地鼓掌,欢庆这个具有历史意义的重要一刻。

昨日的誓言犹在耳边,奋斗的脚步永不停歇。钢铁厂就像一匹神勇的骏马飞奔在辽阔的大草原上,取得了一个又一个好成绩。

"厂长,告诉您一个天大的喜讯!我们的一号高炉为我国钢铁工业夺来了第一个世界冠军,综合利用系数达到2.551,焦比下降到336公斤,已经超过了日本宝兰厂二号高炉创造的世界纪录。太令人振奋了!"

身材微胖的张宝全跑着来到周轩宇的办公室,脸涨得通红,兴奋之情溢于言表。

第七章

"这是一个值得铭记的历史时刻！我们终于做到了,我们终于成功了!"周轩宇激动地喃喃自语道。

"厂长,我这才发现,您头上都有不少白头发了。"

"值得,就是头发都白了也值得!"周轩宇眼睛发亮,无比兴奋地说。

一直工作到深夜,周轩宇才从办公室走出来,不知不觉就走到了厂区。已经是夜深人静的时候,厂里依然路灯高照,灯火通明。透过明亮整洁的玻璃窗望过去,各个车间里都有工人们忙碌的身影。炼钢平炉前,机器轰鸣,钢花四溅,映红了整个宽大的厂房。炼钢工人们头戴鸭舌帽,手拿大铁钎,脸上戴着防护镜,正在有条不紊地操作。周轩宇清楚地记得,自己刚来到铁厂时,天还没黑,车间里就已经大门紧闭、空无一人了。那时候那么多人都无所事事,整天侃大山,混日子。这才过了多长时间,大家就好像脱胎换骨般干劲十足了。

"往事越千年,魏武挥鞭,东临碣石有遗篇。萧瑟秋风今又是,换了人间。"周轩宇抬头望着夜空中的点点繁星,忽然想起毛主席的诗词,不禁感慨万千。

第八章

"把钢铁厂最大的'走资派'周轩宇押到台上来！"

随着造反派头头儿一声令下，四五个年纪轻轻、嘴唇上刚长出黑色绒毛的红卫兵小将用力扭着周轩宇的胳膊，把他推到了主席台上，然后又连踹带踩，把五花大绑的周轩宇踹倒在地上。

周轩宇嘴里被塞进了一副破手套，喊不出声音来，只能怒目圆睁地直视前方。刚才从家里被红卫兵们揪出来时，才五岁的女儿小欣被吓得哇哇大哭，扯着周轩宇的衣服不让红卫兵带他走。一个年龄不大的红卫兵嘴里骂了一句，抬脚就要去踢在地上大哭的小欣。吴江鹭赶紧扑上去替小欣挡住了这一脚。那个红卫兵恼羞成怒，抡起手里的皮带照着吴江鹭的后背就抽了下去。吴江鹭咬着牙，一声不吭地护住小欣，任红卫兵的皮带一下又一下地抽在背上，鲜血很快就渗了出来。曾经驰骋沙场的周轩宇实在忍无可忍，飞起一脚把那个抽打吴江鹭的红卫兵踹翻在地，红卫兵疼得吱呀怪叫直打滚。可是随之而来的是，其他的红卫兵一拥而上，用腰带和木棍对周轩宇一顿痛打。周轩宇忽然觉得腰部一阵剧痛，豆大的汗珠从脸上滚下来，但是他紧紧咬着嘴唇，一声不吭。

"现在请革命群众上台，揭发'走资派'周轩宇的罪行！"造反派头头儿用大喇叭朝着台下喊道。

台下的人群爆发出一阵阵欢呼，人们狂热地举着红本本，声嘶力竭地喊着口号，唯恐自己喊得不够响亮，态度不够端正。

第一个上台揭发周轩宇的，就是钢铁厂的技术员赵亮，他声泪俱下地向大家揭发，周轩宇对革命事业不够忠诚，经常对上级的指示阳奉阴违，在私底下议论领导是非，恶毒攻击党中央的大政方针，等等。

台下狂热的人群开始向周轩宇吐唾沫、吐痰，甚至还有人往台上扔垃圾、砖

第八章

块……

　　第二个上台揭发周轩宇的,竟然是他的儿子小刚,一个还未满十八岁的小伙子。他眼神迷离,鼻青脸肿,走路一瘸一拐,眼角还有未干的泪痕。他用颤抖的声音向大家揭发周轩宇对党不忠诚,背叛了自己的信仰,宣扬封建伦理道德,向他灌输封建官僚周一德的事迹,毒害青少年的身心健康。小刚可能对自己所讲的内容还没有背熟,因此说的时候磕磕巴巴,时断时续。

　　小刚的揭发虽然不够流利,但是依然引发了台下人群的怒吼,他们继续向周轩宇扔坷垃,扔菜叶,发泄着满腔的怒火。

　　……

　　周轩宇被打断了三根肋骨,但是由于他态度恶劣,拒不认罪,批斗的日子仍在继续。周轩宇被关在一间黑暗的小房子里,只有在被批斗时才允许出来放一会儿风。每天周轩宇都在黑暗里给自己打气,绝不违心说假话,绝不陷害无辜的人,绝不承认所谓的"罪行"。

　　太阳虽然会被乌云短时间遮蔽,但是乌云总有消散的时候,太阳还会照样从东方升起!我不是"走资派",我不是"走资派"……周轩宇一直在心里默念这些话,一遍又一遍,一遍又一遍……

　　周轩宇已经不知被批斗了多少天。乌云在傍晚时分逐渐覆盖了天空,夕阳被遮蔽,电闪雷鸣,狂风骤起。风很快就平息了下来,风过以后,地上仅存有一些雨滴的痕迹,云层开始稀薄。周轩宇从批斗台上看过去,这一面的西山依然被乌云笼罩,另一面的夕阳虽然被山挡住了,却仍然散发着橘红色的光芒,看上去就像半边天着了大火一样,只不过,火势并不大,而且越来越小,直至完全熄灭,山的两边都进入暗夜。

　　周轩宇并不知道,他的哥哥周轩文也在家里被红卫兵天天批斗。只有郑长福非常幸运地没有在这场运动中受到冲击,因为除了苏碧莲和周轩宇两人,没有人知道他曾经做过土匪。山河镇上的周家老林已经被狂热的红卫兵小将几乎夷为平地,就连周永春和周一德的古墓也被破坏殆尽,劫掠一空,只剩下满是积水的残破墓室和被砸得支离破碎的石头雕像。

　　周轩宇更不知道的是,他的儿子小刚虽然勇敢地"揭发"了"走资派"父亲的罪行,但还是在一次械斗中,被流弹击中,因失血过多无人救治而死。

当蓬头垢面、胡子拉碴、满脸伤痕的周轩宇被放出来,跟跟跄跄地回到家里时,才从吴江鹭口中知道儿子小刚已经不在人世,才知道是因为总理多次亲自过问,他才得以重返家中,与家人相见。

"老五,儿子死后,我有好几次都想自杀。要不是女儿还小,我们就真的再也见不到了。"吴江鹭欲哭无泪,双目无神,面无血色,头上已经白发丛生。

"江鹭,你要挺住。枪林弹雨我们都过来了,还有啥事过不去的?我相信太阳一定还会从东方升起!"周轩宇紧紧地握着吴江鹭的手,愤怒地说。

"为什么会这样?这到底是咋了?"吴江鹭再也忍不住,扑到周轩宇怀里泣不成声。

"谁无暴风劲雨时,守得云开见月明。"十年浩劫终于过去,周轩宇站在已经停产多年的一号高炉面前,被打断的三根肋骨仍在隐隐作痛。不过,更让他心痛的是,曾经让他引以为傲的钢铁厂已经失去了往日的辉煌,一号高炉也早就不再拥有世界第一的称号,而是已经荒废多时。

恢复职位以后的周轩宇早就憋了一股劲,要把浪费的时间都弥补回来,把钢铁厂重新带回到巅峰。

傍晚的时候,骄阳落山,晚霞满天,天气依然很热。周轩宇下班后并没有回家,而是骑着自行车去了厂里的另外一片宿舍区。到宿舍区门口时,天色已经暗了下来。周轩宇下了车推着车子往里走,传达室的王大爷一下子认出了周轩宇,赶紧向他打招呼:

"厂长,您怎么过来了?有事您言语声就行。"

周轩宇笑着冲王大爷点了点头,说:"王大爷,我进去找个人,一会儿就出来。"

进了宿舍区,周轩宇一边推着自行车沿着路向前走,一边不时看着楼房外面油漆上去的编号。到了第三排楼房时,周轩宇就着路灯发出的灯光仔细地辨认了一番,然后拐了个弯,推着车子向里走。走到第四个楼道口,周轩宇把自行车停下,然后沿着狭窄脏乱的楼梯向上爬,一直爬到三楼。三楼就是顶楼了,周轩宇走到第四户门前,敲了敲门。

"谁呀?"敲了好几下,屋里才传来一个懒洋洋的声音。

第八章

"我,快开门。"周轩宇看了看两边楼道里都有人在用蜂窝煤炉子做饭,就平静地说道。

屋子里面安静了下来,然后响起一阵挪动桌椅板凳的声音,接着屋门打开了。

"厂……厂长,您……您怎么来了?"一脸不情愿的赵亮打开门看见周轩宇正站在门口,表情非常惊讶,说话都开始结巴了起来。

"怎么,你不欢迎我来?"周轩宇见赵亮站在门口有点不知所措,就微笑着反问道。

赵亮这才意识到自己不该堵在门口,赶紧尴尬地走出门,让周轩宇进屋。

周轩宇刚进屋,赵亮也跟着进来,让周轩宇坐下,并轻轻地关上了屋门。

"厂长,我这里……乱得像个狗窝,让您笑话了。"赵亮低着头,像个做错事的孩子一样。

周轩宇并没有坐下,而是环顾了一下客厅,见墙边立着一个三层的简易书橱,上面稀稀拉拉摆着一些书,大部分都是冶金方面的,看上去已经落满了灰尘。墙角摆着一个茶几,茶几上有一个烟灰缸,里面的烟蒂已经堆满了,不少烟灰散落在了茶几上。茶几两边是两个破旧的沙发,上面有不少报纸凌乱地摆放着。客厅中间的餐桌上还有没吃完的馒头和一些剩菜,一个碗里不知道盛着什么时候的剩饭,上面已经长了一丛白毛。

"对象呢?怎么不在家?"周轩宇忍不住问。

"离……离了。"赵亮低着头说。

"咳,你说你……你下一步有什么打算?"

"厂长,我对不起你。"赵亮忽然朝着周轩宇跪了下去,哽咽着说,"你对我那么好,我却恩将仇报。我糊涂,我浑蛋,我不是人!"

周轩宇没想到赵亮情绪会突然失控,赶快把他从地上拉了起来,见他已经泪流满面。

"事情都已经过去了。况且你还年轻,出了那样的事也不能完全怪你。"周轩宇扶着赵亮坐在餐桌旁的椅子上,自己也坐下,继续说,"厂里的高炉都荒废了,令人痛心啊。你有一身的本领,不能再这样颓废下去了。我这次来,就是想让你继续做技术员,尽快想办法让我们的高炉重新运转起来,恢复生产。"

"厂长,您……您真的不记恨我?"赵亮流着眼泪问。

"我记恨你还会来找你?我是恨铁不成钢啊!过去的十年就像做了一场噩梦,梦醒了就要立刻振作起来,把失去的十年夺回来,把曾经的自己找回来。我们失去得太多了,必须争分夺秒地去和时间赛跑!"周轩宇握着赵亮的手动情地说。

"厂长,感谢您大人不记小人过。我向您保证,一定好好干,豁出命去也要报答您的信任。"赵亮注视着周轩宇,用力地说。

"哈哈,我先回去,等你胜利的消息。不过,现在就把自己家里好好收拾一下,要不以后没人敢进门喽。"周轩宇站起身来,笑着调侃道。

"这……厂长您慢走,我这就收拾。"

周轩宇从赵亮家出来后,又推着自行车,回到宿舍区的主路上,借着路灯发出的灯光,继续向里走,一直走到宿舍区的最后一排楼房前停了下来。周轩宇辨认了一下楼房编号,点了点头,推着车子拐了个弯,走到一楼的第三个门口,把自行车停好,轻轻敲了敲门。

刚敲了两下,门就开了。一位腰间系着围裙、体形微胖、戴着眼镜的中年妇女站在门前,看到周轩宇时愣了一下,一边往里迎一边说:

"我还以为是孩子提前回来了呢,这不是周厂长吗?您怎么有空过来了?您吃过晚饭了吗?老张,快出来,周厂长来了。"

"嫂子,我已经吃过饭了。"

开门的正是张宝全的媳妇李秀芬,也是厂里的工人,快言快语,人很实在。周轩宇赶紧跟她打招呼,然后进了屋。

张宝全其实已经吃过饭了,正坐在客厅里的沙发上看报纸,听到妻子招呼就已经站了起来,迎着周轩宇说:

"老周,大驾光临怎么也不提前打个招呼?老伴,炒两个菜,我陪老周喝两杯。"

"好嘞,我这就去。"李秀芬说着就要往厨房走。

"老张,看这架势你已经吃过饭了,正好我也吃过饭了,今天我们也别喝了,改天我请你喝。"周轩宇看到客厅里的餐桌上摆着两副用过的碗筷,有两个盘子被筐子反盖着,知道张宝全夫妇已经吃过饭,筐子下面的饭菜应该是给下夜班的孩子留的。

"那……我们喝点茶。"张宝全知道周轩宇现在正焦头烂额,没兴趣喝酒,只好这么说。

"好,我们就喝杯茶,聊聊天吧。"周轩宇说着就坐在茶几旁的布沙发上。

李秀芬起身去泡了一壶茶,给周轩宇和张宝全各倒了一杯,然后说:

"厂长,你们慢慢聊,有啥事您就言语声。我去里屋织毛衣去。"

李秀芬走后,周轩宇喝了一口茶,轻声说:

"老张,这高炉也荒废了,厂子也荒废了,我看着心里痛,火烧火燎地着急,所以才来找你聊聊。"

"老周,你被打断三根肋骨,还失去了宝贝儿子,这运动刚过去你就开始操心厂子,我打心眼里佩服你。"张宝全端起茶壶,给周轩宇倒满后说,"说实话,挨了那么长时间的批斗,我早就心灰意冷了,就想着能平安度过晚年就好。"

周轩宇沉默了,张宝全的无心之语揭开了他心里最痛的伤疤。好几次在黑夜之中惊醒,他都看到吴江鹭睁大眼睛,默默地流着泪看着床头柜上的照片。光线很暗,根本看不清什么。但是周轩宇知道,那张照片是他们家唯一的一张全家福,那上面有儿子小刚少年时的模样。三根肋骨被打断不算什么,如果能换回小刚的生命,周轩宇宁愿付出自己的生命。可是,他不能为了自己的个人感情而置全厂职工的生活于不顾,更不能为了家庭的悲剧而置国家的工业发展于不顾。

"老周,其实我被批斗很正常,我只是想不通你为什么也会被批斗,你可是从枪林弹雨中杀出来的,他们一群毛孩子有什么资格批斗你?"张宝全见周轩宇沉默不语,愤愤不平地继续说。

"老张,一切都过去了。我们必须铭记过去的惨痛教训,但是更要睁开眼向前看。时代的车轮一直在滚滚向前,我们的生命是有限的,必须要把有限的生命投入有意义的事业中去。伤心,悲痛,愤恨,都没有用,我们必须要抓紧时间做事。"周轩宇握住张宝全的手,盯着他说,"我这次来,就是第二次做你的工作。忘了那些痛苦的往事吧,你要重新振作起来,沿着我们还没走完的路继续走下去!"

"这……老周,我一点心理准备也没有,这……"张宝全不知道说什么好,有些手足无措了。

"老张，你还犹豫什么？周厂长说的话我都听到了，我非常赞同。你一大老爷儿们，别整天哀哀怨怨的，好好跟着周厂长干就行了。"李秀芬手里拿着没织完的毛衣从里屋走了出来，大声对张宝全说。

"还是嫂子厉害，果然是巾帼不让须眉。老张，你不听我的也得听嫂子的啊！"周轩宇对李秀芬大为称赞。

"好……好吧。承蒙厂长不嫌弃，那我就豁出去了，干！"张宝全说完，端起手中的茶杯，敬了敬周轩宇，然后一饮而尽。

周轩宇也端起茶杯一饮而尽，笑着对张宝全说："我欠你一顿酒，下次一定补上。"

周轩宇蹬着自行车回到家的时候，早就饿得前胸贴后背了。吴江鹭让女儿小欣先吃完饭做作业去，自己就在客厅里一边备课一边等着周轩宇。周轩宇一进门，吴江鹭就听到了他肚子里叽里咕噜的叫唤声。

"都饿成这样了，还不在外面吃了再回来。"吴江鹭一边嗔怪地说，一边去热饭菜。

"今儿也巧了，一家懒到不做饭，另一家已经吃完了，想蹭顿饭也没蹭上，还喝了一肚子茶水。"周轩宇苦笑着对吴江鹭说。

吴江鹭很快就端着冒着热气的炒菜和馒头放到餐桌上，然后拿了两双筷子，一双递给周轩宇，轻声说：

"我就知道你不好意思蹭别人家的饭，所以一直等你到现在。快吃吧。"

"小欣吃了吗？"周轩宇接过筷子问。

"小欣吃完去里屋做作业了，刚才还问我，爸爸怎么还不回来。我说你去做思想工作了。"吴江鹭坐下，拿起一个馒头递给周轩宇。

"江鹭，让你等到现在才吃饭，我心里过意不去。以后我再回来晚，你和孩子先吃，我回来对付两口就行。"周轩宇深情地看着妻子说，眼睛里满是爱意和幸福。

"得了吧，我还不知道你？没人陪你吃饭，就狼吞虎咽，三口两口就吃完了，不好消化，对身体不好。"吴江鹭白了周轩宇一眼说，"怎么样？今天的思想工作有效果吗？"

"我那是抢时间啊。其实大家都想好好干，就是有点后怕而已。思想做通了,就没啥心理负担了,都憋着一股劲呢。"周轩宇欣喜地对吴江鹭说。

一大早刚进办公室,办公桌上新送来的《人民日报》头版上一条很短的新闻立刻吸引了周轩宇的目光,那条新闻的标题是《四川省率先对省内部分企业进行扩大自主权试点》。周轩宇心里似乎被触动了什么,立刻拿起报纸,认认真真地读了一遍,一边读一边不住地点头。

周轩宇读完报纸,陷入了沉思。十年动乱,国内经济全面停顿,几乎已经到了难以为继的地步。凭借着在战场上打仗时练就的敏感性,周轩宇觉得上头正在酝酿着一场巨大的变革。至于怎么变革,周轩宇并不清楚,但是他认为,肯定不会走以前的老路了,因为那条路已经被证明根本行不通。当务之急,是迅速恢复经济,尤其是工业生产,这是显而易见的共识。

"扩大自主权试点,扩大自主权试点……"周轩宇嘴里念叨着这几个字,在办公室里来回走动。

周轩宇让秘书把常思新、张宝全以及办公室、人事、财务、生产、供应、安全和基建等部门的负责人找来,让他们把报纸传阅了一遍。

"你们有什么想法,可以畅所欲言。"周轩宇背着手,一边思考一边问。

常思新和张宝全等人相互看了看,都没有说话,而是一起向周轩宇望去。

"大家不要有顾虑,想到什么就说什么。"周轩宇坐在会议桌前,平静地说。

"这是一个非常明确的信号,中央要改变对工业企业的管理模式了。下一步就是扩大企业的自主权,让企业自主经营。"常思新第一个表达了自己的观点,他现在的职务是厂长助理,协助周轩宇负责全厂的管理工作。

"厂长,既然四川都已经进行试点了,那么北京肯定也不会落后的,说不定很快就要出台新的政策。"张宝全毕竟阅历丰富,觉得这里面定有深意。

"如果要搞试点,不能缺了我们厂,我们必须争取,好歹咱也是大型企业,工人加起来都快二十万了。"生产部主任王卫国管的工人最多,他急切地望着周轩宇说。

"厂子没效益,工人没收益。厂子现在已经半死不活了,必须得改变。厂长,您说怎么干,我们就怎么干。"负责财务的总会计师马桂芳对厂里的生产经营一直很揪心,憋久了说话就有点冲。不过也可以理解,厂里没效益,谁管财务

定山河
DING SHANHE

心里不发毛呢？

大家发言都很积极，周轩宇听了以后频频点头。等大家都发完言，周轩宇沉声说：

"在战场上打仗，最重要的就是要抓住有利战机。机会稍纵即逝，没有胆量抓住机会就会导致步步被动，甚至全盘皆输。我和你们的想法一样，这是一个明确的信号，也是一个千载难逢的机遇，我们要主动出击，不能被动等待。"

常思新听到周轩宇这样说，就知道他要有所行动，连忙说：

"厂长，您想怎么干？我们都支持您。"

"老周，我知道你肯定有主意了，快安排吧。"张宝全也有些跃跃欲试。

"以前在战场上，每逢大战恶战，各个部队都会主动向首长写请战书，希望可以当先锋、打头阵，就怕别人抢了去。为什么呢？因为主动请缨不仅证明部队有实力、准备充分，而且表明部队士气旺盛，有必胜的决心。我想好了，我们也主动向上级部门写报告，争当试点单位！"周轩宇说到这里，右手用力向前挥了一下，好像手里有一把战刀。

夜深人静，月光透过玻璃窗斜斜地照在写字台上，一列排放整齐的书、装着全家福的小相框，还有已经打开盖的墨水瓶，都沐浴在轻柔的月光里，似乎已经进入了梦乡。吴江鹭和小欣都已经睡熟了，只有周轩宇还在台灯下奋笔疾书。他抬起头来看了看窗外的月亮，打了个哈欠，揉了揉眼睛，又低下头写报告。

为了写这篇意义重大的报告，周轩宇和常思新、张宝全等人分了工，大家各自写一部分，最后再由周轩宇统一定稿。十年浩劫刚刚过去，大家心里多少还是有些没底，就怕万一哪里写得不对捅了娄子。周轩宇也理解大家的心情，他自己也没有十足的把握。但是，他还是拍着胸脯对大家说：

"你们尽管写，写完以后都交给我，我把这些材料统一整理后再送给上级部门。我亲自去送，有事我一个人扛着！"

"厂长，您是为了全厂的发展，不能让您一人扛。真出了事，必须有我一份。"常思新坚定地说。

常思新说完，张宝全和魏众等人也纷纷表态，有事大家一起扛，绝不会让周轩宇自己扛。周轩宇欣慰地看着大家，感动得眼泪在眼眶里直打转。

"老五，这都啥时候了？你不要命了，怎么还在写？"吴江鹭穿着睡衣睡眼惺

第八章

松地站在周轩宇背后，顺手给他披了一件外衣。毕竟已经进入深秋了，早晚的气温明显低了很多。

"哎呀，江鹭，你怎么起来了？你来得正好，我这就写完最后一个句号，收工了。"周轩宇说着从椅子上站了起来，一边打着哈欠，一边伸了个懒腰。

"我这不是起来做早饭嘛。你呀，又熬了一个通宵，赶紧去补会儿觉吧，我做好饭叫你。"吴江鹭用力推着周轩宇进了卧室，心疼地说。

"好，我去迷糊一会儿。你过会儿必须叫醒我，我还要去城里送报告呢。"周轩宇交代吴江鹭说。

"你都熬了一宿了，多睡一会儿也不要紧啊！"

"那可不行，我这是在跟时间赛跑呢。你答应我，一会儿一定叫醒我，要不我就不睡了。"

"好吧，我答应你还不行？你快去睡会儿吧。你说你这个倔脾气，一根筋，像头毛驴！"

"嘿嘿，我才不像驴呢，我是只猛虎。"周轩宇一头倒在了床上，还不忘对吴江鹭耍了句贫嘴。

自从把报告送到上级部门以后，周轩宇就觉得日子过得好慢。刚开始他心里还有些忐忑，有些紧张，不知道上级会怎么处理这件事，会不会又惹火上身。后来，他看到国内的形势一天比一天好转，各行各业都在发生变化，他又坚定了自己对形势的乐观判断。他白天黑夜都在想着上级部门能够尽快批复钢铁厂的报告，甚至做梦都梦见自己手里捧着盖着大红印章的批准报告乐得合不拢嘴。

1978年底，党的十一届三中全会召开，正式宣告中国开始实行对内改革、对外开放的政策，标志着中国人民进入了改革开放和社会主义现代化建设的新时期。消息传来，举国振奋，广大人民就像过节一样欢天喜地，奔走相告。周轩宇从广播里听到新闻后，激动得差点从椅子上跳起来。他喉咙发紧，两眼含泪，一下子打开了办公室的窗户，大口地呼吸着窗外的新鲜空气，全然不顾阵阵刺骨的寒风吹在脸上。

一晃半年时间过去了，一号高炉经过整修后，又开始冒起了浓烟，钢铁厂恢复了正常运转。周轩宇的脸上又绽开笑容了，只是在办公室没别人的时候，他会盯着日历牌上的数字发呆。

定山河
DING SHANHE

5月末的时候,天气开始炎热,男职工们都已经换上了夏季的短袖衣服,年轻的女工们开始穿着裙子上班。在钢铁厂的高温车间里,热浪滚滚,烟尘弥漫,就像是一个大火炉。工人们守着1500多摄氏度高温的电炉,穿着厚厚的防护服,戴着笨重的防尘面罩,不停地忙活,衣服湿了又干,干了又湿,就好像粘在了身上。他们在工作的时候没有时间喝水,甚至没有时间擦汗,而是以血肉之躯坚守在像烈火一样燃烧的工作岗位上。

"钢铁人,这就是我们可敬的钢铁人!"

周轩宇和张宝全、赵亮一起,穿着防护服,戴着防护镜,深入车间检查工作。火红的钢水,火红的车间,火红的工人们,透过防护镜看去,眼前的一切都是一团火红的颜色,就像一团熊熊燃烧的火焰。工人们正在挥汗如雨、有条不紊地按照操作规范工作,没有人注意到周轩宇他们的到来。周轩宇每次来到高温车间,就像在熔炉里翻滚过一样。这里的环境让他不由自主地想起那些炮声隆隆、战火纷飞的激情岁月,炮弹爆炸时火光冲天,子弹横飞时尖锐鸣响,战士们冲锋陷阵时杀声震天,都像是钢铁工人们在酷热的高温下用血肉之躯百炼成钢。

从高温车间出来后,周轩宇脱下厚厚的防护服,摘下防护面罩,对张宝全和赵亮说:

"这就是我们钢铁厂的英雄啊,他们都是可敬的钢铁人。一定要为他们做好高温防护,让他们休息时能喝上清凉的绿豆汤或者吃上一块冰镇西瓜。如果能通过技术改造,把车间的温度和粉尘含量都降下来,就是对他们最大的爱护。"

"厂长,防高温的措施总务处已经安排了,过两天就能实行。至于技术改造,我和赵亮也商量过,必要时我们得派人出去学习考察才行。"张宝全看了看赵亮,对周轩宇说。

赵亮点了点头,说:"厂长,咱们现在很多技术都落后了,不学习光吃老本真的不行了。"

"你们说得好。正好部里开始组织钢铁企业去日本考察,我们就分批出去学习,见见世面。学习技术不能坐井观天,必须要虚心学习别人的长处。"周轩宇很认同赵亮的意见,既然国家都已经宣布对外开放政策了,出国考察学习的事情必须要重视起来。

这时候,常思新急急忙忙跑了过来,手里拿着一个文件夹,好像很兴奋的

第八章

样子。

"厂长,批下来了,批下来了!"常思新看见周轩宇,赶紧大声喊。

"是不是我们的报告批下来了?"周轩宇急切地问。

"对,国家六大部门联合下发通知,确立了京津沪八个企业为国企改革试点。"常思新说着,已经气喘吁吁地跑到了周轩宇面前。

"这么说,我们主动请缨成功了?"张宝全也着急地问。

"成功了,真的成功了!不信你们看。"常思新说着把文件夹递给了周轩宇。

周轩宇打开文件夹,认真地看了一遍里面的文件,当他看到最后一排六个大红印章时,情不自禁地哈哈大笑起来。

"厂长,您没事吧?"赵亮见周轩宇一句话也不说,只是哈哈大笑,有点担心地问。

"没事,他这是高兴得说不出话来。"张宝全笑着打趣道。

又过了一段时间,喜讯开始不断地传来。

"厂长,国务院已经一口气印发了五个文件,全是有关企业扩权的,其中最重要的有两条:一是在利润分配上,给企业以一定比例的利润留成;二是在权力分配上,给企业以一定的生产计划、产品购销、资金运用、干部任免、职工录用等方面的权力。这样一来,您就没有啥顾虑了吧?"

常思新站在周轩宇的办公桌前,把这段时间整理的上级文件拿给周轩宇看,脸上洋溢着说不出的激动和兴奋。他还年轻,对这一连串的好消息有点不适应,根本就无法平静下来。

"终于等来了,我们可以甩开膀子大干一场了。"周轩宇腾地一下站了起来,攥紧了拳头说。

"您等来了什么?是这些文件吗?"

"是,这就是我们推行改革的'尚方宝剑'。有了它,我们就不用担惊受怕了。"周轩宇拍了拍常思新的肩膀说,"思新,一个崭新的时代到来了,大胆地干吧。"

经过紧张的筹备后,钢铁厂全体职工代表大会隆重召开。主席台上,红旗招展,花团锦簇。周轩宇梳着整齐的头发,穿着一身整洁的中山装,器宇轩昂地站在主席台上向全厂职工讲话。他的声音本来就洪亮,通过话筒的扩音传播,更显高亢,在偌大的大礼堂里回荡不已。

"大家都不要心有余悸、缩手缩脚。我被打断三根肋骨都不怕,你们怕什么？我们必须要争分夺秒搞生产,把失去的十年时间弥补回来,把艰苦奋斗的精神状态重新找回来！"周轩宇挥着右手,慷慨激昂地说,"我们要借助改革开放的东风,实现我们百年来的梦想。"

全场报以热烈的掌声,激情和笑脸重新回到了每一位职工的脸上。大家都已经压抑得太久了,他们终于迎来了人生中的又一个春天。

"我们必须清醒地认识到,我们现在和国外的世界一流企业差距太大。这是一种耻辱,是我们钢铁工业的耻辱。他们能做到的,我们为什么做不到？我们要知耻而后勇,不把钢铁厂建成世界一流的企业,誓不罢休！"

"胜利！胜利！"全厂职工斗志昂扬、语调一致地呼喊起来。

"同志们,我们主动向上级写了报告,请求成为第一批改革试点企业。现在我告诉大家,国务院已经批准我厂成为全国第一批改革试点企业,这是党对我们的信任,也是对我们的考验。在改革的棋盘上,我们要做一个过河卒,只能前进,不能后退。"

"前进！前进！"全体职工的热情像火炬一样被点燃了,大家欢声雷动,掌声经久不息。

旭日初升,晴空万里,微风轻拂,一号高炉冒出的白烟在碧蓝的天空中随风缓缓飘动,像书法家以辽阔的天幕为纸张酣畅淋漓地书写着一笔狂草。今天又将是炎热的一天,钢铁厂行政办公楼的三层大会议室内,全厂中层以上干部正在热火朝天地开会。

说是在热火朝天地开会,主要是会议室里的温度比较高,虽然屋顶的一排吊扇都在不停地旋转着,但是不少与会者还是觉得浑身燥热,因为这次会议的内容,比他们想象中的"三把火"还要火热。

已经被上级任命为党委书记兼厂长的周轩宇表情严肃地端坐在会议桌的正中间,依然梳着整齐的头发,依然声如洪钟,离会议室很远都能听得很清楚。

"这次会议全厂所有的中层以上干部都来了,请假的我一概没有准假。从今天起,从这个会开始,我们每个人都要参与改革,都要身体力行地投入到改革中去,任何人不能搞特殊,不能掉链子!今后我们的工作要围绕着三条主线展开,第一个是要强化企业内部管理。过去我们的管理方式比较粗放,我们很多同志也去国外考察了,不得不说,和国外先进企业比我们还有很大差距。第二个就是狠抓技术革新。小平同志说了,科技是第一生产力,只有技术领先,才能立于不败之地。第三就是解放思想,敢于创新,激发职工的积极性和创造性。我们的大包干还要继续搞,承包责任制也要探索,绝不能让旧的思想和条条框框束缚住我们的脑袋,否则我们还是会在原地打转,永远摘不掉贫穷落后的帽子。"

所有来开会的人,包括总会计师马桂芳、刚刚被破格提拔为副厂长的常思新、新上任的总工程师张宝全、技术室副主任赵亮,还有供应处处长魏众等人都感觉到了这次会议的不同寻常,所以大家都一边听周轩宇讲话,一边在本子上认真地记录。

"今后我们的管理要制度化,不能想怎么来就怎么来。钢铁厂不是哪一个人的,而是国家的。生产系统和供应系统都要定编制、定人员。基建系统要制定先进合理的劳动定额。各级干部都要制定办事细则,所有工人和管理人员都要实行岗位责任制。这项工作由常副厂长主抓,每个部门的一把手就是第一责任人。三个月以后,厂里领导班子要组织验收,验收不能通过的,各个部门的一把手都要写检查,做自我批评。"周轩宇意味深长地看着大家,说话的语气异常坚定,"我们要在责任、考核和奖惩三结合的基础上试行新的管理规定——规章制度必须百分之百地执行,违规违纪必须百分之百地登记上报,违规违纪不管是否造成损失都要百分之百地扣除当事人当月奖金。这三项制度,由人事部负责监督落实,各部门的一把手是第一责任人,必须要在一个星期之内安排所有职工学习,下个月就要开始执行。全厂上下,包括我在内,都必须严格执行,欢迎你们监督我。不过我也把丑话说到前面,到时候你们如果违反规定,可不要怪我心狠。"

周轩宇的这些话说得斩钉截铁,非常坚定,这让不少来开会的人从浑身燥热到开始感到丝丝凉意。这些中层干部不少人都是解放后转业、分配或者调动过来的,都已经习惯了过去开会时的一团和气,对很多事的处理都是遵循"高高举起,轻轻放下"的潜规则,没想到周轩宇在今天的会议上把话说得如此之绝,如此之重。

"看来真是要变了,咱厂要大鹏展翅,一飞冲天了。"

"等着瞧吧,全国都解放了,还能变到哪里去?"

"都说新官上任三把火,周厂长又不是新官,为啥非要烧'三把火'?"

"憋屈整整十年了,厂长这是要大干一场啊。"

散会时,大家都有序地走出会议室,人群中有人在轻声议论,说啥的都有。

周轩宇叫住了正准备离开的生产部主任王卫国,关切地问:

"卫国,你有什么困难吗?"

王卫国知道周轩宇叫住他的原因,毕竟生产部的工人最多,在短时间内让大家适应不同以往的考核方式的确面临着很多困难。不过,王卫国并不想向周轩宇诉苦,也不想请求宽限时间,他也明白周轩宇是为了厂子好,为了全体职工好。他犹豫了一下,对周轩宇说:

"厂长,困难肯定有。不过,我会想办法克服。"

"王主任,有什么困难可以说出来,我们会想办法帮助你。"人事部主任高勇也觉得生产部的困难大,主动对王卫国说。

"搞新的约法三章也是为了钢铁厂的发展,为了全厂职工的未来。虽然工人们普遍学历不高,但我相信他们都是讲道理的,都是明是非的。我们多做做思想工作就可以。"王卫国真诚地对周轩宇和高勇说。

"好,卫国的话都是实在话。高勇,你们多帮帮生产部,尽快让大家适应新的管理制度。"周轩宇欣慰地拍着王卫国的肩膀说。

三项管理规定正式实行的第一个月很快就过去了,根据人事部门统计上来的信息,各个部门几乎都存在着迟到和早退现象,生产部发现有职工在生产车间不戴安全帽,基建部也有职工在施工现场不戴安全帽,供应处有职工在上班期间织毛衣等现象。

"你们说应该怎么处理?"周轩宇在干部会上怒气冲冲地把人事部的统计材料扔到会议桌上,顺手从烟盒里摸出一支烟,划了根火柴点着,深深地吸了一口。

"厂长,这是咱们厂第一次实行严格考核,尤其是与工人的奖金挂钩,是不是这一次就先通报批评,从下个月再严格考核,给大家一个过渡期?"总会计师马桂芳见大家都沉默不语,第一个说出了自己的意见。

"生产部这次虽然还存在违规现象,但是他们部门人数最多,从比例来看,是各个部门中违规次数最少的,是不是考虑特殊对待一下?"人事部主任高勇看着生产部主任王卫国说。他是想为王卫国说句公道话,毕竟按照新的规定,部门职工违规,各个部门的一把手也要承担一定的责任。

周轩宇咳嗽了两声,把烟蒂用力地摁在烟灰缸里,看了看王卫国。王卫国低着头,并没有为自己辩解。周轩宇又看了看旁边的常思新,大声问道:

"常副厂长,你的意见呢?"

"规定不能当作儿戏,既然我们已经提前做了宣传和贯彻,我的意见就是必须坚决执行。"常思新双眼望着周轩宇,语气坚定地说。他早就想说这句话,只是想先听听大家的意见。

周轩宇一直比较欣赏常思新身上的那股子精神,爱钻研,爱较真,工作作风还比较泼辣,有点天不怕地不怕的劲头。这性格脾气,和自己年轻时有的一拼。

"我想问大家一个问题,管好一支部队,最基本的要求是什么?最根本的要求又是什么?"周轩宇环视了一下开会的干部们说。

"我认为最基本的是纪律,最根本的还是纪律。"王卫国举了一下手,大声回答。

"你们还有没有其他的回答?"周轩宇听了王卫国的回答,未置可否,接着提问。

"我认为最基本的是纪律,最根本的是信仰。"人事部主任高勇大声回答。

"好,我赞同高主任的回答。高主任,你能解释一下你的回答吗?"周轩宇又问。

"这……我就是这么理解,要解释恐怕还真说不好。"高勇没想到周轩宇会让他解释,一下子紧张了起来。

周轩宇看着高勇,笑了笑,说:

"好吧,我来试着给大家说说。你们知道,部队是由士兵组成的,每个士兵性格可能不同,但是他们手里都有枪,如果没有严格的纪律,任由他们想干吗就干吗,不但不能打胜仗,而且有可能为害一方。所以一支部队之所以能称为部队,最基本的就是要有严格的纪律。但是,纪律只讲奖罚,仅仅是从物质层面来处理事情。无论奖励还是处罚,你都不知道当事人心里到底怎么想的,是不是真的理解为什么会受到奖罚。只有打心眼里真正理解为什么会受到奖罚,才会知道自己打仗或者工作的意义,这就是深层次的精神层面的东西,也就是我们所说的信仰。一支有信仰的部队，官兵都会自觉地遵守纪律，他们已经超越了物质层面的追求，而是为了远大理想和最终目标去奋斗。我们的人民军队，既有'三大纪律，八项注意'，更有共产主义伟大信仰，所以才是一支战无不胜、攻无不克的威武之师。我们要向人民军队学习，向解放军学习，既要严格遵守纪律，也要树立伟大信仰，才能取得一个又一个胜利！"

大家都听得很入神，等周轩宇讲完，就不约而同地鼓起掌来。周轩宇冲大家摆了摆手，继续说：

"我是从枪林弹雨里活下来的人，但我不是铁石心肠，而是和大家一样都有七情六欲、儿女情长。我们制定严格的规章制度，坚定有力地推行制度，都是为了确保我们厂的改革能够成功，确保我们厂的未来更加辉煌，确保我们厂的每一名职工都能过上好日子。所以，没有什么理由可讲，也没有什么情面可留。从我开始先处罚，所有人都要按照事前的约定，严格执行规定。高主任，你们人事部一定要不讲情面，严格执行！"

"厂长，我明白，绝对严格执行。"高勇终于理解了周轩宇的良苦用心，语气坚定地说。

三天后，行政办公楼前的张贴栏上，密密麻麻地贴满了处罚名单，从周轩宇、常思新等中层以上领导干部因为管理责任被扣当月奖金，到多名一线工人因迟到一分钟被扣当月奖金，处罚人员之多、处罚力度之重，一下子在钢铁厂内引起了轩然大波。其中，就有曾经为安装水泥柱子立过功的吊车司机刘峰岭，还有张宝全的爱人李秀芬，竟然还有年年被选为厂劳动模范的生产部主任王卫国。

下午刚下班，张贴栏前就围满了前来看布告的工人，无论年龄，无论职务，大家都叽叽喳喳地说个不停，有的拍手叫好，有的咬牙跺脚，有的哭哭啼啼，有的骂骂咧咧，就像一锅平静的水忽然被烧开了，咕嘟咕嘟不停地冒泡泡。

三个月时间过去了，张贴栏上处罚名单上的人越来越少，不过也有不少职工连续三个月都在处罚名单上，而且还有一些中基层干部被降职或者撤职。与此同时，钢铁厂的生产和工作状况大为改善，工作效率大为提高，尤其是生产过程中的违规现象已经彻底杜绝，产品质量大幅上升，效益也稳步提高。

钢铁厂内密如蛛网的铁轨上，一节又一节运送铁矿石的火车车厢排成一列正等待卸车。周轩宇和常思新一起走到车厢前,掀起车厢上覆盖着的绿色帆布,对着一块块头比较大的矿石仔细地观察。

"这矿石的成色看起来和过去有点不一样。"周轩宇端详着眼前的铁矿石说。

"看上去是这样。我一会儿就去检验室查看检验结果,回头再去供应处了解一下情况。"常思新盯着铁矿石看了一会儿,对周轩宇说。

两人离开运送矿石的火车车厢,又向正在建设的新二高炉走去。新二高炉是周轩宇集中了钢铁厂所有的大修基金修建的具有国际先进水平的炼钢炉。要知道,做出这项决定周轩宇也是捏了一把汗。因为这在过去是完全不可能的,计划经济时代,专项基金必须专项使用,就算账面上有钱,没有计划,厂里也根本不能动用。也就是借着改革开放的东风,周轩宇才能将大修基金全部归拢起来,去修建新的高炉,扩大产能。

常思新忽然想起一件事来,对周轩宇说:"厂长,新的规章制度执行以来,尤其是在生产系统定编制、定人员,在基建系统制定先进合理的劳动定额,在各级干部中制定办事细则,在工人和管理人员中实行岗位责任制等措施,都收到了很好的效果。"

"思新,你的工作很得力。以后就要这样,雷厉风行,说干就干,不要前怕狼后怕虎,拖泥带水的。以后要多从高校引进一些大学生来,我们要加大人才培养,加大科研投入,没有人才什么也干不成。"

常思新一边点头,一边沉吟着说:"我们在责任、考核和奖惩三结合的基础上试行的新管理办法,就是'三个百分之百',引起了有些职工的不满甚至谩骂,他们情绪很大。"

周轩宇一边听,一边继续迈开大步向前走,似乎没有听到常思新的话。常思新知道周轩宇在思考,赶紧三步并作两步,跟上周轩宇。

"自古以来变革都不容易。有些职工吃大锅饭吃惯了,不思进取,只知道浑浑噩噩地混日子。改变一个人的习惯很难,改变一个人的思想更难。他们要骂就让他们骂我好了,我是不会在意的。不过,我们还是要多想办法,消除改革的阻力。你们可以把这些新办法交给职工代表大会去讨论,我相信广大职工会理解改革,拥护改革。"

两人边走边谈,不知不觉走到了物资供应处的办公楼下。一楼门口很多人手里拿着单据进进出出,非常忙碌,几乎没有人注意到周轩宇和常思新两人就站在门口。从服装上来看,这些人有的是钢铁厂的职工,也有不少是其他单位来厂里办事的。

一个身穿西服的中年男子行色匆匆地朝物资供应处走了过来,左手提着一个皮包,右手提着一个黑色塑料袋。他走得比较快,一不留神就撞到了周轩宇身上,手里的塑料袋掉在了地上,袋子口开了,原来里面是两瓶酒和一条烟。

"不好意思,刚才有点着急,没注意到您。"中年男子连忙向周轩宇道歉。

"没关系,您也不是故意的。您是做什么业务的?"周轩宇好奇地问。

"您好,我是劳动防护用品厂的。"中年男子解释完,就捡起地上的袋子,快步走进了物资供应处的大门。

"现在有些干部喜欢享乐,有了腐败的苗头,我们必须及时刹住这股歪风邪气,坚持原则,以身作则。如果有人胆敢违反规章制度和法律法规,我们绝不姑息。"周轩宇看着中年男子的身影,若有所思地说。

"厂长,您放心,对付顽固不化的人,只能采取铁腕手段,才能确保规章制度的权威性。"

几个月过去了,寒冷的冬天又在工人们的忙碌中悄然来临了。

早晨刚上班不久,望着办公桌上的一大摞被刚刚拆封的信件,周轩宇啪的一声拍案而起,疾步走到窗前,猛地把两扇窗户全部打开了。一股逼人的寒气随着呼啸的北风迎面扑来,周轩宇不禁打了个冷战。窗外,无数的雪花在寒风中飘舞着落在地面上,整个厂区白茫茫一片,笼罩在风雪之中。

"老厂长,您还是关上窗户吧,别冻感冒了。"常思新从椅子上站起来,走到周轩宇身边,轻声说。

周轩宇没有说话,也没有关上窗户。他的脸因为愤怒而涨得通红,心也在怦怦跳,就像要从胸膛里跳出来一样。

桌上的信件都是举报信,有本厂职工匿名发出的,也有外部合作单位实名举报的。这些信的内容,都是举报同一个人,就是物资供应处处长魏众。

有的举报魏众不仅收受名烟名酒等紧俏商品,而且索要家用电器等贵重物品。有的举报魏众收受贿赂,接受宴请后还不满足,还要对方解决自己亲戚的工作问题。还有的举报因为不向魏众行贿而被百般刁难,遭到各种打击报复。更让周轩宇感到愤怒的是,竟然有一封举报信说魏众作为有妇之夫,利用职位,诱骗刚分来的女大学生,以要和她结婚为名与她非法同居,还逼迫她打掉肚里的孩子……

就凭这些举报信,周轩宇完全可以撤掉魏众的职务,把他交给公安机关处理。可是,就在刚才,周轩宇接了一个电话,是部里一位德高望重的老领导程清副部长打来的。

"轩宇同志,你们厂报上来的人事改革方案很好啊。我们的改革就是为了在体制、机制、制度和组织上使广大职工当家做主的地位和权利得到保证,就是要以人民为本。"

"谢谢老领导对我们的支持。过几天我到部里去看您。"

"轩宇,我有个小事,本来不想说。你们不是准备做人事调整嘛,我就顺便提一下。你们厂管物资供应的魏众,是我妹妹的孩子,据说在你们厂干得也不错。你如果有机会就提拔他一下,免得我妹妹老在我面前纠缠。不过,你也别为难,还是要秉公办理,到时候给我说一声就行了。"

"老领导,你说魏众啊,我正想向您汇报呢,他可是……"

"轩宇,我还有个会,你有事直接来找我说,我先挂了啊。"

按照周轩宇和常思新等班子成员商议后上报的方案,职工代表大会是企业民主管理的最高权力机构。闭会期间,由职代会选举产生的工厂委员会代行职权。企业经营实行工厂委员会领导下的总经理负责制,党委实行政治领导。工厂委员会主任、副主任和总经理由全体职工直接选举产生。为了监督职代会决议的贯彻,职代会还要选举产生监察委员会,专门负责对各级干部执行职代会决议情况进行检查监督。这个改革方案就是为了打破旧的干部体制和人事制度,真正实现广大职工当家做主,激发全体职工的积极性和创造性,让企业焕发生机和活力。不过,现在老领导直接插手干部选拔,而且还推荐了被举报的干部,这可让周轩宇犯了难。

怎么办呢? 这是一个非常棘手的问题。

当初上报改革方案的时候,就有人表示反对,认为太冒险,步子迈得过大,搞不好就会出事。要不是周轩宇和常思新等人坚持,这个方案根本就不会上报,而会被束之高阁。

如果不管不顾老领导的意见,直接把魏众撤职并交给公安机关,会不会惹怒老领导,影响整个改革方案的批准呢?如果遵照老领导的意见,不管不顾群众的举报,提拔魏众到新的领导岗位,会不会影响整个改革方案的公信力呢?

常思新一脸愁容地看着周轩宇,周轩宇也眉头紧锁地看着常思新。两个人都陷入了沉默,也都在苦苦地思索。

就是在炮火纷飞的战场上,周轩宇也没有如此犯愁。面对敌人,他可以奋不顾身地冲上去,哪怕牺牲自己;面对同志,他却进退两难,有些无所适从,不知道如何才能妥善处理。

一片片雪花从打开的窗户里飘进了办公室,很快窗户下面就积了薄薄的一层雪。

"豁出去了。我们马上开党委会,由你组织办公室和人事部马上对举报信的事情展开调查,要准,更要快!"周轩宇把两扇窗户重重地关上,大声说。

常思新无奈地摇了摇头,对周轩宇说:

"厂长,实名举报的信件倒是可以调查,匿名信是很难调查的。"

"我知道,你们先从实名举报信开始查,查实以后,再顺藤摸瓜查匿名信。尤其是诱骗女大学生这件事,先想办法找到当事人,再打消她的顾虑,让她讲出实情。另外,查实以后要注意保护当事人的隐私。"周轩宇对常思新认真地叮嘱。

由常思新牵头,厂长办公室和人事部联合组织的调查紧锣密鼓地开始了,他们有的千里迢迢奔赴外地,千方百计找到写举报信的人,经过恳切的交谈以后拿到魏众索贿受贿的第一手资料。有的通过举报信的细节,很快就用排除法确定了被诱骗的女大学生的姓名和岗位。这名职工叫董晓蕙,大学毕业后来厂里工作还不到一年,原来在供应处做内勤工作,相当于是魏众的秘书,现在被调到了供应处的业务部门。

据董晓蕙说,魏众经常带着她去参加一些交际应酬,还经常送她一些价值不菲的礼物,所以她对魏众很有好感,甚至还有点崇拜他。有一次在外应酬时,喝醉酒的魏众对董晓蕙说他已经离婚了,很喜欢董晓蕙,希望董晓蕙能做他的妻子。由于事情很突然,董晓蕙没有答应也没有拒绝。魏众就说带董晓蕙去看一套房子,还说要把这套房子送给董晓蕙作为结婚的礼物。董晓蕙也喝了不少酒,

第八章

就迷迷糊糊地跟着魏众到了市里的一处房子里,结果刚进屋魏众就把她扑倒在了床上……后来,董晓蕙发现魏众没有要娶自己的意思,而且发现房子也不是魏众的,而是一家和魏众有业务关系的工厂的空闲宿舍,她就质问魏众到底怎么回事。魏众就说离婚没有离成,还说以后要提拔她,加倍补偿她,痛哭流涕地让她原谅自己。后来魏众就开始疏远董晓蕙,还把她从办公室调到了业务部门。董晓蕙越想越觉得受了骗,白白地毁了大好青春,才一怒之下写了封匿名信,报复魏众玩弄自己的感情。

调查材料被送到周轩宇的手上,周轩宇看了以后勃然大怒,连声大骂:"浑蛋,浙蛋,浑蛋!"他铁青着脸吩咐办公室主任韩阳生给他准备车,他要拿着这些材料去部里当面向程副部长汇报。

"厂长,千万不能冲动啊,您这样会让领导下不来台的!"韩阳生立刻起身劝阻周轩宇。

"这种无耻的浑蛋,负责这么重要的岗位,仗着自己有后台,做出这些伤天害理的丑事来,我要是贪生怕死、放任不管就不配姓周。"周轩宇怒气冲冲地说着,摔门而去。

坐着车到了部里时,周轩宇的怒气已经消了,不过他还是让司机在院里等着,自己直奔程清副部长的办公室。

程清的办公室在三楼,周轩宇刚到楼道口就被秘书小贺叫住了:

"周厂长,程部长这会儿不在办公室,他出去开会去了。您来之前没跟他约好时间啊?"

"啊,贺秘书,我有点急事,来得匆忙,忘了先跟程部长打电话了。他什么时候回来?"周轩宇这才想起忘了先问程副部长在不在办公室。

"说是中午就能回来,不过也说不准,毕竟不是在部里开会。周厂长,您等等他还是改天再来?"

"我……我还是等着部长回来吧。"周轩宇心想,来都来了,索性就在办公室里等等吧。

"那好,您在我这里先坐会儿,我给您倒杯茶。您也可以看看报纸。"小贺说着,领着周轩宇进了秘书办公室,给他倒了一杯水。

办公室里除了小贺还有其他两位秘书,他们有的在接听电话,有的在整理文件，都很忙碌。办公室里电话铃声不断，还不时有其他部门来办事的，声音很嘈杂。周轩宇拿起一张报纸，看了一会儿，觉得头部有些眩晕，他知道是头部负伤时留下的后遗症，就放下报纸，闭上眼睛，用两手轻轻地抚摸两侧的太阳穴。

程副部长这么大领导，整天公务繁忙，自己为了魏众这件事来找他，会不会有些唐突？会不会因此而冒犯了老领导？毕竟程副部长可是一直关心钢铁厂的发展，对他周轩宇也是非常支持。"文革"刚刚结束程副部长就代表组织跟自己谈话，一番鼓励之后就立刻安排周轩宇恢复工作。如果在魏众的事情上自己一点老领导的情面也不照顾的话，会不会让人觉得自己忘恩负义、过河拆桥呢？以后怎么跟老领导处好关系呢？毕竟程副部长就是直接分管钢铁厂业务的上级领导啊！

周轩宇越想越乱，抚摸太阳穴也无法消除头部的阵阵隐痛。要不趁程副部长还没回来，赶紧回厂里吧？反正自己也来了，老领导不在办公室，他也没办法。既然不清楚老领导的意见，就把魏众的事情搁置一段时间，等以后再说吧。

不行，魏众的事情太出格了，已经惹了众怒，厂里的干部职工估计都在等着看他如何处理呢。如果这件事不能妥善解决，他周轩宇即使是党委书记兼厂长，他的威望也会在群众中一落千丈。现在钢铁厂的改革才刚刚开始，还面临着很多困难和阻力，如果连这件事情都不能公正处理，今后的改革道路还怎么走下去？还有就是，即使自己不在乎别人如何看待他，他也要对得起自己的良心，对得起自己做人的准则。他觉得，他们金乡老周家的祖先都在看着他呢，他不能昧着良心去做不该做的事情。

"周厂长，程部长回来了，他说让我带您去他办公室。"小贺轻声对周轩宇说。

周轩宇正在闭着眼睛胡思乱想，听到小贺的声音马上睁开眼，说："太好了，可把程部长盼来了。"说完，他看了看手表，竟然已经到中午十二点了。

程副部长的办公室在走廊的最里边，周轩宇跟着小贺走到门口，见门开着，就吸了一口气，定了定神，跟着小贺走了进去。

"轩宇同志，这个时候还在等我，一定是有重要的事情了。"身材瘦削、留着背头、头发花白的程清满面笑容地朝着周轩宇伸出手。

周轩宇赶紧也伸出手，和程清的手握在一起，然后说：

第八章

"老领导,又来给您添麻烦,真是过意不去。"

"你小子,肯定是无事不登三宝殿。你们最近工作搞得很不错,很有成绩,我真为你高兴啊,快坐下。小贺,快给周厂长倒茶。"程清笑呵呵地拉周轩宇坐在沙发上,自己也坐在茶几旁边。

"老领导,我……我这次来,真没啥大事,就是……"周轩宇有些犹豫地说。

小贺给周轩宇倒上茶,就轻轻地走出了办公室,顺手还带上了门。

"你也是老兵了,枪林弹雨里闯过来的,啥时候这么婆婆妈妈的?我们共事多年,有啥话就直说,不要藏着掖着的。"程清看周轩宇的情形,就知道他心里有顾虑。

"老领导,我就豁出去了。我这次来是为了魏众的事情。"周轩宇思来想去,决定还是要跟程清说实话。

"他的事情?我上次打电话你也不要太为难,我也就是捎带着说说而已。轩宇,你不知道,我的父母还没解放就先后去世了,我妹妹就是跟着我长大的,从小吃了很多苦头。她的两个孩子,还有她丈夫,都在战场上牺牲了,就剩下小魏,所以就老是由着他的性子来。我也经常提醒她,可是她听不进去,我也只好睁一只眼闭一只眼。"程清从烟盒里摸出一支烟来,扔给周轩宇,自己又摸出一支,在茶几上敲了几下。周轩宇见状,赶紧从茶几上拿起火柴,先给程清点着烟,然后自己也点着。两缕烟雾从两人的手上袅袅升起,很快又四处飘散。

"老领导,我带了些材料,您看了以后千万别生气。"周轩宇把没有吸完的烟放在烟灰缸上,把那些举报魏众的信件和厂里的调查报告一并递给程清。

程清见周轩宇递给他一摞材料,手不禁抖了一下,猛吸了一口烟,然后把烟蒂使劲摁灭在烟灰缸里,才接过材料来。

办公室里很安静,只听见程清哗啦哗啦翻动纸张的声音。刚开始的时候,程清的表情还很轻松,后来就越来越凝重,最后,他忽然把手里的材料重重地摔在茶几上,然后腾地一下站了起来,怒骂:

"这个混账东西,怎么能干出这样没有廉耻的事情来?唉,这孩子,真是废了,废了啊!"

周轩宇见程清嘴角有些抽搐,赶紧把他的茶杯端过来,递到他手上,说:

"老领导,您消消气,别气坏了身子。"

程清接过杯子,并没有喝,而是把水杯放在茶几上,又从烟盒里摸出一支烟来,自己划了一根火柴点着了,狠狠地吸了一大口,又咽了进去。

办公室里更安静了,似乎连空气都凝固了。

"你准备怎么处理这件事?"程清咳嗽了两声,问周轩宇。

周轩宇只好说:"这件事情在厂里已经造成了很大影响,我也没有完全想好,所以才来找您求助。"

"你也是军人出身,就不要跟我绕圈子了。告诉我,你准备怎么处理?"程清又吸了一口烟。

"老领导,那我就直说了。厂里刚开始搞改革,就出了这样的事。我的建议是如果违纪就交给厂里的职工代表大会处理,如果违法就交给公安机关调查,如果是个人生活作风问题,就要批评教育,深刻反省。您看这样行吗?"周轩宇平静地说。

程清一支接一支地抽着烟,铁青着脸在办公室里不停地走来走去,并没有回答周轩宇的话。办公室里烟雾弥漫,又陷入了沉闷之中,气氛似乎也紧张了起来。到了这个时候,周轩宇也铁了心,挺着头直直地站着一语不发。

时间在一分一秒地过去,程清忽然快步走到门前,把两扇门都打开,然后沉声说:

"事已至此,就按你的意见办吧。我妹妹那边,我去做工作。"

周轩宇非常激动,对程清深深鞠了一躬,诚恳地说:

"谢谢老领导的理解和支持。时间不早了,您还没有吃中午饭,我这就回钢铁厂。"

"天塌下来,吃完饭走也不迟。我已经让小贺备了你的饭。"程清哑着嗓子说。

"老领导,我就不再打扰您了。您吃完饭好好休息一下。"周轩宇说着把材料整理好,夹在腋下,匆匆地向程清告别。

"好吧,我一个人正好清净会儿。"程清脸色已经缓和了很多,冲着周轩宇摆了摆手说。

回到厂里后,周轩宇顾不上吃饭,就把常思新叫了过来。

"厂长,领导怎么指示?"常思新急切地问。

第八章

"领导大公无私,我们也不要顾虑太多。顾虑太多的人往往一事无成。我们马上开职代会,然后找他谈话,如果违纪就通报批评,撤职待岗,如果违法就转交公安机关调查。我们不能放任不管,也不能冤枉好人,一切都要实事求是。"

"好嘞。看来这次传说中的周老虎又回来了。"

常思新兴奋地快步走出了办公室。周轩宇朝窗户下看去,上午飘进来的积雪已经融化了,只留下一些晶莹的水珠。

果然不出所料,魏众对举报信里的内容一概不承认,还说是因为自己工作太讲原则而招致不怀好意的人打击报复和栽赃陷害。

"这些信都是无中生有,我魏众出生在革命家庭,根正苗红,不可能去干这种事。你们必须要还我清白,替我申冤!"魏众在会议室里对举报他的材料根本不屑一顾,不停地大喊大叫。

"那你再看看这些材料,上面都有当事人的签字。要不要我们把当事人叫来当面对质?"人事部主任高勇拿着一摞材料递给魏众,大声喝问。

办公楼小会议室里,房门紧闭,连窗户也都关得严严实实。因为涉及很多个人的隐私,周轩宇特意安排与魏众的谈话一定要小范围,要保护当事人隐私,而且还要听他辩解,希望他能接受撤职及通报批评的处分。常思新会同办公室主任韩阳生、人事部主任高勇以及厂职工代表大会的三名代表一起与魏众谈话。几个回合下来,魏众装聋作哑,软硬不吃,问急了就大喊大叫,上纲上线,根本不配合。

"我和他们都是多年的老朋友,互相都会送一些烟酒,也不值多少钱。他们这是受了坏人的唆使,我还送他们烟酒呢,他们怎么不说?"魏众依然气势汹汹地反问高勇。

常思新实在看不下去了,拿出董晓蕙的材料放在魏众面前,冷冷地看看他说:

"这封诱骗未婚女青年的材料也是有坏人唆使的吗?"

魏众愣了一下,似乎有些不相信似的拿起材料看了一下,脸上的表情立刻变得非常痛苦,似乎受了很大的委屈。

"我承认我犯了错误,但是我敢发誓董晓蕙说的不是事实。我看她是刚毕业的大学生,爱惜人才,所以才经常关心她。可是她爱慕虚荣,喜欢享乐,想方设法主动靠近我。有一次我们出去谈业务,喝了些酒,她就主动委身于我,还说不会影响我的家庭。我一时糊涂,就干下了傻事。后来她就不停地纠缠我,向我要钱,让我提拔她,还要让我离婚娶她。我实在忍受不了她的纠缠,才把她调到了业务部门,没想到,她索要了这么多,竟然还写信举报我!我真是一失足成千古恨,着了她的道儿。我请求你们一定要明察,不要冤枉我,我家里可是有妻儿老小啊。"魏众说着说着动了感情,两行泪水从脸上流了下来。

常思新毕竟还年轻,搞技术出身,没想到魏众竟然会这样说,也没想到他还会当着这么多人痛哭流泪。人性太过复杂,男女之间的事情本来就很难说清谁是谁非,毕竟也没有第三人在场做证。到底是魏众垂涎于董晓蕙的美色,色胆包天,还是董晓蕙被魏众的权力所吸引主动投怀送抱,后来因为过于贪婪而导致两人私情破裂,除非有明确的物证,否则如果不是当事人,真的不好判断。这下子可难住了常思新,他一时无法回答,手心里开始冒出冷汗。

"我要见周厂长!你们听信谗言,不分青红皂白,凭什么要撤我的职?我不服!我不服!"魏众见常思新低头不语,又开始大喊大叫起来。

"我来了。有什么话你就跟我说,我想听真话!"周轩宇推开会议室的门大踏步走了进来,大声对魏众说。其实他一直都在门口站着,实在忍不住了才推门进来。

魏众没想到周轩宇这时候会推门进来,他脑子有些发蒙,一下子都不知道怎么开口了。他满脸通红,伸着脖子想为自己辩解,但一句完整的话也说不出来。

会议室里变得异常安静,大家都陷入了沉默之中。这是一场无声的较量,也是一场心理的较量。周轩宇坐在魏众对面,威严地盯着他的眼睛,一句话也不说。

"厂长,我……我能单独和您说句话吗?"魏众终于开口了,小声说。

"不用,在场的也没有外人。你有什么话都可以说,但是必须说实话。"周轩宇面无表情地沉声说。

"那……我的事情我舅舅……哦不,是程部长,是不是已经知道了?"

"当然,程部长让我们秉公处理。"

"他……他这是不管我了?我的妈呀,他真狠心。"

第八章

"魏众,狠心的是你,我们其实都为你的堕落感到很痛心。你还是如实向组织交代吧,无论你是违纪违法,还是生活腐化,都要如实说来,争取宽大处理。别等到公安机关介入以后再交代,那就晚了。"周轩宇再次严肃地警告魏众。

"好吧,厂长,我听您的。你们问吧,我都如实说。我真的没有犯法,信里有些内容真的是诬陷,我敢对天发誓。如果我说了假话,你们就把我送公安局,只要调查出来我说了假话,就让我一辈子蹲大狱。"魏众听到舅舅程清已经知道了他的事,而且还支持周轩宇,就已经彻底慌了神,又是发誓,又是诅咒,生怕大家不相信他。

"好,这次我相信你。那就辛苦你们,继续谈话吧。"周轩宇说完,就迈步走出了会议室,并重重地关上了会议室的门。

与魏众谈过话之后,大家再次与相关的举报人核实情况,发现的确有人为了引起厂里重视,夸大了部分事实,甚至还有些事是道听途说,没有实际证据。"文革"刚过去不久,大家都对匿名信、大字报、小字条这些东西有些后怕,所以查得非常认真。在利害关系面前,有的举报者也很诚实地承认了一些不实的内容。最终的处理结果是,魏众被撤职转岗,责令写出深刻检查,全厂内通报批评。

魏众被撤职以后,厂里的气氛焕然一新,大家都觉得这是要动真格的了,厂子终于有希望了。就连有些一直觉得周轩宇推行"三个百分之百"考核过于苛刻的职工,也在为周轩宇暗暗叫好,还替他敢于得罪大领导捏了一把汗。更让周轩宇哭笑不得的是,竟然还有人在张贴栏上偷偷地贴上了一首打油诗:

　　一心一意一根筋,
　　拼命三郎何处寻?
　　三怒三哭三板斧,
　　钢铁之躯周老虎。

周轩宇自己都不知道,自己发过几次怒、掉过几次泪,随着年龄的增长,他觉得自己早就不是那种锋芒毕露、快意恩仇的毛头小伙子了,但是他骨子里的那股血性和责任感始终没有改变。在战场上如此,在工厂里也如此。妻子吴江鹭老劝他不要那么倔,不要做啥事都一根筋,他每次都说要改,可是事到临头才发现,他根本改不了。

女儿小欣有次委屈地告诉他,学校里有同学说,你爸爸不好,动不动就扣奖金、乱罚款,太霸道了。小欣就替爸爸辩解说,只有不遵守规章制度的人才会被扣奖金,才会被罚款,我爸爸这样做是为了厂子好,是为了大家好。结果同学们都不听她的辩解,还一起嘲笑她。周轩宇听了也不是滋味,他只能笑着安慰小欣,说相信爸爸,现在才刚开始,大家以后总会理解的。

周轩宇顾不上大家是不是理解他,也顾不上家人的感受,甚至对那些质疑和非议都顾不上去理会。度过十年浩劫之后,他就觉得时间不够用,有那么多事需要去做,只能争分夺秒地摸着石头过河。

一个艳阳高照的上午,钢铁厂的职工礼堂内正在热火朝天地进行着一场干部竞聘会。评委席上,常思新、张宝全、高勇等人坐成一排,神情严肃地聆听每个竞聘者的演讲,并进行打分评比。

其实这次竞聘活动周轩宇已经思考了很长时间,只是借着这次处理魏众的机会,趁热打铁选拔一批年轻干部。工厂毕竟不是战场,战场上不讲人情,不讲关系,更不会有领导指手画脚。毕竟能打胜仗才是真本事,没有真本事就敢领兵上战场,只能去送命。

没有想到的是,活动通知刚贴出去,周轩宇办公室的电话就开始响个不停,大部分都是希望他能照顾照顾谁谁谁的电话。办公桌上,很快就堆满了推荐信和小纸条,办公室主任韩阳生看了又是摇头又是叹气,一脸的无可奈何。

"啪",周轩宇一脸怒气,拍案而起:"把电话线给我拔了,把这些信和纸条全都封存起来。从现在开始我一个电话也不接,一个字条也不看。竞聘活动照常举办。"

"厂长,这样会不会得罪人?这些人我们一个也得罪不起啊!"高勇忧心忡忡地说。

"提拔一个干部,不是人情,就是关系,还怎么开展工作?你说得对,这些人我们一个也得罪不起,那就干脆都不理睬。要得罪人,索性一次都得罪了,也就不用再闹心了。"周轩宇叹着气说,丝毫没有让步。

活动通知虽然贴出去了,报名的职工却并不多。十几个中层岗位,一天时间过去了,报名的竟然还不足十人。周轩宇看着愁眉苦脸的高勇,心里也有些疑惑。不过转念一想,他就明白了是怎么回事。

"高主任,你亲自带人深入基层了解一下大家到底有什么顾虑,同时要去向大家讲解干部竞聘的意义,要让大家相信,我们不是搞形式、走过场,而是实实在在地推进企业管理改革。还有呢,就是竞聘时请职工代表大会的同志现场监督,一定要保证干部竞聘活动公平、公正、公开!"

"好的,厂长,我这就带大家深入基层。"

负责人事工作的高勇,对过去厂里的人事工作非常熟悉,提拔干部要论资排辈,还要考虑上面打的招呼、递的条子,年轻人要想脱颖而出,只能靠一个字,那就是"熬"。等熬出头的时候,干事的激情和创造力早就消磨殆尽,图个安稳就知足了。工资分配就更不用说了,干多干少一个样,干好干坏一个样,反正大家都是混在一口锅里吃大锅饭,怎么混都能混口饭吃,所以大家都心安理得地混日子。改革开放的政策出来以后,大家都盼着厂里能有新的变化,高勇也急切地希望看到新的变化。所以他把人事部的职工分成三组,准备了一些印刷的宣传资料,深入各个分厂、部门甚至车间做宣传,让大家打消顾虑,积极踊跃地报名参加干部竞聘。

"如果你觉得你是被埋没的千里马,你有一身本事没有用武之地,那就积极报名参加干部竞聘。大家要相信厂里改革的决心,是骡子是马就拉出来遛遛。"

人事部的职工们苦口婆心地劝大家参加干部竞聘,甚至还用了激将法,让很多年轻人按捺不住心里的躁动,纷纷摩拳擦掌,跃跃欲试。

仅仅两天以后,报名参加干部竞聘的职工就已经突破了三百人。到了报名截止日期,报名人数达到了八百人,最后经人事部确认,符合报名条件的职工有近五百人。

经过前期紧张的宣传和报名之后,为期一周的干部竞聘活动正式拉开序幕。党委书记兼厂长周轩宇做了讲话,指出活动的目的就是要打破过去的干部选拔制度,为钢铁厂的长远发展提拔年轻的优秀人才。周轩宇在讲话中特意强调:

"我们厂这次采取竞聘的方式选拔干部,是顺应改革开放的大好形势,为了钢铁厂的长远发展,不讲论资排辈,不讲人情关系,只讲德才兼备,所有竞聘成功的干部都会进行公示,确保整个过程公平、公正、公开,全程接受大家监督。"

因为是中层干部选拔，周轩宇并没有坐在评委席上，而是与职工代表大会的两名代表一起，做起了监督员。每天下午，干部竞聘大会都会准时开始，受到了全厂职工的高度关注，每次都有大批歇班或者轮班的职工拥到职工礼堂观看，观众席中不时爆发出热烈的掌声。

热烈紧张而又扣人心弦的一周过去了，当十二名综合得分最高的员工集体在舞台上亮相并向大家鞠躬时，礼堂里的职工们沸腾了，掌声和欢呼声响成一片，大家都热切地望着台上竞聘成功的职工，眼里既有真诚的祝福，更有无限的希望。当然，也有部分职工心里充满了懊悔和遗憾，他们因为各种因素没有报名参加竞聘，错过了这次难得的机会。

不过，当听完周轩宇在活动最后的讲话时，错过这次干部竞聘的职工心里又燃起了希望。因为周轩宇声音洪亮地宣布：

"这次干部竞聘活动只是厂里改革干部选拔方式的一次大胆的探索和有益的尝试，随着机制和制度的不断完善，所有德才兼备的职工都会拥有事业发展的舞台，优秀人才绝对不会在钢铁厂被埋没！"

忙碌了一周的高勇脸上终于露出了难得的笑容，他看着礼堂内年轻职工们脸上掩饰不住的兴奋之情和眼睛里散发出的希望之光，才深刻理解了周轩宇不怕得罪那么多人去极力推行干部竞聘的良苦用心。这次干部竞聘活动的成功举行，让高勇这个主管人事的干部真正感觉到了自己的价值。

第九章

干部竞聘结果公示后第一天,钢铁厂又恢复了往日的平静。夕阳西下,西山上空布满了片片红色的云霞,随着微风变幻着各种形状,令人不禁惊叹大自然的神奇魅力。

周轩宇刚走出办公大楼,一个身材微胖、烫着头发的中年女人就气势汹汹地拦住了他。

"周厂长,我已经等您的大驾很长时间了。我有问题要向您反馈,希望您能给我一个说法。"中年女人涨红着脸,急匆匆地说。

"你是……"周轩宇打量了她一下,发现并不认识她,于是奇怪地问。

"我是魏众的爱人,叫马筱曼。我就想问问,我们家魏众为啥被撤职?"马筱曼向后甩了一下头发,昂着头质问。

"厂里的处理结果已经公布了,魏众自己没有告诉你?"周轩宇看马筱曼一副兴师问罪的模样,面色平静地问。

"周厂长,厂里的大小干部收礼的多了去了,为啥就只处理我家魏众?逢年过节谁不收点烟酒礼品?以前有人往我们家送礼,魏众从来都不收。后来我就告诉他,现在芝麻点小官都敢收,你为啥不收?不收才是冤大头呢。你说你们为啥要小题大做,上纲上线?您敢说您就没有收过别人送的烟酒?是不是我家魏众没有给您送礼,您就拿他开刀?"马筱曼双手叉腰,趾高气扬地连连逼问周轩宇。

正是下班时间,围观的职工不知道怎么回事,越聚越多。人群中有人在窃窃私语,指指点点。周轩宇见马筱曼如此咄咄逼人,只好大声说道:

"小马同志,我不知道你刚才说哪些干部在违规收礼,如果你知道,欢迎你通过正常的方式向厂里反映,我们一定调查处理。不过,你一定要有确凿的证据,否则会触犯法律。还有,我周轩宇当着大家的面郑重地告诉你,我周轩宇从来没有违反规定收过任何礼物!"

马筱曼见周轩宇如此义正词严地回答她,不禁有些心虚,但还是伸着脖子争辩说:"就算你周厂长高风亮节,你怎么肯定别的干部没有收过礼?你为啥就整魏众一个人?我们都是出身于老革命家庭,我们的思想觉悟比普通人都高,你们这样欺负我们,我们也不是好欺负的。"

刚要下班的高勇看到办公楼前围了一群人,而且周轩宇也在里面,赶紧从办公室里跑了下来。

"高主任,这个女人语无伦次,胡搅蛮缠,赶紧让保卫把她轰走吧。"有人轻声对高勇说。

高勇正要转身去叫保卫,保卫部的吕强已经赶了过来。

"吕强,让小马继续说,身正不怕影子斜。"周轩宇神色依然十分平静,不慌不忙地说,"小马,我现在告诉你,魏众的事情是因为大家写信举报,我们才调查并处理他的。至于为什么撤他的职,全厂职工都清楚。你如果不清楚,我可以让人事部现在就当着大家的面告诉你。不过,你可要想好了,有什么后果你能承担得起吗?"

马筱曼听完愣住了,满脸通红,一句话也说不出来。这时魏众气喘吁吁地跑了过来,慌里慌张地推开围观的职工,压着嗓子对周轩宇说:

"厂长,不好意思,给您添堵了,我这就带我媳妇走。"

"走?我偏不走。今天不说清楚,我就躺在这里不走了。"马筱曼见魏众来了,干脆躺在地上,哭着撒起泼来。

"你就别在这里丢人现眼了,你还以为我丢人丢得不够大吗?"

魏众一边数落马筱曼,一边把她从地上拉了起来,用力扯着她的胳膊往外走。

"哈哈……这两口子。"围观的人们见魏众和马筱曼两人拉扯着走了,都忍不住笑了起来。

周轩宇并没有笑,他摇了摇头,望着魏众和马筱曼的背影,叹了口气。

回到家里,吴江鹭正在厨房做饭,小欣坐在写字台前,一边写作业,一边嘴里嘟囔着什么,似乎正在生闷气。

第九章

"小欣,跟谁生气呢?谁欺负你了?"周轩宇走到小欣跟前,低头关切地问。

"爸,你看看这个字条。"小欣头也不抬,把桌上的一张字条递给周轩宇。

周轩宇接过一张长方形的字条来,见上面有人用钢笔歪歪扭扭地写了一首诗:

> 横眉竖眼心术邪,
> 钢铁厂里活螃蟹。
> 推行改革太苛刻,
> 哪管职工死与活。

周轩宇看后不仅没有发火,反而扑哧一下就笑了起来。他放下字条,轻轻地拍了拍小欣的后背,问:

"孩子,你从哪里捡来的?"

"爸,这是贴在咱们家门口的。我和妈妈一回来就看到了。这字条把您写得比算计长工的周扒皮还坏,您怎么也不生气?"小欣噘着嘴,满脸委屈地说。

"开饭了,小欣过来帮妈妈端盘子。"吴江鹭在厨房里喊女儿。

周轩宇忙和小欣一起去帮吴江鹭端盘子端碗。一家三口坐在餐桌旁,一边吃着热气腾腾的饭菜,一边聊天。

"老五,你看见那张字条了?小欣刚才气得差点撕了呢。"吴江鹭对字条也不以为然,笑呵呵地看着小欣说。

"我说我把字条撕了,不给爸爸添堵。妈妈说反面意见也是意见,说要留着给你看看。"小欣有些不服气地说。

"依我看啊,这个写诗骂你的人,肯定不是一线工人,也不是在职的干部,只能是被你撤职的那些人。他们有一定文化水平,因为改革动了他们的利益,心里有怨气,不骂你才怪呢。"吴江鹭冷静地分析后对周轩宇说。

"小欣,你妈妈不愧是当年的金乡县妇救会主任啊,分析得很有道理。说句心里话,还是你妈妈最了解我啊。我们这辈子什么大风大浪没见过,还怕几个别有用心的人骂?我知道,实行改革后厂里有人没完成当天任务加班到很晚,有人考核不合格被扣款,还有人多次考核不合格被撤职。这只是暂时的,是改革初期不可避免的阵痛,等效益提高了,厂子发展好了,我相信大家都会理解的。这是一个无法回避的痛苦的过程。"周轩宇往小欣碗里夹了一块肉,笑着说,"再说了,孩子,人性是复杂的,有些人因为被改革触动了利益,偷偷摸摸地发泄一下情绪很正常。我们要看大多数人的利益,要看长远利益。想想我和你妈妈死去的那些战友,我这点委屈算个啥?我每天都在跟时间赛跑,哪有空理会这些东西?"

"小欣,你爸虽然脾气比较倔,做事一根筋,但是心胸还是很豁达的。这一点啊,我也不如他。"吴江鹭认真地对小欣说。

小欣看了看吴江鹭,又看了看周轩宇,笑着打趣道:"反正啊,你们两个都是为对方说好话,我们是二比一,我说不过你们。"

周轩宇忽然想起来,因为工作忙,已经很长时间没有和小欣交流学习的情况,赶忙问:

"小欣,你最近学习情况怎么样?这都上高中了,可要抓紧时间。"

"您这时候关心起我的学习来了?放心吧,我有个当老师的妈妈,她对待别的学生很和蔼,对自己的女儿却很严厉。"小欣故意装作无可奈何地说。

周轩宇有些歉意地对吴江鹭笑了笑。是啊,他整天忙着厂里的工作,家里的事情几乎从不过问,多亏了吴江鹭忙里忙外,从不计较,要不然真就耽误小欣的学习了。他放下碗筷,充满爱意地看着小欣说:

"孩子,你以后有什么目标?说来给爸爸听听。"

"我想大学毕业以后去当老师,就像妈妈一样教书育人。或者去医院当医生,像爷爷一样救死扶伤。"小欣认真地对周轩宇说。

"你为什么不愿意像爸爸一样,做个工厂的厂长呢?难道爸爸的工作岗位不好吗?"周轩宇一下子来了兴趣,非要打破砂锅问到底。

小欣沉默了一会儿,才瞪大眼睛鼓起勇气说:

"不是被批斗,就是被人骂,有什么好的?我可不像您,钢铁之躯,怎么折腾都没事。您每次都说这么拼命工作是为了大家,可是又有几个人理解您呢?"

周轩宇没想到小欣一个高中生也能说出这样的话,他看了吴江鹭一眼,不知道该说些什么。不过,事关女儿的一辈子,他还是想说一下自己的意见。

"小欣,爸爸理解你,也尊重你的想法。爸爸不会为难你,只是既然说到今后的目标,我也说说自己的想法,供你参考。"周轩宇深情地看着小欣说,声音有些低沉,"旧中国为什么一直被列强欺负?因为积贫积弱,经济不行,军事更不行,只能被动挨打。我和你妈妈都是从枪林弹雨中活下来的,真的很幸运。抗日战争时,我们的武器装备太差,有时候一个日军的作战能力相当于七八个国民党军士兵。中国人就是靠着视死如归的精神和坚贞不屈的意志,付出了惨重的代价才最终打败了日本鬼子。所以啊,我一直有一个想法,就是努力提高咱们国家的武器装备水平,纪念那些牺牲的战友,确保以后没有别的国家再来欺负我们,这就是我当初选择钢铁厂的主要原因。如果你以后也能学习先进技术,致力于军事科学研究,那就真正实现了我和你妈妈的愿望。"

吴江鹭见周轩宇讲得很动情,小欣听得也很认真,就微笑着对小欣说:

"你爸爸以前就跟我商量过,不过那时他是希望你哥哥长大后学军事,只是……孩子,你也不要有压力,你爸爸也只是说出了他的建议,最后怎么定,我们都尊重你的选择。"

小欣看着周轩宇和吴江鹭热切的目光,终于理解了周轩宇为何要选择扎根钢铁厂,为何毫不在意别人对他的误解甚至辱骂,她用力甩了甩马尾巴式的头发,坚定地说:

"放心吧,我一定实现你们的愿望,看看今后谁还敢再欺负中国!"

周轩宇听了小欣充满自信的表态非常欣慰,他意味深长地说:

"金乡周家历代以来形成了良好的家风,小时候你爷爷就让我背诵'唯我周公后,濂溪百世孙。殷勤遵圣训,笃信守贤文。礼乐千秋仰,图书万苦存。居身恭俭让,处世厚谦温。须全忠廉节,传家孝义纯'。孩子,做事先做人,只有先做人,才能成大事。希望你以后记住爸爸的话,无论什么情况下,都要堂堂正正做人,踏踏实实做事。"

小欣也知道周轩宇这是在借小字条的事给她讲做人做事的道理,包含了浓浓的父爱,也寄托了殷殷的期望,因此注视着自己的父亲母亲,深情地说:

"你们的愿望,就是我学习的动力。女儿绝不会让你们失望。"

春末夏初,一个天气凉爽的早晨,公司大会议室里已经坐满了中层以上干部,大家都面面相觑,不知道为什么非要在周末开干部会。董事长兼党委书记周轩宇和总经理常思新已经早早地来到了会议室,两人正在轻声议论着什么。从表情来看,两人的脸色都比较凝重,这就让参会的干部们更加摸不着头脑。难道国家又出什么事了?没从报纸上看到啊?有的烟瘾比较大的同志已经按捺不住,掏出香烟来用打火机点着就抽,一会儿的工夫会议室里就开始烟雾缭绕。

墙上的钟表刚到八点半,会议正式开始。新任总经理常思新先介绍了一下情况,大致是京西钢铁厂改组为中京钢铁集团有限公司以来,各项主要经济技术指标都超过历史最好水平,已经成为全国钢铁行业的排头兵,连年受到多个上级部门的表扬。

与会的干部听到这里,纷纷舒了一口气。前些年很多人都被各种运动整得有些神经过敏,就怕有什么风吹草动,正常的生产经营又被打断,大家还要提心吊胆地过日子。

不过,常思新接下来话锋一转,说道:"因为环保问题日益严峻,国家刚下发通知要求全国钢铁行业实行严格限产,但是国家今年给我们下达的利润指标一分没有减少。财务部门已经算过多次,在限产的情况下即使我们把今年的利润全部上缴,还有近千万元的缺口。今天紧急召集中层以上干部开扩大会,就是向大家通报一下这件事,也希望大家群策群力,集思广益,出主意,提建议,渡过这个难关。"

常思新的话音刚落,会议室里立刻就开始议论纷纷,大家都觉得这样一来,改革开放以后国家允许从企业自留资金中提取的技术改造资金、职工奖励、福利资金都化作了泡影。

"既要限产,还不减利润,这不是既让马儿跑,还让马儿不吃草嘛。"

"我们要向上级反映情况。我们支持限产,但是上级也要相应地减少利润指标,这样才是实事求是。"

"国家肯定也有国家的难处。我们别争了,还是听听老厂长的意见吧。"

老厂长是很多干部对周轩宇的亲切称呼。大家说来说去也没个头绪,于是就纷纷把目光投向了一直在聆听大家意见的周轩宇。

"同志们,国家现在有困难,我们作为国有企业,理所应当为国家分忧。我的意见就是既要坚决执行限产令,也要坚决完成上级部门要求的利润指标。如果真的完不成,那我们就是少发工资也要把利润补齐。这是原则问题,不容更改。"周轩宇注视着大家,沉声说道。

第九章

与会的干部们听到周轩宇这么说,立刻就鸦雀无声了。有的干部面露喜色,有的干部很淡定,也有的干部表情有些不自然。

"但是,你们想过没有,如果我们的利润超额了怎么办呢?我和思新商量过,我们已经向上级领导请示,如果我们的利润超额,超额部分就全部归我们企业支配,大家所担心的奖金和福利不但不会少,反而会更多。"周轩宇继续平静地说。

"超额?怎么可能呢?"有人惊讶地轻声说。

"是啊,限产还想利润超额,天方夜谭啊!"有人低声附和。

"同志们,老厂长一直在给我们经营班子成员讲,人的潜力是巨大的,企业管理就是要激发每个职工的积极性和创造性。我们只有释放动力,挖掘潜力,激发活力,发挥能力,才能最终解放生产力。我们已经算了几笔账,只要我们采取承包责任制,把任务层层包下去,就一定能完成利润指标。"常思新满怀信心地说。

"我周轩宇过去什么大仗恶仗都打过,我相信只要充分发动群众,就会有无穷无尽的力量。只要大家都有勇于拼搏的精神,我们就一定会取得最后的胜利。"周轩宇热切地望着大家,动情地说。

大家望着头发花白、神情坚毅的周轩宇,都默默地点了点头。他曾经带领大家实现了以前很多人不敢想象的目标,也曾经在"文革"中被打断三根肋骨、失去亲生骨肉,但是他依然自信乐观、奋勇向前,保持着一名老战士的精神面貌和责任担当,大家还有什么可以抱怨的呢?

任务被层层分解下去,指标也被层层分解下去。干部会开完,接着开职工代表大会,最后开全体职工大会。任务分解,思想动员。全体职工都行动了起来,人人都在动脑筋、想办法、挖潜力。天气炎热,后勤给一线员工送上了冰镇绿豆汤。职工生病,周轩宇亲自带着工会干部去医院多次探望。

在一个充满奋斗精神的大集体中,个人的行为会激励别人,别人的行为也会激励自己。大家的思想和行为如果能够同频共振,就能创造超出想象的奇迹。

"老厂长,我想起你以前对我说的,在一个充满正气和奋斗精神的团队里,没有人会掉队,因为有一种无形的力量在时时刻刻牵引着每一个人,促使他们勇往直前。"常思新站在四号高炉的圆形平台上,深有感触地说。

"思新,一支嗷嗷叫的队伍中,是不会有逃兵的,因为大家心意相通,血管里流的都是充满激情的血液。"周轩宇望着厂区内林立的高炉、烟囱、冷却塔、料仓、筒仓以及存满工业循环水的大型晾水池说,"环境问题关系到千秋万代,绝对不容忽视。解决环境问题需要技术创新,更需要产业升级。我们需要考虑集团的未来。我们要借助改革开放的东风,把钢铁厂建成无烟工厂,建成环境优美、技术先进的现代化园林式工厂,而且还要通过投资、合作、共建等形式,发展精密制造、电子信息等高新技术领域。"

周轩宇的忧虑并非杞人忧天,因为钢铁工业产生的污染主要包括矿石冶炼、煤炭焦化等流程中产生的粉尘和废气,还有钢渣、焦油渣等固体废弃物。两人从高炉上向四周望去,因为没有风,厂区上空仿佛被一个由黑色、白色、黄色烟雾缠绕成的"锅盖"所覆盖,地面上的草丛也似乎挂上了一层铁锈。厂区附近的房屋玻璃上,很多职工都贴上了厚厚的塑料布,防止粉尘飘进屋里。

"老厂长,我也想过这些,没想到您都想到我前面了。我想我们未来就是要从劳动密集型企业向技术密集型企业转型,从资源型企业向环保型企业转型。科技发展日新月异,如果我们错过这次机会就有可能失去未来。"

"思新,年轻人就要目光远大,敢闯敢干,我全力支持你。"周轩宇转过身来,拍着常思新的肩膀说。

"老厂长,我和您一样,有股子倔劲,您放心!"

冬去春来。春节刚过,奋战了一年的职工们终于听到了一个令人振奋的消息:集团上年度利润指标超额完成。超额出来的五千万元归集团支配使用。

有些职工自发地放起了鞭炮庆祝,噼里啪啦的鞭炮声就像职工们抑制不住的欢笑声。

周轩宇也难得地笑了。不过,他立刻就把常思新叫到办公室,直截了当地问:"思新,敢不敢趁热打铁,继续挑战一下?"

常思新知道周轩宇又有了新的想法,笑着说:"有您在,我有什么不敢的?"

"好,我们就向上级提出递增利润包干法,在去年利润的基础上每年再加一个6%的递增率。一头包死,一头敞开,超包全留,企业自负盈亏。"

"没问题,干什么没有风险!我们马上就组织编写材料,请上级批准。"

常思新是跟着周轩宇锻炼出来的,立刻就明白了他的用意,那就是用大大高于其他企业承包基数水平和上缴利润递增率换来一个可以发动群众放手大干的好政策，真正让职工当家做主，让企业拥有自我积累、自我改造、自我发展的能力。这样的挑战，即使有风险，也值得去冒险，值得去闯一闯。

喜讯传来！上级部门最终批准了钢铁集团的承包方案，不过不是每年递增6%，而是7%。这是一个非常具有挑战性的目标，因为当时国家经济的平均增幅仅为4%！

利润递增包干法虽然有些冒险，但是彻底激发了全体职工的积极性和创造力，中京集团连续三年都超额实现上级下达的利润指标。眼看着集团的效益越来越好，周轩宇觉得是时候为一直艰苦奋斗在一线的广大职工考虑考虑切身利益了。过去厂里买本书、盖个厕所都要向上级部门请示汇报，改革开放以后厂里逐步有了一定的自主权，效益也越来越好，那就必须要让全体职工都能分享改革开放带来的好处。

经过开会讨论，厂里最终决定把剩余利润的60%用来投入再生产，其余部分作为工人的工资和福利，各占一半。历经风雨的钢铁集团终于实现了给全体员工增加工资和福利的目标。

"分配一定要公平，要严格实行按劳分配。机关工作人员的工资不得高过现场技术人员。我的工资绝对不能高于高炉操作工的工资。在奖励的同时也要有严格的处罚规则，并严格执行，避免出现生产事故，给国家和人民的生命财产造成损失。"

周轩宇在会上再三强调分配要公平，有奖也有罚，这样才能更好地促进集团健康发展。

涨工资的消息传出以后，工人们都乐开了花，大家用各种形式来表达内心的喜悦，办公楼前的张贴栏里，贴满了职工们的感谢语。

"终于尝到了幸福的滋味，太开心了！"

"大学毕业第二年定级工资32.75元，结婚生了孩子还是32.75元，三十年没涨过工资了，今天终于扬眉吐气了！"

"改革开放结硕果，钢铁工人喜事多！"

……

除了涨工资、增加福利，让钢铁工人们高兴的事情越来越多。为了解决广大职工孩子上学的问题，学校建起来了，从幼儿园、小学一直到中学。为了解决职工看病就医的难题，医院建起来了，不仅医疗设施先进，而且科室齐全，做手术再也不用跑到市里去了。为了解决职工们锻炼身体的问题，体育馆建起来了，篮球、排球和乒乓球，各种群众喜闻乐见的体育项目应有尽有。

被高温笼罩的转炉车间里，长长的天车吊着巨型钢包伴随着隆隆的声音划过，转炉中炉火通红，钢水翻涌，就像火山爆发时喷涌而出的炙热岩浆。操作工人身穿防护服，头戴防护镜，冒着巨大的热浪熟练地控制着转炉中的氧气和出钢温度等指标。周轩宇和常思新等人冒着高温深入一线检查工作，多次表扬一线工人的艰苦奋斗精神。

"正如原料变成优质钢水需经过多道工艺淬炼，我们的钢铁工人也都是好样的，都是百炼成钢的典范。"周轩宇深受感动，禁不住在车间内对常思新大声说，"他们平常工作太辛苦了，要为他们建疗养院，就建在风景秀丽的大海边，让他们可以疗养，可以游泳，分享改革开放以来的奋斗成果。如果有条件，就在北方建一所，南方建一所，让大家体验一下中国的地域辽阔和南北的气候差异。"

"是啊。到时候安排大家轮流去疗养，尤其是劳动模范和一线工人。炼钢厂、炼铁厂、焦化厂等等，二十多万名职工轮流来。"常思新立刻赞同周轩宇的提议，开始畅想今后的轮流疗养计划。

"说干就干。安排职工福利委员会和设计院的同志选一下地址，拿出个方案来。"周轩宇挥了一下手，兴奋地说。

"好嘞，这就叫趁热打铁。"常思新笑着说。

傍晚时分，华灯初上，吴江鹭已经做好了饭，在客厅里等着周轩宇回家。女儿小欣已经顺利考入了国防科技大学，去了长沙上学，吴江鹭也已经退了休，家里只有他们老两口了，所以无论多晚，吴江鹭都要等着周轩宇回来一起吃饭。

"老伴儿，我回来了。"吴江鹭正在想心事，听见周轩宇的声音传来，赶紧站了起来。

"大哥来信了，说知理要从济宁医学院毕业，他想到大城市来，所以问我能不能把他安排在北京的医院工作，实在不行就安排在厂里的职工医院，这样也好

第九章

照顾我们。"周轩宇坐在餐桌旁,接过吴江鹭递过来的筷子。

"老五,大哥也是为了我们好。毕竟小欣要在长沙至少上五年学呢,大哥这是考虑我们身边没个人照顾,想得真是周到。"吴江鹭满心喜悦,轻声说。

"江鹭,大哥也就知理这一个儿子,我觉得知理应该回金乡工作,既方便照顾大哥,还能为家乡做贡献。另外,他想来北京工作,我也不想托关系走后门,现在这种风气越来越盛,我不能为了他违背自己做人做事的原则。"周轩宇端起碗来,看着吴江鹭说。

"老五,你这是不是有点太较真了?大哥就这一个儿子,而且也是大学本科毕业,推荐一下还算违背原则?你呀,真就是一根筋!"吴江鹭有点责怪地说。

"江鹭,我刚才回家时想了一路。我吃完饭给大哥写封信,说一下我的想法,请他理解我。另外,我也给知理写封信,谈一下我的建议和对他的期望。都是一家人,我也不想藏着掖着,我相信他们都会理解我的想法。你说呢?"周轩宇认真地问。

"我能说什么呢?你的脾气我比谁都清楚。你快吃饭吧,吃好了就去写信吧,别写太晚。"吴江鹭无奈地说。

"江鹭,我要是知理,肯定不会想离开家乡。我们都是旧社会过来的人,不得已才离开故乡的。现在国家太平了,咱们年龄越来越大了,我就越来越思念故乡了。你知道吗?最近好几次我都梦到了山河镇,梦到了故乡的山山水水,一草一木……"

"是啊,老五,我又何尝不是呢?想家了,真的越来越想家了。"

当历史的车轮滚滚驶入二十世纪末时,看似平静的世界形势开始变得错综复杂,波谲云诡,危机四伏。正埋头致力于改革开放、发展经济的中国,国内和国外环境都发生了显著的变化。一时之间,各种势力纷纷登场,各种言论甚嚣尘上,把中国这个饱经沧桑的东方古国再一次推到了历史的十字路口上。

何去何从?

路在何方?

刚刚尝到改革开放甜头的周轩宇和很多有识之士一样,面对急剧变化的国内外形势也开始感到困惑和迷茫。一向很少抽烟的周轩宇把自己关在办公室里,一根接一根地抽烟,直到烟灰缸里的烟蒂已经盛不下,整个房间里烟雾缭绕,就像被大雾笼罩一样。

"咳……咳……"

伴随着剧烈的咳嗽声,周轩宇站起身来,疾步走到窗前,用力打开窗户。窗外正如屋内一样,大雾弥漫,一团一团的雾气在窗前缓缓地飘动,不时地遮住周轩宇的眼睛。已经临近春末,窗前的一排杨树早就已经枝繁叶茂,片片宽大的绿叶被雾气浸润得湿漉漉的,显得颜色更加鲜艳。

"雾气再大也挡不住生机勃勃的春天!"

周轩宇凝视着窗外挺拔的杨树和树枝上碧绿的叶片,心里被深深地触动了。从小就生长在乱世,经历过枪林弹雨,也曾经备受折磨,改革开放以后一直像猛虎一样勇往直前的周轩宇,怎么就因为眼前的这团迷雾而感到困惑呢?怎么就因为暂时找不到方向而感到迷茫呢?雾气终会消散,太阳还会从东方升起,还会照耀在这片辽阔的大地上。

"咚咚。"办公室门口有人敲门。"老厂长,老厂长。"听声音是常思新。

周轩宇打开办公室的门,常思新果然正站在门口,脸上似乎有掩饰不住的兴奋。

"老厂长,听说了吗?"常思新刚走进周轩宇的办公室,就急切地问。

"听说什么?快坐下说。"

"我有个同学毕业后去了深圳,就在市政府工作。我俩刚才通电话,他说老人家就在深圳视察呢,还发表了很多讲话。他给我说不用担心了,改革开放的政策不会变。"

"真的吗?他还告诉你什么了?老人家都说了什么?"周轩宇眼前一亮,惊喜地问。

"老人家鼓励大家说,改革开放胆子要大一些,看准了的,就大胆地试、大胆地闯。还说革命是解放生产力,改革也是解放生产力。我同学没说几句,还说一定要保密,等公开报道出来再说。"

"嗯,这下我们就吃了定心丸了。思新,我想在厂东门立一座雄鹰展翅的钢雕,表明我们钢铁人展翅高飞的雄心,也表明我们坚决推行改革的决心,你有没有意见?"周轩宇忽然若有所思地问常思新。

第九章

常思新一下子就明白了周轩宇的心思,不过他还是谨慎地问道:

"老厂长,现在形势还不太明朗,立这样一座雕塑会不会太招眼?"

"越是形势不明朗,越要表明我们的态度和决心。我们是真心拥护改革、支持改革的,又不是把改革当作幌子,怕什么呢?"周轩宇望着窗外日渐消散的雾气,语气坚定地说。

"那我明白了。老厂长,我支持立一座雕塑。"常思新恍然大悟地说。

"事不宜迟,你把韩阳生叫来,咱们商量一下。"

过了一会儿,韩阳生手里拿着笔记本就到了周轩宇的办公室。三个人坐在小会议桌前,周轩宇问:

"阳生,我前段时间让你了解雄鹰雕塑的事情怎么样了?"

"老厂长,早就了解清楚了。您一直没找我问这事,我还以为您改主意了呢。"韩阳生回答。

"北京目前最大的鹰雕高多少米?"

"两米。"

"国内其他地方呢?"

"最高的有六米。"

"那好,我们就在东大门立一座十二米高的雄鹰雕塑吧。思新有没有意见?"

"我看可以,充分展示我厂对推行改革的信心和决心,对怀疑改革和反对改革的人也是一个有力的回击。"

"思新说得好。越是困难的时候,越要有坚定的信念和勇气,绝不能让眼前的困难把我们打垮了!"周轩宇双目圆睁,攥紧拳头,用力地敲了一下会议桌说。

改革开放的总设计师以普通党员的身份南方谈话之后,广大职工在欣喜之余也听到了一个更加鼓舞人心的喜讯——一位德高望重的中央主要领导同志即将亲临公司视察工作!

夏天的日子热烈而又明朗,艳阳高照,晴空万里,蜿蜒的西山满目青翠,飞檐斗拱、红墙绿瓦的集团东大门,红旗招展,彩带飘扬,一派喜气洋洋的热烈气氛。刚落成不久的巨型雄鹰钢塑远远看去就是一只正在展翅高飞的雄鹰,矫健而自信地飞翔在浩渺的苍穹中,颇有"大鹏一日同风起,扶摇直上九万里"之势。

已经到耄耋之年的中央领导在工作人员的搀扶下刚下车,就认真地观看眼前高大威武的雄鹰展翅雕塑,脸上浮现出会心的微笑。周轩宇和常思新赶紧带着集团几名主要干部快步迎了上去。

周轩宇紧紧握住中央领导的手,深情地说:"老首长,广大职工早就盼着您来了!您还记得我吗?当年攻打羊山集、挺进大别山时,您还笑着叫我周老虎呢。"

中央领导微笑着点了点头,说:"我记得当年攻打羊山集时,你周老虎还是个年轻的战士,现在也满头白发,一脸皱纹,真是只老虎喽。"

周轩宇哈哈大笑着说:"老首长,我转业以后已经在这里工作近三十年了,正要向您汇报一下改革开放以来我们的发展变化。"

一行人缓步走进厂区,最先映入眼帘的是绿树环绕的巨型厂房,厂房外面有大面积的绿色草坪,草坪周边是盛开的各色鲜花。周轩宇介绍说这是新建成不久的新型炼钢厂,都是从国外引进的先进设备。

大家在厂门口戴上红色安全帽,按顺序参观整个炼钢流程。只见作为炼钢原料的废钢被倒入烈焰腾腾的转炉,由转炉冶炼出的钢水再倒入钢包,送到精炼站接受精炼、脱气、脱氧、脱硫、去夹杂物和成分微调,随后经钢包返回转台送往连铸机,连铸机把钢水源源不断地铸造成八根长条状钢坯,随后切成固定的长度,送往轧钢厂进行轧制。

中央领导饶有兴致地一边参观一边听取周轩宇的汇报。周轩宇汇报说,根据统计数据,公司实行承包责任制十年多来,按不变价格计算,实现的利润平均每年以20%的速度增长。公司各个工序的主体设备都实现了现代化,铁、钢等主要设备的全年生产效率都创造了世界第一的好成绩。环境治理、厂容厂貌也跨入了世界一流水平,成为中国工业企业现代化的一个窗口。

认真地听取了周轩宇的工作汇报后,中央领导风趣地说:"我赞成你们的改革道路。这世上的路啊,历来都是明摆在那里的,无论走得快还是走得慢,走得好还是走得坏,主要就看走的方向对不对,走的效果好不好。看来你们都走对了,我为你们感到高兴。"

常思新进一步解释说:"首长,我们的发展速度超过了世界500家大企业五十年代以来平均增长速度的一倍。这么高的增长速度,在世界上也没有先例。"

中央领导举起右手在空中横着一劈又接着向上一抬,笑着说:"现在就是要解决如何搞活大中型企业这个问题,要全面动起来才行啊。大家都在说改革,什么叫改革?怎么改?改了以后路子怎么走?我看你们明摆着有这么好的经验,究竟有多少家企业在真正地学习啊?学习不是喊两句口号、做做样子就行的,要先放下架子才行!"

周轩宇又接着汇报说:"公司十多年的改革之路是踏平了无数荆棘,克服了无数艰难困苦才走出来的,现在仍然面临一些困难,但是广大职工依然在信心百倍地坚持改革,坚持发展。"

中央领导频频点头,然后对周轩宇说:"赞成改革的人,赞成发展的人,都要挺住。我看你们就挺住了,挺得很好。我这次来走一走,就是为了看看你们在改革中还有什么困难,看一看职工们还有什么问题。现在我放心了,你们的胆子可以再大一点,争取更大的胜利。"

一行人簇拥着中央领导来到刚刚竣工投产的四号高炉,在圆形平台上缓步环行一周。从高台上往四处看,长长的天车横亘在空中正在有序地运送着物料,厂区内高耸林立的炼钢炉、热风炉、冷却塔,还有波光粼粼的晾水池错落有致。铁路密如蛛网,铸锭车、铁水车、鱼雷罐车等各种车辆在繁忙地进行物料调运,远处一列满载原料的火车正鸣着汽笛缓缓驶进厂区。厂区内道路纵横,绿树成行,草坪成片,朵朵鲜花正在阳光下绽开笑脸。这是一个由无数钢铁与水泥组成的巨型工厂,每个人在高耸入云的生产建筑与体积庞大的生产设备面前都显得那么微不足道。但是十几万钢铁人凭借着钢铁般的意志,通过坚持不懈的努力已经把这里打造成了世界上最先进的钢铁城市。

"如果不是我亲眼所见,真是不敢相信这个老厂的变化。想当年北洋政府没管好,日本人没管好,国民党也没管好,现在终于在你们手里发生了巨大变化,呈现出了勃勃生机。了不起,了不起啊!"随行的另一位部级领导忍不住赞叹道。

一行人又走进全自动化的主控室参观,面对巨大的电子显示屏和各种先进的电子仪器,周轩宇详细介绍了四号高炉采用的新技术和工艺流程。中央领导认真地观看着屏幕上清晰显示的各个生产流程的实时运行状况,连连称赞说:"很好,很好。这就是高科技,现代化。"

中央领导亲自视察京城钢铁集团,这极大地鼓舞了全体干部职工的士气,大家推行改革的决心更大了,信心更足了,工作热情持续高涨,钢产量连年直线上升,稳稳地坐上了中国钢铁工业第一的宝座。由京城钢铁首创的"承包制"更被树为经济改革中的榜样,吸引了大批国有企业纷纷前来学习先进经验。

不过,处在风口浪尖之上的周轩宇心里却是喜忧参半,有时候甚至还有些忧心忡忡。公司的产量越高,效益越好,也就意味着对环境的污染越大。周轩宇去国外考察时,看到国外钢铁厂高炉下都有花草,工人都戴着白手套工作,心里一直憋着一股劲,想把京城钢铁也建设成为花园式的现代化工厂,而且这些年来也一直向这个目标迈进。可是,钢铁公司产量逐年上升,生产过程中产生的钢渣也日渐增多,堆放钢渣的地方形成的钢渣山已经绵延近一公里,高约十八米,远远看去就像一座寸草不生、毫无生气的黑石山。风大的时候,烟尘漫卷,钢渣被风裹挟着四处乱飞,就像传说中的妖怪降临一样阴森恐怖。周轩宇、常思新和公司的主要干部一起站在高高的钢渣山下,默默地抬起头看着眼前巨大的垃圾堆,内心深处都被狠狠地刺痛了。

受到"钢渣山"刺激的干部们在周轩宇的主持下一连开了三天的闭门会,终于在争论之中形成"一业为主,多种经营"的发展方针。此后,京城钢铁先后兼并了多家企业,涉及多个地区、多个行业,跨出了多元化发展的第一步,不再是单一的钢铁企业。

根据中央经济政策的变化,京城钢铁集团积极转变思路,面向市场经济,率先在各个子公司成立销售部,提拔了一批思想活跃、敢闯敢干的年轻人走上销售岗位,主动拥抱市场经济大潮。

"不能再'等、靠、要'了,天上不会掉馅饼,国有企业也不能坐享其成,谁也不能一辈子躺在功劳簿上睡大觉。市场经济不相信眼泪,只有主动出击,赢得顾客认可,才能取得销售业绩,才能不断把集团做大做强!"周轩宇在动员会上慷慨激昂地发表演讲。

当年年底,京城钢铁投入巨资购买了一家国外的矿产公司,引起国内外轰动。京城钢铁同时开始在国内外考察,选择厂址,准备异地建厂,减轻环境污染带来的压力。时过境迁,此时的京城钢铁早就不再是解放初期的破烂小厂,已经

第九章

从一个单一的钢铁企业,发展成为以钢铁业为主,兼营矿业、机械、电子、建筑、航运、金融和贸易,跨地区、跨行业、跨所有制和跨国经营的大型企业集团,并被改组为中京科技集团。

冬去春来,草木青翠,百花盛开。中京集团繁忙有序的生产园区内,大家都在兴奋地传递着一个令人振奋的消息——集团党委书记兼董事长周轩宇被评选为"中国改革开放杰出企业家"之一,将在人民大会堂由国家领导人亲自颁奖。广大职工都知道,这份荣誉意味着国家对周轩宇多年来坚定推行国企改革的高度认可和公开嘉奖。

周轩宇得知自己当选为"中国改革开放杰出企业家",而且排名在第一位时,这位一向以刚强著称的钢铁汉子,激动得一句话也说不出来,似乎不太相信自己的耳朵。不过,他很清楚,这项无比珍贵的荣誉不仅是授予他周轩宇个人的,也是授给二十多万名钢铁职工的。这是二十多万名钢铁人集体奋斗的结果,也是一代又一代钢铁人努力拼搏的结果。

在万众瞩目的人民大会堂,在雷鸣般的掌声中,在耀眼的聚光灯下,周轩宇从国家领导人手中接过沉甸甸、金灿灿的奖杯,激动得热泪盈眶。他庄重地向国家领导人敬礼致谢,然后又转过身来,向参会的所有人敬礼致谢。那一刻,周轩宇自己知道,他在内心深处还在向不在会场的父母、亲人敬礼,向长眠在地下的战友敬礼,向一直支持他、帮助他的领导和同事敬礼,向二十多万名钢铁职工敬礼,向这个伟大的时代敬礼……

荣誉已经成为过去,周轩宇依然坚守着自己的岗位,不断奋力前行。不过,随着中京集团业务规模的不断扩大,战线逐渐拉长,年事已高的周轩宇却越来越感到压力巨大,甚至有些力不从心。

在一次重要的会议中,周轩宇正在讲话,忽然感到头部一阵刺痛,接着眼前直冒金星。他挣扎着端过水杯,想喝口水稳稳神,水杯刚放到嘴边,却砰的一声落在了地面上,摔得粉碎。接着,周轩宇感到天旋地转,一下子晕倒在椅子上。

周轩宇醒来的时候,发现自己已经身处职工医院的病房里。吴江鹭坐在病床边上,握着他的一只手,关切地注视着他。办公室主任韩阳生和秘书林刚等人也在旁边坐着,大家都关心地看着他。

"厂长醒了,厂长醒了。"秘书林刚惊喜地说。

周轩宇见手上正插着输液的针管,就冲着大家笑了笑,轻声说:"没啥大不了的,就是打仗时受伤留下的后遗症。"

"你啊,可把我吓坏了。"吴江鹭眼里含着泪说。

周轩宇看到吴江鹭的头发也白了很多,心疼地看着她说:"有啥害怕的,这不好好的吗?"

"老厂长,医生说了,您是因为过度劳累和过度紧张引起旧伤复发,不过没有大碍,好好休息一段时间就好了。"韩阳生弯下身子对周轩宇说。

病房的门开了,常思新手里捧着一束鲜花,领着一位戴眼镜、身穿白色短袖衬衣的中年男子走了进来。

"白部长,您怎么来了?"周轩宇一边说一边就要挣扎着从病床上起来。

"周书记,听说您病了,我特意代表组织来看看您。您不要动,躺着休息就行。"白部长扶着周轩宇躺好。林刚赶紧给白部长搬了把椅子,请他坐下。

职工医院的位置很好,周轩宇所在的病房楼层也比较高。周轩宇扭过头来就能透过窗玻璃看到远处高炉和烟囱林立的厂区,还能看到满目苍翠的西山静静地沐浴在阳光下。

白部长陪着周轩宇和吴江鹭聊了一会儿天,就站起身来说:

"周书记,您这是劳累过度导致的,近期有啥事就让小常他们这些年轻人去处理。您必须保重身体,中京集团离不开您啊。您安心休息,有空我再来看您。"

周轩宇一边表示感谢,一边吩咐常思新去送送白部长。常思新临走时叮嘱林刚照顾好周轩宇,又安慰了吴江鹭几句,然后陪着白部长走出了病房。

夕阳西下,阳光逐渐变得柔和起来。从窗户里望去,一轮又大又圆的红日映照着高炉林立的厂区,巨大的晾水池水面上一片通红,就像燃起了熊熊大火。周轩宇躺在病床上,遥望着火红的落日,陷入了沉思之中。

这些年来,周轩宇一直在跟时间赛跑,一直带领着全厂职工狂飙猛进,却忽视了自己的身体状况。大规模扩张并购以来,他在紧张与兴奋之余,感到压力越来越大,就像扛着一座高山在不要命地奔跑。不过,周轩宇也开始逐渐认识到,扩张策略带来了债务的快速上升,效益却出现了下滑的趋势。这是一个不容忽视的信号,他开始冷静下来认真思考。扩张并购的策略是不是有些冒进,是不是

第九章

埋下了隐患？他是不是像一个在战场上杀红了眼的战士,已经无法停下狂奔的脚步？他以前几乎没有时间认真思考这些问题,现在想来,的确需要深刻反省。

周轩宇想起了自己在战场上与敌人厮杀时的勇猛,想起了刚到京西铁厂时立下的誓言,想起了在人民大会堂被授予的奖杯,又想起了自己在会议室晕倒时的瞬间,禁不住思绪纷飞,感慨万千。当天晚上,周轩宇躺在病床上辗转反侧,彻夜未眠。

出院以后,周轩宇和吴江鹭一起,在秘书林刚的陪同下,到厂区西部的安祥河边散步。历史上曾经多次决堤的河道经过多次整治后变得更宽阔,河床经过了硬化处理,河水清澈见底,河边水草丰茂,成群的鱼儿在缓缓流动的河水里自由地游来游去。河岸两边绿树成行,柳条低垂,花草相映,还修建了平整的人行道。微风吹来,花香扑鼻,沁人心脾。此情此景,让周轩宇想起了家乡的万福河,想起了万福河畔的羊山,想起了依山傍水的山河镇,想起了山河镇上的永春堂药铺。

"山河永定,中华万福。这辈子总算是有幸看到了。"周轩宇喃喃自语。

"又想起万福河和山河镇了吧？我最近也老是想。你呀,不服老也是老了。是该歇一歇,回家看看了。"吴江鹭听到周轩宇说的话,就知道他在想什么。

三天以后,周轩宇深夜给上级部门写了一封信,提出因自己的身体,希望组织批准自己离职休养,并建议让年轻人去挑大梁,带领企业实现持续健康发展。上级部门经过慎重考虑,同意了周轩宇的请求,并同意周轩宇的提议,任命常思新为中京集团党委书记兼董事长。

在欢送会上,很多干部职工都来与周轩宇握手,有的职工控制不住情绪,扑到周轩宇怀里哭了起来。周轩宇微笑着抱着他,轻轻拍打他的后背。最后,周轩宇紧紧地握住常思新的手,意味深长地说:

"年轻人,好好干,未来是属于你们的。相信你比我干得更好!"

"感谢老厂长的栽培,我决不辜负您的信任。"常思新注视着周轩宇,坚定地说。

从会议室出来,周轩宇说想一个人在厂区内走一走。他沿着熟悉的道路,走到高炉下,走到铁道旁,最后登上太平山的顶峰,远眺西山连绵起伏的山脉和河中奔流涌动的碧波。

定山河
DING SHANHE

"子在川上曰,逝者如斯夫。"夕阳落下,朝阳升起。时间之水如大河滔滔,势不可当,一往无前。这个世界上,既没有完美的人,也没有完美的人生。人这一辈子,无论做成了多少事,完成了多少心愿,也不可避免会有一些遗憾。不过,岗位可以改变,角色可以改变,永远不能改变的就是责任和信念。功过是非,优劣长短,自有后人评判,终将随风飘散。人这一辈子,能做成一件事,能做到无怨无悔,就已经足矣。周轩宇看着眼前的壮丽山河,心里越来越平静。

周轩宇此次离开北京回故乡探望并不想惊动地方政府,只通知了在县人民医院做主任医师的侄子周知理,因此一行三人刚走出济宁机场,他就看到周知理正站在出口处朝着他不停地招手。

"叔叔,婶子,您二老看起来依然精神矍铄,气色不错。倒是小欣妹子看起来有些疲惫啊。"周知理接过周知慧手里的包,背在自己身上,笑着说。

"她啊,整天泡在实验室里搞科研,连家人也顾不上管,还好我外孙懂事,说他妈妈是在为国争光,还说永远支持妈妈。这不,她负责的一个科研项目刚完成,她就闲不住了,又开始琢磨去搞下一个项目。要不是我非让她陪我们回趟老家,她这会儿肯定还在实验室里忙活呢。"吴江鹭故意白了周知慧一眼,对周知理说。

"知理,我大哥还好吗?"周轩宇关切地问。

"我爸身体还可以,这不还非要拄着拐棍来接您呢。我说咱家车太小,坐不下,他才只好坐在家里等您。"周知理对周轩宇解释道。

"大伯都这么大年龄了,哪能让他老人家来接呢?我这次来还特意给大伯带了些滋补品,让他好好养身体。"周知慧有些不好意思地对周知理说。

周知理开的车是一辆黑色的国产小轿车。周知慧坐在副驾驶位置上。周轩宇和吴江鹭坐在后排。车辆缓缓驶出机场,向金乡方向开去。

周轩宇已经好几年没有回金乡了,所以他让周知理开得慢一些,自己想好好看看公路两边曾经非常熟悉现在又有些陌生的景象。

双向四车道的柏油马路宽敞而且平整,路中间是绿化带,种植着四季常青的冬青,间或还有正在盛开的月季花。周轩宇记得,以前回金乡时,柏油路不仅很窄,而且坑坑洼洼,人在车上不停地颠簸,就像坐过山车。

第九章

前方公路中间建了一座气派的仿古式牌坊,牌坊中间刷着红色油漆,上写"中华蒜都"四个楷体大字。周轩宇小时候在山河镇见过牌坊,不过大部分都是朝廷表彰女性道德高尚的贞节牌坊,看了以后就没留什么印象,只有镇头上的"山河古镇"牌坊让他一直铭记在心。汽车驶过牌坊,道路更加宽阔,变成了双向六车道。周知理解释说,因为金乡县是目前国内最大的大蒜种植基地,每年来收购大蒜的客商非常多,所以才刚刚加宽了道路。

正值盛夏,又是一年的大蒜收获季节。从车窗向外看,田野里都是正在收蒜的农民们。过去收蒜要靠农民蹲在地上用铲子一棵一棵地剜出来,非常辛苦,很多农民即使戴着手套,剜完蒜手掌都会被磨破皮,现在已经改进了剜蒜的工具,用挖蒜机代替了人工操作,不仅速度更快,而且实现了切蒜秸、去蒜胡一体化。周知理说发明这种机器的就是一位种蒜的老乡,简直太神了。周轩宇笑了笑说,劳动人民有着无穷的智慧。当年他们打鬼子缺枪少炮,穷得很,也琢磨出好些土炸弹、土地雷来。

"叔叔,快到羊山了,您想不想故地重游?羊山古镇换新颜,变化很大。鲁西南战役纪念馆采用了现代技术,可以展现从刘邓大军抢渡黄河到羊山战役胜利结束的全过程。对了,里面还收藏了您的事迹介绍和一段视频采访呢。"周知理很自豪地说,"现在鲁西南战役纪念馆是全国爱国主义教育基地,每年都会有大量的游客来参观。"

"大杨湖,羊山,大别山……每一次重大战役的胜利,都有很多英勇的战士长眠在了那里。"周轩宇一边沉思一边说,"走吧,去看看我的那些老战友。我经常在梦中见到他们,似乎他们从没有离去。"

汽车拐了个弯,便向羊山镇方向疾驶而去。

周轩宇一行下车后,缓步进入羊山古镇,只见羊山革命烈士纪念塔高高地矗立在羊山之巅,俯视着周边如诗如画的山水和郁郁葱葱的树木,金色的大字在阳光下熠熠生辉。沿着长长的青石台阶,周轩宇和吴江鹭等人拾级而上,一直走到塔下,仰望着眼前庄严肃穆的高塔,禁不住热泪盈眶。

"爸,您老说羊山战役是您这辈子打得最艰苦的战役,我看这里地势并不险要,怎么会这么难打呢?"周知慧在军事科研机构工作,对军事知识比较了解,忍不住问。

定山河
DING SHANHE

"打羊山时，暴雨下了七天七夜。很多受伤的战士泡在暗红色的泥水里，还有些战士的尸体在沟里漂浮着，身体都变了形。担架队的很多妇女都不忍心看，全都闭着眼往下抬……"满头白发的吴江鹭已经陷入了对往事的回忆之中，哽咽着说。

"叔叔，我爸也对我们多次说过羊山战役是他最难忘的一次战役，也是最难忘的一次人生经历。"周知理轻声对周轩宇说。

"孩子，冥冥之中，我们兄弟失散多年后竟然在羊山战役中重逢。我和你爸爸一样，都不希望打仗。毕竟，和平是战士们用鲜血和生命换来的，我们永远不能忘记历史！"周轩宇激动地说，脸上呈现出一种庄严的神情。

带着无限的追忆和感慨，周轩宇一行从羊山古镇国际军事旅游度假区出来，周知理开车继续向县城方向驶去。

"叔叔，婶子，再往前开一会儿，公路两边都是金乡县的知名企业。当年由远在美国的轩静姑帮助牵线，外商投资的电气公司和香港山河企业集团投资的金乡山河食品集团都在附近，厂区很大，环境优美，成套的现代化生产流水线。您两位要不要顺路去看看？"周知理扭头问周轩宇和吴江鹭。

周知理口中的轩静姑就是当年周轩宇在济南的堂姐周轩静，她在抗日战争爆发前获得了一次去美国留学的机会。经过再三考虑，为了周轩静的安全和前途，周轩宇的三叔周明礼决定卖掉济南的饭店，一家三口都远赴美国，陪周轩静读书。临走之前，他给周明义写了封信，可惜这封信始终都没有寄到周明义的手上。周轩静毕业后就留在了美国，并且在改革开放后主动回金乡县寻祖认亲，帮助投资创办了一家电气企业。

"轩静姐老了，江涛哥也老了。两个人一个在美国，一个在香港，但都没忘山河镇这片曾经养育过他们的土地。有时间我一定去看望他们，也请他们再回来看一看。弹指一挥间，沧海桑田，山河巨变！"周轩宇动情地说着，话语里充满了对亲人的思念。

"香港山河企业集团，你这么一说我又想起我哥了。他现在说话都不利索了，真想去看看他啊。"吴江鹭听到山河企业集团眼前一亮，情不自禁地想起了大哥吴江涛，正是他到香港以后创办了山河企业集团，而且又在改革开放后首批到内地投资创办企业。

第九章

"知理,还是不要去打扰这些企业了。我刚从企业退下来,知道他们其实不愿意被打扰,还是让他们安心地搞生产和科研吧,不要给他们添乱。"周轩宇轻声说,"老伴,反正我也退下来了,过段时间我就陪你去香港看望大哥,我也很想他。"

汽车在金乡大地上平稳地向前行驶,车窗外的田野里勤劳的农民们正在骄阳下辛苦地忙碌着,众多企业的高大厂房和厂房上醒目的标志一闪而过,这里边就有不少周轩宇耳熟能详的企业的名字,有国企,有外企,还有民企,都是经常在报纸或电视上露面的企业。

"真没想到,金乡县还有这么多知名企业,就像是一下子从地上冒出来的。"吴江鹭惊讶地望着车窗外,轻声对周轩宇说。

"每次回家乡都能看到变化,而且变化越来越大。"周轩宇也情不自禁地赞叹。

"叔叔,我们就要进入城区了,城区的变化更大。过了城区,就是山河镇。现在从城区到山河镇,几乎已经连成了一片,看不出有啥区别。"周知理轻声提醒道。

汽车继续向前行驶,车窗外的高楼大厦渐渐地多了起来,宽阔的道路两旁,商铺林立,逛街的行人悠闲自在,走走停停。一排排大叶女贞枝繁叶茂,绿意盎然,在阳光的照耀下,油绿的叶子散发着迷人光泽,绿得让人心醉。栾树的树冠高耸入云,顶上好像有人在举着一串串的红灯笼,红灯绿叶相配,生机勃勃之中还有些喜气洋洋的味道。绿化树下,是正在盛开的鲜花,有月季花、绣球花和铁线莲花,甚至还有不常见的格桑花。花团锦簇,争奇斗艳,就像是孩子一张张纯真的笑脸。

周轩宇不禁想起过去回故乡时的景象,县城里一条条狭窄的小路纵横交错,路上不仅尘土飞扬,还有各种被随手丢弃的垃圾,什么塑料空瓶、垃圾袋,甚至还有不少狗的粪便。两排低矮并且破旧的小楼顺着马路而建,高低不平,外观各异,显得杂乱无章。几十家店铺挤在一条短短的街道上,卖衣服的、卖副食的、卖五金的,都在店门口放一个电喇叭,重复地播放着店里的广告,招揽着过往的行人……

"叔叔,前面就是文峰塔和奎星湖。当年您带着抗日游击队的战士们从日

定山河
DING SHANHE

本鬼子手里夺回来的文物,解放后根据您提供的信息原封不动地挖掘了出来,都在文峰塔里严密保存,现在已经对游客开放了。您当年真是了不起,那可都是国宝啊!"周知理说话的声音里显示出对周轩宇的无比敬佩。

"一晃这么多年过去了,文峰塔见证了我们国家的沧桑和巨变。对了,上次我回来时被日军炮弹打掉的塔顶还没有修复,现在怎么样了?"

"已经恢复原状了,现在的塔顶是用铁铸造的宝葫芦,还刷了金粉,阳光一照金光灿灿的。叔叔,您一会儿要不要过去看看?"

"先回家吧。我这次回来会多住些日子,好好看一看家乡的变化。"

周知慧小时候跟父母回金乡时还不记事,长大后还是第一次回金乡,所以她一直在默默地观察车窗外的景象。在周知理和周轩宇聊天时,她忽然想起了小时候周轩宇曾经给她讲过的很多传奇故事,心里更是期待万分。

汽车驶出金乡县城,沿着宽阔的公路继续前行。路的两边是整齐的楼房和茂盛的树木花草,还有各式各样的门面房。紧接着,眼前出现了一座斜拉式钢索大桥,斜拉索采用双面索,密索体系,扇形空间布置,均匀地分布在人行道两侧。索塔看起来有十几米高,中间有三个楷体大字:"山河桥"。

"叔叔,山河桥到了,过了桥就有一个公路出口可以到山河镇。"周知理对周轩宇说。

"山河桥?现在这么高大壮观了!我记得以前就是一座石桥啊,几乎年年都会损坏,年年都需要修复。"周轩宇有些不敢相信自己的眼睛,惊讶地说,"知理,你把车停下来,我要到桥上走一走,看一看。"

周知理把车停靠在路边,然后扶着周轩宇,由周知慧扶着吴江鹭,四个人走上了桥上的人行道。

周轩宇看着大桥两边粗大的斜拉钢索很亲切,他对周知理说:"斜拉桥建设离不开高强度钢索,以前我国想建斜拉式大桥,需要向日本购买钢索,但是日本为了卡中国的脖子,经常拒绝提供。后来我国就自己研究出了超级钢索,再也不依赖日本的钢索了。"

"叔叔,您还不知道吧?山河桥的钢索就是中京科技集团制造的。您到索塔下面就知道了,那里有厂家的标牌,每到周末我陪着父亲在桥上散步时都能看到。"周知理兴奋地说。

"我说怎么看着这么亲切呢！在国内，我们是第一家研制出超级钢索的公司，不仅为国家节省了大量外汇，而且有力促进了我国的基础设施建设。"周轩宇无比自豪地说。

斜拉桥很高，站在桥上往左前方看，连绵不断的羊山静静地匍匐在大地上，一条隧道从正前方的山体中穿过，宽阔的公路把山与河连在了一起，改变了过去山河镇交通极为不便的状况。桥下蜿蜒曲折的万福河静静地流向远处波光闪闪的金平湖。河道经过修浚变得更宽更深，河水清澈，映着蓝天白云，就像一面镜子。河的两边都已经建成了沿河公园，建有长长的木质栈道，每隔不远就有供游人歇息的木凳和凉亭。河边长满了芦苇和蒲草，蒲草顶部长出一枝枝像蜡烛一样的黄色蒲棒，翠绿的叶子与金黄色的蒲棒形成了鲜明的对比。从桥上向右前方望去，山河镇就在眼前，楼群错落，绿树成荫，街道两边都是仿古建筑，白墙黑瓦，雕梁画栋，各式各样的店铺招牌非常炫目。

"老伴，快看，我从小长大的吴家大院，看起来比过去面积更大，更有文化味道了。"吴江鹭望着似乎近在脚下的吴家大院惊讶地说。

"婶子，您忘了吗？根据您大哥和您的共同意愿，吴家大院已经捐给了政府，现在归县博物馆，也是县里一处知名的旅游景点。"周知理对吴江鹭轻声说。

"我记得，我记得。只是多年不见，一见就激动不已啊。"吴江鹭抹了抹眼角的泪水说。

"山河古镇！那座石牌坊还矗立在街道中央，我已经看见了那四个金色的大字。真是没想到，仅仅过了几十年，就换了人间啊！"周轩宇的情绪也很激动，说话的声音有些颤抖。

"爸，您没事吧？您怎么这么激动？"周知慧见父亲神情有些异样，关切地问。

周轩宇轻轻挥了挥手，笑着说："孩子，山河镇是养育你父母的故乡，也是我们很多战友长眠的地方。一寸山河一寸血，和平安定的生活来之不易。看到故乡发生了天翻地覆的变化，作为一名还活在人世间的老兵，我想起了那些英勇牺牲的战友。如果他们也能看到现在的变化，他们一定会含笑九泉的。"

一行四人继续沿着桥上的人行道缓步向前走，桥上的汽车一辆接一辆呼啸而过,也让周轩宇的思绪如风飘散……

周知慧看着近在眼前的山河镇,轻声说:"爸爸、妈妈,您二老奋斗了一辈子,以后的时间就要享受一下奋斗的果实,别再操心劳力了。"

"小欣,在我看来,胜利的果实固然重要,奋斗的过程更为重要,因为只有奋斗才能战胜恐惧、战胜困惑、战胜自我。胜利以后,有些人忘记了初心,放弃了信念,背叛了诺言,走向了自己曾经痛恨和不齿的对立面。每次我看到这种情况发生,就会非常痛心。"周轩宇叹了一口气,意味深长地说。

"爸,大家都说人性是复杂的,人是会变化的。不过,您在我眼里,一直都是一名优秀的共产党员,一名优秀的革命战士,从来都没有改变过。"周知慧专注地看着已经年迈的父亲,由衷地说。

"是啊,我出身贫苦,父母给我取名轩宇,不仅希望我能气宇轩昂,而且更希望我能一辈子堂堂正正做人。我爱过、恨过、哭过、笑过、冲动过、愤怒过,痛苦过、幸福过,虽然有些遗憾,但是我从不后悔,因为我做了自己应该做的事。"

"叔叔,您以后有什么打算啊?"周知理继续问,"对了,您侄媳妇正在家里做饭呢,发信息问您和婶子晚上想吃什么菜。"

"我和你婶子都商量好了,以后啊,我们老两口一起写点回忆录,留给你们年轻人看。"周轩宇回答说,"还有,告诉侄媳妇,我们吃什么都无所谓。不过,要是能吃上一碗泼汤面就好了……"

饱经沧桑的周轩宇说着微微眯起了眼睛,情不自禁地想起了儿时最喜欢吃的泼汤面条,想起了父母在世时的音容笑貌和一言一行。

山河镇上,历尽风雨依然古色古香的永春堂大药铺门口,满脸皱纹、须发皆白的周轩文戴着老花镜,佝偻着腰拄着拐棍,一直在向山河桥的方向翘首远望……